Über dieses Buch Martin Luther (1483–1546), die umstrittenste Gestalt am Beginn der Neuzeit: Mönch und Familienvater; revolutionär im Geistlich-Kirchlichen, konservativ im Politisch-Sozialen; machtloser Bibelausleger und -übersetzer und einflußreichster Prediger und Publizist; Spalter der Christenheit und – wider Willen – Gründer neuer Konfessionen. In dieser rechtzeitig zum »Luther-Jubiläum« – 1983 jährt sich sein Geburtstag zum 500. Mal – erscheinenden Textauswahl findet der Leser die wichtigsten Schriften Luthers in Übersetzung oder modernisiertem Deutsch: Selbstzeugnisse und Briefe, die klassischen Programmschriften »Von der Freiheit eines Christenmenschen« und (gekürzt) »An den christlichen Adel deutscher Nation«; aus den »Vorreden zum Neuen Testament« und »Sendbrief vom Dolmetschen«, dazu eine Probe aus der Bergpredigtauslegung; schließlich Beiträge zur Neugestaltung des Kirchenwesens und zum damaligen Verhältnis von Religion und Politik. Mit Einleitungen, Erläuterungen, Quellen- und Literaturverzeichnis und einer Zeittafel.

Der Herausgeber Karl Gerhard Steck, Jahrgang 1908, emeritierter ordentlicher Professor der Theologie. Buchpublikationen und Zeitschriftenartikel. Lebt in Bad Homburg.

Martin Luther

Ausgewählte Schriften

Eingeleitet
und herausgegeben von
Karl Gerhard Steck

Fischer
Taschenbuch
Verlag

Lektorat: Ingeborg Mues

Originalausgabe
Fischer Taschenbuch Verlag
Mai 1983
Umschlagentwurf: Jan Buchholz/Reni Hinsch
Fischer Taschenbuch Verlag GmbH, Frankfurt am Main

Gesamtherstellung: Hanseatische Druckanstalt GmbH, Hamburg
Printed in Germany
980-ISBN-3-596-26547-9

Inhalt

Einleitung

Zum dritten Mal (nach 1955 und 1970) legt der Fischer Taschenbuch Verlag eine Luther-Auswahl vor. Sie ist wie ihre Vorgänger nicht für den Fachmann, sondern für eine breitere Leserschaft gedacht. Die Einleitung muß versuchen, den Weg zu Luther und zum Umgang mit seinen Schriften ein wenig zu erleichtern. Im folgenden sind die Abschnitte I–IV der Fassung von 1970 überarbeitet, Abschnitt V ist neu geschrieben.

I

Martin Luther war und ist in unserer Geschichte der Letzte, der als Christ und Theologe universale Wirkungen hervorgebracht hat. Alle Späteren, auch die Bedeutendsten, wie Pascal und Schleiermacher, John Henry Newman oder Karl Barth, erreichen und bestimmen die Entwicklung ihrer und der folgenden Zeit nur mehr vom Rande her und am Rande. Sie halten, was man die Entkirchlichung und Entchristlichung der Neuzeit nennt, nicht auf. Das Christentum als Gemeinschaftsmacht (=Kirche) und als Geistesmacht (=Dogma und Lehre) bewirkt und bestimmt immer weniger das Leben der Welt, in der es vielmehr nur mit einiger Mühe einen Platz behält. Die Frage legt sich nahe, ob dies nicht auch und gerade mit Luthers Auftreten und Auswirkungen etwas zu tun hat. Er steht ja nicht zufällig am Beginn dieser neuzeitlichen Entwicklung, auch wenn man dabei die absurde Vorstellung fernhält, als ginge diese auf die Taten und Meinungen dieses einen Mannes zurück. Immer sind viele Faktoren im Spiel. Aber daß Luther ein wesentlicher Bewirker der Neuzeit und damit unserer Gegenwart ist, hat noch niemand in Abrede stellen können. Auch wenn wir seit Ernst Troeltsch das Mittelalterliche an Luther deutlicher als vorher sehen, können wir seine Stellung am Eingang der Neuzeit nicht übersehen. Man braucht ihn nicht im mindesten zu modernisieren, um dies wahrzunehmen.

Nicht einmal unser eigenes Urteil über die Neuzeit braucht uns dabei im Wege zu stehen. Man kann, wie der Katholizismus bis vor kurzem, die neuzeitliche Entwicklung für verhängnisvoll halten und wird dann gerade in Luther den Beginn dieses Verhängnisses erblicken und anklagen. Man kann auch umgekehrt Luther deswegen für ein Verhängnis halten, weil er die mit der Renaissance anhebende ›Verweltlichung‹ wenigstens auf einige Zeit verlangsamt, wenn auch nicht verhindert hat. So hat Nietzsche geurteilt. Man kann mit der marxistischen Geschichtsbetrachtung Luther vorwerfen, daß er durch manche seiner Entscheidungen den sozialen und wirtschaftlichen Fortschritt aufhielt: immer würde sich in solchen Urteilen bestätigen, wie groß das Maß seiner geschichtlichen Wirkung war und ist. Noch viel weniger wird eine am Christentum selbst, an den Konfessionen und ihrem Erbe interessierte Geschichtsbetrachtung an Luther vorübergehen können.

Das alles hat frühzeitig zu einer für uns heute teils komischen teils fatalen Monumentalisierung Luthers geführt. Bis in die Schulbücher hinein vereinfacht und mythisiert sich das Bild seines Auftretens und seiner Auswirkung, zunächst von den einen verhimmelt, von den andern verteufelt; dann heroisiert, verbürgerlicht, domestiziert, weil jedes Zeitalter bis ins Ikonographische hinein sich sein Lutherbild entwirft. Die Theologen und Historiker wirken dabei mit.

Sieht man näher zu, so verliert sich das Monumentale, aber der Gesamtvorgang wird überraschend und erstaunlich. »Ich bedenke wohl, daß mir's nicht wird unverwiesen bleiben, als vermesse ich mich zu hoch, daß ich verachteter, begebener (d.h. der Welt entsagender) Mönch ..., ich einzelner, armer Mensch mich unterstanden, vor Euren hohen Würden zu reden«: so kennzeichnet Luther selbst, nicht ohne Ironie, sein plötzliches Mitreden in den Reformvorschlägen seiner Schrift ›An den christlichen Adel deutscher Nation von des christlichen Standes Besserung‹ (1520). Hier trat einer ohne alle äußere Macht auf, und er blieb machtlos, ständig bedroht vom Zugriff der weltlichen und geistlichen Hierarchie, stets angewiesen auf den nie völlig zuverlässigen Schutz seines Kurfürsten. Er war kein politischer Mensch, wollte es auch

nicht sein, wirkte gegen seinen innersten Willen in die Welt des Politischen hinein. Und wenn die von ihm ausgelöste Bewegung, die wir Reformation zu nennen pflegen, sich äußerlich halten und durchsetzen konnte, dann weniger mit den Machtmitteln ihrer Anhänger als dank der anarchischen Zustände des damaligen Heiligen Römischen Reichs deutscher Nation. Die Gegner haben Luther und die Reformation genau so und vielleicht mehr am Leben erhalten und immer wieder gerettet als die Freunde und Anhänger.
So wird man auch beim genaueren Zusehen wohl verstehen, warum Luthers Leben und Weg immer wieder monumentalisiert und dramatisiert wurde – bis heute. Es läßt sich kaum ganz vermeiden. Dennoch sind es nicht die geschichtlichen Bedingungen und Verwicklungen der Reformation, um deren willen Luther heute Leser sucht und findet. Aber man darf die geschichtlichen Umstände nicht außer acht lassen, wenn man seine Schriften wirklich verstehen und ihre erstaunlichen Wirkungen angemessen beurteilen will. Zu deren immer genaueren Erkenntnis und Deutung hat die Lutherforschung fast mehr als genug beigetragen, nicht erst zu dem Luther-Jubiläum, aber aus diesem Anlaß mit neuer Intensität. Schon hier ist auf unsere Literaturübersicht und -auswahl (S. 281 f.) zu verweisen. Es kommt darauf an, Luther in seiner Zeit anschaulich zu machen, ohne ihn darin ganz verschwinden zu lassen; erst recht, ohne ihn dessen zu entkleiden, was er nun einmal war und als was er wirksam wurde: als Christ und als Theologe, als Mönch und als Professor.

II

Eben dies macht den Zugang zu Luther und zu seinen Schriften – nur in ihnen wird er uns greifbar – für uns heute schwierig. Er ist für uns alle schwierig, auch wenn wir dem Erbe der christlichen Wahrheit nicht entfremdet sind, auch wenn wir Luther mit den Augen des heutigen Theologen lesen. Es ist nicht nur der Zeitabstand von fast fünfhundert Jahren, der uns von ihm trennt. Die schriftliche Hinterlassenschaft antiker Denker und Dichter erweist sich trotz des längeren Zeitabstandes manchmal als leichter zugänglich. Die ›Verweltlichung‹ der Neuzeit hat vor dem Christen, vor dem theologisch Interessierten und Geschulten ja nicht haltgemacht. Niemand kann sich einbilden, unmittelbar über die neuere Entwicklung hinweg bei Luther anknüpfen, ihn verstehen zu können. Es wird nicht selten darüber geklagt, wie wenig die intensive Arbeit der neueren Lutherforschung ins öffentliche Bewußtsein eingegangen sei. Es kann kaum anders sein, selbst wenn diese Forschung lesbarer und genußreicher wäre, als sie es ist. Der Abstand nicht nur in der Zeit, sondern vor allem in der Sache ist spürbar und vorhanden; er muß immer bedacht werden. Luther behält seine Fremdheit in der Gegenwart, und zwar nicht nur in manchen Zügen seines Denkens, etwa im Geister- und Teufelsglauben, oder in der naiv erscheinenden Geschichtsbetrachtung und Zukunftserwartung, sondern im Ganzen seines Ansatzes, seiner Denk- und Urteilsweise, in den Fragen, die ihn umtreiben, und in den Antworten, die er findet und sich geben läßt. Das mindert seine geschichtliche Wirkung nicht. Mehr noch: seine Fremdheit macht ihn und seine Schriften erst bemerkenswert und bewirkt, daß wir nicht von ihm loskommen.

Fremdartig und schwierig ist es schon, wenn wir in seinen Schriften bemerken und in Kauf nehmen müssen, wie er sich ständig auf die Bibel bezieht, unablässig aus ihr zitiert, alle eigenen Entscheidungen und Urteile ihr unterwirft, von ihr her versteht und zu begründen versucht. Darin ist er zunächst traditionell. Denn die Bibel war für die damalige Welt eine heilige Autorität und Instanz. Wie sich diese Autorität zur Autorität der Kirche und zur Autorität der Vernunft verhielt, war freilich offengeblieben. Luther intensiviert den Umgang mit der Bibel, nicht ohne Zusammenhang mit der humanistischen Bewegung ›Zurück zu den Quellen‹, und wird dabei unterstützt von einer Bibelkenntnis, die nicht erst dem heutigen Leser, sondern schon den Zeitgenossen erstaunlich erschien. Auch wenn wir heute, aus welchen Gründen immer, diese ständige und grundsätzliche Berufung auf die Bibel für richtig halten, so erscheint sie uns doch auch als eine Fessel. Für Luther und seine Zeitgenossen ist diese Bindung an das Bibelwort die große Befreiung: gegenüber der selbstverständlichen, aber schwer erträglichen Autorität der Kirche, in welche die Bibel eingefügt war, gibt es jetzt die überlegene Instanz der Heiligen Schrift. Von dieser neuen Instanz aus kann sich Luther in Worms vor Kaiser und Reich behaupten und den Widerruf verweigern. »Wenn ich nicht mit Zeugnissen der Schrift oder mit offenbaren Vernunftgründen besiegt werde, so bleibe ich von den Schriftstellen besiegt, die ich angeführt habe, und mein Gewissen bleibt gefangen in Gottes Wort. Denn ich glaube weder dem Papst noch den Konzilien allein, weil es offenkundig ist, daß sie öfters geirrt und sich selbst widersprochen haben.«

Luther hört und liest die Bibel als Gottes überlegenes, eindeutiges und verpflichtendes Wort und gewinnt darin die Freiheit eines Christenmenschen; mit ihr beginnt die freiheitliche Entwicklung der Neuzeit gegenüber dem kirchlichen Herrschaftssystem, aber auch dessen Abbau. Auch die Befreiung von der überlieferten Philosophie, vor allem derjenigen des seit dem Hochmittelalter geltenden Aristoteles, darf als wirksames begleitendes Moment nicht unterschätzt werden. Der Vernunft wird ihr Recht und ihre Funktion im irdischen Leben nicht bestritten, sondern erst ganz erstritten. Auf dem Weg zum ewigen Heil allerdings hat sie nicht mehr eigenständig mitzureden oder mitzuwirken. (Das mächtigste Dokument dieser Emanzipation von der philosophischen Tradition, Luthers Schrift gegen Erasmus ›Über den geknechteten Willen‹ [1525], können wir aus Raumgründen leider in dieser Auswahl nicht berücksichtigen!)

Auch wer die befreiende Wirkung von Luthers Berufung auf die Bibel, sein ›primum principium‹, sein Grundprinzip, wie er es gelegentlich nennt, für die damalige Zeit erkennt und gelten läßt, wird doch erhebliche Fragen haben. Brachte Luther sich und die Seinen damit nicht vom Regen in die Traufe? War es nicht richtiger und lebensnäher, in Glaubensfragen der Autorität der Kirche den obersten Platz zu lassen, als sich an ein uraltes Buch zu binden? War (und ist) die Bibel so eindeutig, wie Luther und seine Anhänger meinten? Waren der Glaube und das Leben der Christenheit damit nicht den Auslegungskünsten der Gelehrten ausgeliefert, ohne deren Vermittlung auch ›der gemeine Mann‹ die Bibel kaum verstehen kann? Ist der Papalismus der Wissenschaft christlicher und bekömmlicher als der Papalismus der Kirche? Ist Luthers eigener Umgang mit der Bibel nicht das grandioseste Beispiel einer subjektiven, individuellen Schau, die bestenfalls den Bedürfnissen einer Generation entsprach, aber weder das

Maß an allgemeiner Geltung noch an Anpassungsfähigkeit erwerben und behalten konnte, die der menschliche und christliche Geist auf dem Weg durch die Geschichte braucht?

Der Streit darüber währt in der Christenheit bis heute und kann hier nicht geschildert werden. Aber einige Voraussetzungen und Umstände sind zu bedenken, wenn man Luther in seinem Umgang mit der Bibel in all seinem Befremdlichen recht verstehen will. Daß die Bibel Gottes gültiges und wirksames Wort für den Menschen ist, war Luther und seiner Zeit niemals so selbstverständlich und leicht erschwinglich, wie es sich anhört. Da wir aus Luthers lebenslanger Bibelauslegung nur einige Proben bringen können, tritt dem Leser nicht so deutlich entgegen, welche innere Mühe Luther mit seinem ›Grundprinzip‹ immer wieder hatte. Er hinterläßt als letzte Notiz auf seinem Schreibtisch: wir sind Bettler, das ist wahr – und zwar Bettler im Umgang mit der Bibel als Gottes Wort! Wichtiger noch ist dies: Luthers Berufung auf die Bibel ist nicht so summarisch und formal wie sie klingt. Die Bibel ist nicht unterschiedslos Gottes Wort, sondern von ihrer Mitte, von ihrer eigentlichen Sache und Botschaft her. Weil er – im Wort von der gnädigen Gerechtigkeit Gottes – diese sachliche Mitte gefunden hat, kann er diese Entdeckung noch am Ende seines Lebens beschreiben, als wäre sie gestern geschehen: »Nun fühlte ich mich wie neugeboren und glaubte, durch weitgeöffnete Tore in das Paradies eingetreten zu sein« (Vorrede von 1545). Umgekehrt kann er dann einzelne Schriften der Bibel, wie den Jakobusbrief, aber nicht nur ihn, kritisch beurteilen und an den Rand stellen (Vorreden zum Neuen Testament 1522). Er weiß, »das Wort ist in mancherlei Weise geschehen von Anfang an. Man muß nicht allein ansehen, ob es Gottes Wort sei, ob es Gott geredet habe; sondern vielmehr, zu wem es geredet sei, ob es dich treffe oder einen andern.«[1] Es wird also der damalige und der heutige Adressat unterschieden. Die Bibel behält und bekommt ihre geschichtliche Mannigfaltigkeit und Tiefe. Freilich meldet sich auch schon die Frage, wie nun entschieden werden kann und soll, was mich trifft oder einen andern. Das hängt nach Luthers Einsicht von der sachlichen Mitte der biblischen Botschaft ab, aber auch von der Berufung des Einzelnen. »Luther hatte den Mut zu entscheiden, daß er von

Gott berufen sei, und daß jene – seine schwärmerischen Gegner – es nicht seien« (R. Huch).

Dabei darf man aber einige der Fragestellungen, mit denen wir heute an die Bibel herantreten, bei Luther nicht suchen. Er liest die Bibel zwar nicht ungeschichtlich, vielmehr hat sein Umgang mit ihr zu der Erkenntnis ihres geschichtlichen Charakters beträchtlich beigetragen. Aber diese Erkenntnis führt nicht dazu, ihr deswegen Bedeutung und Wirksamkeit abzusprechen. Was ihn zur Erkenntnis und zur Freiheit gebracht hat, kann ja nicht als Joch empfunden werden, das man je eher desto besser abschüttelt. So hat erst die Neuzeit empfunden und die Erkenntnisse und Methoden der kritisch-historischen Forschung dazu benützt, der Bibel ihr besonderes Gewicht für den Menschen und die Gesellschaft abzusprechen. Diese Gebärde ist Luther fremd, und wo er sie findet oder auch nur wittert, lehnt er sie mit Härte und Leidenschaft ab. Darin ist es begründet, daß er mit denjenigen seiner Schüler, Anhänger und Zeitgenossen am schroffsten verfährt, die sich auf den eigenen Geist und seine Erleuchtung berufen, anstatt sich vom göttlichen Wort der Heiligen Schrift leiten zu lassen. Im übrigen hat hier jede Zeit von neuem zu prüfen, ob Luther und die Reformation von ihren hohen Voraussetzungen aus die Bibel besser verstanden haben als spätere Zeiten, die sie mit anderen Voraussetzungen lesen.

Weil Luther die sachliche Mitte der Bibel entdeckte, konnte und mußte er der bis dahin geltenden Autorität der Kirche und ihrer Tradition gegenüber kritischen Abstand und Freiheit gewinnen. Dafür hat man immer Verständnis gehabt; auch der heutige Leser wird sich der Faszination dieses Vorgangs kaum entziehen. Umso mehr mag er sich befremdet fühlen, wenn er nun auf das eingehen soll, was Luther als sachliche Mitte dieser Bibel entdeckt und bezeichnet. Wer sich von der nachklingenden Entdeckerfreude in der eben zitierten Vorrede von 1545 beeindruckt fühlt, wird von dem, was Luther im gleichen Zusammenhang über die Gerechtigkeit Gottes sagt, kaum im selben Maße bewegt sein. Man kann Luther für seine geniale und wirksame Einbürgerung der Bibel in die deutsche Sprache und Geisteswelt dankbar sein, wie es neben vielen anderen Herder und Goethe waren, und kommt dennoch mit dem, was er als die Pointe der Bibel fand und weitergab, nicht zurecht.

Was war die Pointe? »Hier ist der erste und Hauptartikel: Daß Jesus Christus, unser Gott und Herr, sei um unserer Sünde willen gestorben, und um unserer Gerechtigkeit willen auferstanden, Röm. 4 (25), und er allein das Lamm Gottes ist, das der Welt Sünde trägt, Joh. 1 (29), und Gott unser aller Sünde auf ihn gelegt hat, Jesajä 53 (6); ferner: Sie sind allzumal Sünder und werden ohne Verdienst gerecht aus seiner Gnade, durch die Erlösung Jesu Christi in seinem Blut usw., Röm. 3 (23 f). Dieweil nun solches muß geglaubt werden, und sonst mit keinem Werk, Gesetz noch Verdienst mag erlangt oder gefaßt werden, so ist es klar und gewiß, daß allein solcher Glaube uns gerecht mache, wie S. Paulus spricht, Röm. 3 (28): Wir halten, daß der Mensch gerecht werde ohne Werke des Gesetzes, durch den Glauben ... Von diesem Artikel kann man nichts weichen oder nachgeben, es falle Himmel und Erden, oder was nicht bleiben will.« So hat es Luther selbst formuliert und diese Formeln sind (in den Schmalkaldischen Artikeln von 1536/8) zum normativen Bekenntnis des von ihm bestimmten Protestantismus geworden. Auch der loyalste Kirchenchrist und Theologe heute wird hier Abstand und Fremdheit empfinden. Niemand wird sich wundern, daß die Reihe derer, die gegen den Wahrheitsanspruch dieser Sätze von damals bis heute Einwände machen – sie reicht von Erasmus von Rotterdam über Kant, Fichte und Lagarde bis zu Karl Jaspers –, imposanter ist als die Reihe derer, die diese Sätze wirklich bestimmend werden ließen für ihr Denken und Leben, *und* die es mit relativem Erfolg vermochten, sie auch ihrer Umwelt einleuchtend zu machen. Es ist nicht nur und nicht in erster Linie die biblisch-mythologische Bildersprache, die sich schwer nachvollziehen läßt. Es ist vielmehr der völlige Verzicht auf die Selbstbestimmung des Menschen und der Gesellschaft, die uns hier befremdet und vor der wir zurückschrecken. Irgendwie hat alle spätere Theologie, wenn freilich mit Ausnahmen, unter denen Karl Barth voransteht, Abstriche an der Schärfe und Ausschließlichkeit dieser Sätze gemacht. Und selbst die sich nach Luther nennenden Kirchen im Gegenwartsprotestantismus mußten einräumen, daß man heute schwer damit zurechtkommt. Um so erstaunlicher, daß Luther mit diesen Sätzen die damalige Welt so tief traf und veränderte. Wiederum liegt es nahe genug, sich diese erstaunliche Wirkung mit

anderen Faktoren als mit dem theologischen und religiösen Kern von Luthers Entdeckung und Botschaft zu erklären.
Nicht alles war neu an dieser Sache. Daß wir Menschen im irdischen Leben und danach auf die göttliche Gnade angewiesen sind, war immer die Substanz des christlichen Glaubens. Aber nie war es mit solcher Ausschließlichkeit gegen alle menschlichen Selbsthilfe- und Selbstrechtfertigungsversuche gesagt und betont worden wie jetzt. Es wird verständlich, daß die gleiche Nachwelt, die Luther als Freiheitshelden sieht und sich gerne gefallen läßt, gleichzeitig von seiner Heilslehre abrückt und sich gegen sie auflehnt. Man mußte ja damit der Gestalt Jesu von Nazareth und den Evangelien noch lange nicht absagen, wenn man sie nicht mit der Ausschließlichkeit Luthers als alleinige Mittler des Heils gelten ließ und in Anspruch nahm.
Wer nun unsere Auswahl von Schriften Luthers durchgeht oder sich an einem Gesamtverzeichnis seiner Schriften orientiert, wird zu seiner Überraschung finden, daß die Stichworte seiner Haupt- und Zentrallehre in den Titeln und Überschriften seiner unzähligen Werke nicht wiederkehren. Das erklärt sich nicht nur aus deren Entstehung als Gelegenheitsschriften; oft tragen sie als polemische Schriften den Namen des Gegners im Titel. Luther hat seine Grundlehren nirgends systematisch zusammengefaßt. Aber sie begegnen allenthalben und sie bestimmen alles, was er vorzubringen hatte. Das ist für den heutigen Leser zugleich hilfreich und beschwerlich – das eine, weil er sich der Fülle und dem Reichtum von Luthers Sprache und Erkenntnis auch dann nicht ganz entziehen kann, wenn ihm jene Zentralerkenntnis fremd ist und bleibt; das andere, weil er doch immer wieder auf sie stößt und weil er sich sagen muß, daß Luther eigentlich nur von ihr her ganz zu verstehen ist. Aber es geht damit dem heutigen Leser nicht anders als es der Nachwelt mit Luther überhaupt ging: sie machte sich ziemlich rasch und immer entschlossener von seinem Hauptsatz los, und sie kam doch nicht von ihm los, weil er für die Entwicklung des neuzeitlichen Geistes zu viel eingebracht und bedeutet hat, als daß man darauf verzichten könnte. Keine Zeit hat unterlassen können, sich auf ihn zu berufen, und keine Luther-Renaissance hat es vermocht, ihn restlos ins Gegenwartsbewußtsein zu übernehmen. Erratisch steht er in unserer Überlieferung, und vielleicht steht seine Hauptwirkung noch bevor.

III

Wir konzentrieren uns aber auf das, worin Luther wirksam geworden ist, und fragen nach den Formen seines Wirkens. Er war kein Redner, sondern ein Schriftsteller. »Es ist charakteristisch für ihn, den man sich gern als donnernden Redner vorstellt, wieviel stärker ihm doch die Worte gehorchen, wenn er sie, mit sich allein in seinem Stübchen, zu Papier bringt. Er ist auf eine sehr faszinierende Weise der Mann der Einsamkeit und zugleich der Öffentlichkeit und breitesten Wirkung« (R. Friedenthal).
Es hängt mit seinem Grunderlebnis, aber auch mit seinem Beruf zusammen, daß sein ganzes Schrifttum der Auslegung der Bibel dient. Seine Vorlesungen über einzelne biblische Bücher, die er in Wahrnehmung seiner Auslegungsprofessur seit 1512 gehalten hat – am häufigsten über den Psalter, dann über paulinische Briefe, über das 1. Buch Mose und über manche der Propheten –, bilden den Grundstock seiner Arbeit und seiner Wirkung. Wir haben diese Vorlesungen in seinen eigenen Niederschriften, in Nachschriften seiner Hörer und in Bearbeitungen, die er selbst in Druck gab und die von anderen mit seiner Zustimmung veröffentlicht wurden. Die Nachwirkung dieser Vorlesungen war stärker als ihre unmittelbare Wirkung.
Dazu tritt die Predigt Luthers, auch sie für den Mönch eine Berufspflicht, der er auch als Professor nachkam. Mehr als 2000 Predigten – etwa ⅔ derer, die er zwischen 1510 und 1546 tatsächlich gehalten hat – sind uns in seinen eigenen Veröffentlichungen, in Nachschriften und Bearbeitungen erhalten. Auch von diesen Predigtauslegungen können wir nur eine Probe, die Predigten über die vier ersten Seligpreisungen, bringen. Mit der Predigt, als dem damals wesentlichsten Informations- und Publikationsmittel, ist die Reformation von Anfang an verbunden. Die berufenen und unberufenen Prediger sind die wirksamsten Verbreiter. Zuweilen wurde Luther die Geister, die er hier gerufen hatte, schwer wieder los. Wenn wir die Reformation als Predigtbewegung bezeichnen, so muß dabei die Enge und Abseitigkeit des Wortes Predigt ferngehalten werden, die es inzwischen angenommen hat. Immer noch war die Mehrzahl der Menschen damals des Lesens und Schreibens unkundig. Um so stärker der Bedarf

nach Predigt, um so lebendiger ihre Wirkung. Sie war immer Teil des kirchlichen Lebens. Jetzt, da die Messe aus ihrer zentralen Stellung verdrängt wird, da auch sonst die Grundlagen der hergebrachten Ordnung ins Wanken kommen, da Ungezählte die Klöster verlassen und als Prediger der neuen Lehre sich durchschlagen, wird die Predigt so wichtig und wirksam wie heute Rundfunk oder Fernsehen. Auch wer nicht lesen mag, wird hier erfaßt und beeinflußt.

Zwischen der Predigt und Luthers übrigem Schrifttum liegen die Sermone (Sermo = Predigt). Oft sind sie aus Predigten erwachsen. Öfter sind sie predigtartige, für die Veröffentlichung gearbeitete Darlegungen über die strittigen Fragen. Mit dem ›Sermon von Ablaß und Gnade‹ zu Beginn des Jahres 1518 hat er, seiner Absicht entsprechend, viel weitere Kreise erreicht als mit den berühmten 95 Thesen vom Herbst 1517. Auch die Fragen des weltlichen Lebens werden in solchen Sermonen behandelt. Mit dem Hauptteil des Sermons von den guten Werken (1520) konnten wir von diesem Stück seiner Wirksamkeit wenigstens ein Muster aufnehmen.

Hatte Luther kurz vor dem Ausbruch des Ablaßstreits mit der Veröffentlichung erbaulicher Bibelauslegungen in deutscher Sprache begonnen, noch ziemlich ungefüge im Stil, aber nicht ohne innere Kraft, so wird er mit dem Streit zum ersten Publizisten der deutschen Sprache. Sein Stil ist oft genug analysiert worden. Etwas von dessen Gewalt wirkt auch noch in den leider unerläßlichen Modernisierungen unserer Auswahl. Mit ihr hat er sich der Zeitgenossen in einer fast unbegreiflichen Schnelligkeit und Wirkung bemächtigt. Seine Gegner hatten das Nachsehen. Während Luthers Schriften in den Jahren von 1517–1525 in nahezu 2000 Ausgaben erschienen sind, beklagten sich die altgläubigen Schriftsteller, von denen keiner Luther wirklich gewachsen war, daß sie für ihre Schriften keine Verleger fänden. Ziemlich lange hat Luther den Streit auch mit lateinischen Schriften geführt; nicht selten die Sache in deutscher und in lateinischer Fassung gleichzeitig veröffentlicht. Später hat er auch für die schwerer gerüsteten, gelehrten Veröffentlichungen lieber die deutsche Sprache benützt. Es gab genug Zeitgenossen, die mit deren Übersetzung ins Lateinische sich etwas Geld verdienten, während

Luther selbst nie ein Honorar genommen hat. So geht die Wirkung alsbald über die Grenzen des deutschen Sprachraums hinaus. Schon im Herbst 1518 erschien in Basel eine erste Gesamtausgabe der bis dahin vorliegenden Schriften Luthers. Der Verleger Froben hat Luther berichtet, allein nach Frankreich und Spanien seien 600 Exemplare dieser Ausgabe versandt worden, andere nach Italien, nach den Niederlanden, nach England. »Noch nie habe ich mit einem Buch so viel Glück gehabt«, heißt es in Frobens Brief (vom 14. Februar 1519). Dabei ist nicht zu vergessen, daß jener Zeit der heutige Rechtsschutz eines gedruckten Buches fremd war. Luther selbst hat sich – ohne merklichen Erfolg – gegen das Treiben der Nachdrucker gewendet. »Ich habe die Postille (Predigtauslegung) angefangen..., so fährt zu ein Bube, der Setzer, der von unserm Schweiß sich nährt, stiehlt meine Handschrift, ehe ichs gar ausmache (zu Ende bringe) und läßt es draußen im Lande drucken, unsere Kosten und Arbeit zu verdrängen. Wohlan, Gott wirds finden, was du daran gewinnst, da schmiere die Schuhe mit. Du bist ein Dieb und vor Gott schuldig die Wiedererstattung. Nun wäre der Schaden dennoch zu leiden, wenn sie doch meine Bücher nicht so falsch und schändlich zurichteten... Sollte nicht ein Drucker dem anderen aus christlicher Liebe einen Monat oder zwei zugute harren, ehe er ihm nachdruckt? Sollts aber doch gegeizt sein, und wir Deutschen doch Bestien sein sollen: so geizt und tobt immerhin, nicht in Gottes Namen. Das Gericht wird sich wohl finden. Gott gebe Besserung in der Zeit. Amen.«[2] Die Klage stammt aus dem Jahr 1525. Man sieht, daß das in Worms 1521 verfügte Verbot, Luthers Schriften zu drucken und zu lesen, ohne Wirkung geblieben war. Nach 1525, als Luthers Urteile zum Bauernkrieg sein Ansehen erschüttern, nimmt die Flut ab. Aber die Reformation breitet sich weiter aus, und Luther spricht nach wie vor sein Wort mit. Unsere Auswahl nimmt darauf Rücksicht, sie bringt auch einiges von dem späteren Luther.

Wollten wir der Wirkungen Luthers im ganzen Umfang inne werden, müßten wir auch noch seinen Briefwechsel einbeziehen. 2585 Briefe von ihm sind erhalten, sicher nur ein Bruchteil. Unsere Auswahl begnügt sich mit einigen Beispielen. Der heutige Leser muß bedenken, daß Briefe damals einen größeren Nachrichten- und Öffentlichkeitswert hatten als heute. Dies gilt von den Briefen Luthers erst recht. Manche von ihnen sind von vornherein im Blick auf die Weitergabe geschrieben; andere freilich auch gegen seinen Willen veröffentlicht worden. Und wir dürften Luthers Lieder nicht vergessen, in denen er für seine Zeit und für die Nachwelt am unmittelbarsten lebendig und wirksam ist. Da viele dieser Lieder in unsern Kirchengesangbüchern zu finden sind, brauchten wir von ihnen nichts aufzunehmen. Ähnliches gilt von seiner bedeutsamsten und wirkungsvollsten Tat, der Bibelübersetzung. Auch durch die Bibelrevisionen hindurch wirkt seine Sprachgewalt nach. Vielleicht hat man zuweilen Luthers Beitrag zur deutschen Sprachentwicklung überschätzt. Immerhin mag das Urteil Jakob Grimms hier in Erinnerung gebracht werden: »Luthers Sprache ... muß ihrer edlen, fast wunderbaren Reinheit, auch ihres gewaltigen Einflusses halber für Kern und Grundlage der neuhochdeutschen Sprachniedersetzung gehalten werden, wovon bis auf den heutigen Tag nur sehr unbedeutend, meistens zum Schaden der Kraft und des Ausdrucks abgewichen worden ist. Man darf das Neuhochdeutsche in der Tat als den protestantischen Dialekt bezeichnen, dessen freiheitatmende Natur längst schon, ihnen unbewußt, Dichter und Schriftsteller des katholischen Glaubens überwältigte. Unsere Sprache ist nach dem unaufhaltbaren Laufe aller Dinge in Lautverhältnissen und Formen gesunken ...; was aber ihren Geist und Leib genährt, verjüngt, was endlich Blüten einer neuen Poesie getrieben hat, verdanken wir keinem mehr als Luthern« (Vorrede zur Deutschen Grammatik 1819).

IV

Niemand heute urteilt über Luther so vorbehaltlos wie Jakob Grimm und wie viele nach ihm bis herauf in die Zeit nach 1918. Unser Urteil ist vorsichtiger und differenzierter. Dabei spielt der ursprünglich konfessionell bedingte Zwiespalt nicht mehr die Rolle wie ehedem. Die ökumenische Gesinnung und Bewegung, von manchen als das entscheidend Neue in unserm Jahrhundert gewertet, versucht über jene Spaltung hinauszukommen. Längst hat man erkannt, daß an ihr viele Faktoren mitwirkten, die mit den Glaubensfragen selbst wenig oder nichts zu tun hatten. Und wer es beklagen möchte, daß der Geist der Neuzeit nicht mehr von der christlichen Überlieferung bestimmt ist, steht vor der Frage, ob nicht gerade die Spaltung des 16. Jahrhunderts die Glaubwürdigkeit und Durchschlagskraft der christlichen Wahrheit entscheidend geschwächt hat. Wer zuerst nach der Einheit der Christenheit fragt und dabei die Frage nach dem rechten Verständnis und Gebrauch des Erbes Jesu von Nazareth an die zweite Stelle rückt, wird sich nur ungern mit den Schriften Luthers befassen, in denen der Streit um die christliche Wahrheit alles andere in den Hintergrund treten läßt. Solchen Streit hat es in der Christenheit zwar immer gegeben, wie auch ihre organisatorische Einheit nie wirklich realisiert wurde. Doch ist Luther zum Inbegriff dieses Streites geworden. Daher begegnet uns die Polemik nicht nur in seinen Streitschriften, sondern überall. Und wenn er selbst vor dem Reichstag in Worms (1521) betonte, »daß meine Bücher nicht alle den gleichen Charakter tragen«, wenn er die Schriften voranstellt, »in denen ich über den wahren Glauben und rechtes Leben so schlicht und evangelisch gehandelt habe, daß sogar meine Gegner zugeben müssen, sie seien nützlich, ungefährlich und lesenswert für einen Christen«; wenn er davon unterscheidet die Schriften, in denen er das Papsttum und die Taten seiner Anhänger angegriffen hat, und wiederum solche, die er »gegen einige sozusagen einzeln für sich stehende Einzelpersonen« schrieb, so ändert das nichts daran, daß der spätere Leser an dem grundsätzlich polemischen Charakter alles dessen sich stößt, was er bei Luther findet. Luthers Denkform ist dualistisch, daher sein Stil polemisch: dem Christenmenschen zwischen Gott und Teufel bleibt auf Erden die ersehnte Harmonie versagt. So kann es auch zu keinem Ausgleich zwischen Luther und seinem bedeutendsten Gegner, Erasmus, kommen. Die christliche Wahrheit versteht sich nicht von selbst; der Glaube ist immer angefochten; die echten Christen auf Erden sind immer in der Minderheit; der Teufel baut stets seine Kapelle neben die wahre Kirche Jesu Christi, und meist ist jene prächtiger und ansehnlicher als diese. In alledem liefert sich Luther dem Zugriff des Psychologen und Analytikers aus. Und was für die Wahrheit und Einheit der Christenheit bei Luther zu gewinnen ist, scheint höchst fraglich zu werden. Und doch ist kaum jemals zuvor und niemals später so intensiv und mit solcher Wirkung nach der christlichen Wahrheit gefragt worden, und er hat mit seinen Antworten direkt oder indirekt bis in die Gegenwart bestimmend gewirkt. Wer in den Bann dieser Antworten gerät, wird selbst heute Luthers Doktrinarismus, seine harte Ausschließlichkeit und seine Intoleranz in Kauf nehmen. Wer nicht nur eine Annäherung und ein friedliches Verhältnis der beiden Konfessionen, sondern eine wirkliche Beendigung des Zwiespalts für geboten und aussichtsreich hält, kann am allerwenigsten Luthers Position ignorieren, da sie nun einmal am Ursprung der ganzen Entwicklung bis heute mitbestimmt. Um der darin auf dem Spiele stehenden christlichen Wahrheit willen müssen wir uns gerade dann auf Luther einlassen, wenn wir ihn meinen überwinden zu sollen und zu können. Daher sind gerade seine großen anti-römischen Schriften, aus denen wenigstens das Wichtigste in dieser Auswahl zu finden ist, von ungeminderter Aktualität. Dabei darf nicht der Eindruck entstehen, als handle es sich nur um Prinzipienfragen. Auch die konkreten Dinge, um die jene Zeit zu streiten hatte, müssen gesehen werden.

Aus jenem Zwiespalt und Streit ist der deutsche und der übrige Protestantismus entstanden. Ohne daß Luther und die anderen Reformatoren je eine neue Kirche hätten inaugurieren wollen, ist doch so etwas wie eine neue Kirche entstanden. Sie hat den Charakter der Konfession angenommen, wie auch die der Reformation sich versagende römisch-katholische Kirche zur Konfessionskirche geworden ist. Sofern wir heute längst am Ende des konfessionellen Zeitalters angekommen sind und dies meist als Gewinn und Fortschritt betrachten, wird Luther als Anfänger und – wider seinen Willen – Begründer einer Konfessionskirche wenig Interesse finden. Aber in diesem Vorgang spielt sich etwas ab, was auch den heutigen Betrachter aufs stärkste fasziniert.

In jenen Anfangsjahren vollzieht sich der Übergang eines Teils der Christenheit in neue Lebensformen. Dieser Übergang ist in seinen Grundentscheidungen und in vielen seiner Verwirklichungen ohne Zweifel revolutionär. Die Absage Luthers an das hierarchische Prinzip der bisherigen Kirche wie an die priesterliche Vermittlung; die Rückführung der vielen sakramentalen Verdinglichungen auf die Voraussetzung des Glaubens – »die Sakramente vollziehen sich, indem sie geglaubt werden« –, die Umformung des christlichen Heils- und Lebensweges von dem Seligkeitsstreben durch Werke in ein Handeln aus dem Glauben an die gnadenweise geschenkte Seligkeit; aber auch die Auslieferung des Bibelverständnisses an die Gemeinde und an den Einzelnen: nur weil all diese Transformationen sich im Protestantismus einigermaßen durchgesetzt haben, ja zum Teil selbstverständlich geworden sind, nehmen wir den tiefen Umbruch des Denkens und des Geschehens nicht mehr so deutlich wahr. Es handelt sich um Entsakralisierung, um Individualisierung und Verweltlichung des Christentums in einem bis dahin unvorstellbaren Maße.

Dennoch war hierin der Schritt von der Theorie zur Praxis so schwierig und verwickelt wie er immer ist. An drei Schriften unserer Auswahl läßt sich Luthers Anteil an diesem Übergang deutlich erkennen: am radikalsten ruft er zur Neugestaltung in der Schrift von 1523 auf, ›Daß eine christliche Gemeine Recht und Vollmacht habe, christliche Lehre zu beurteilen, christliche Lehrer (Prediger) ein- und abzusetzen‹. Die Radikalität dieses Programms ist um so erstaunlicher, als Luther schon vorher in der Schrift ›Von beiderlei Gestalt des Sakraments zu nehmen‹ (1522) viel vorsichtiger an die Verwirklichung der neuen Erkenntnisse für die Ordnung des Gottesdienstes und des Gemeindelebens gegangen war. Wenn er dann doch (in der Vorrede zum Unterricht der Visitatoren von 1528) die Neuordnung des sächsischen Kirchenwesens der äußeren Verantwortung des Kurfürsten überläßt, so ist mit diesem Schritt dem Anscheine nach alles zurückgenommen, was ursprünglich zum Programm gehörte. Während sonst die großen Radikalen der Last der Realisierung ihrer Erkenntnisse ausweichen oder entgehen, bleibt Luther der Versuch der Realisierung nicht erspart. Er kann sich nicht mit der grandiosen Lösung begnügen, die er noch in dem ›Brief an die Fürsten zu Sachsen von dem aufrührerischen Geist‹ von 1524 für möglich hält, wenn nur dem äußeren Aufruhr gesteuert wird: »Ist ihr Geist recht, so wird er sich vor uns nicht fürchten und wohl bleiben. Ist unser (Geist) recht, so wird er sich vor ihnen auch nicht, noch vor jemand fürchten. Man lasse die Geister aufeinander platzen und treffen. Werden etliche indes verführt, wohlan, so geht's nach rechtem Kriegslauf; wo ein Streit und Schlacht ist, da müssen etliche fallen und wund werden; wer aber redlich ficht, wird gekrönt werden.«[3] Da es dann doch, im Zusammenhang mit den Bauernunruhen, zum äußeren Aufruhr kommt, und da mit der Konsolidierung des christlichen Gemeindelebens nicht gewartet werden kann, entsteht die Ordnung des landesherrlichen Kirchenregiments, die das Christentum zur Sache von Behörden macht und die den deutschen Protestantismus bis heute lähmend bestimmt. Keine innerkirchliche Entscheidung Luthers ist mehr kritisiert worden als eben diese. Man darf sie nicht nur aus den geschichtlichen Umständen erklären. Auch für den Bereich der Kirchenordnung hat Luther seine Grunderkenntnis vom Vorrang und von der Macht des göttlichen Wortes nicht vergessen oder verleugnet. In seinem ›Ratschlag, wie eine beständige Ordnung in der christlichen Gemeinde könne aufgerichtet werden‹ (1526) heißt es: »Die Weise (dieser Ordnung) aber muß aus dem göttlichen Wort genommen werden, ohne welches keine Ordnung einig und beständig ist, zumal da nichts so gewaltig allen Menschen den Mund stopft und das Herz stillt, als das göttliche Wort. Menschenworte richten gewißlich Sekten und ungleiche Weise an, wie man vor Augen sieht in aller Welt.«[4] Damit wird die Erneuerung des Predigerstandes zum Kernpunkt der Neuordnung. Wenn der Gottesdienst recht geordnet ist, »so ist darnach hoch vonnöten, daß man gute fromme Prediger habe. Hier wird es an (den) Personen liegen, welche man in den Schulen und Universitäten aufziehen muß. Darum auch der Schulen und Universitäten Reformation vonnöten ist, daß man da keine Kosten noch Mühe spare. Das bedarf auch besonders guten Bedenkens; denn wo die Schulen nicht gut stehen, da man die Personen zeugen und ziehen soll, wird dem rechten Gottesdienst nicht zu raten sein.«

Auch wenn Luther immer wieder klagt, er habe die Leute nicht, so hat er doch einen Weg zu einer brauchbaren und vertretbaren Ordnung des Kirchenwesens gesehen und bezeichnet. Auch wenn es zur Bildung der mündigen Gemeinde nicht gekommen ist, so doch zur Erneuerung der Kirche als Erziehungsmacht. In seinen Schulschriften, deren eine wenigstens unsere Auswahl wiedergibt, ist das für den deutschen

Protestantismus charakteristische Bündnis von Kirche und Schule in seinen geistigen Grundlagen eindrucksvoll genug gezeichnet.

Luther wäre für das heutige Bewußtsein wohl doch nur eine blasse Gestalt der Vergangenheit, wenn er nicht auch das politische und soziale Denken seiner Zeit und der späteren Jahrhunderte kräftig mitbestimmt hätte. Eben darin ist er am meisten umstritten. Zwei so verschiedene Geister unseres Jahrhunderts wie Thomas Mann und Karl Barth, von Ernst Bloch und den Seinen zu schweigen, sind doch in der Vermutung einig, Luther sei wohl doch politisch zum Verhängnis der Deutschen und des darin von ihm bestimmten Protestantismus geworden. Und aus der Vermutung ist vielenorts längst die Behauptung und die Anklage geworden. Es läuft darauf hinaus, wie K. Barth es einmal formuliert, »daß das deutsche Volk seine Fürsten im Grunde nie los geworden ist, daß es noch nie Gelegenheit hatte, im Staate etwas anderes als einen Befehlsapparat zu erblicken, daß es insbesondere durch die Reformation Luthers dazu auch geistig geradezu erzogen worden sei«.[5] Nun ist es nicht der Zweck dieser Einleitung, das Auf und Ab der politisch-ethischen Lutherdeutung darzustellen. Es kann sich auch nicht darum handeln, Luthers Position in dieser Sache um jeden Preis zu verteidigen. Wohl aber können und müssen hier die Grundzüge von Luthers Position in ihren Voraussetzungen und Absichten verdeutlicht werden. Sie sind wohl auch aus den Stücken unserer Auswahl zu erkennen. Aber Luthers Art war nicht die systematische Darstellung. So bedarf es noch mehr als in den anderen Gebieten, in denen er wirksam geworden ist, der Verdeutlichung.
Luther hat die im Evangelium angelegte und im Lauf der Jahrhunderte weithin verwischte, undeutlich gewordene Unterscheidung von Religion und Politik, von Kirche und Staat, von Christenheit und Welt neu entdeckt und wirksam zum Bewußtsein gebracht. Da die Verweltlichung der Kirche in der Tat fast unerträglich geworden war, hat er hierin am meisten Beifall gefunden und am stärksten gewirkt, ohne daß man die Motive dieses Beifalls idealisieren sollte. Zu seiner Entdeckung hat ihm nicht nur die neue Begegnung mit der Bibel verholfen, sondern auch seine mönchische Erziehung,

deren Nachwirkung man höher einzuschätzen hat, als es meist geschieht. Glaube und Christenheit werden insofern ›entpolitisiert‹, als ihr eigenes Recht und ihre eigene, unvertretbare Verantwortung ans Licht treten. Der Brief an den Kurfürsten Friedrich den Weisen vom 5. März 1522 ist ein eindrucksvolles Beispiel dieser Haltung. Sie setzt freilich voraus, daß der Glaube nicht im Leeren, sondern in der Wirklichkeit und Treue Gottes begründet ist. Für Luthers sämtliche Urteile muß man die unbedingte, wenn auch nicht unangefochtene Gewißheit einer jenseitigen Ewigkeit immer bedenken. Er war sich dessen genau bewußt. »Wird die Welt nichts halten vom künftigen Leben, so ist dann Christus nichts mehr. Denn wer das künftige Leben nicht hofft, der braucht Christus ebenso wenig als die Kühe und andere Tiere des Paradieses, weil Christi Reich nicht ist noch sein kann auf Erden‹.«[6] Der Gewinn dieser Erkenntnisse ist so deutlich wie die Gefahr von Entartung und Mißbrauch. Wenn der Glaube eigenen Rechts ist und keinem irdischen Zwang unterliegen kann, so ist eine Freiheit ohnegleichen gewonnen. Aber gleichzeitig kann dies zu einer solchen Verinnerlichung führen, daß für das Leben der Christen in der Welt keine Wirkung mehr davon ausgeht. Daß es Luther nicht so gemeint hat, zeigt seine Vorrede zum Römerbrief mit ihrer Beschreibung des Glaubens. Die Gefahr der Vergleichgültigung des Lebens in der Welt zeigen die Predigten über die Seligpreisungen.

Dennoch wäre Luther mißverstanden, wollte man ihm nun zuschreiben, daß er den Bereich des politischen und staatlichen Lebens ganz sich selbst überlassen habe. Auch für diesen Bereich erkennt der Christenmensch Gottes Wille und Gebot. Denn eine Welt oder ein Staat ohne Gottes Wille und Oberherrschaft ist für Luther unvorstellbar. Daher seine Sätze von der doppelten Regierungsweise Gottes, wie sie in der Obrigkeitsschrift von 1523 und an vielen andern Stellen von ihm formuliert werden. Dabei hat er immer nur das eine im Sinne gehabt, »daß ich die Fürsten und weltliche Obrigkeit also wolle unterrichten, daß sie Christen und Christus ein Herr bleiben sollen«, wie er in der Vorrede zur Obrigkeitsschrift es ausdrückt. Er konnte es freilich nicht verhindern, daß seine im Grund einfache und selbstverständliche Unterscheidung des Geistlichen und des Weltlichen für die Chri-

sten zum Ruhekissen und für die Politiker zur ideologischen Begründung eines Mythos vom eigenständigen, wenn nicht totalen Staat herangezogen und mißbraucht wurde.
Schon damals hat sich Luther die Frage gefallen lassen müssen, ob er von seiner Grunderkenntnis aus zu seinen maßlosen und heftigen Urteilen ›Wider die räuberischen und mörderischen Rotten der Bauern‹ kommen durfte und mußte. Hier werden die praktischen Grenzen seines Lebensgefühls – mehr als seiner christlichen Erkenntnis, möchte ich meinen – deutlich. Es ist das tiefe, vom Glauben nicht mehr kontrollierte Erschrecken vor der Anarchie, wie es schon 1521/22 in der ›Treuen Vermahnung zu allen Christen sich zu hüten vor Aufruhr und Empörung‹ spürbar wird und wie es sich anderwärts noch deutlicher zeigt. Es kommt hinzu, daß er – nicht ohne Recht – aus dem Neuen Testament die Regel für den Christen ableitet, daß eine äußere Besserstellung im Leben nicht das erste Anliegen sein könne. Von da aus unterläßt er zwar die Kritik an der schlechten Behandlung der Bauern vor und nach dem Bauernkrieg nicht; aber sie bleibt rhetorisch, weil er sich den Fürsten nicht wirksam in den Weg stellt. Er hat die Grenze, die der weltlichen Herrschaft durch die Freiheit des Glaubens gezogen ist, immer eingehalten und geltend gemacht. Aber er hat sich z. B. nicht vorstellen können, daß der Staat sich in einem Maße, wie wir es erlebten, selbst ideologisiert und mythisiert und damit zum Gegenstand des Glaubens wird. Er hat die natürliche Vernunft der Regierenden und der Regierten sehr skeptisch betrachtet und im kirchlichen wie im weltlichen Bereich von institutionellen Vorkehrungen und Absicherungen nichts gehalten. In alledem gehört er einer vergangenen Zeit an, und es führt von seiner Position kein unmittelbarer Weg zu dem, was inzwischen politisch sich entwickelt hat. Andererseits ist die von ihm geleistete Destruktion des kirchlichen Herrschaftssystems für alle Folgezeit das Modell eines revolutionierenden Befreiungsgeschehens, wie es deren in der Geschichte nur wenige gibt. Was ihn von allen späteren ähnlichen Abläufen trennt, ist seine Gottesgewißheit und die Jenseitsbegründung seines Glaubens. Nicht ohne Recht hat man gesagt, Karl Marx sei ein Luther – ohne Gott. Luther war ein Christ.
Man sollte also, will man nicht um Worte streiten, das revolutionäre Element im Reformationsgeschehen nicht in

Abrede stellen. Vergleicht man sie mit der andern Revolution, in der sich die Beteiligten auf die Bibel beriefen und in der christliche Motive zugrunde lagen oder mitwirkten, nämlich mit der englischen Revolution des 17. Jahrhunderts, die aus dem Bewußtsein der heutigen Christenheit fast verdrängt ist, so werden Unterschiede deutlich: bei Luther sind im Ursprung keine weltlich-politischen Ziele festzustellen; er war auch den politischen Auswirkungen seines Auftretens gegenüber achtlos und hilflos. »Denn Gott achtet nicht so groß das weltliche Regiment, als sein eigen ewiges, der Kirchen Regiment«, wie es in der Auslegung des 101. Psalms von 1534 heißt.[7] Luther ist nicht Cromwell.

V

Jede für heutige Leser bestimmte Luther-Auswahl hat – mit und ohne Rücksicht auf das Jubiläum von 1983 – zwei Tatbestände besonders ins Auge zu fassen, von denen wir Älteren noch bis vor kurzem nicht einmal träumen konnten.

In unserm deutschen Bereich wird Luther heute nicht mehr nur in *einer*, sondern in zwei Tonarten erforscht und gefeiert: bürgerlich und/oder marxistisch. Waren bis vor kurzem die marxistischen Ergebnisse und Urteile, was Luther betraf, wesentlich negativ, so hören wir jetzt: »Mit dem Sieg der Arbeiterklasse und ihrer Verbündeten sind in der DDR die gesellschaftlichen Voraussetzungen dafür geschaffen, Martin Luther allseitig wissenschaftlich begründet und gerecht zu würdigen«[8]. In den 15 Thesen einer Arbeitsgruppe der Akademie der Wissenschaften in Ostberlin über M. Luther heißt es: »Die gegebenen gesellschaftlichen und kirchlichen Verhältnisse bedingten die zentrale Bedeutung der Theologie in den politischen, sozialen und ideologischen Auseinandersetzungen und die religiöse Begründung der revolutionären Forderungen. Martin Luther löste durch seinen Kampf gegen das ›internationale Zentrum des Feudalismus‹ die Reformation aus. Darin liegt sein bleibendes Verdienst. Die Reformation wurde ein wesentlicher Bestandteil der beginnenden Revolution.«[9] Die geschichtliche und sachliche Zentrierung von Luthers Sendung und Botschaft in der christlich-theologischen Überlieferung wird unbefangener als ehedem gesehen und anerkannt. Ja, einer auch bei uns sehr umstrittenen Frage wird summarisch Antwort erteilt: »Luther begründete durch sein neues Verständnis der Beziehungen zwischen Mensch und Gott – der Rechtfertigung des Menschen allein durch den Glauben – einen neuen Kirchenbegriff.«[10] Die Ostberliner Arbeitsgruppe hat gegenüber der älteren, Luthers angeblichen oder wirklichen Subjektivismus betonenden Auffassung den tiefen Zusammenhang seiner Glaubenshaltung und seiner Kirchlichkeit herausgestellt.

Daß der Reformator sich auch zu den damaligen Wirtschaftsfragen geäußert hat, war immer bekannt, wurde aber wenig beachtet. Seine Schrift »Von Kaufshandlung und Wucher« (1524), in der er sich leidenschaftlich gegen die Usancen des aufkommenden Kapitalismus wendete, wurde von der bürgerlichen Forschung (Max Weber u. a.) als überholt beurteilt. Wir weisen auf diese Programmschrift, die wir aus Raumgründen nicht bringen können, wenigstens hin[11].

Kaum weniger eindrucksvoll ist der Wandel des Urteils über Luther und seine Reformation im römischen Katholizismus. Mit Recht hat man diesen Wandel als revolutionär bezeichnet (B. Lohse). Zum ersten Mal – nach einigen Vorreitern vor 1914 – hat sich von der reinen Polemik abgewendet Joseph Lortz in seinem – für das Jubiläum neu aufgelegten – Monumentalwerk, Die Reformation in Deutschland (1939/40). Er anerkannte den christlich-religiösen Charakter von Luthers Auftreten und Wirken, ohne die eigene römisch-katholische Einstellung zu verleugnen. Seither ist die Polemik gegen Luther zwar nicht ganz verstummt; auch bleibt der offizielle römische Katholizismus dem reformatorischen Protestantismus gegenüber zurückhaltend. Aber unsere heutige Lutherforschung wäre ohne die Beiträge katholischer Autoren undenkbar. Luther ist inzwischen für einige unter ihnen – z. B. für O. H. Pesch – längst nicht mehr Ketzerfürst, sondern so etwas wie ein Glaubensvater[12].

Läßt sich der Zwiespalt der Konfessionen von Luthers Ansatz und Absicht aus auf eine für uns heute nachvollziehbare Formel bringen? Was auf dem Spiel steht, läßt sich an einem Kernsatz Luthers erläutern. In seiner Schrift gegen Ambrosius Catharinus von 1521 spricht er vom Zeichen des göttlichen Wortes, an dem wir die Realität der Kirche nicht schauen, aber glauben, und fügt hinzu, dies Wort könne nicht laut werden, es sei denn in der Kirche durch den Heiligen Geist[13]. Wort, Geist und Kirche konstituieren und vergewissern den Glauben. Darüber sind sich die Konfessionen einig. Aber wer im Konfliktfall den Vorrang hat und den Ausschlag gibt, ist strittig. Dieser Streit ist bis heute nicht geschlichtet. Fraglich ist dabei Rang und Vollmacht der Kirche in ihrem Verhältnis zum Evangelium selbst.

Zum Verständnis dieser Differenz hat der Konvertitenkardinal J.H. Newman (1801–1890) einen Beitrag geleistet, der bisher m.W. zu wenig beachtet wurde. Er sieht den Unterschied im Umgang mit der christlichen Wahrheit. Der Katholik übernimmt diese Wahrheit, weil er von der Rechtmäßigkeit ihrer Vermittler und Zeugen überzeugt ist. Jede katholische Dogmatik beginnt damit, diese Legitimität der Kirche als Vermittlung des Glaubens einleuchtend zu machen. Weil bei uns Protestanten die Berechtigung dieser Vermittlung nicht anerkannt wird – wir müßten denn den Papst als Oberhaupt der Kirche anerkennen –, gilt das Abendmahl (und die Predigt) als unsicher in ihrer Heilsamkeit. Sowohl das Heil des Gläubigen wie die Vollmacht der Kirche stehen auf dem Spiel. Der Protestant fragt erst in zweiter Linie nach der Legitimität der Vermittler und Zeugen, d.h. der Kirche. Er fragt nach der Wahrheit des Evangeliums selbst. Ihr allein ist er letztlich konfrontiert; sie allein ist heilsam und notwendig. Das bringt die relative aber grundsätzliche Unabhängigkeit des Glaubens und des Glaubenden von der Kirche mit sich. Die Ostberliner Akademie hat recht: Luthers Rechtfertigungserkenntnis hat einen neuen Kirchenbegriff im Gefolge gehabt. Luther hat es so ausgedrückt: »Was Christtum nicht lehrt, das ist nicht apostolisch, wenn's gleich Petrus oder Paulus lehrt; umgekehrt, was Christum predigt, das ist apostolisch, wenn's gleich Judas, Hannas, Pilatus und Herodes ist... Die Person laß fahren, aber die Lehre mußt du bekennen.«[14]

Luthers Selbstzeugnis über seine Entwicklung zum Reformator

1545

Werk und Person sind bei Luther unlösbar verbunden. Wollen wir seine Sendung verstehen, so kann uns sein Selbstzeugnis am besten dazu anleiten. Aus der unerschöpflichen Fülle seiner Selbstaussagen stellen wir den zusammenfassenden Rückblick auf die Anfänge der Reformation voran, den er in der Vorrede zum ersten Band seiner lateinischen Schriften 1545, ein Jahr vor seinem Tode, niedergeschrieben hat. Wir beschränken uns hier auf die Abschnitte, in denen er das eigene Ringen und Suchen nach der göttlichen Wahrheit während der entscheidenden Jahre um 1517 schildert.

MARTIN LUTHER AN DEN FROMMEN LESER

Lange und ernstlich habe ich denen widerstanden, die meine Schriften oder richtiger die verworrenen Überbleibsel meiner Studien gesammelt und gedruckt zu sehen wünschten. Denn einmal wollte ich die Werke der alten Väter nicht durch den Reiz der Neuheit verdrängen, der in den Augen des Lesers meinen Schriften zugute kommt. Sodann aber gibt es jetzt durch Gottes Gnade viele wohlgeordnete Lehrbücher, vor allem die ausgezeichneten *»Loci communes«* (Grundbegriffe der Glaubenslehre) Melanchthons, aus denen sich jeder Theologe und Seelenhirte trefflich und gründlich unterrichten kann, um sich als tüchtigen Lehrer und Prediger des göttlichen Wortes zu erweisen. Vor allem aber kann man jetzt die Heilige Schrift fast in jeder Sprache lesen. Meine Bücher aber, entstanden, wie es der Zufall oder vielmehr der Zwang der sich überstürzenden Ereignisse mit sich brachte, bilden ebenso eine wirre, zusammenhanglose Masse, die mir selbst zu ordnen schwerfallen sollte.

Aus diesen Gründen wünschte ich eigentlich, daß meine Schriften ewiger Vergessenheit anheimfielen, um besseren Platz zu machen. Aber mit erbarmungsloser Zudringlichkeit und Hartnäckigkeit lag man mir täglich in den Ohren und stellte mir vor, daß, wenn ich die Herausgabe bei meinen Lebzeiten nicht gestattete, sie nach meinem Tode um so gewisser erfolgen würde und zwar durch Leute, die von den Beweggründen und den geschichtlichen Verhältnissen keine Ahnung haben und so in ihrer Verworrenheit immer neue Verwirrungen anstiften würden. So erreichten sie mit ihrem Drängen, daß ich einwilligte. Überdies war es der Wunsch und Wille unseres erlauchten Herrn, des Kurfürsten Johann Friedrich, der den Druckern befahl und sie geradezu zwang, nicht nur den Satz zu unternehmen, sondern die Ausgabe sogar zu beschleunigen.

Vor allem aber bitte ich um unseres Herrn Jesu Christi willen, das alles mit gesundem Urteil und tiefem Erbarmen zu lesen. Man muß wissen, daß ich damals ein Mönch und ein ganz unsinniger Papist war, als ich jenes Werk in Angriff nahm, so berauscht, ja so versunken in die Glaubenslehren des Papsttums, daß ich imstande gewesen wäre, jeden womöglich zu ermorden, zu solcher Tat Beihilfe zu leisten oder wenigstens sie gutzuheißen, der dem Papste auch nur mit einem Worte den Gehorsam verweigert hätte. Ein solcher Saulus war ich damals, wie es heute noch viele gibt. Im Vergleich mit mir waren Dr. Eck[1] und seinesgleichen frostig, ja wie Eiszapfen in ihrer Verteidigung des Papsttums, denn sie pflegten dieses Geschäft nur um ihres Bauches willen zu betreiben und mit so wenig Ernst zu Werke zu gehen, daß sie mir heute noch vielmehr des Papstes zu spotten scheinen, diese Epikureer[2]. Ich aber meinte es ernst, da ich eine furchtbare Angst vor der Todesstunde hatte und dabei aus tiefstem Herzen mich danach sehnte, selig zu werden.

Aus meinen älteren Schriften ist demnach zu ersehen, welche weitgehenden Befugnisse ich damals in aller Demut dem Papste noch beigelegt habe, die ich später als ärgste Gotteslästerung erkannt und verdammt habe. Der Leser möge also diese Unsicherheit oder, wie meine Gegner es verdächtigen, diesen Widerspruch meiner damaligen Lage und Unerfahrenheit zugute halten. Ich stand anfangs allein und war für ein so gewaltiges Unterfangen doch gar zu einfältig und ungelehrt; denn ich bin nur durch die Verkettung der Umstände, nicht aus freien Stücken und mit Vorbedacht in diesen Sturm hineingeraten: des ist Gott mein Zeuge!

Und so kann man an meinem Beispiel wieder einmal sehen, wie schwer es ist, sich durchzuringen, aus einem Meer von Irrtümern aufzutauchen, die in der Meinung einer ganzen Welt fest begründet und ihr durch die Länge der Gewohnheit zur andern Natur geworden sind. Wie wahr ist doch das Sprichwort: »Alte Gewohnheit läßt sich schwerlich verändern« oder »Gewohnheit wird zur zweiten Natur«; und wie treffend sagt Augustinus[3]: »Gewohnheit, der man nicht Widerstand leistet, wird zum Zwang.« Denn obwohl ich nun schon sieben Jahre gelehrt und die Heilige Schrift in öffentlichen und privaten Vorlesungen fleißig erklärt hatte, so daß ich fast alles im Gedächtnis hatte; obwohl ich ferner den Anfang einer reineren Erkenntnis des christlichen Glaubens schon hinter mir hatte, nämlich die Einsicht, daß wir nicht durch die Werke, sondern durch den Glauben an Christum gerecht und selig werden, endlich den Satz schon öffentlich verfochten hatte, daß der Papst nicht nach göttlichem Recht das Oberhaupt der Kirche sei, so zog ich doch noch nicht die Folgerung, daß dann das Papsttum notwendig ein Werk des Satans sein müsse. Denn was nicht von Gott stammt, muß auf den Teufel zurückgehen.

Damals aber war ich so überwältigt von dem Wesen und der Würde der heiligen Kirche und eigner Gewohnheit, daß ich dem Papsttum immer noch das geschichtliche Recht beilegte, das doch, wenn es nicht auf den Willen Gottes sich berufen kann, nur Lüge und Teufelswerk ist. Denn den Eltern und der Obrigkeit gehorchen wir nicht um ihres Anspruchs willen, sondern weil es Gottes Gebot ist: Seid untertan aller menschlichen Ordnung um des Herrn willen (1. Petr. 2, 13). Daher kann ich den hartnäckigen Anhängern des Papsttums um so weniger zürnen, besonders den ungebildeten Laien, da ich selbst trotz jahrelanger und fleißiger Beschäftigung mit der Theologie so zähe daran festgehalten habe.

Inzwischen hatte ich mich in jenem Jahre (1519) schon wieder der Auslegung des Psalters zugewandt, im Vertrauen darauf, daß ich durch die schulmäßige Behandlung der Briefe S. Pauli an die Römer und Galater und des Hebräerbriefs größere Übung erlangt hatte[4]. Ich war von einer unglaublichen Sehnsucht befangen, den Verfasser des Römerbriefs kennen zu lernen. Nicht als ob es mir an dem herzhaften Entschluß zu eindringender Forschung gefehlt hätte; ich stutzte einzig vor dem Worte (Kap. 1, 17) von »der Gerechtigkeit Gottes, die im Evangelium offenbart wird«. Denn dieser Begriff der »Gerechtigkeit Gottes« war mir geradezu verhaßt, weil ich gewohnt war, ihn nach dem Vorgang aller Theologen im Sinne der scholastischen Philosophie zu verstehen als die »formale oder aktive» Gerechtigkeit, vermöge deren Gott sich gerecht erweist, indem er die Sünder als die Ungerechten bestraft.

Ich aber fühlte mich, obwohl ich als Mönch ein untadeliges Leben führte, vor Gott als einen von Gewissensqualen verfolgten Sünder, und da ich nicht darauf vertrauen konnte, Gott durch meine Genugtuung versöhnt zu haben, liebte ich nicht, sondern ich haßte förmlich jene gerechte, die Sünder bestrafende Gottheit. Denn ich sagte mir: als ob es nicht genug wäre, daß die elenden Sünder, die schon durch den Fluch der Erbsünde ewiger Verdammnis preisgegeben sind, nach dem Gesetz des Alten Bundes mit allen erdenklichen Strafen heimgesucht werden, wenn nicht Gott durch das neue Evangelium die Qual noch vermehrte, indem er auch durch die Botschaft des Neuen Bundes uns nur seine zürnende und strafende Gerechtigkeit ankündigt. So marterte ich mich in der Strenge und Verworrenheit meines Gewissens; dabei aber brütete ich unablässig über jenem Ausspruch des Apostels, dessen Sinn ich mit glühender Begierde zu enträtseln suchte.

Bis nach tage- und nächtelangem Nachsinnen sich Gott meiner erbarmte, daß ich den inneren Zusammenhang der beiden Stellen wahrnahm: »Die Gerechtigkeit Gottes wird im Evangelium offenbar« und wiederum: »Der Gerechte lebt durch seinen Glauben«. Da fing ich an, die Gerechtigkeit Gottes zu begreifen, kraft deren der Gerechte aus Gottes Gnade selig wird, nämlich durch den Glauben: daß die Gerechtigkeit Gottes, die durch das Evangelium offenbart werde, in dem passiven Sinne zu verstehen ist, daß Gott in seiner Barmherzigkeit uns durch den Glauben rechtfertigt, wie geschrieben steht: »Der Gerechte lebt aus Glauben.«

Nun fühlte ich mich geradezu wie neugeboren und glaubte, durch weit geöffnete Tore in das Paradies eingetreten zu sein. Ich ging dann die Heilige Schrift durch, soweit ich sie im Gedächtnis hatte, und fand in anderen Wendungen den entsprechenden Sinn: so ist das »Werk Gottes« dasjenige, was Gott in uns wirkt, die »Stärke Gottes« das, wodurch er uns stark macht, und so ist auch die »Kraft Gottes«, das »Heil Gottes«, die »Ehre Gottes« aufzufassen.

Je lebhafter ich also bisher das Wort von der »Gerechtigkeit Gottes« gehaßt hatte, um so liebevoller mußte ich nun diese gnadenreiche Vorstellung umfassen, und so hat mir jener Ausspruch des Apostels in der Tat die Pforten des Himmels erschlossen. Nachher las ich Augustins Schrift »Über den Geist und den Buchstaben«, wo ich wider Erwarten fand, daß auch dieser die Gerechtigkeit Gottes auffaßt als diejenige, die Gott uns beilegt, indem er uns rechtfertigt. Und wiewohl das noch unvollkommen gedacht ist und dieser Vorgang der Beilegung nicht alles deutlich erklärt, war ich doch zufrieden, daß hier die Gerechtigkeit Gottes dahin erläutert wurde, daß wir durch sie gerecht gesprochen werden[5].

Durch solche Gedankengänge besser ausgerüstet, begann ich, die Psalmen ein zweites Mal zu erklären, und aus dieser Arbeit wäre ein umfangreicher Kommentar entstanden, wenn ich nicht im folgenden Jahre durch die Berufung vor den durch Kaiser Karl V. in Worms abgehaltenen Reichstag zu neuer Unterbrechung genötigt worden wäre.

Das aber erzähle ich dir, lieber Leser, damit du beim Durchgehen meiner Schriftchen dir vergegenwärtigst, daß ich, wie Augustin von sich selbst sagt, einer von denen gewesen bin, die sich durch Schreiben und Lehren vorwärtszubringen suchten, nicht von denen, die aus nichts mit einem Schlage alles werden, obwohl sie doch nichts gearbeitet, keine Versuchung bestanden, keine Erfahrungen gesammelt, sondern auf den ersten Anlauf sich des gesamten Inhalts der Heiligen Schrift bemächtigt haben.

Bis hierhin war in den Jahren 1520 und 1521 der Ablaßstreit gediehen; ihm schlossen sich an der Abendmahlsstreit und die Kämpfe mit den Wiedertäufern, zu denen ich in den folgenden Bänden, sofern ich noch lebe, eine Einleitung geben werde.

Und nun Gott befohlen, lieber Leser, und bete für das Gedeihen des göttlichen Wortes trotz der Macht und List des Satans, der gerade jetzt sich wütend und grausam gebärdet, weil er weiß, daß seine Zeit kurz bemessen ist und die Herrschaft des Papstes ins Wanken geraten ist. Gott aber möge das in uns bekräftigen, was er selbst gewirkt hat, und das Werk vollführen, das er in uns angefangen hat (Phil. 1, 6), zu seiner Ehre. Amen.

Geschrieben am 5. März 1545.

Brief an Spalatin

Der Brief zeigt, daß Reformation und Humanismus nicht aus einer Wurzel erwachsen sind. So viel gerade der frühe Luther von Erasmus, dem Fürsten der humanistischen Gelehrten, dem Herausgeber des griechischen Neuen Testaments, dem konservativen Kirchenkritiker und Moralphilosophen, zu lernen willens ist, sein Urteil ist doch von Anfang an kritisch. – Der Empfänger des Briefes ist Georg Burkhardt aus Spalt bei Nürnberg, gen. Spalatin (1484–1545), Bibliothekar und Archivar, Sekretär und Geheimer Rat, Hilfskaplan und Hofprediger von Luthers Landesherrn, Kurfürst Friedrich dem Weisen, frühzeitig Freund des Reformators und einflußreicher Vermittler zwischen dem Hof und der Universität. Luthers zahlreiche Briefe an ihn (bis 1525) sind wichtigste Quellen der Reformationsgeschichte.

Gruß und Segen voran! Lieber Herr Spalatin! An Erasmus ist mir bei all seiner Gelehrsamkeit anstößig, daß er die Worte des Apostels dahin auslegt, unter der Gerechtigkeit der Werke oder des Gesetzes oder, nach Pauli eigenem Ausdruck, der eigenen Gerechtigkeit sei das Einhalten äußerer Kultusvorschriften zu verstehen. Die Erbsünde erkennt er wohl an, meint aber, der Apostel spräche sich Römer 5 nicht klar über sie aus. Er soll doch nur Augustin lesen, und zwar seine Schriften gegen die Pelagianer, weiter besonders das Buch über Geist und Buchstaben, das über Sündenschuld und Vergebung, die Schrift gegen die beiden Briefe der Pelagianer und die gegen Julian, die, soviel ich weiß, sämtlich im achten Band seiner Werke enthalten sind[1]. Da wird er merken, daß Augustin nicht seine eigene Weisheit vorbringt, sondern sich auf die besten Kirchenväter stützt. Dann wird er aber auch nicht allein dahin kommen, den Paulus richtig zu verstehen, sondern auch den Augustin einer höheren Meinung wert zu achten, als er bisher getan hat.

Ich stehe nicht an, darin von Erasmus abzuweichen, daß ich bei der Auslegung der Heiligen Schrift den Hieronymus ebensoweit hinter Augustin zurückstehen lasse, als er den Augustin in allen Stücken hinter Hieronymus zurückstehen läßt. Nicht daß mich die Vorliebe für meinen Ordensheiligen auf Augustin wiese; zollte ich ihm doch nicht die geringste Achtung, bevor ich nicht durch Zufall über seine Werke geraten war. Aber St. Hieronymus scheint mir vorsätzlich auf geschichtliche Auslegungen auszugehen, und noch mehr stößt mir auf, daß er die Schriftstellen vernünftiger zu deuten weiß, wo er es nebenher tut, wie z.B. in seinen Briefen, als wo er sich ausschließlich damit befaßt, wie z.B. in den »Opuscula«[2].

Keineswegs besteht demnach die Gerechtigkeit des Gesetzes oder der Werke lediglich im Kirchendienst, sondern vielmehr auch in der Befolgung der zehn Gebote. Wenn wir diese ohne den Glauben an Christus einhalten werden, so machen sie aus uns wohl einen Fabricius und einen Regulus[3] und wie die reinsten Namen in den Augen der Menschen lauten. Trotz alledem hat das nicht mehr mit Gerechtigkeit zu tun, als eine Sorbe[4] einer Feige gleicht. Denn nicht dadurch, daß wir recht tun, wie es die Meinung des Aristoteles[5] ist, erlangen wir Gerechtigkeit, es sei denn die Gerechtigkeit der Heuchler, sondern erst dadurch, daß wir Gerechtigkeit erlangen und gerecht werden, sind wir fähig, recht zu handeln. Erst muß der Mensch sich ändern, dann erst können es seine Werke; erst sah der Herr Abel gnädig an und dann sein Opfer[6]. Doch hierüber ein andermal.

Tut daher Eure Freundes- und Christenpflicht und schreibt dieses an Erasmus[7]. Denn so weit ich auch sein Ansehen sich ausbreiten sehen möchte, so fürchte ich doch, daß sich viele daraus eine Verteidigung jenes toten Wortsinnes entnehmen möchten, von dem der Kommentar des Nicolaus von Lyra ebenso voll ist wie alle Schriften nach Augustin. Denn selbst Faber Stapulensis[8], sonst des Geistes voll und so rein wie nur ein andrer, läßt bei der Auslegung der Heiligen Schrift den Sinn missen, den er so reichlich in der Führung seines eigenen Lebens und der Leitung der Handlungen seiner Mitmenschen beweist.

Ihr könntet mich vorwitzig schelten, daß ich so große Männer meinem wissenschaftlichen Urteil unterwerfe; doch wißt Ihr,

daß ich es im Dienste der Theologie und des Seelenheils meiner Brüder tue. Lebt wohl und betet für mich.
In Eile in einem Winkel unseres Klosters, am Tage nach St. Lukas, 1516.

Bruder Martinus Luder, Augustiner.

Schreiben an den Erzbischof Kardinal Albrecht von Mainz

Luthers mehr berühmte als bekannte 95 Thesen vom 31. Oktober 1517, der erste öffentliche Anstoß zur Reformation, sind für unsere Auswahl zu umfangreich. Das Schreiben, welches Luther gleichzeitig an den Mainzer Erzbischof und Kardinal Albrecht von Brandenburg sandte, gibt jedoch unmittelbaren Einblick in die Motive und Anliegen seines Handelns. Mönchisch-klerikale Demut und reformatorisches Selbstbewußtsein bestimmen gleichzeitig die Ausdrucksweise dieses Briefes.

Gottes Gnade und Barmherzigkeit zuvor! Hochwürdigster Vater in Christo, durchlauchtigster Kurfürst! Eure Kurfürstliche Gnaden halten mir gnädiglich zugute, daß ich, der geringste und unwerteste unter allen Menschen, vermessen daran zu denken wage, einen Brief an Ew. Hochwürden zu schreiben. Der Herr Jesus ist mein Zeuge, daß ich, meiner Armseligkeit und Jämmerlichkeit mir wohl bewußt, lange aufgeschoben habe, was ich jetzt mit unverschämter Stirn tue; denn es zwang und verpflichtet mich dazu mit aller Gewalt meine treue Ergebenheit, die ich, hochwürdigster Vater in Christo, Ew. Kurfürstlichen Gnaden zu leisten mich schuldig erkenne. Darum haltet Euch nicht zu gut, ein gnädig Auge auf mich zu haben, der ich Erde und Asche bin, und mein Begehr nach Eurer bischöflichen Gnade zu deuten.

Es wird im Land umhergeführt der päpstliche Ablaß unter Ew. Kurfürstlichen Gnaden Namen zum Bau von Sankt Peter. Ich will dabei gar nicht über der Ablaßprediger großes Geschrei Klage führen, das ich nicht gehört habe[1]. Aber ich beklage die falsche Auffassung, die das arme, einfältige, grobe Volk daraus entnimmt und die jene Prediger allenthalben marktschreierisch rühmen. Denn die unglücklichen Seelen glauben infolgedessen, wenn sie nur Ablaßbriefe lösen, seien sie ihrer Seligkeit sicher; weiter glauben sie, daß die Seelen ohne Verzug aus dem Fegefeuer fahren, sobald man für sie in den Kasten einlege; diese Ablaßgnade sei ferner so kräftig, daß keine Sünde so groß sein könne, daß sie nicht erlassen und vergeben werden könnte, und hätte einer selbst (das sind ihre Worte) die Mutter Gottes geschändet; endlich soll der Mensch durch diesen Ablaß frei und los werden von aller Pein und Schuld.

Ach lieber Gott, so werden die Eurer Sorge anvertrauten Seelen, teurer Vater, zum Tode unterwiesen, und so wächst immer die schwere Verantwortung, die Ihr über sie alle werdet ablegen müssen. Darum habe ich nicht länger davon schweigen können. Denn der Mensch wird durch keines Bischofs Geschenk seiner Seligkeit gewiß, da er ihrer ja nicht einmal durch das Geschenk der göttlichen Gnade versichert wird; vielmehr befiehlt uns der Apostel, allezeit mit Furcht und Zittern an unserm Heile zu arbeiten, und auch der Gerechte wird kaum gerettet werden. Endlich ist der Weg, der zum Leben führt, so enge und schmal, daß der Herr durch die Propheten Amos und Zacharias die, so da selig werden, nennt einen Brand, der aus dem Feuer gerissen wird[2], und daß der Herr überall die Schwierigkeit der Erlösung betont.

Warum machen sie also durch falsche Fabeln und Verheißungen vom Ablaß das Volk sicher und ohne Furcht, wo doch der Ablaß den Seelen nichts nützt zu ihrem Heil oder ihrer Heiligkeit, sondern nur die äußerliche Pein wegnimmt, die ehemals nach den Canones auferlegt zu werden pflegte[3]?

Endlich sind die Werke der Gottseligkeit und Liebe unendlich viel besser denn der Ablaß, und doch predigt man sie weder mit solcher Pracht, noch mit so großem Fleiß, ja der Ablaßpredigt zuliebe wird von ihnen geschwiegen, und doch ist es aller Bischöfe vornehmliches und alleiniges Amt, zu sorgen, daß das Volk das Evangelium und die Liebe Christi lerne. Nirgends hat Christus befohlen, den Ablaß zu predigen: aber das Evangelium zu predigen, hat er nachdrücklich befohlen. Welche Schande für einen Bischof, und überdies, wie gefährlich ist es für ihn, wenn er für das Evangelium kein Wort übrig hat und bloß den Ablaßlärm in sein Volk ausgehen läßt und sich darum mehr bekümmert als um das Evangelium! Wird nicht Christus zu ihnen sagen: »Ihr seihet Mücken und verschluckt Kamele«? (Matth. 23, 24.)

Ja noch mehr, hochwürdigster Vater in dem Herrn. In der

Instruktion der Kommissare, die unter Eurem Namen ausgegangen ist, heißt es – ohne Zweifel, hochwürdigster Vater, ohne Euer Wissen und Euren Willen –, »eine der vornehmsten Gnaden sei dieses unschätzbare Geschenk Gottes, dadurch der Mensch mit Gott versöhnt und alle Strafen des Fegfeuers ausgetilgt werden«; auch Reue hätten die nicht nötig, die Ablaß oder Beichtprivilegien erwürben.
Hochwürdigster Bischof und durchlauchtigster Kurfürst! So bitte ich denn Euer Hochwürden durch den Herrn Jesum Christum, doch die Sache Eurer väterlichen Sorge und Aufmerksamkeit zu würdigen, das genannte Büchlein völlig zu beseitigen und den Ablaßpredigern eine andere Predigtweise zu befehlen. Sonst könnte schließlich jemand aufstehen und etwas veröffentlichen, was jene Leute und jenes Büchlein widerlegte, zur höchsten Schmach Eurer durchlauchtigsten Hoheit. Davor aber bange ich gar sehr, und doch muß ich es besorgen, wo der Sache nicht eilend Rat wird.
Diesen treuen Dienst meiner Armseligkeit wollen Ew. durchlauchtigste Gnaden würdigen, ebenso fürstlich und bischöflich, das heißt huldvoll, anzunehmen, wie ich ihn in Treue und ganzer Ergebenheit gegen Ew. Hochwürden erzeige. Denn auch ich bin ein Schäflein Eurer Herde. Der Herr behüte und bewahre Ew. Hochwürden in Ewigkeit. Amen.
Wittenberg am Abend vor Allerheiligen im Jahre 1517.
So es Ew. Hochwürden gefällig ist, könnt Ihr meine beiliegenden Streitsätze ansehen und daraus ersehen, wie ungewiß die Auffassung des Ablasses ist, obwohl die Ablaßprediger sich einbilden, sie wäre ganz ausgemacht.

Euer unwürdiger Sohn
Martinus Luther, Augustiner,
berufener Doktor der h. Theologie.

Sermon von den guten Werken

1520

An den Anfang der reformatorischen Hauptschriften des Jahres 1520 gehört der (nicht immer gebührend eingeschätzte) Sermon von den guten Werken. Wir haben hier gleichzeitig ein Beispiel der volkstümlich-erbaulichen Schreibweise Luthers vor uns, durch welche er zu solch einzigartiger Wirkung gelangte. Luther gibt in diesem Sermon Antwort auf die bis heute nicht verstummte Frage, wie bei seiner Betonung der ausschließlichen Heilsbedeutung des Glaubens das Anliegen des christlichen Gehorsams gewahrt bleibt. Wir haben es also mit der Begründung der reformatorischen Ethik zu tun. – Wir geben im folgenden nur den Anfang der Schrift, in dem Luther die wesensmäßige Verbindung von Glaube und Tun des Christen aufzeigt. (Die späteren Abschnitte legen in Anlehnung an die zehn Gebote des Dekalogs die konkreten Ausformungen des christlichen Gehorsams dar.)

Erstens muß man wissen, daß es keine guten Werke gibt außer denen, die Gott geboten hat. Wer darum gute Werke wissen und tun will, der braucht nichts anderes zu kennen als Gottes Gebot. So spricht Christus, Matth. 19, 17: »Willst du selig werden, so halt die Gebote«; und als der Jüngling fragte, Matth. 19, 18 ff., was er tun sollte, um selig zu werden, hielt ihm Christus nichts anderes vor als die Zehn Gebote. Demnach müssen wir lernen, die guten Werke nach den Geboten Gottes zu unterscheiden und nicht nach dem guten Eindruck, der Größe und Menge der Werke als solcher, auch nicht nach dem Gutdünken der Menschen oder menschlicher Gesetze und Weisen, wie wir sehen, daß es geschehen ist und infolge unserer Blindheit unter grober Mißachtung Gottes noch immer geschieht.

Zweitens. Das erste, und höchste, alleredelste gute Werk ist der Glaube an Christus, wie er Joh. 6, 28 ff. sagt, als ihn die Juden fragten: »Was sollen wir tun, daß wir gute, göttliche Werke tun?« Er antwortete: »Das ist das göttliche, gute

Werk, daß ihr an den glaubt, den er gesandt hat.« Wenn wir das nun hören oder predigen, so gehen wir schnell darüber hin und halten die Ausführung für eine Kleinigkeit, während wir hier doch lange stillhalten und dem wohl nachdenken sollten. Denn dieses Werk muß alle Werke umschließen, und sie müssen ihr Gutsein wie ein Lehen von ihm empfangen. – Das müssen wir dick unterstreichen, damit man es versteht. Wir finden häufig Menschen, welche beten, fasten, stiften, dies und das tun und vor den Menschen ein gutes Leben führen; wenn du sie aber fragst, ob sie dessen auch gewiß seien, daß, was sie tun, Gott wohlgefällt, so sagen sie nein, sie wüßten es nicht oder zweifelten dran. Dazu gibt es auch einige große Gelehrte, die sie verführen und sagen, es sei nicht nötig, dessen gewiß zu sein, und die trotzdem nichts weiter tun als gute Werke lehren. Sieh, all diese Taten geschehen nicht im Glauben; darum sind sie nichts und ganz tot. Denn wie das Gewissen zu Gott steht und glaubt, so sind auch die Werke, die daraus hervorgehen. Nun ist da kein Glaube und kein gutes Gewissen vor Gott; darum ist auch den guten Werken der Kopf ab und ihr ganzes Leben und ihre Güte ist nichts wert. Daher kommt es, daß sie mich beschuldigen, ich verböte gute Werke, wenn ich den Glauben so hoch stelle und diese ungläubigen Werke verwerfe, während ich doch die wirklich guten Werke des Glaubens gerade lehren möchte.

Drittens. Fragst du sie weiter, ob sie auch das für ein gutes Werk ansehen, wenn sie ihr Handwerk treiben, gehen, stehen, essen, trinken und die mancherlei Arbeiten für den Lebensunterhalt oder das allgemeine Beste tun, ob sie glauben, daß Gott dabei Wohlgefallen an ihnen habe, so wirst du finden, daß sie nein sagen und den Begriff der guten Werke so eng fassen, daß nur noch Beten in der Kirche, Fasten und Almosengeben dafür übrig bleiben. Die andern Werke halten sie für verloren, als wäre Gott nichts daran gelegen, und so verkürzen und verringern sie durch ihren verdammten Unglauben Gott seinen Dienst, dem doch alles dient, was im Glauben geschehen, geredet, gedacht werden kann...

Viertens. So kann nun jedermann selbst merken und fühlen, wann er Gutes tut und wann nicht. Denn findet er sein Herz in der Zuversicht, daß es Gott gefällt, so ist das Werk gut, wenn es auch so gering wäre wie das Aufheben eines Strohhalms. Ist diese Zuversicht nicht da oder zweifelt er daran, so ist das Werk nicht gut, ob es auch alle Toten auferweckte und der Mensch sich verbrennen ließe. Das lehrt Sankt Paulus, Röm. 14, 23: »Alles, was nicht aus« oder »im Glauben geschieht, das ist Sünde.« Von dem Glauben als dem Hauptwerk und von keinem anderen Werk tragen wir den Namen »Christgläubige«. Denn alle anderen Werke kann ein Heide, Jude, Türke oder Sünder auch tun; aber fest vertrauen, daß er Gott wohlgefällt, das ist nur einem Christen möglich, der durch die Gnade erleuchtet und fest geworden ist. – Daß diese Ausführungen seltsam erscheinen und mich einige deswegen einen Ketzer schelten, geschieht darum, weil sie der blinden Vernunft und der heidnischen Wissenschaft gefolgt sind und den Glauben nicht über, sondern neben andere Tugenden gestellt haben und ihm, abgelöst von den Werken der andern Tugenden, ein eigentümliches Werk zugewiesen haben, – wo doch er allein alle andern Werke gut, angenehm und würdig macht, indem er Gott traut und nicht zweifelt, daß vor ihm alles wohlgetan ist, was der Mensch tut. Ja, sie haben den Glauben nicht einmal ein Werk bleiben lassen, sondern, wie sie sagen, einen habitus daraus gemacht[1], während die ganze Schrift doch keinem anderen Ding den Namen eines göttlichen, guten Werkes gibt als nur dem Glauben (darum ist es nicht erstaunlich, daß sie blinde Blindenleiter geworden sind); und dieser Glaube bringt alsbald die Liebe, den Frieden, die Freude und die Hoffnung mit. Denn wer Gott traut, dem gibt er sogleich seinen heiligen Geist, wie Sankt Paul zu den Galatern sagt (Gal. 3, 2): »Ihr habt den Geist empfangen nicht aus euern guten Werken, sondern da ihr dem Wort Gottes geglaubt habt.«

Fünftens. In diesem Glauben werden alle Werke gleich, und es ist eines wie das andere; aller Unterschied zwischen den Werken fällt fort, sie mögen groß, klein, kurz, lang, viel oder wenig sein. Denn die Werke sind nicht um ihretwillen, sondern um des Glaubens willen angenehm, der ohne Unterschied in allen und jeden Werken derselbe ist, wirkt und lebt, wie viel und verschieden sie sein mögen, so wie alle Glieder von dem Haupt leben, wirken und den Namen haben und ohne das Haupt kein Glied leben, wirken oder einen Namen haben kann. Daraus folgt dann weiter, daß ein Christ, der in diesem Glauben lebt, keinen Lehrer guter Werke nötig hat, sondern was ihm vor die Hand kommt, das tut er, und alles ist

wohlgetan... (I. Sam. 10, 6ff.; 1, 17ff.; Röm. 8, 2; Psalm 1, 3).
Sechstens. Das können wir einem groben fleischlichen Beispiel entnehmen: Wenn ein Mann (oder Weib) annimmt, daß der andere Liebe und Wohlgefallen an ihm empfindet, und fest daran glaubt – wer lehrt ihn dann, wie er sich benehmen soll, was er tun, lassen, sagen, schweigen und denken soll? Die Zuversicht allein lehrt ihn das alles und mehr als nötig ist. Da gibt es für ihn keinen Unterschied in den Werken: er tut das Große, Lange, Viele so gerne wie das Kleine, Kurze, Wenige und umgekehrt, und das mit fröhlichem, friedlichem, sicherem Herzen und ist ein ganz freier Geselle. Wenn aber ein Zweifel da ist, dann sucht man, was am besten sei, da fängt man an, sich verschiedene Werke auszumalen, mit denen man Gunst erwerben will, und geht doch mit schwerem Herzen und großer Unlust daran, und ist gleich gefangen, mehr als halb verzweifelt und wird oft zum Narren darüber. So weiß auch ein Christ, der Gott gegenüber in dieser Zuversicht lebt, alle Dinge, vermag alle Dinge, traut sich alle Dinge zu, die zu tun sind, und tut alles fröhlich und frei – nicht um viel gute Verdienste und Werke zu sammeln, sondern weil es ihm eine Lust ist, Gott auf diese Weise zu gefallen, und dient Gott ganz umsonst, damit zufrieden, daß es Gott gefällt. Umgekehrt, wer mit Gott nicht eins ist oder daran zweifelt, der fängt an, sucht und sorgt, wie er Gott doch genug tun und mit vielen Werken gewinnen könnte. Er läuft zu Sankt Jakob[2], nach Rom und Jerusalem, hierhin und dorthin, betet Gebete hier, beichtet da, fragt diesen und jenen und findet doch keine Ruhe und tut das alles mit sehr bedrücktem, verzweifeltem und unlustigem Herzen, so daß auch die Schrift solche gute Werke hebräisch *aven amal* nennt, auf deutsch: »Mühe und Arbeit«; dazu sind es keine guten Werke, und alles ist verloren. Es sind viele darüber verrückt geworden und vor Angst in allen Jammer geraten. Darüber steht Weish. 5, 6f.: »Wir sind müde geworden auf dem unrechten Wege und sind schwere saure Wege gewandelt; aber Gottes Weg haben wir nicht erkannt, und die Sonne der Gerechtigkeit ist uns nicht aufgegangen.«
Siebentens. In den Werken ist der Glaube noch gering und schwach. Laß uns weiter fragen, ob sie dann, wenn es ihnen mit Leib, Gut, Ehre, Freunden oder was sie haben, schlecht geht, auch glauben, daß sie Gott noch wohlgefallen und er

ihre Leiden und Widerwärtigkeiten, sie seien klein oder groß, gnädig für sie ordne. Hier ist die Kunst, zu Gott, der sich nach all unserm Sinn und Verstand zornig stellt, gute Zuversicht zu haben und ihm etwas Besseres zuzutrauen, als man empfindet. Hier ist er verborgen wie die Braut, sagt das Hohelied (2,9): »Sieh, er steht hinter der Wand und sieht durch die Fenster«, das heißt so viel wie: unter den Leiden, die uns von ihm scheiden wollen wie eine Wand, ja eine Mauer, steht er doch verborgen und sieht auf mich und läßt mich nicht. Denn er steht und ist bereit in Gnaden zu helfen, und durch die Fenster des dunklen Glaubens läßt er sich sehen. Und Jeremia (sagt) Klagel. 3, 31 ff.: »Er verwirft die Menschen, aber er tuts nicht aus herzlicher Meinung.« – Diesen Glauben kennen sie gar nicht, ergeben sich darein und denken, Gott habe sie verlassen und sei ihnen feind. Ja, sie geben den Menschen und dem Teufel an ihrem Unglück schuld, und da ist durchaus keine Zuversicht zu Gott. Darum ist ihnen ihr Leiden auch allezeit ärgerlich und schädlich, und sie gehn doch hin und tun einige wie sie meinen gute Werke, ohne ihren Unglauben im geringsten zu bemerken. Aber die Gott in solchem Leiden trauen und ihm gegenüber die feste Zuversicht behalten, daß er an ihnen ein Wohlgefallen habe, für die sind die Leiden und Widerwärtigkeiten lauter köstliche Verdienste und die edelsten Güter, die niemand schätzen kann. Denn der Glaube und die Zuversicht machen vor Gott das alles köstlich, was den andern denkbar schädlich ist, wie auch vom Tod im 116. Psalm (V. 15) geschrieben steht: »Der Tod der Heiligen ist köstlich geachtet vor Gottes Augen.« Und soviel die Zuversicht und der Glaube auf dieser Stufe besser, höher und stärker sind als auf der ersten Stufe, um so viel übertreffen die Leiden in diesem Glauben alle Werke im Glauben, und es ist also zwischen diesen Werken und diesem Leiden ein unermeßlicher Unterschied in der Besserung.

Achtens. Die höchste Stufe des Glaubens über das alles hinaus ist, wenn Gott nicht mit zeitlichen Leiden, sondern mit dem Tod, der Hölle und Sünde das Gewissen straft und Gnade und Barmherzigkeit so in Abrede stellt, als wollte er auf ewig verdammen und zürnen, was wenig Menschen erfahren, wie David im 6. Psalm (V. 1) klagt: »Herr, strafe mich nicht in deinem Grimm!« Hier glauben, daß Gott an uns ein gnädiges Wohlgefallen habe, ist das höchste Werk, das von einer und in einer Kreatur getan werden kann. Davon wissen die Werkheiligen und Guttäter gar nichts. Denn wie sollten sie hier Gutes und Gnade von Gott erwarten, während sie in ihren Werken keine Gewißheit haben und schon auf der geringsten Stufe des Glaubens zweifeln?...

Neuntens. Sieh, das ist das Werk des ersten Gebots, in dem geboten ist: »Du sollst nicht andere Götter haben!« Das heißt soviel wie: weil ich allein Gott bin, sollst du auf mich allein deine ganze Zuversicht, dein Trauen und Glauben setzen und auf niemand anderes. Denn das heißt nicht einen Gott haben, wenn du Gott äußerlich mit dem Munde nennst und mit den Knien und Gebärden anbetest, sondern wenn du ihm herzlich vertraust und alles Gute, alle Gnade und Wohlgefallen von ihm erwartest, es sei im Tun oder Leiden, im Leben oder Sterben, in Lieb oder Leid, so wie der Herr Christus Joh. 4, 24 zu dem heidnischen Weiblein sagte: »Ich sage dir, wer Gott anbeten will, der muß ihn im Geist und in der Wahrheit anbeten.« Und dieser Glaube, diese Treue und Zuversicht des Herzens von Grund auf ist die wahrhaftige Erfüllung dieses ersten Gebots, und davon abgesehen gibt es kein Werk mehr, das diesem Gebot genugtun könnte. Und dieses Gebot ist das allererste, höchste, beste, aus welchem die andern alle fließen, in dem sie erfüllt werden und nach dem sie gerichtet und gemessen werden. So ist auch sein Werk, d.h. der Glaube oder die Zuversicht zu Gottes Gunst, zu jeder Zeit, das allererste, höchste, beste Werk, aus welchem alle andern fließen, gehen, bleiben, gerichtet und gemessen werden müssen. Und andere Werke sind, an diesem gemessen, gerade so, wie wenn die andern Gebote ohne das erste wären und kein Gott wäre. Deshalb sagt Augustin richtig, daß die Werke des ersten Gebotes Glauben, Hoffen und Lieben seien. Nun ist oben gesagt, daß diese Zuversicht und dieser Glaube Liebe und Hoffnung mitbringen, ja, wenn wirs recht betrachten, so ist die Liebe das Erste oder doch gleichzeitig mit dem Glauben da. Denn ich könnte Gott nicht vertrauen, wenn ich nicht dächte, er wolle mir günstig und hold gesinnt sein. Dadurch werde ich gegen ihn wieder hold gesinnt und dazu angetrieben, ihm von Herzen zu vertrauen und alles Gute von ihm zu erwarten.

An den christlichen Adel deutscher Nation

1520

Mit der Schrift an den Adel betrat Luther ein ihm selbst ungewohntes Gebiet, auf dem er viele Vorläufer hatte und doch ganz neu wirksam wurde: das Gebiet der politischen Reformvorschläge; denn darum handelt es sich bei der Parole von des christlichen Standes Besserung. Die Vorrede an seinen Freund und Mitarbeiter v. Amsdorff zeigt, wie Luther die mönchischen und christlichen Hemmungen überwindet, die ihn von einem derartigen Schritt abhalten konnten. Die Anrede an den neugewählten Kaiser Karl V. und den christlichen Adel, zu welchem gerade auch die Landesfürsten gehören, läßt etwas von der stürmischen Hoffnung jener Jahre vor dem Wormser Reichstag (1521) spüren: Da sich die Kirche der seit langem geforderten Reform auf allen Lebensgebieten versagt, sollen die weltlichen Stände diese Reform selbst ins Werk setzen. Luther begründet zunächst das geistlich-christliche Recht dieser Forderung. So liegt der Schwerpunkt der Schrift auf deren erstem Teil, in dem Luther die »drei Mauern der Romanisten« niederlegt und den vermeintlichen Vorrang des Geistlichen vor dem Weltlichen aufhebt. – Wir beschränken uns hier auf den Abdruck dieses ersten, grundsätzlichen Teils, zumal Luther in den praktischen Reformvorschlägen des zweiten Teils sehr viel weniger selbständig ist. Luthers Schrift behielt bleibende Bedeutung, auch wenn der Kaiser sich schon ein Jahr später in Worms der Reformation der Christenheit und der Reform des Reichs versagte. Leopold von Ranke nannte sie ein Werk »von welthistorischem, zukünftige Entwicklungen zugleich vorbereitendem und voraussagendem Inhalt«. Sie entwirft zum erstenmal das Bild einer Gesellschaft und eines Staates, die in fester Bindung an das Christentum doch von aller sakralen Beengung und aller hierarchischen Bevormundung grundsätzlich befreit und dadurch zu neuen sittlichen und sozialen Aufgaben berufen sind. Sie zeigt in diesem Sinne das Bild einer nicht mehr katholischen Gesellschaft und eines nicht mehr mittelalterlichen, modernen Staates (H. Frh. v. Campenhausen).

Dem achtbaren und würdigen Herrn,
HERRN NIKOLAUS VON AMSDORF,
der heiligen Schrift Lizentiaten und Domherrn zu Wittenberg,
meinem besondern günstigen Freunde,
D. Martinus Luther.

Gnade und Friede Gottes zuvor! Achtbarer, würdiger, lieber Herr und Freund!

Die Zeit des Schweigens ist vergangen, und die Zeit zu reden ist gekommen, wie der Prediger sagt[1]. Ich habe, unserem Vornehmen nach, zusammengetragen etliche Stücke, christliches Standes Besserung belangend, dem christlichen Adel deutscher Nation vorzulegen, ob Gott wollte doch durch den Laienstand seiner Kirche helfen; sintemal der geistliche Stand, dem es billiger gebührt, ist ganz unachtsam geworden. Sende das alles Ew. Würden, dasselbe zu richten und, wo es not ist, zu bessern. Ich bedenke wohl, daß mir's nicht wird unverwiesen bleiben, als vermesse ich mich zu hoch, daß ich verachteter, begebener[2] Mensch solche hohe und große Stände wage anzureden in so trefflichen, großen Sachen, als wäre sonst niemand in der Welt denn Doktor Luther, der sich des christlichen Standes annähme und so hochverständigen Leuten Rat gäbe. Ich lasse meine Entschuldigung anstehen, verweise mir's, wer da will. Ich bin vielleicht meinem Gott und der Welt noch eine Torheit schuldig; die hab' ich mir jetzt vorgenommen, so mir's gelingen mag, redlich zu zahlen und auch einmal Hofnarr zu werden. Gelingt mir's nicht, so habe ich doch einen Vorteil: es darf mir niemand eine Kappe kaufen noch den Kamm bescheren[3]. Es gilt aber, wer dem andern die Schellen anknüpft! Ich muß das Sprichwort erfüllen: »Was die Welt zu schaffen hat, da muß ein Mönch bei sein, und sollte man ihn dazu malen.« Es hat wohl mehrmals ein Narr weislich geredet, und es haben vielmals weise Leute gröblich genarret, wie Paulus sagt: »Wer da will weise sein, der muß ein Narr werden.« Auch dieweil ich nicht allein ein Narr bin, sondern auch ein geschworener Doktor der Heiligen Schrift, bin ich froh, daß sich mir die Gelegenheit gibt, meinem Eid eben in derselben Narrenweise genug zu tun.

Ich bitte, wollet mich entschuldigen bei den mäßig Verständigen, denn der überhoch Verständigen Gunst und Gnade weiß ich nicht zu verdienen, welche ich so oft mit großer Mühe ersucht, nun hinfort auch nicht mehr haben noch achten will. Gott helfe uns, daß wir nicht unsere, sondern allein seine Ehre suchen. Amen.
Zu Wittenberg im Augustinerkloster, am Abend St. Johannis Baptistä. Im tausendfünfhundertundzwanzigsten Jahr.

Der allerdurchlauchtigsten, großmächtigsten

Kaiserlichen Majestät und christlichem Adel

deutscher Nation

D. Martinus Luther.

Gnade und Stärke von Gott zuvor! Allerdurchlauchtigster! Gnädigste, liebe Herren!

Es ist nicht aus lautrem Fürwitz noch Frevel geschehen, daß ich einzelner, armer Mensch mich unterstanden, vor Euren hohen Würden zu reden; die Not und Beschwerung, die alle Stände der Christenheit, zuvor die deutschen Lande, drückt, nicht allein mich, sondern jedermann bewegt hat, vielmals zu schreien und Hilfe zu begehren, hat mich auch jetzt gezwungen, zu schreien und rufen, ob Gott jemand den Geist geben wollte, seine Hand zu reichen der elenden Nation. Es ist oft durch Concilia[4] etwas vorgewandt, aber durch etlicher Menschen List behendiglich verhindert und immer ärger geworden, deren Tücke und Bosheit ich jetzt – Gott helfe mir – zu durchleuchten gedenke, auf daß sie, erkannt, hinfort nicht mehr so hinderlich und schädlich sein möchten. Gott hat uns ein junges, edles Blut zum Haupt gegeben und damit viel Herzen zu großer, guter Hoffnung erweckt; daneben will sich's ziemen, das Unsere dazu zu tun und der Zeit und Gnade nützlich zu brauchen.
Das erste, das in dieser Sache vornehmlich zu tun, ist, daß wir uns ja vorsehen mit großem Ernst und nicht etwas anheben mit Vertrauen großer Macht oder Vernunft, ob gleich aller Welt Gewalt unser wäre, denn Gott mag und will's nicht leiden, daß ein gutes Werk werde angefangen im Vertrauen eigener Macht und Vernunft. Er stößet es zu Boden, da hilft

nichts für, wie im 33. Psalm steht: »Es wird kein König bestehen durch seine große Macht und kein Heer durch die Größe seiner Stärke.« Und aus dem Grund, sorg' ich, sei es vor Zeiten gekommen, daß die teuren Fürsten, Kaiser Friedrich der Erste und der Andere und viel mehr deutsche Kaiser, so jämmerlich sind von den Päpsten mit Füßen getreten und gedrückt, vor welchen sich doch die Welt fürchtete[5]; sie haben sich vielleicht verlassen auf ihre Macht, mehr denn auf Gott, darum haben sie müssen fallen. Und was hat zu unsern Zeiten den Blutsäufer Julium den Zweiten[6] so hoch erhoben, denn daß ich besorge, Frankreich, die Deutschen und Venedig haben auf sich selbst gebauet. Es schlugen die Kinder Benjamin zweiundvierzigtausend Israeliten, darum daß sie sich auf ihre Stärke verließen. (Richter 20.)
Daß es uns nicht auch so gelinge mit diesem edlen Blut Carolo, müssen wir gewiß sein, daß wir in dieser Sache nicht mit Menschen, sondern mit den Fürsten der Hölle handeln, die wohl mögen mit Krieg und Blutvergießen die Welt erfüllen, aber sie lassen sich damit nicht überwinden. Man muß hier mit einem Verzagen leiblicher Gewalt, in demütigem Vertrauen Gottes die Sache angreifen und mit ernstlichem Gebet Hilfe bei Gott suchen und nichts anderes vor Augen nehmen denn der elenden Christenheit Jammer und Not, unangesehen was böse Leute verdienet haben; wo das nicht, so soll sich das Spiel wohl lassen anfangen mit großem Schein, aber wenn man hinein kommt, sollen die bösen Geister eine solche Irrung zurichten, daß die ganze Welt müßte im Blut schweben und dennoch damit nichts ausgerichtet wäre. Darum laßt uns hier mit Furcht Gottes und weislich handeln. Je größer die Gewalt, je größer Unglück, wo nicht in Gottesfurcht und Demut gehandelt wird. Haben die Päpste und Römer bisher mögen durch Teufels Hilfe die Könige ineinanderwirren, so mögen sie's auch noch wohl tun, so wir ohne Gottes Hilfe mit unserer Macht und Kunst fahren.

Die Romanisten[7] haben drei Mauern mit großer Behendigkeit um sich gezogen, womit sie sich bisher beschützt, daß sie niemand hat können reformieren, wodurch die ganze Christenheit greulich gefallen ist. Zum ersten: wenn man hat auf sie gedrungen mit weltlicher Gewalt, haben sie gesetzt und gesagt, weltliche Gewalt habe nicht Recht über sie, sondern wiederum: geistliche sei über die weltliche. Zum andern: hat man sie mit der Heiligen Schrift wollen strafen, setzen sie dagegen, es gebühre die Schrift niemand auszulegen denn dem Papst. Zum dritten: drohet man ihnen mit einem Concilio, so erdichten sie, es könne niemand ein Concilium berufen denn der Papst. Also haben sie die drei Ruten uns heimlich gestohlen, daß sie mögen ungestraft sein, und sich in sichere Befestigung dieser drei Mauern gesetzt, alle Büberei und Bosheit zu treiben, die wir denn jetzt sehen. Und ob sie schon ein Concilium mußten machen[8], haben sie doch dasselbe zuvor matt gemacht damit, daß sie die Fürsten zuvor mit Eiden verpflichteten, sie bleiben zu lassen, wie sie seien, dazu dem Papst volle Gewalt gegeben über alle Ordnung des Concilii, also daß gleich gilt, es seien viel Concilia oder keine Concilia, abgesehen davon, daß sie uns nur mit Larven und Spiegelfechten betrügen. So gar greulich fürchten sie für ihre Haut vor einem rechten, freien Concilio und haben damit Könige und Fürsten schüchtern gemacht, daß sie glauben, es wäre wider Gott, so man ihnen nicht gehorchte in allen solchen schalkhaftigen, listigen Spuknissen.

Nun helf' uns Gott und geb' uns der Posaunen eine, womit die Mauern Jerichos wurden umgeworfen[9], daß wir diese strohernen und papiernen Mauern auch umblasen und die christlichen Ruten, Sünde zu strafen, losmachen, des Teufels List und Trug an den Tag zu bringen, auf daß wir durch Strafe uns bessern und seine Huld wiedererlangen.

Wollen die erste Mauer am ersten angreifen!

Man hat's erfunden, daß Papst, Bischöfe, Priester und Klostervolk wird der geistliche Stand genannt, Fürsten, Herrn, Handwerks- und Ackerleute der weltliche Stand, welches gar ein fein Komment[10] und Gleißen ist; doch soll niemand darob schüchtern werden, und das aus dem Grund: Denn alle Christen sind wahrhaft geistliches Standes, und ist unter ihnen kein Unterschied denn des Amts halben allein, wie Paulus, 1. Korinth. 12, sagt, daß wir allesamt ein Körper sind, doch ein jeglich Glied sein eigen Werk hat, womit es den andern dienet; das macht alles, daß wir eine Taufe, ein Evangelium, einen Glauben haben und sind gleiche Christen, denn die Taufe, Evangelium und Glauben, die machen allein geistlich und Christenvolk. Daß aber der Papst oder Bischof salbet, Platten[11] macht, ordiniert, weihet, anders denn Laien kleidet, mag einen Gleisner und Ölgötzen machen, macht aber nimmermehr einen Christen oder geistlichen Menschen. Demnach so werden wir allesamt durch die Taufe zu Priestern geweihet, wie Sankt Peter, 1. Petr. 2, sagt: »Ihr seid ein königliches Priestertum und ein priesterliches Königreich«, und die Offenbarung[12]: »Du hast uns gemacht durch dein Blut zu Priestern und Königen.« Denn wo nicht eine höhere Weihe in uns wäre, als der Papst oder Bischof gibt, so würde nimmermehr durch des Papstes und Bischofs Weihen ein Priester gemacht, könnte auch weder Messe halten, noch predigen, noch absolvieren.

Drum ist des Bischofs Weihe nichts anderes, denn als wenn er an Statt und Person der ganzen Versammlung einen aus dem Haufen nähme – die alle gleiche Gewalt haben – und ihm beföhle, dieselbe Gewalt für die andern auszurichten, gleich als wenn zehn Brüder, Königs Kinder und gleiche Erben, einen erwählten, das Erbe für sie zu regieren; sie wären ja alle Könige und gleicher Gewalt, und doch einem zu regieren befohlen wird. Und daß ich's noch klarer sage: wenn ein Häuflein frommer Christenlaien würden gefangen und in eine Wüstenei gesetzt, die nicht bei sich hätten einen von einem Bischof geweihten Priester, und würden allda der Sache eins, erwählten einen unter sich, er wäre ehelich[13] oder nicht, und beföhlen ihm das Amt, zu taufen, Messe zu halten, zu absolvieren und predigen, der wäre wahrhaftig ein Priester, als ob ihn alle Bischöfe und Päpste hätten geweihet. Daher kommt's, daß in der Not ein jeglicher taufen und absolvieren kann, was nicht möglich wäre, wenn wir nicht alle Priester wären. Solch große Gnade und Gewalt der Taufe und des christlichen Standes haben sie uns durchs geistliche Recht völlig niedergelegt und unbekannt gemacht. Auf diese Weise erwählten vor Zeiten die Christen aus dem Haufen ihre Bischöfe und Priester, die darnach von andern Bischöfen wurden bestätigt ohne alles Prangen, das jetzt regiert. So ward St. Augustin, Ambrosius, Cyprianus Bischof[14].

Dieweil denn nun die weltliche Gewalt ist gleich mit uns getauft, hat denselben Glauben und Evangelium, so müssen wir sie lassen Priester und Bischof sein und ihr Amt zählen als ein Amt, das da gehöre und nützlich sei der christlichen Gemeine. Denn was aus der Taufe gekrochen ist, das mag sich rühmen, daß es schon zum Priester, Bischof und Papst geweihet sei, obwohl nicht einem jeglichen ziemt, solch Amt zu üben. Denn weil wir alle gleich Priester sind, muß sich niemand selbst hervortun und sich unterwinden, ohne unser Bewilligen und Erwählen das zu tun, des wir alle gleiche Gewalt haben; denn was allgemein ist, kann niemand ohne der Gemeine Willen und Befehl an sich nehmen. Und wo es geschähe, daß jemand erwählet zu solchem Amt und durch seinen Mißbrauch würde abgesetzt, so wäre er gleich wie vorher. Drum sollte ein Priesterstand nicht anders sein in der Christenheit denn als ein Amtmann: dieweil er im Amt ist, geht er vor; wo er abgesetzt, ist er ein Bauer oder Bürger wie die andern. Ebenso wahrhaftig ist ein Priester nicht mehr Priester, wo er abgesetzt wird. Aber nun haben sie erdichtet *characteres indelebiles*[15] und schwätzen, daß ein abgesetzter Priester dennoch etwas anderes sei denn ein schlichter Laie. Ja, ihnen träumet, es könne ein Priester nimmermehr anderes denn Priester oder ein Laie werden; das sind alles von Menschen erdichtete Reden und Gesetze.

So folget aus diesem, daß Laien, Priester, Fürsten, Bischöfe und, wie sie sagen, »Geistliche« und »Weltliche« keinen anderen Unterschied im Grunde wahrlich haben, denn des Amtes oder Werkes halben und nicht des Standes halben, denn sie sind alle gleiches Standes, wahrhaftige Priester, Bischöfe und Päpste, aber nicht einerlei gleiches Werkes, gleichwie auch unter den Priestern und Mönchen nicht einerlei Werk ein jeglicher hat. Und das steht bei St. Paulus, Röm. 12 und 1. Korinth. 12, und bei Petrus 1. Petr. 2, wie ich droben gesagt, daß wir alle ein Körper sind des Hauptes Jesu Christi, ein jeglicher des andern Gliedmaß. Christus hat nicht zwei, noch zweierlei Art Körper, einen weltlich, den andern geistlich: ein Haupt ist, und einen Körper hat er.

Gleich wie nun die, so man jetzt geistlich heißt oder Priester, Bischöfe oder Päpste, sind von den andern Christen nicht weiter noch würdiger geschieden, als daß sie das Wort Gottes und die Sakramente sollen behandeln, das ist ihr Werk und Amt; also hat die weltliche Obrigkeit das Schwert und die Ruten in der Hand, die Bösen damit zu strafen, die Frommen zu schützen. Ein Schuster, ein Schmied, ein Bauer, ein jeglicher seines Handwerks Amt und Werk hat, und doch sind alle gleich geweihte Priester und Bischöfe, und ein

jeglicher soll mit seinem Amt oder Werk den andern nützlich und dienstlich sein, daß also vielerlei Werke alle auf eine Gemeine gerichtet sind, Leib und Seele zu fördern, gleich wie die Gliedmaßen des Körpers alle eines dem andern dienen.
Nun sieh, wie christlich das gesetzt und gesagt sei, weltliche Obrigkeit sei nicht über die Geistlichkeit, solle sie auch nicht strafen. Das ist ebensoviel gesagt wie: die Hand soll nichts dazu tun, ob das Auge große Not leidet. Ist's nicht unnatürlich, geschweige unchristlich, daß ein Glied dem andern nicht helfen, seinem Verderben nicht wehren soll? Ja, je edler das Glied ist, je mehr die andern ihm helfen sollen. Drum sag' ich, dieweil weltliche Gewalt von Gott geordnet ist, die Bösen zu strafen und die Frommen zu schützen, so soll man ihr Amt lassen frei gehen unbehindert durch den ganzen Körper der Christenheit ohne Ansehen der Person, sie treffe Papst, Bischöfe, Pfaffen, Mönche, Nonnen oder was es ist[16]. Wenn so das genug wäre, die weltliche Gewalt zu hindern, daß sie geringer ist unter den christlichen Ämtern denn der Prediger und Beichtiger Amt oder geistliche Stand, so sollte man auch verhindern die Schneider, Schuster, Steinmetze, Zimmerleute, Köche, Kellner, Bauern und alle zeitlichen Handwerke, daß sie dem Papst, Bischöfen, Priestern, Mönchen keine Schuhe, Kleider, Haus, Essen, Trinken machten, noch Zins gäben. Läßt man aber diesen Laien ihre Werke unbehindert, was machen dann die römischen Schreiber mit ihren Gesetzen, daß sie sich entziehen dem Wirken weltlicher, christlicher Gewalt, daß sie nur frei können böse sein und erfüllen, was St. Peter gesagt hat[17]: »Es werden falsche Meister unter euch erstehen und mit falschen, erdichteten Worten mit euch umgehen, euch im Sack zu verkaufen.«
Drum soll weltliche christliche Gewalt ihr Amt üben frei unbehindert, unangesehen, ob's Papst, Bischof oder Priester sei, den sie trifft; wer schuldig ist, der leide; was geistliches Recht dawider gesagt hat, ist lauter erdichtete römische Vermessenheit. Denn also sagt St. Paul allen Christen[18]: »Eine jegliche Seele« (ich halte dafür, des Papstes auch) »soll untertan sein der Obrigkeit, denn sie trägt nicht umsonst das Schwert, sie dienet Gott damit, zur Strafe der Bösen und zu Lob den Frommen«, auch St. Petrus[19]: »Seid untertan allen menschlichen Ordnungen um Gottes willen, der es so haben will.« Er hat es auch verkündet, daß kommen würden solche

Menschen, die die weltliche Obrigkeit würden verachten (2. Petr. 2), wie denn geschehen ist durch geistliches Recht.
Also mein' ich, diese erste papierne Mauer liege darnieder, sintemal weltliche Herrschaft ist ein Mitglied geworden des christlichen Körpers und, wiewohl sie ein leibliches Werk hat, doch geistliches Standes ist; darum ihr Werk soll frei unbehindert gehen in alle Gliedmaßen des ganzen Körpers, strafen und treiben, wo es die Schuld verdienet oder Not fordert, unangesehen der Päpste, Bischöfe, Priester, sie mögen drohen oder bannen, wie sie wollen. – Daher kommt's, daß die schuldigen Priester, so man sie in das weltliche Recht überantwortet, zuvor entsetzt werden priesterlicher Würden, was doch nicht recht wäre, wo nicht zuvor aus göttlicher Ordnung das weltliche Schwert über dieselben Gewalt hätte. Es ist auch zuviel, daß man so hoch im geistlichen Recht hebt der Geistlichen Freiheit, Leib und Güter, gerade als wären die Laien nicht auch so geistlich gute Christen als sie, oder als gehörten sie nicht zur Kirche. Warum ist dein Leib, Leben, Gut und Ehre so frei und nicht das meine, so wir doch gleiche Christen sind, gleiche Taufe, Glauben, Geist und alle Dinge haben? Wird ein Priester erschlagen, so liegt ein Land im Interdikt; warum nicht auch, wenn ein Bauer erschlagen wird? Wo kommt her solch großes Unterscheiden unter den gleichen Christen? Allein aus Menschen-Gesetzen und Dichten!
Es muß auch kein guter Geist sein, der solche Ausnahme erfunden und die Sünde frei, unsträflich gemacht hat. Denn so wir schuldig sind, wider den bösen Geist, seine Werke und Worte zu streiten und ihn zu vertreiben, so gut wir können, wie uns Christus gebietet und seine Apostel, wie kämen wir denn dazu, daß wir sollten stillhalten und schweigen, wo der Papst oder die Seinen teuflische Worte oder Werke vornehmen? Sollten wir um des Menschen willen göttliches Gebot und Wahrheit lassen niederlegen, der wir in der Taufe geschworen haben beizustehen mit Leib und Leben, fürwahr, wir wären schuldig aller Seelen, die dadurch verlassen und verführet würden. Drum muß das der Hauptteufel selbst gesagt haben, was im geistlichen Recht steht[20]: »Wenn der Papst so schädlich böse wäre, daß er gleich die Seelen mit großen Haufen zum Teufel führte, könnte man ihn dennoch nicht absetzen.« Auf diesen verfluchten, teuflischen Grund

bauen sie zu Rom und meinen, man solle eher alle Welt zum Teufel lassen fahren, denn ihrer Büberei widerstreben. Wenn es genug wäre daran, daß einer über den andern ist, weshalb er nicht zu strafen sei, müßte kein Christ den andern strafen, sintemal Christus gebietet: ein jeglicher soll sich für den Untersten und Geringsten halten.

Wo Sünde ist, da ist schon kein Behelf[21] mehr wider die Strafe, wie auch St. Gregorius[22] schreibt, daß wir wohl alle gleich seien, aber die Schuld mache einen untertan dem andern. Nun sehen wir, wie sie mit der Christenheit umgehen; nehmen sich die Freiheit ohne alle Beweisung aus der Schrift, mit eigenem Frevel, die Gott und die Apostel haben unterworfen dem weltlichen Schwert, daß zu besorgen ist, es sei des Endchrists Spiel oder sein nächster Vorläufer[23].

Die andere Mauer ist noch loser und untüchtiger, daß sie allein wollen Meister der Schrift sein, ob sie schon ihr Lebelang nichts drinnen lernen; sie vermessen sich allein der Obrigkeit, gaukeln vor uns mit unverschämten Worten, der Papst könne nicht irren im Glauben, er sei böse oder fromm, können darüber aber nicht einen Buchstaben vorzeigen. Daher kommt es, daß so viele ketzerische und unchristliche, ja unnatürliche Gesetze stehen im geistlichen Recht, davon jetzt nicht not ist zu reden. Denn dieweil sie dafür achten, der Heilige Geist verlasse sie nicht, sie seien so ungelehrt und böse, wie sie könnten, werden sie kühn hinzusetzen, was sie nur wollen. Und wo das wäre, wozu wäre die Heilige Schrift not oder nütze? Lasset sie uns verbrennen und begnügen an den ungelehrten Herrn zu Rom, die der Heilige Geist innehat, der doch nichts denn fromme Herzen mag innehaben. Wenn ich's nicht gelesen hätte, wäre mir's unglaublich gewesen, daß der Teufel sollte zu Rom solch ungeschickte Dinge vorwenden und Anhang gewinnen.

Doch daß wir nicht mit Worten wider sie fechten, wollen wir die Schrift herbringen. St. Paulus spricht 1. Kor. 14: »So jemand etwas Besseres offenbar wird, ob er schon sitzt und dem andern zuhöret im Gotteswort, so soll der erste, der da redet, stillschweigen und weichen.« Was wäre dies Gebot nütze, so allein dem zu glauben wäre, der da redet oder obenan sitzt. Auch Christus sagt, Joh. 6, daß alle Christen sollen gelehret werden von Gott. So mag es ja geschehen, daß der Papst und die Seinen böse sind und nicht rechte Christen sind; noch von Gott gelehret, rechten Verstand haben, wiederum ein geringer Mensch den rechten Verstand habe: warum sollte man ihm denn nicht folgen? Hat nicht der Papst vielmal geirret? Wer wollte der Christenheit helfen, so der Papst irret, wo nicht einem andern mehr denn ihm geglaubt würde, der die Schrift für sich hätte?

Drum ist's eine frevelhaft erdichtete Fabel, und sie können auch keinen Buchstaben aufbringen, womit sie bewähren, daß des Papstes allein sei, die Schrift auszulegen oder ihre Auslegung zu bestätigen. Sie haben sich die Gewalt selbst genommen! Und ob sie vorgeben, es wäre St. Peter die Gewalt gegeben, da ihm die Schlüssel seien gegeben, ist's offenbar genug, daß die Schlüssel nicht allein St. Petro, sondern der ganzen Gemeine gegeben sind. Dazu die Schlüssel nicht zur Lehre oder zum Regiment, sondern allein die Sünde zu binden oder zu lösen verordnet sind, und es ist eitel erdichtetes Ding, was sie anders und weiter aus den Schlüsseln sich zuschreiben. Daß aber Christus sagt zu Petro[24]: »Ich habe für dich gebeten, daß dein Glaube nicht zergehe«, kann sich nicht erstrecken auf den Papst, sintemal der größere Teil der Päpste ohne Glauben gewesen ist, wie sie selbst bekennen müssen. So hat Christus auch nicht allein für Petro gebeten, sondern auch für alle Apostel und Christen, wie er sagt Joh. 17: »Vater, ich bitte für sie, die du mir gegeben hast, und nicht allein für sie, sondern für alle, die durch ihr Wort glauben an mich.« Ist das nicht klar genug geredet?

Denk doch bei dir selbst! Sie müssen bekennen, daß fromme Christen unter uns sind, die den rechten Glauben, Geist, Verstand, Wort und Meinung Christi haben. Ja, warum sollte man denn derselben Wort und Verstand vorwerfen und dem Papst folgen, der nicht Glauben noch Geist hat? Wäre doch das den ganzen Glauben und die christliche Kirche verleugnet! Item, es muß ja nicht allein der Papst recht haben, so der Artikel recht ist: »Ich glaube eine heilige christliche Kirche«; oder wir müssen also beten: »Ich glaube an den Papst zu Rom«, und also die christliche Kirche ganz in einen Menschen ziehen, welches nichts anderes denn teuflischer und höllischer Irrtum wäre.

Überdies sind wir doch alle Priester, wie droben gesagt ist, haben alle einen Glauben, ein Evangelium, einerlei Sakrament, wie sollten wir denn nicht auch haben Macht, zu schmecken und zu urteilen, was da Recht oder Unrecht im Glauben wäre? Wo bleibt das Wort Pauli, 1. Korinth. 2: »Ein geistlicher Mensch richtet alle Dinge und wird von niemand gerichtet«, und 2. Korinth. 4: »Wir haben alle einen Geist des Glaubens«; wie sollten wir denn nicht fühlen so wohl wie ein ungläubiger Papst, was dem Glauben eben[25] oder uneben ist? Aus diesem allen und vielen andern Sprüchen sollen wir mutig und frei werden und den Geist der Freiheit (wie ihn Paulus nennet) nicht lassen mit erdichteten Worten der Päpste abschrecken, sondern frisch hindurch alles, was sie tun oder lassen, nach unserm gläubigen Verständnis der Schrift richten und sie zwingen, zu folgen dem bessern, und nicht ihrem eigenen Verstand. Mußte doch vor Zeiten Abraham[26] seine Sara hören, die doch ihm härter unterworfen war, denn wie jemand auf Erden; so war die Eselin Bileams[27] auch klüger denn der Prophet selbst. Hat Gott da durch eine Eselin geredet gegen einen Propheten, warum sollte er nicht noch reden können durch einen frommen Menschen gegen den Papst? Item, St. Paul straft St. Peter als einen Irrigen, Galat. 2. Drum gebührt einem jeglichen Christen, daß er sich des Glaubens annehme, ihn zu verstehen und verfechten und alle Irrtümer zu verdammen.

Die dritte Mauer fällt von selbst, wo diese ersten zwei fallen. Denn wo der Papst wider die Schrift handelt, sind wir schuldig, der Schrift beizustehen, ihn zu strafen und zwingen nach dem Wort Christi, Matth. 18: »Sündiget dein Bruder wider dich, so gehe hin und sag's ihm zwischen dir und ihm allein; höret er dich nicht, so nimm noch einen oder zwei zu dir; höret er die nicht, so sag' es der Gemeine; höret er die Gemeine nicht, so halt ihn als einen Heiden.« Hier wird befohlen einem jeglichen Gliede, für das andere zu sorgen; wie viel mehr sollen wir dazu tun, wo ein die Gemeine regierendes Glied übel handelt, welches durch sein Handeln viel Schaden und Ärgernis gibt den andern; soll ich ihn denn verklagen vor der Gemeine, so muß ich sie ja zusammenbringen.

Sie haben auch keinen Grund der Schrift, daß allein dem Papst gebühre, ein Concilium zu berufen oder bestätigen, denn allein ihre eigenen Gesetze, die nicht weiter gelten, als sofern sie nicht schädlich sind der Christenheit und Gottes Gesetzen. Wo nun der Papst sträflich ist, hören solche Gesetze schon auf, dieweil es schädlich ist der Christenheit, ihn nicht zu strafen durch ein Concilium.

So lesen wir Apostelgesch. 15, daß der Apostel Concilium nicht St. Peter hat berufen, sondern alle Apostel und die Ältesten; wo nun St. Peter das allein hätte gebührt, wäre das nicht ein christliches Concilium, sondern ein ketzerisches Conciliabulum gewesen. Auch das berühmteste *Concilium Nicaenum* hat der Bischof von Rom weder berufen noch bestätigt, sondern der Kaiser Constantinus; und nach ihm haben viel andere Kaiser desselben gleichen getan, was doch die allerchristlichsten Concilia gewesen sind[28]. Aber sollte der Papst allein die Gewalt haben, so müßten sie alle ketzerisch gewesen sein. Auch wenn ich ansehe die Concilia, die der Papst gemacht hat, find' ich nichts Besonderes, was drinnen ist ausgerichtet.

Darum, wo es die Not fordert und der Papst ärgerlich der Christenheit ist, soll dazu tun, wer am ersten kann, als ein treues Glied des ganzen Körpers, daß ein rechtes, freies Concilium werde, welches niemand so wohl vermag als das weltliche Schwert, sonderlich dieweil sie nun auch Mitchristen sind, Mitpriester, Mitgeistliche, Mitmächtige in allen Dingen, und sollen ihr Amt und Werk, das sie von Gott haben über jedermann, lassen frei gehen, wo es not und nütze ist zu gehen. Wäre das nicht ein unnatürliches Vornehmen, so ein Feuer in einer Stadt aufginge und jedermann sollte stille stehen, lassen für und für brennen, was da brennen mag, allein darum, daß sie nicht die Macht des Bürgermeisters hätten oder das Feuer vielleicht an des Bürgermeisters Haus anhübe? Ist nicht hier ein jeglicher Bürger schuldig, die andern zu bewegen und berufen? Wieviel mehr soll das in der geistlichen Stadt Christi geschehen, so ein Feuer des Ärgernisses sich erhebt, es sei an des Papstes Regiment oder wo es wolle. Desselben gleichen geschieht auch, ob die Feinde eine Stadt überfielen: da verdienet der Ehr' und Dank, der die andern am ersten aufbringt. Warum sollte denn der nicht Ehre verdienen, der die höllischen Feinde verkündet und die Christen erweckt und beruft?

Daß sie aber ihre Gewalt rühmen, der sich's nicht zieme widerzufechten, ist gar nichts geredet. Es hat niemand in der Christenheit Gewalt, Schaden zu tun, oder zu verbieten, Schaden zu wehren. Es ist keine Gewalt in der Kirche denn nur zur Besserung. Drum, wo der Papst wollte die Gewalt gebrauchen, zu verwehren ein freies Concilium zu machen, damit verhindert würde die Besserung der Kirche, so sollen wir ihn und seine Gewalt nicht ansehen, und wo er bannen und donnern würde, sollte man das verachten als eines tollen Menschen Vornehmen und ihn, in Gottes Zuversicht, wiederum bannen und treiben, wie man mag, denn solche vermessene Gewalt ist nichts, er hat sie auch nicht und wird bald mit einem Spruch der Schrift niedergelegt, denn Paulus zu den Korinthern sagt[29]: »Gott hat uns Gewalt gegeben, nicht zu verderben, sondern zu bessern die Christenheit.« Wer will über diesen Spruch hüpfen? Des Teufels und Endchrists Gewalt ist's, die da wehret, was zur Besserung dienet der Christenheit, darum ihr gar nicht zu folgen, sondern zu widerstehen ist mit Leib, Gut und allem, was wir vermögen.

Und wo gleich ein Wunderzeichen für den Papst wider die weltliche Gewalt geschähe oder jemand eine Plage widerführe, wie etliche Male sie rühmen geschehen sei, soll man dasselbe nicht anders achten, denn als durch den Teufel geschehen, um des Gebrechens unseres Glaubens zu Gott, wie dasselbe Christus verkündigt hat, Matth. 24: »Es werden kommen in meinem Namen falsche Christen und falsche Propheten, Zeichen und Wunder tun, daß sie auch die Auserwählten möchten verführen«; und St. Paul sagt den Thessalonichern, daß der Endchrist werde durch Satanam mächtig sein in falschen Wunderzeichen[30].

Drum lasset uns das festhalten: Christliche Gewalt vermag nichts wider Christum; wie St. Paul sagt[31]: »Wir vermögen nichts wider Christum, sondern für Christo zu tun.« Tut sie aber etwas wider Christum, so ist sie des Endchrists und Teufels Gewalt, und sollte sie Wunder und Plagen regnen und schloßen[32]. Wunder und Plagen bewähren nichts, sonderlich in dieser letzten, ärgsten Zeit, von welcher falsche Wunder verkündet sind in aller Schrift. Drum müssen wir uns an die Worte Gottes halten mit festem Glauben, so wird der Teufel seine Wunder wohl lassen.

Hiermit, hoff' ich, soll das falsche, lügenhaftige Schrecken, womit uns nun lange Zeit die Römer haben schüchterne und blöde Gewissen gemacht, darnieder liegen; und daß sie mit uns allen gleich dem Schwert unterworfen sind, die Schrift nicht Macht haben auszulegen durch lauter Gewalt ohne Kunst, und keine Gewalt haben, ein Concilium zu wehren oder es nach ihrem Mutwillen zu verpfänden, verpflichten und seine Freiheit zu nehmen, und wo sie das tun, daß sie wahrhaftig des Endchrists und Teufels Gemeinschaft sind, nichts von Christo denn den Namen haben.

Von der babylonischen Gefangenschaft der Kirche

1520

Die ›babylonische Gefangenschaft der Kirche‹ ist für Luther nicht mehr eine äußere Bedrängnis, wie sie etwa das Exil der römischen Päpste in Avignon sein mochte, sondern die Gefangenschaft der Christenheit unter der Theorie und Praxis der römischen Sakramente. Damit greift er noch radikaler an die Wurzeln des damaligen Kirchentums, als er es in der Schrift an den Adel getan hatte. Denn nach katholischem Verständnis gehört die hierarchische Verfassung der Kirche zwar durchaus zu deren Wesen, aber sie gewinnt ihren Sinn ja erst in dem sakramentalen System, welches sie verwaltet. Luther baut dieses System ab, indem er nicht nur die Siebenzahl der Sakramente zurückführt auf die biblischen Stiftungen von Taufe und Abendmahl, außer welchen er damals auch noch die Buße als Sakrament gelten läßt, sondern indem er Sinn und Heilswert der Sakramente, statt auf den bloßen Vollzug, auf den Glauben gründet. Damit macht er aus den kirchlich gehandhabten Gnaden- und Machtmitteln Hilfen für den Glauben, die sich einer politisch-organisatorischen Verwendung und Verwertung entziehen. Luthers Angriff auf den römischen Sakramentalismus darf aber nicht als Auflösung der christlichen Sakramente überhaupt verstanden werden. Vielmehr gibt er ihnen einen zentralen Platz in Erkenntnis und Leben des Glaubens.

Wir wählen aus der umfangreichen Schrift den Teil aus, der sich positiv und polemisch mit dem Hauptsakrament beschäftigt, nämlich mit der Eucharistie (Abendmahl) bzw. mit deren damals üblicher Form, der Messe. Den Ausdruck Messe als solchen behält Luther im positiven Sinne bei, wie er später auch die von ihm gestaltete Gottesdienstordnung als Deutsche Messe bezeichnete, ohne damit von den Grunderkenntnissen seiner Kampfschrift etwas zu verleugnen. Auch die Auseinandersetzungen mit der sehr andersartigen Abendmahlsauffassung des Zürcher Reformators Zwingli bedeuten nicht, daß Luther den Grundsatz seiner Sakramentsauffassung geän-

dert, sich der römischen Auffassung etwa wieder genähert hätte. So darf im Rahmen unserer Auswahl dieser Abschnitt, den wir etwas kürzen mußten, als ein gültiger Ausdruck seines Sakramentsverständnisses betrachtet werden.

Zuerst, daß wir zu der wahren und freien Wissenschaft dieses Sakramentes sicher und glücklich kommen können, ist vor allen Dingen zu verschaffen, daß alles dasjenige beiseitegesetzt werde, welches zu der ersten und schlichten Stiftung dieses Sakramentes aus menschlicher Andacht und Eifer dazu getan ist, als da sind die Meßgewänder, Zierate, Gesänge, Gebete, Orgeln, Lichter und die ganze Pracht der sichtbaren Dinge, wir allein zu der reinen Stiftung Christi unsere Augen und Gemüt kehren und uns nichts anders vorsetzen, denn das Wort Christi, wodurch er das Sakrament eingesetzet, vollbracht und uns anbefohlen. Denn in demselben Worte und sonst in gar keinem anderen stehet die Kraft, Natur und das ganze Wesen der Messe. Alles andere ist eine menschliche Andacht, die zum Worte Christi gekommen, ohne welchen Zusatz die Messe gar wohl kann gehalten werden und bestehen. Die Worte, womit Christus dieses Sakrament eingesetzt hat, sind die[1]:

»Da sie aber aßen, nahm Jesus das Brot, dankte und brach's und gab es seinen Jüngern und sprach: ›Nehmet und esset; das ist mein Leib, der für euch gegeben wird.‹ Und er nahm den Kelch, dankte und gab ihnen den und sprach: ›Trinket alle daraus; das ist der Kelch, das Neue Testament in meinem Blut, das für euch und für viele vergossen wird zur Vergebung der Sünden. Solches tut zu meinem Gedächtnis.‹«

Diese Worte bringt auch Paulus 1. Kor. 11 vor und erkläret sie weitläufiger, auf diese müssen wir uns lehnen und auf sie als auf einen starken Felsen gebauet werden, wenn wir nicht wollen durch allerlei Wind der Lehre herumgeführet werden[2], wie wir bisher sind herumgeführet worden, durch gottlose Lehren der Menschen, die von der Wahrheit abweichen. Denn es ist in diesen Worten nichts unterlassen, das zu der Vollkommenheit, Gebrauche und Nutzen dieses Sakramentes gehöret. Es ist auch nichts gesetzet, das da überflüssig und uns nicht nötig wäre zu wissen. Denn wer diese Worte ausläßt und von der Messe etwas betrachtet oder lehret, der lehret ungeheure Gottlosigkeiten, wie es geschehen ist durch die, die da ein getanes Werk und Opfer daraus gemacht haben[3].

So bleibet's demnach zum ersten und unfehlbar, daß die Messe oder das Sakrament des Altars sei ein Testament Christi, das er, da er hat sterben wollen, nach sich gelassen, seinen Gläubigen aufzuteilen. Denn also lauten seine Worte: »Das ist der Kelch, ein neues Testament in meinem Blut.« Es bleibe, sage ich, diese Wahrheit als ein unbewegliches Fundament, auf welches wir alles wollen bauen, was wir sagen werden. Denn das wirst du sehen, wie wir werden umkehren alle Gottlosigkeiten der Menschen, die in dieses anmutige Sakrament geführet werden. So saget nun der wahrhaftige Christus mit Wahrheit: daß dieses sei ein neues Testament in seinem Blut, für uns vergossen. Ich wiederhole dieses nicht vergebens, es ist keine geringe Sache sondern wohl zu merken.

Laßt uns deshalb nachforschen, was ein Testament sei! Alsdann werden wir auch zugleich erkunden, was die Messe sei, wie sie zu gebrauchen, was ihr Nutzen, was ihr Mißbrauch. Ein Testament ist ohne Zweifel eine Verheißung dessen, der da sterben will, in welcher er vermachet seine Erbschaft und Erben einsetzet. Begreifet also ein Testament in sich erstlich den Tod des Vermächters, danach eine Verheißung der Erbschaft und eine Benennung eines Erben. Denn also handelt von dem Testament Paulus weitläufig, Röm. 4, Galat. 3 und Ebr. 9, welches wir auch sehen klar in diesen Worten Christi. Von seinem Tode zeugt er, wenn er spricht: »Das ist mein Leib, der da wird gegeben. Das ist mein Blut, das vergossen wird.« Die Erbschaft nennet er, wenn er spricht: »Zur Vergebung der Sünden.« Die Erben aber setzet er ein, wenn er spricht: »Für euch und für viele.« Das ist für die, so das annehmen und des Vermächters Verheißung glauben. Denn der Glaube macht hier Erben, wie wir werden sehen.

Da siehst du, daß die Messe, wie wir sie nennen, sei eine Verheißung der Vergebung der Sünden, die uns von Gott getan, und eine solche Verheißung, die durch den Tod des Sohnes Gottes bestätigt worden. Denn die Verheißung und das Testament sind in keinem andern unterschieden, denn daß ein Testament zugleich mit begreifet den Tod des Versprechers. Und der Vermächter ist ebensoviel als ein Versprecher, der da sterben will, der Versprecher aber, der noch leben will, (daß ich also rede) ein Vermächter. Dieses Testament Christi ist vorgebildet worden in allen Verheißungen Gottes von Anfang der Welt. Ja, alle alten Verheißungen haben in dieser neuen zukünftigen Verheißung Christo gegolten, was sie gegolten, und haben alle an dieser gehangen. Daher sind diese Worte in der Schrift sehr gebräuchlich: ein Vertrag, Bund und Testament des Herrn, durch welche bedeutet ward, daß dermaleinst Gott würde sterben. Denn wo ein Testament ist, da muß der Tod geschehen dessen, der das Testament machet: Ebr. 9: »Gott aber hat ein Testament gemacht, deswegen hat er müssen sterben.« Er hat aber nicht können sterben, wo er nicht ein Mensch wäre. Also ist eben in dem Worte »Testament« gar kürzlich begriffen beides, die Menschwerdung wie auch der Tod Christi.

Aus diesem jetzt für sich selbst offenbar ist, was da sei der Gebrauch und der Mißbrauch der Messe, was da sei eine würdige oder unwürdige Vorbereitung. Denn ist sie eine Verheißung, wie gesagt ist, so wird mit keinen Werken, mit keinen Kräften, mit keinen Verdiensten dazu gegangen, sondern allein mit dem Glauben. Denn wo da ist das Wort Gottes, der verheißet, da ist der Glaube des zugreifenden Menschen nötig; daß also klar ist, der Glaube sei ein Anfang unserer Seligkeit, der da hange an dem Worte Gottes, der es verheißet, welcher ohne allen unseren Fleiß mit gutwilliger und unverdienter Barmherzigkeit uns zuvorgekommen und uns anbietet das Wort seiner Verheißung. Denn »er hat sein Wort gesendet und hat sie so gesund gemacht.« Er hat aber nicht »unsere Werke angenommen und uns so heilig gemachet.« Denn das Wort Gottes ist das allererste. Dem folget nach der Glaube, dem Glauben die Liebe. Danach tut die Liebe allerlei gute Werke. Denn sie tut nichts Böses, sondern ist des Gesetzes Erfüllung. Und es kann auf keine andere Weise der Mensch mit Gott übereinkommen oder handeln denn durch den Glauben. Das ist, daß der Mensch nicht durch seine Werke, sondern Gott mit seiner Verheißung ihm sei ein Urheber der Seligkeit, daß alles hange, getragen und erhalten werde durch das Wort seiner Macht, durch welches er uns gezeuget, daß wir ein Anfang wären seiner Kreatur ...[4]

Also ist man zuletzt gekommen zu der allervollkommensten Verheißung des Neuen Testaments, in welcher mit klaren

Worten das Leben und Seligkeit aus Gnade verheißen und denen geschenket wird, die der Verheißung glauben. Er unterscheidet auch mit einem merklichen Zeichen dieses Testament von dem Alten, da er spricht: »Das Neue Testament.« Denn das Alte Testament, durch Moses gegeben, war eine Verheißung, nicht der Vergebung der Sünden oder der ewigen Güter, sondern der zeitlichen, d. i. des Lands Kanaan, wodurch niemand am Geiste ward erneuert, die himmlische Erbschaft anzutreten. Daher mußte auch ein unvernünftiges Tier zum Vorbilde Christi geschlachtet werden, durch dessen Blut dasselbige Testament ward bestätiget, daß, welcher Art das Blut wäre, also auch das Testament wäre, welcher Art das Opfer, also auch die Verheißung. Aber hier spricht er: »Das Neue Testament in meinem Blute«, nicht in einem fremden, sondern in dem eigenen Blute, durch welches Blut die Gnade, durch den Geist zur Vergebung der Sünden die Erbschaft zu nehmen, wird verheißen.

Ist demnach die Messe in ihrem Wesen und ihrer Substanz eigentlich nichts anderes denn die obengenannten Worte Christi: »Nehmet hin und esset.« Als ob er spräche: Siehe, o du sündiger und verdammlicher Mensch, aus lauterer und unverdienter Liebe, womit ich dich liebe, (indem es so will haben der Vater aller Barmherzigkeit) verheiße ich dir mit diesen Worten, ehe du etwas verdienet und begehret hast, Vergebung aller deiner Sünden und das ewige Leben. Und auf daß du dieser meiner unwiderruflichen Verheißung ganz gewiß seiest, will ich meinen Leib dahin geben und mein Blut vergießen und mit dem Tode selbst diese Verheißung bestätigen und sie beide zu einem Zeichen und Gedächtnis der Verheißung hinterlassen. Sooft du dieses wirst gebrauchen, sollst du meiner eingedenk sein und diese meine Liebe und Milde gegen dich preisen, loben und danksagen.

Daraus siehst du, daß, wenn eine Messe würdig solle gehalten werden, nichts anderes erfordert werde denn der Glaube, der sich fest und treulich auf die Verheißung verlasse und Christum in diesen seinen Worten wahrhaftig halte und nicht zweifele, ihm seien diese überaus großen Güter geschenket. Auf diesen Glauben wird bald von selbst eine liebliche Bewegung des Herzens folgen, wodurch erweitert und feist gemachet[5] wird der Geist des Menschen (dieses ist die Liebe durch den Heiligen Geist in den Glauben an Christum gegeben), daß er auf Christum einen so milden und gütigen Testator fällt und gänzlich ein anderer und neuer Mensch wird. Denn wer wollte nicht inniglich weinen, ja vor Freude an Christo fast nicht sterben, wer da ohne Zweifel glaubt, daß eine solch unschätzbare Verheißung Christi ihm zustehe? Warum sollte er nicht lieb haben einen solchen Guttäter, der ihm Unwürdigen, und der ein weit anderes verdient, solchen Reichtum und die ewige Erbschaft, ehe man darum bittet, anbietet, verheißet und schenket ...[6]

Gott – wie ich gesagt – hat mit den Menschen niemals anders gehandelt, handelt auch noch nicht anders mit ihnen denn durch das Wort der Verheißung. Hiergegen können wir mit Gott nicht anders handeln denn durch den Glauben an das Wort seiner Verheißung. Unserer Werke achtet er nicht, bedarf ihrer auch nicht, mit welchen wir vielmehr gegen die Menschen und mit Menschen und uns selbst handeln. Aber das bedarf er, daß er in seinen Verheißungen wahrhaftig von uns gehalten und also mit Geduld erwartet und mit Glauben, Hoffnung und Liebe geehret werde. Dadurch geschieht, daß er seine Ehre und Herrlichkeit bei uns erhält, indem nicht durch unser Laufen, sondern durch sein Erbarmen, Verheißen und Schenken wir alles Gute empfangen und haben. Siehe, das ist der wahre Gottesdienst, den wir in der Messe sollen ablegen. Aber wenn die Worte der Verheißung nicht vorgebracht werden, was für eine Übung des Glaubens können wir dann haben? Wer hoffet doch ohne Glauben? Wer hat Gott lieb? Was für ein Dienst Gottes ist ohne den Glauben, ohne die Hoffnung, ohne die Liebe? Darum ist kein Zweifel, daß alle Pfaffen und Mönche samt den Bischöfen und ihrem Obern Abgötter sind und in einem hochgefährlichen Stande leben wegen solcher Unwissenheit, Mißbrauches und Verspottung der Messe oder des Sakraments oder Verheißung Gottes.

Denn es versteht ein jeder leicht, daß diese zwei Dinge zugleich nötig sind, die Verheißung und der Glaube. Denn ohne Verheißung kann nichts geglaubet werden. Und ohne Glauben ist die Verheißung nichts nütze, weil sie durch den Glauben befestiget und erfüllet wird. Aus diesem allem ein jeder leicht versteht, daß man zur Messe, weil sie nichts anderes ist denn eine Verheißung, allein mit dem Glauben gehe und sie besuchet. Was ohne den Glauben von Gebetlein,

Vorbereitungswerken, Zeichen, Gebärden mitgebracht wird, das ist alles mehr Anreizung zur Gottlosigkeit als Dienst der Gottseligkeit. Denn es sich fast begibt, daß, wenn dergleichen da ist, sie vermeinen, sie gehen würdig zu dem Altar, und doch fürwahr zu keiner Zeit oder zu keinem Werke mehr ungeschickt dazu sind wegen des Unglaubens, den sie mit sich bringen...

Ist demnach keine würdige Vorbereitung oder rechter Gebrauch denn allein der Glaube, womit der Messe, d.i. der göttlichen Verheißung, geglaubet wird. Darum, wer zu dem Altar gehen oder dieses Sakrament empfangen will, der hüte sich, daß er nicht leer erscheine vor dem Angesicht seines Herrgottes[7]. Der wird aber leer kommen, der den Glauben nicht hat an die Messe oder an das Neue Testament. Mit was für einer Art der Gottlosigkeit könnte er sich schwerer versündigen an der göttlichen Wahrheit? Denn durch solch seinen Unglauben macht er ihn, soviel an ihm ist, zu einem Lügner und der da vergeblich etwas verheiße. Ist demnach es am allersichersten, mit keinem andern Gemüte zu der Messe zu gehen, denn als ob du wollest gehen, sonst eine andere Verheißung Gottes zu hören, d.i., daß du bereit seiest, nicht viel zu tun und mitzubringen, sondern alles zu glauben und anzunehmen, was dir da verheißen wird oder als verheißen durch den Dienst des Priesters wird vorgesaget. Wenn du mit einem solchen Gemüte nicht kommest, so bleibe weg, denn du gingest ohne Zweifel zum Gerichte dahin.

Darum habe ich recht geredet, daß die ganze Kraft der Messe bestehe in den Worten Christi, mit denen er bezeugt, daß die Vergebung der Sünden allen denen geschenket werde, die da glauben, sein Leib werde dahin gegeben und sein Blut werde vergossen für sie. Und deswegen sei kein Ding nötiger denen, so Messe hören wollen, denn daß sie diese Worte fleißig und mit vollem Glauben betrachten; tun sie das nicht, so ist das andere alles umsonst. Das ist zwar wahr, daß Gott fast in einer jeden Verheißung pfleget ein Zeichen dazu zu setzen als eine Erinnerung oder Denkmal seiner Verheißung, damit sie desto treulicher behalten würde und desto heftiger erinnerte...[8]

Also hat Gott auch in der Messe, die unter allen Verheißungen die vortrefflichste ist, ein Zeichen hinzugetan als ein Denkmal seiner Verheißung, seinen eigenen Leib und sein eigenes Blut in dem Brote und Weine, wie er spricht: »Das tut zu meinem Gedächtnis.« Also auch in der Taufe tut er zu den Worten der Verheißung ein Zeichen des Eintauchens in das Wasser. Daraus wir verstehen, daß in einer jeglichen Verheißung Gottes zweierlei vorgeleget wird: das Wort und das Zeichen, so daß wir wissen, das Wort sei das Testament, das Zeichen aber das Sakrament, das Brot und Wein sind das Sakrament. Und wie mehr gelegen ist an dem Worte denn an dem Zeichen, also ist auch mehr an dem Testament denn an dem Sakrament gelegen. Denn es kann ein Mensch das Wort oder das Testament haben und es gebrauchen ohne das Zeichen oder ohne das Sakrament. »Glaube«, spricht Augustinus, »so hast du gegessen[9].« Aber wem wird geglaubt denn dem Worte des, der es verheißen? Also kann ich täglich, ja alle Stunden die Messe haben, indem ich, sooft ich will, mir kann die Worte Christi vorhalten und durch sie meinen Glauben speisen und stärken. Das ist recht geistlich essen und trinken ...[10]

Nun sind zwei Dinge, die uns pflegen anzufechten, daß wir die Früchte der Messe nicht empfangen. Das eine ist, daß wir Sünder und unwürdig sind solch großer Dinge von wegen unserer Nichtigkeit. Das andere ist, ob wir schon würdig wären, so sind doch die Dinge so wichtig, daß unsere kleinmütige Natur sie nicht darf begehren oder hoffen. Denn wer sollte nicht lieber erschrecken vor der Sünden Vergebung und dem ewigen Leben, als dasselbige wünschen, wenn nach Würde betrachtet wird die Größe der Güter, die dadurch kommen, nämlich Gott zu einem Vater zu haben, ein Sohn zu sein und Erbe aller Güter Gottes? Wider diese zweifache Kleinmütigkeit mußt du das Wort Gottes ergreifen und dasselbe viel stärker ansehen als diese Gedanken deiner Schwachheit. Denn »groß sind die Werke des Herrn; wer ihrer achtet, der hat eitel Lust daran«, der da »mächtig ist zu geben mehr, als wir begehren oder verstehen«. Denn wo sie nicht übertreffen unsere Würdigkeit, unsern Verstand und allen unsern Sinn, so wären es nicht göttliche Dinge. Also machet uns Christus ein Herz, wenn er spricht: »Fürchte dich nicht, du kleine Herde, denn es ist eures Vaters Wohlgefallen, euch das Reich zu geben.« Denn dieser unbegreifliche Überfluß Gottes, der über uns durch Christum ausgegossen, machet, daß wir ihn wiederum über alle Dinge inbrünstig lieben, mit höchstem Vertrauen zu ihm treten, alles gering achten und bereit sind, alles um seinetwillen zu leiden. Daher wird auch dieses Sakrament recht ein Brunnen der Liebe genannt ...

Mit gleichen Gedanken muß gewappnet sein eines jeden Gewissen wider alle Zweifel und Bisse, diese Verheißung Christi mit ungezweifeltem Glauben zu erlangen, und hüte sich höchlichst, daß er nicht aus Vertrauen auf seine Beichte, sein Gebet oder seine Vorbereitung zu dem Sakrament gehe, sondern an diesen allen verzage und hinzu gehe in einem hochmütigen Vertrauen auf Christum, der es verheißen. Denn, wie genug gesagt ist, es soll allein hier die Oberhand haben das Wort der Verheißung in einem reinen Glauben, der einzig und allein ist eine genugsame Vorbereitung.

Wider dieses Gespenste[11] wirst du, dieweil sie stark und ihrer viel sind, dazu tief eingewurzelt, wenn du nicht mit sehr beharrlichem Fleiße wirst behalten, was die Messe sei, und meiner vorigen Rede stark eingedenk sein, kaum bestehen. Denn du hast gehört, daß die Messe nichts anderes sei, denn eine göttliche Verheißung oder ein Vermächtnis Christi mit dem Sakrament seines Leibs und Bluts bestätiget. Ist das wahr, so verstehest du, daß es gar kein Werk sein könne auf keine einzige Weise und daß nichts in derselben geschehe, noch durch keinen andern Fleiß von jemandem könne gehandelt werden denn allein durch den Glauben. Der Glaube aber ist kein Werk, sondern ein Meister und das Leben der Werke. Denn wer ist jemals so unsinnig, daß er eine empfangene Verheißung oder ein geschenktes Vermächtnis nenne ein gutes Werk, das er seinem Testator tue, indem er's annimmt? Wo ist der Erbe, der seinem Vater, der ihm was vermachet, vermeint Gutes zu tun, indem er den Testamentsbrief mit den beschiedenen Gütern empfängt? Wie sind wir denn so gottlos und unbesonnen, daß, wenn wir das göttliche Vermächtnis wollen empfangen, wir kommen, als wollten wir Gott ein gutes Werk tun? Ist nicht diese Unwissenheit des Testaments und dieses Gefängnis eines so hohen Sakraments höchlichst zu beweinen? Da wir sollen dankbar sein wegen der empfangenen Gaben, da kommen wir hoffärtig und wollen geben, was wir nehmen sollten, verspotten mit unerhörter Ruchlosigkeit das Mitleiden des Gebers, indem wir das geben als ein Werk, was wir empfangen als eine Gabe, damit der Testator

nunmehr nicht seine Guttaten austeile, sondern die unsrigen annehme. Wehe dieser Ruchlosigkeit!
Wer ist aber jemals so töricht gewesen, der dafür hielte, die Taufe wäre ein gutes Werk, oder der, so getauft sollte werden, glaubete, daß er ein Werk verrichtete, welches er für sich und andere Gott täte und gemein machte? Ist nun in einem Sakrament und Testament kein gutes Werk, das anderen kann mitgeteilt werden, so wird auch in der Messe keines sein. Weil auch dieselbe nichts anderes ist denn ein Testament und Sakrament; daher ist es ein öffentlicher und gottloser Irrtum, die Messe für die Sünde, für die Genugtuung, für die Toten oder für sonst seine andere oder anderer Not zu opfern oder zuzueignen und applizieren. Daß dies wahr sei, verstehet man gar leicht, wenn man steif daran festhält, die Messe sei eine göttliche Verheißung, die da niemandem nutze, keinem zugeeignet, niemandem zugewiesen, noch mitgeteilet kann werden denn dem allein, der mit seinem eigenen Glauben glaubet. Denn wer kann Gottes Verheißung, die da eines jeden Glauben insbesonderheit erfordert, für einen andern empfangen oder zueignen und applizieren? Kann ich denn einem andern Gott Verheißung geben, auch dem, der nicht glaubet? Oder kann ich für einen andern glauben? Oder kann ich machen, daß ein anderer glaube? Das müßte aber geschehen, wenn ich die Messe einem andern kann zueignen und mitteilen, dieweil in der Messe nichts ist denn die zwei Dinge: Gottes Verheißung und des Menschen Glaube, der da empfange, was Gott verheißet ...[12]
Dieses aber lasse ich leichtlich zu, daß die Gebete, die wir, versammelt, die Messe zu empfangen, vor Gott sprechen, gute Werke sind oder Guttaten, die wir untereinander austeilen, zueignen, gemein machen und für einander opfern, wie uns Jakobus lehret: »Betet füreinander, daß ihr gesund werdet.« Und Paulus 1. Tim. 2 hat geboten: »Gebet, Bitte und Fürbitte zu tun für alle Menschen, für die Könige und für alle Obrigkeit.« Das sind aber nicht die Messe, sondern die Werke der Messe, wenn man anders die Gebete des Herzens und des Mundes Werke nennen darf. Denn sie geschehen aus dem Glauben, der im Sakrament empfangen oder vermehret worden. Die Messe oder Gottes Verheißung wird nicht erfüllet mit Beten, sondern allein mit Glauben.
Darum muß man genau unterscheiden zwischen dem Testa-

ment und Sakrament und den Gebeten, die wir da zugleich beten. Und das nicht allein, sondern man muß auch wissen, daß die Gebete gar nichts nützen, weder dem, der sie betet, noch denen, für welche sie gebetet werden, es sei denn erst das Testament mit Glauben empfangen, daß also der Glaube betet, der allein erhöret wird, wie Jakobus in dem ersten Kapitel lehrt. Also ist weit ein anderes das Gebet denn die Messe: Mein Gebet kann ich erstrecken, auf wie viel ich will; aber die Messe empfängt niemand, als der für sich selber glaubt, und so viel, als er glaubt; sie kann nicht gegeben werden weder Gott noch Menschen, sondern allein Gott gibt sie durch den Dienst des Priesters den Menschen, die sie allein mit dem Glauben empfangen ohne alle Werke oder Verdienste. Denn es soll niemand so toll sein, daß er sage, der tue ein gutes Werk, der arm und dürftig kommt und will von des Reichen Hand eine Wohltat empfangen. Nun ist die Messe, wie ich gesagt habe, eine Wohltat der göttlichen Verheißung, durch die Hand der Priester allen Menschen dargereicht.

Also ist gewiß, daß die Messe kein Werk sei, das einem andern könne mitgeteilt werden, sondern ein Objekt (wie man's nennet) des Glaubens, dadurch eines jeden eigenen Glauben zu ernähren und stärken. Nun ist noch ein Anstoß aus dem Wege zu tun, der viel größer und scheinbarer ist, d. i., daß allenthalben geglaubet wird, die Messe sei ein Opfer, das da Gott aufgeopfert wird. Dieser Meinung auch die Worte des Kanons[13] scheinen beizustimmen, da gesagt wird: »Diese Gaben, diese Geschenke, diese heiligen Opfer.« Und nachgehends: »Dieses Opfer.« Item, es wird klärlich begehret, es möge angenehm sein dieses Opfer des Altars. Hierzu kommen auch die Sprüche der Heiligen Väter, so viel Exempel und ein so starker Gebrauch, der durch die ganze Welt so standhaftig behalten worden.

Diesen allen, weil es so fest eingewurzelt ist, muß man standhaftig entgegensetzen die Worte und das Exempel Christi. Denn wo wir nicht festhalten, daß die Messe eine Verheißung und Testament Christi sei, wie die Worte klärlich lauten, so verlieren wir das ganze Evangelium und allen Trost. Wir sollen nichts wider diese Worte lassen gelten, obschon ein Engel vom Himmel ein anderes lehren würde[13a], denn in diesen Worten stehet nichts vom Werke oder vom Opfer. Danach ist auch das Exempel Christi auf unserer Seite. Denn

Christus hat in dem letzten Nachtmahl, als er dieses Sakrament und Testament gestiftet, es nicht Gott seinem Vater geopfert oder als ein gutes Werk für andere verrichtet, sondern er saß an dem Tische und legte einem jeden eben das Sakrament vor und gab ihnen das Zeichen. Die Messe nun, je näher und gleichförmiger sie ist der allerersten Messe, die Christus nach dem Nachtmahl gehalten, desto christlicher ist sie. Aber die Messe Christi ist gar einfach gewesen ohne alle Pracht mit Kleidern, Gebärden, Gesängen und andern Zeremonien. Wenn sie da als ein Opfer hätte sollen aufgeopfert werden, so hätte sie Christus nicht vollkommen gestiftet und eingesetzet ...[14]

Deswegen mögen sich die Priester in acht nehmen, die zu dieser verderbten und sehr gefährlichen Zeit Messe halten: Zuerst daß sie die Worte des größern und kleinern Kanons mit den Kollekten[15], die gar zu deutlich vom Opfer lauten, richten nicht auf das Sakrament, sondern entweder auf das Brot und Wein, das da soll konsekrieret werden, oder auf ihre Gebete. Denn das Brot und der Wein werden zuvor dargeleget zum Segnen, daß sie durch das Wort und Gebet geheiliget werden. Nachdem es denn aber gesegnet und konsekrieret[16] ist, wird es nicht geopfert, sondern als ein Geschenk von Gott angenommen. Und in diesem Handeln soll ein Priester gedenken, daß das Evangelium müsse vorgezogen werden allen Kanones und Kollekten, die durch Menschen gemachet sind. Das Evangelium aber, wie du gehöret hast, läßt die Messe kein Opfer sein.

Danach, wer die Messe öffentlich liest, soll sich vorsetzen, nichts anderes zu tun, als daß er mit den anderen kommuniziere durch die Messe, und hüte sich doch zugleich seine Gebete für sich und andere zu opfern, damit er sich nicht vermesse und meine, er opfere die Messe. Der aber allein Messe liest, der setze sich vor, sich selbst das Abendmahl zu reichen. Denn eine besondere und Privatmesse[17] ist nicht unterschieden und tut nichts mehr, als wenn ein Laie schlicht das Sakrament von den Händen des Priesters empfängt, ausgenommen die Gebete und daß er es sich selber konsekrieret und reichet. Im Grunde sind wir, Priester und Laien, alle der Messe und des Sakramentes gleich fähig ...[18]

Es ist wahr, daß durch gottlose Priester ebensoviel vom Testament und Sakrament gegeben und empfangen werde denn durch den allerheiligsten. Denn wer wollte zweifeln, daß das Evangelium nicht durch Gottlose sollte gepredigt werden? Nun ist aber die Messe ein Teil des Evangeliums, ja eine Summa und ein kurzer Begriff des Evangeliums. Denn was ist das ganze Evangelium anderes denn eine gute Botschaft von der Vergebung der Sünden? Was aber von der Sünden Erlassung und der Gnade Gottes weitläufig und reichlich kann gesaget werden, das ist kurz in dem Worte des Testaments begriffen. Daher auch die allgemeinen Predigten nichts anders sein sollten denn Auslegungen der Messe, d. i. Erklärungen der göttlichen Verheißungen dieses Testaments; denn das wäre den Glauben lehren und recht die Kirche bauen. Aber die jetzt die Messe auslegen, die gaukeln und betrügen mit Allegorien von menschenerdachten Zeremonien und äußerlicher Pracht.

Wie deshalb ein Gottloser kann taufen, d. i. das Wort der Verheißung und das Zeichen des Wassers über den gießen, den er taufen will, also kann er auch die Verheißung dieses Sakraments aussprechen und den Essenden darreichen und es mit ihnen nehmen, wie Judas der Verräter bei dem Nachtmahl des Herrn[19], und es bleibet doch allezeit eben dasselbige Sakrament und Testament, das in den Gläubigen wirket sein Werk und in dem Ungläubigen ein fremdes Werk[20]. Aber in dem Vortragen gehet es weit anders zu. Denn weil nicht die Messe, sondern die Gebete Gott geopfert und vorgetragen werden, ist es klar, daß die Opfer und das Vortragen eines ruchlosen Priesters nichts gelten werden, sondern, wie Gregorius sagt: »Wenn ein Unwürdiger wird abgeschicket vorzubitten, so wird das Gemüt des Richters zu größerer Strafe bewogen.«[21] Darum sind diese zwei nicht zu vermengen, die Messe und das Gebet, das Sakrament und das Werk, das Testament und das Opfer; denn das eine kommt zu uns von Gott durch den Dienst des Priesters und erfordert den Glauben; das andere kommt von unserm Glauben zu Gott durch die Priester und bittet um Erhörung. Jenes steigt herunter, dieses steigt hinauf. Darum erfordert jenes nicht notwendig einen würdigen und frommen Diener, aber dieses erfordert's, denn Gott erhöret die Sünder nicht; er kann durch Böse Gutes tun, aber er nimmt keines Bösen Werk an, wie er bewiesen an Kain; und in den Sprüchwörtern am 15. wird gesagt: »Des Gottlosen Opfer ist dem Herrn ein Greuel« und Röm. 14: »Was nicht aus dem Glauben gehet, ist Sünde.«

Daß ich aber mit diesem ersten Teil zu Ende komme – denn ich das übrige will vorbringen, wenn einer, der es anfechten möchte, sich wird hervortun[22] –, beschließe ich aus diesem allen, welches zugute die Messe sei eingesetzet und welche würdiglich kommunizieren: Nämlich die allein, welche haben traurige, bekümmerte, betrübte, verwirrete und irrige Gewissen. Denn weil das Wort der göttlichen Verheißung dieses Sakraments anbietet Erlassung der Sünden, so gehet ohne Gefahr hinzu, der da mit dem Nagen der Sünden oder mit dem Anreiz zu denselben geängstiget. Denn das Testament Christi ist die einzige Arznei der vergangenen, gegenwärtigen und zukünftigen Sünden, wenn man nur mit ungezweifeltem Glauben demselben anhanget und glaubet, daß dir aus Gnade und umsonst gegeben werde, wie die Worte des Testamentes lauten. Wo du nicht glaubest, kannst du dein Gewissen nimmer, nirgends, mit keinen Werken, noch einziger Bemühung befriedigen. Denn allein der Glaube ist des Gewissens Friede, der Unglaube aber ist allein des Gewissens Beunruhigung.

Von der Freiheit eines Christenmenschen

1520

»Es ist ein kleines Büchlein, so das Papier wird angesehen, aber doch die ganze Summe eines christlichen Lebens drinnen begriffen, so der Sinn verstanden wird.« So hat Luther selbst in dem Begleitschreiben an Papst Leo X. im Herbst 1520 Charakter und Bedeutung dieser Schrift gekennzeichnet. Es ist keine Summe im Sinn der mittelalterlichen Systeme oder auch nur des Katechismus, sondern Inbegriff dessen, was reformatorischer Glaube von sich selbst zu sagen hat: »Ein Christenmensch ist ein freier Herr über alle Dinge und niemand untertan – Ein Christenmensch ist ein dienstbarer Knecht aller Dinge und jedermann untertan.« Die Freiheit gründet ausschließlich im Glauben, d. h. in der Christusbeziehung, deren Wesen und Eigenart Luther kaum je so eindrücklich beschrieben hat. Der Dienst gründet in der Liebe, die aus dem Glauben kommt. Trotz der zum Teil der Mystik entstammenden Sprache und Vorstellungswelt, in der sich Luther hier bewegt, ist diese Schrift über jede konfessionelle Grenze hinweg stets und mit Recht als klassisches Dokument christlich-reformatorischen Denkens und Lutherscher Frömmigkeit anerkannt worden. – Wir bringen die Schrift in ihrer von Luther selbst stammenden deutschen Fassung, weisen aber auch auf die erweiterte und straffer geformte lateinische Fassung hin. Unser Text ist ungekürzt.

Zum ersten: Daß wir gründlich mögen erkennen, was ein Christenmensch sei und wie es getan sei um die Freiheit, die ihm Christus erworben und gegeben hat, davon St. Paulus viel schreibt, will ich setzen diese zwei Beschlüsse:
Ein Christenmensch ist ein freier Herr über alle Dinge und niemand untertan.
Ein Christenmensch ist ein dienstbarer Knecht aller Dinge und jedermann untertan.
Diese zwei Beschlüsse sind klar: St. Paulus, 1. Kor. 9: »Ich bin frei in allen Dingen und habe mich eines jedermanns Knecht

gemacht«; item Römer 13: »Ihr sollt niemand in etwas verpflichtet sein, außer daß ihr euch untereinander liebet.« Liebe aber, die ist dienstbar und untertan dem, was sie lieb hat; also auch von Christo, Galat. 4: »Gott hat seinen Sohn ausgesandt, von einem Weibe geboren, und dem Gesetz untertan gemacht.«

Zum andern: Diese zwei sich widersprechenden Reden der Freiheit und Dienstbarkeit zu vernehmen, sollen wir gedenken, daß ein jeglicher Christenmensch ist zweierlei Natur, geistlicher und leiblicher. Nach der Seele wird er ein geistlicher, neuer, innerlicher Mensch genannt, nach dem Fleisch und Blut wird er ein leiblicher, alter und äußerlicher Mensch genannt. Und um dieses Unterschiedes willen werden von ihm gesagt in der Schrift Worte, die da stracks wider einander sind, wie ich jetzt gesagt von der Freiheit und Dienstbarkeit.

Zum dritten: So wir uns vornehmen den inwendigen, geistlichen Menschen, zu sehen, was dazu gehöre, daß er ein frommer, freier Christenmensch sei und heiße, so ist's offenbar, daß kein äußerliches Ding kann ihn frei noch fromm machen, wie es mag immer genannt werden, denn seine Frömmigkeit und Freiheit, wiederum seine Bösheit und Gefängnis sind nicht leiblich noch äußerlich. Was hilft's der Seele, daß der Leib ungefangen, frisch und gesund ist, isset, trinkt, lebt, wie er will? Wiederum, was schadet das der Seele, daß der Leib gefangen, krank und matt ist, hungert, dürstet und leidet, wie er nicht gern wollte? Dieser Dinge reichet keines bis an die Seele, sie zu befreien oder fangen, fromm oder böse zu machen.

Zum vierten: Also hilft es der Seele nichts, ob der Leib heilige Kleider anlegt, wie die Priester und Geistlichen tun, auch nicht, ob er in den Kirchen und heiligen Stätten sei, auch nicht, ob er mit heiligen Dingen umgehe, auch nicht, ob er leiblich bete, faste, walle und alle guten Werke tue, die durch und in dem Leibe geschehen möchten ewiglich. Es muß noch ganz etwas anderes sein, was der Seele bringe und gebe Frömmigkeit und Freiheit. Denn alle diese obgenannten Stücke, Werke und Weisen mag auch an sich haben und üben ein böser Mensch, ein Gleisner und Heuchler; auch durch solch Wesen kein ander Volk denn eitel Gleisner werden. Wiederum schadet es der Seele nichts, wenn der Leib unheilige Kleider trägt, an unheiligen Orten ist, ißt, trinkt, wallet, nicht betet und läßt alle die Werke anstehen, die die obgenannten Gleisner tun.

Zum fünften hat die Seele kein ander Ding, weder im Himmel noch auf Erden, darinnen sie lebe, fromm, frei und Christ sei, denn das heilige Evangelium, das Wort Gottes, von Christo gepredigt, wie er selbst sagt, Johann. 11: »Ich bin das Leben und die Auferstehung, wer da glaubt an mich, der lebet ewiglich«; item 14: »Ich bin der Weg, die Wahrheit und das Leben«; item Matth. 4: »Der Mensch lebet nicht allein von dem Brot, sondern von allen Worten, die da gehen von dem Mund Gottes.« So müssen wir nun gewiß sein, daß die Seele kann alles Dinges entbehren außer dem Worte Gottes, und ohne das Wort Gottes ist ihr mit keinem Ding geholfen. Wo sie aber das Wort hat, bedarf sie auch keines andern Dinges mehr, sondern sie hat in dem Wort genug Speise, Freude, Friede, Licht, Kunst, Gerechtigkeit, Wahrheit, Weisheit, Freiheit und alles Gut überschwänglich. Also lesen wir im Psalter, sonderlich im 119. Psalm, daß der Prophet nicht mehr schreiet denn nach dem Gotteswort. Und in der Schrift es für die allerhöchste Plage und Gotteszorn gehalten wird, so er sein Wort von den Menschen nimmt; wiederum für keine größere Gnade, als wo er sein Wort hinsendet, wie im Psalm 107 steht: »Er hat sein Wort ausgesandt, womit er ihnen hat geholfen.« Und Christus um keines andern Amts willen, denn zu predigen das Wort Gottes, gekommen ist. Auch alle Apostel, Bischöfe, Priester und der ganze geistliche Stand allein um des Wortes willen ist berufen und eingesetzt, wiewohl es nun leider anders geht.

Zum sechsten fragst du aber: »Welches ist denn das Wort, das solch große Gnade gibt, und wie soll ich's gebrauchen?« Antwort: Es ist nichts anderes denn die Predigt, von Christo geschehen, wie sie das Evangelium enthält, welche soll sein und ist also angetan, daß du hörest deinen Gott zu dir reden, wie all dein Leben und Werke nichts seien vor Gott, sondern müssest mit allem dem, was in dir ist, ewiglich verderben. So du solches recht glaubst, wie du schuldig bist, so mußt du an dir selber verzweifeln und bekennen, daß wahr sei der Spruch Hoseä[1]: »O Israel, in dir ist nichts denn dein Verderben, allein aber in mir steht deine Hilfe.« Daß du aber aus dir und von dir, das ist aus deinem Verderben, kommen mögest, so setzt er dir vor seinen lieben Sohn Jesum Christum und läßt dir durch sein lebendiges tröstliches Wort sagen: Du sollst in denselben mit festem Glauben dich ergeben und frisch auf ihn vertrauen. So sollen dir um desselben Glaubens willen alle deine Sünden vergeben, all dein Verderben überwunden sein und du gerecht, wahrhaftig, befriedet, fromm und alle Gebote erfüllet sein, von allen Dingen frei sein, wie St. Paulus sagt, Römer 1: »Ein gerechtfertigter Christ lebt nur von seinem Glauben«; und Römer 10: »Christus ist das Ende und die Fülle aller Gebote denen, die an ihn glauben.«

Zum siebenten: Darum sollte das billig aller Christen einziges Werk und Übung sein, daß sie das Wort und Christum wohl in sich bildeten, solchen Glauben stetig übten und stärkten. Denn kein ander Werk kann einen Christen machen, wie Christus, Johann. 6, zu den Juden sagt. Da sie ihn fragten, was sie für Werke tun sollten, daß sie göttliche und christliche Werke täten, sprach er: »Das ist das einzige göttliche Werk, daß ihr glaubt an den, den Gott gesandt hat«, welchen Gott, der Vater, allein auch dazu verordnet hat. – Darum ist's ein gar überschwänglicher Reichtum: ein rechter Glaube in Christo, denn er bringet mit sich alle Seligkeit und nimmt ab alle Unseligkeit, wie Markus am Letzten sagt: »Wer da glaubt und getauft ist, der wird selig; wer nicht glaubt, der wird verdammt.« Also sagt St. Paul, Römer 10: »Daß man von Herzen glaubt, das macht einen gerecht und fromm.«

Zum achten: Wie geht es aber zu, daß der Glaube allein kann fromm machen, und ohne alle Werke so überschwänglichen Reichtum geben, so doch so viel Gesetze, Gebote, Werke und Weisen uns vorgeschrieben sind in der Schrift? Hier ist fleißig zu merken und ja mit Ernst zu behalten, daß allein der Glaube alle Werke fromm, frei und selig machet, wie wir hernach mehr hören werden, und ist zu wissen, daß die ganze Heilige Schrift wird in zweierlei Worte geteilet, welche sind: Gebote oder Gesetze Gottes und Verheißen oder Zusagungen. Die Gebote lehren und schreiben uns vor mancherlei gute Werke, aber damit sind sie noch nicht geschehen. Sie weisen wohl, sie helfen aber nicht, lehren, was man tun soll, geben aber keine Stärke dazu. Darum sind sie nur dazu geordnet, daß der Mensch darinnen sehe sein Unvermögen zu dem Guten und lerne an sich selbst verzweifeln. Und darum heißen sie auch das Alte Testament und gehören alle ins Alte Testament. Wie das Gebot: »Du sollst nicht böse Begierde haben« beweiset, daß wir allesamt Sünder sind und kein Mensch vermag zu sein ohne böse Begierde, er tue, was er will, woraus er lernet an sich selbst verzagen und anderswo zu suchen Hilfe, daß er ohne böse Begierde sei und also das Gebot erfülle durch einen andern, was er aus sich selbst nicht vermag, also sind auch alle andern Gebote uns unmöglich.

Zum neunten: Wenn nun der Mensch aus den Geboten sein Unvermögen gelernet und empfunden hat, so daß ihm nun angst wird, wie er dem Gebot Genüge tue, sintemal das Gebot muß erfüllet sein oder er muß verdammt sein, so ist er recht gedemütigt und zunichte geworden in seinen Augen, findet nichts in sich, damit er könne fromm werden. Dann kommt das andere Wort, die göttliche Verheißung und Zusagung, und spricht: »Willst du alle Gebote erfüllen, deine böse Begierde und Sünde los werden, wie die Gebote zwingen und fordern, siehe da, glaube an Christum, in welchem ich dir zusage alle Gnade, Gerechtigkeit, Frieden und Freiheit; glaubst du, so hast du, glaubst du nicht, so hast du nicht. Denn was dir unmöglich ist mit allen Werken der Gebote, deren viele und doch keines nütze sein müssen, das wird dir leicht und kurz durch den Glauben. Denn ich habe kurz in den Glauben gestellet alle Dinge, daß, wer ihn hat, soll alle Dinge haben und selig sein; wer ihn nicht hat, soll nichts haben. Also geben die Zusagungen Gottes, was die Gebote erfordern, und vollbringen, was die Gebote heißen, auf daß es alles Gottes eigen sei, Gebot und Erfüllung. Er heißet allein, er erfüllet auch allein. Darum sind die Zusagungen Gottes Worte des Neuen Testaments und gehören auch ins Neue Testament.

Zum zehnten: Nun sind diese und alle Gottesworte heilig, wahrhaftig, gerecht, friedsam, frei und aller Güte voll; darum, wer ihnen mit einem rechten Glauben anhängt, des Seele wird mit ihm vereinigt so ganz und gar, daß alle Tugenden[2] des Wortes auch eigen werden der Seele und also durch den Glauben die Seele von dem Gotteswort heilig, gerecht, wahrhaftig, friedsam, frei und aller Güte voll, ein wahrhaftiges Kind Gottes wird, wie Johann. 1 sagt: »Er hat ihnen gegeben, daß sie mögen Kinder Gottes werden, alle, die in seinem Namen glauben.«

Hieraus leichtlich zu merken ist, warum der Glaube so viel vermag und daß keine guten Werke ihm gleich sein können. Denn kein gutes Werk hänget an dem göttlichen Wort wie der Glaube, kann auch nicht in der Seele sein, sondern allein das Wort und der Glaube regieren in der Seele. Wie das Wort ist, so wird auch die Seele von ihm, gleich wie das Eisen wird glutrot wie das Feuer aus der Vereinigung mit dem Feuer. Also sehen wir, daß an dem Glauben ein Christenmensch genug hat; es bedarf keines Werkes, daß er fromm sei. Bedarf er denn keines Werks mehr, so ist er gewißlich entbunden von allen Geboten und Gesetzen; ist er entbunden, so ist er gewißlich frei. Das ist die christliche Freiheit, der einzige Glaube, der da macht, nicht daß wir müßig gehn oder übel tun können, sondern daß wir keines Werkes bedürfen, zur Frömmigkeit und Seligkeit zu gelangen, wovon wir hernach mehr sagen wollen.

Zum elften: Weiter ist's mit dem Glauben also getan, daß, welcher dem andern glaubt, der glaubt ihm darum, daß er ihn für einen frommen, wahrhaftigen Mann achtet, welches die größte Ehre ist, die ein Mensch dem andern tun kann, wie es wiederum die größte Schmach ist, so er ihn für einen losen, lügenhaftigen, leichtfertigen Mann achtet. Also auch, wenn die Seele Gottes Wort festiglich glaubt, so hält sie ihn für wahrhaftig, fromm und gerecht, womit sie ihm tut die allergrößte Ehre, die sie ihm tun kann. Denn da gibt sie ihm recht, da läßt sie ihm recht, da ehret sie seinen Namen und läßt mit sich handeln, wie er will, denn sie zweifelt nicht, er sei fromm, wahrhaftig in allen seinen Worten. Wiederum kann man Gott keine größere Unehre antun, denn ihm nicht glauben, womit die Seele ihn für einen Untüchtigen, Lügenhaftigen, Leichtfertigen hält und, soviel an ihr ist, ihn verleugnet mit solchem Unglauben und einen Abgott ihres eignen Sinns im Herzen wider Gott aufrichtet, als wollte sie es besser wissen denn er. – Wenn dann Gott siehet, daß ihm die Seele Wahrheit gibt und ihn also ehret durch ihren Glauben, so ehret er sie wiederum und hält sie auch für fromm und wahrhaftig, und sie ist auch fromm und wahrhaftig durch solchen Glauben. Denn daß man Gott die Wahrheit und Frömmigkeit gebe, das ist Recht und Wahrheit und macht recht und wahrhaftig, dieweil es wahr ist und recht, daß Gott die Wahrheit geben werde; welches die nicht tun, die nicht glauben und doch sich mit vielen guten Werken treiben und mühen.

Zum zwölften: Nicht allein gibt der Glaube so viel, daß die Seele dem göttlichen Wort gleich wird, aller Gnaden voll, frei und selig, sondern vereinigt auch die Seele mit Christo wie eine Braut mit ihrem Bräutigam; aus welcher Ehe folget, wie St. Paulus sagt, daß Christus und die Seele ein Leib werden[3], so werden auch beider Güter, Fall, Unfall und alle Dinge gemeinsam, so daß, was Christus hat, das ist eigen der gläubigen Seele; was die Seele hat, wird eigen Christi. So hat Christus alle Güter und Seligkeit: die sind der Seele eigen; so hat die Seele alle Untugend und Sünde auf sich: die werden Christi eigen. Hier erhebt sich nun der fröhliche Wechsel und Streit. Dieweil Christus ist Gott und Mensch, welcher noch nie gesündigt hat, und seine Frömmigkeit unüberwindlich, ewig und allmächtig ist, so er denn der gläubigen Seele Sünde durch ihren Brautring, das ist der Glaube, sich selbst zu eigen macht und nicht anders tut, als hätte er sie getan, so müssen die Sünden in ihm verschlungen und ersäuft werden. Denn seine unüberwindliche Gerechtigkeit ist allen Sünden zu stark. Also wird die Seele von allen ihren Sünden nur durch ihren Mahlschatz[4], das ist des Glaubens halber, ledig und frei und begabt mit der ewigen Gerechtigkeit ihres Bräutigams Christi. Ist nun das nicht eine fröhliche Wirtschaft[5], da der reiche, edle, fromme Bräutigam Christus das arme, verachtete, böse Hürlein zur Ehe nimmt und sie entledigt von allem Übel, zieret mit allen Gütern? So ist's nicht möglich, daß die Sünden sie verdammen, denn sie liegen nun auf Christo und sind in ihm verschlungen. So hat sie so eine reiche Gerechtigkeit in ihrem Bräutigam, daß sie abermals wider alle Sünden bestehn kann, ob sie schon auf ihr lägen. Davon sagt Paulus, 1. Kor. 15: »Gott sei Lob und Dank, der uns hat gegeben eine solche Überwindung in Christo Jesu, in welcher verschlungen ist der Tod mit der Sünde.«

Zum dreizehnten: Hier siehst du abermals, aus welchem Grunde dem Glauben so viel billig zugeschrieben wird, daß er alle Gebote erfüllet und ohne alle andern Werke fromm macht. Denn du siehest hier, daß er das erste Gebot erfüllet allein, wo geboten wird: Du sollst deinen Gott ehren. Wenn du nun eitel gute Werke wärest bis auf die Fersen, so wärest du dennoch nicht fromm und gäbest Gott noch keine Ehre, und also erfülltest du das allererste Gebot nicht. Denn Gott kann nicht geehret werden, ihm werde denn Wahrheit und alles Gute zugeschrieben, wie er denn wahrlich ist. Das tun aber keine guten Werke, sondern allein der Glaube des Herzens. Darum ist er allein die Gerechtigkeit des Menschen und aller Gebote Erfüllung. Denn wer das erste Hauptgebot erfüllet, der erfüllet gewißlich und leichtlich auch alle andern Gebote. Die Werke aber sind tote Dinge, können nicht ehren noch loben Gott, wiewohl sie mögen geschehen und lassen sich tun, Gott zu Ehren und Lobe. Aber wir suchen hier den, der nicht getan wird wie die Werke, sondern den Selbsttäter und Werkmeister, der Gott ehret und die Werke tut. Das ist niemand denn der Glaube des Herzens: der ist das Haupt und ganze Wesen der Frömmigkeit. Darum es eine gefährliche, finstere Rede ist, wenn man lehret, die Gebote Gottes mit Werken zu erfüllen, während die Erfüllung vor allen Werken durch den Glauben muß geschehen sein und die Werke folgen nach der Erfüllung, wie wir hören werden.

Zum vierzehnten: Um weiter zu sehen, was wir in Christo haben und wie großes Gut sei ein rechter Glaube, ist zu wissen, daß vor und in dem Alten Testament Gott sich auszog[6] und vorbehielt alle erste männliche Geburt, von Menschen und Tieren[7]; und die erste Geburt war köstlich und hatte zwei große Vorteile vor allen andern Kindern, nämlich die Herrschaft und Priesterschaft oder Königreich und Priestertum, also daß auf Erden das erste geborene Knäblein war ein Herr über alle seine Brüder und ein Pfaffe oder Papst vor Gott, durch welche Figur wird bedeutet Jesus Christus, der eigentlich dieselbe erste männliche Geburt ist Gottes des Vaters von der Jungfrau Maria[8]. Darum ist er ein König und Priester, doch geistlich, denn sein Reich ist nicht irdisch noch in irdischen, sondern in geistlichen Gütern, als da sind Wahrheit, Weisheit, Friede, Freude, Seligkeit usw. Damit aber nicht ausgenommen ist zeitliches Gut, denn es sind ihm alle Dinge unterworfen in Himmel, Erde und Hölle, wiewohl man ihn nicht sieht, das macht, weil er geistlich, unsichtbar regiert.

Also auch sein Priestertum besteht nicht in den äußerlichen Gebärden und Kleidern, wie wir bei den Menschen sehen, sondern es besteht im Geiste unsichtbar also, daß er vor Gottes Augen ohne Unterlaß für die Seinen steht und sich selbst opfert und alles tut, was ein frommer Priester tun soll. Er bittet für uns, wie St. Paul, Röm. 8, sagt; ebenso lehret er uns inwendig im Herzen, welches sind zwei eigentliche, rechte Ämter eines Priesters, denn also bitten und lehren auch äußerliche, menschliche, zeitliche Priester.

Zum fünfzehnten: Wie nun Christus die erste Geburt hat mit ihrer Ehre und Würdigkeit, also teilet er sich mit allen seinen Christen, daß sie durch den Glauben müssen auch alle Könige und Priester sein mit Christo, wie St. Petrus sagt, 1. Petr. 2: »Ihr seid ein priesterliches Königreich und ein königliches Priestertum.« Und das geht also zu, daß ein Christenmensch durch den Glauben so hoch erhaben wird über alle Dinge, daß er, aller Herr, wird geistlich, denn es kann ihm kein Ding nicht schaden zur Seligkeit. Ja, es muß ihm alles untertan sein und helfen zur Seligkeit, wie St. Paulus lehret, Röm. 8: »Alle Dinge müssen helfen den Auserwählten zu ihrem Besten«, es sei Leben, Sterben, Sünde, Frömmigkeit, Gutes oder Böses, wie man es nennen mag; item 1. Kor. 3: »Alle Dinge sind euer, es sei das Leben oder der Tod, Gegenwärtiges oder Zukünftiges usw.« Nicht daß wir aller Dinge leiblich mächtig sind, sie zu besitzen oder zu brauchen, wie die Menschen auf Erden, denn wir müssen sterben leiblich und kann niemand dem Tode entfliehen; so müssen wir auch viel andern Dingen unterliegen, wie wir an Christo und seinen Heiligen sehen. Denn dies ist eine geistliche Herrschaft, die da regiert in der leiblichen Unterdrückung, das ist, ich kann mich an allen Dingen bessern nach der Seele, daß auch der Tod und Leiden müssen mir dienen und nützlich sein zur Seligkeit. Das ist eine gar hohe, ehrliche[9] Würdigkeit und eine rechte, allmächtige Herrschaft, ein geistliches Königreich, da kein Ding ist so gut, so böse, es muß mir dienen zum Guten, so ich glaube, und ich bedarf sein doch nicht, sondern mein Glaube ist mir genugsam. Siehe, wie ist das eine köstliche Freiheit und Gewalt der Christen!

Zum sechzehnten: Überdies sind wir Priester, das ist noch viel mehr, denn König sein, darum, daß das Priestertum uns würdig macht, vor Gott zu treten und für andere zu bitten. Denn vor Gottes Augen zu stehn und bitten, gebührt niemand denn den Priestern. Also hat uns Christus erworben, daß wir können geistlich vor einander treten[10] und bitten, wie ein Priester vor das Volk leiblich tritt und bittet. Wer aber nicht glaubt an Christum, dem dienet kein Ding zum Guten; er ist ein Knecht aller Dinge, muß sich aller Dinge ärgern. Dazu ist sein Gebet nicht angenehm, kommt auch nicht vor Gottes Augen. Wer kann nun ausdenken die Ehre und Höhe eines Christenmenschen? Durch sein Königreich ist er aller Dinge mächtig, durch sein Priestertum ist er Gottes mächtig, denn Gott tut, was er bittet und will, wie da steht geschrieben im Psalter[11]: »Gott tut den Willen derer, die ihn fürchten, und erhöret ihr Gebet«, zu welchen Ehren er nur allein durch den Glauben und durch kein Werk kommt. Daraus man klar siehet, wie ein Christenmensch frei ist von allen Dingen und über alle Dinge, also daß er keiner guter Werke dazu bedarf, daß er fromm und selig sei; sondern der Glaube bringt's ihm alles überflüssig. Und wo er so töricht wäre und meinete, durch ein gutes Werk fromm, frei, selig oder Christ zu werden, so verlöre er den Glauben mit allen Dingen, gleich wie der Hund, der ein Stück Fleisch im Mund trug und nach dem Schemen[12] im Wasser schnappte, damit Fleisch und Schemen verlor.

Zum siebzehnten fragest du: Was ist denn für ein Unterschied zwischen den Priestern und Laien in der Christenheit, so sie alle Priester sind? Antwort: Es ist dem Wörtlein »Priester«, »Pfaffe«, »geistlich« und desgleichen Unrecht geschehen, daß sie von dem gemeinen Haufen sind bezogen auf den kleinen Haufen, den man jetzt nennet geistlichen Stand. Die Heilige Schrift gibt keinen andern Unterschied, denn daß sie die Gelehreten oder Geweiheten nennet *ministros, servos, oeconomos*, das ist Diener, Knechte, Schaffner, die da sollen den andern Christum, Glauben und christliche Freiheit predigen. Denn ob wir wohl alle gleich Priester sind, so können wir doch nicht alle dienen oder schaffen und predigen. Also sagt St. Paulus, 1. Kor. 4: »Wir wollen für nichts mehr von den Leuten gehalten sein denn Christi Diener und Schaffner des Evangeliums.« Aber nun ist aus der Schaffnerei geworden eine solch weltliche, äußerliche, prächtige, furchtbare Herrschaft und Gewalt, daß ihr die rechte weltliche Macht in keinem Wege kann gleichen, gerade als wären die Laien etwas anderes denn Christenleute, womit hingenommen[13] ist der ganze Verstand christlicher Gnade, Freiheit, Glaubens und alles, was wir von Christo haben, und Christus selbst; wir haben dafür überkommen viel Menschen-Gesetz und -Werk, sind ganz Knechte geworden der alleruntüchtigsten Leute auf Erden.

Zum achtzehnten: Aus dem allem lernen wir, daß es nicht genug sei gepredigt, wenn man Christi Leben und Werk obenhin und nur als eine Historie und Chronikengeschichte predigt, geschweige denn, so man seiner gar schweigt und das geistliche Recht oder andere Menschen-Gesetze und -Lehren predigt. Ihrer sind auch viele, die Christum also predigen und lesen, daß sie ein Mitleiden über ihn haben, mit den Juden zürnen oder sonst mehr kindische Weise darinnen üben. Aber er soll und muß also gepredigt sein, daß mir und dir der Glaube draus erwachse und erhalten werde, welcher Glaube dadurch erwächst und erhalten wird, wenn mir gesagt wird, warum Christus gekommen sei, wie man seiner gebrauchen und genießen soll, was er mir gebracht und gegeben hat: das geschieht, wo man recht auslegt die christliche Freiheit, die wir von ihm haben, und wie wir Könige und Priester sind, aller Dinge mächtig, und daß alles, was wir tun, vor Gottes Augen angenehm und erhöret sei, wie ich bisher gesagt habe. Denn wo ein Herz also Christum höret, das muß fröhlich werden von ganzem Grunde, Trost empfangen und süß werden gegen Christum, ihn wiederum lieb zu haben. Dahin es nimmermehr mit Gesetzen und Werken kommen kann. Denn wer will einem solchen Herzen Schaden tun oder es erschrecken? Fällt die Sünde und der Tod daher, so glaubt es, Christi Frömmigkeit sei sein und seine Sünden seien nimmer sein, sondern Christi; so muß die Sünde verschwinden vor Christi Frömmigkeit in dem Glauben, wie droben gesagt ist, und lernet mit dem Apostel dem Tod und der Sünde Trotz bieten und sagen[14]: »Wo ist nun, du Tod, dein Sieg? Wo ist nun, Tod, dein Spieß? Dein Spieß ist die Sünde. Aber Gott sei Lob und Dank, der uns hat gegeben den Sieg durch Jesum Christum, unsern Herrn. Und der Tod ist ersäuft in seinem Sieg usw.«

Zum neunzehnten: Das sei nun genug gesagt von dem innerlichen Menschen, von seiner Freiheit und der Hauptgerechtigkeit, welche keines Gesetzes noch guten Werkes bedarf; ja, es ihr schädlich ist, so jemand dadurch wollte gerechtfertigt zu werden sich vermessen. Nun kommen wir aufs andere Teil, auf den äußerlichen Menschen. Hier wollen wir antworten allen denen, die sich ärgern aus den vorigen Reden und pflegen zu sprechen: »Ei, so denn der Glaube alle Dinge ist und gilt allein genugsam, um fromm zu machen, warum sind denn die guten Werke geboten? So wollen wir guter Dinge sein und nichts tun.« Nein, lieber Mensch, nicht also! Es wäre wohl also, wenn du allein ein innerlicher Mensch wärest und ganz geistlich und innerlich geworden, welches geschieht bis am jüngsten Tag. Es ist und bleibt auf Erden nur ein Anheben und Zunehmen, welches wird in jener Welt vollbracht. Daher heißet's der Apostel *primitias spiritus*, das sind die ersten Früchte des Geistes[15]; darum gehört hierher, was droben gesagt ist: »Ein Christenmensch ist ein dienstbarer Knecht und jedermann untertan«; gleich: Wo er frei ist, braucht er nichts zu tun; wo er Knecht ist, muß er allerlei tun. Wie das zugehe, wollen wir sehen.

Zum zwanzigsten: Obwohl der Mensch inwendig nach der Seele durch den Glauben genugsam gerechtfertigt ist und alles hat, was er haben soll, außer daß derselbe Glaube und Genüge muß immer zunehmen bis in jenes Leben, so bleibt er doch noch in diesem leiblichen Leben auf Erden und muß seinen eignen Leib regieren und mit Leuten umgehen. Da heben sich nun die Werke an. Hier muß er nicht müßig gehn, da muß fürwahr der Leib mit Fasten, Wachen, Arbeiten und mit aller mäßigen Zucht getrieben und geübt sein, daß er dem innerlichen Menschen und dem Glauben gehorsam und gleichförmig werde, nicht hindere noch widerstrebe, wie seine Art ist, wo er nicht gezwungen wird. Denn der innerliche Mensch ist mit Gott eins, fröhlich und lustig um Christi willen, der ihm soviel getan hat, und besteht alle seine Lust darin, daß er wiederum möchte Gott auch umsonst dienen in freier Liebe. Da findet er in seinem Fleisch einen widerspenstigen Willen, der will der Welt dienen und suchen, was ihn gelüstet. Das mag der Glaube nicht leiden und legt sich mit Lust an seinen Hals, ihn zu dämpfen und ihm zu wehren, wie St. Paul sagt, Römer 7: »Ich habe eine Lust an Gottes Willen nach meinem innern Menschen; da finde ich einen andern Willen in meinem Fleisch, der will mich mit Sünden gefangen nehmen.« Item[16]: »Ich züchtige meinen Leib und treibe ihn zu Gehorsam, auf daß ich nicht selbst verwerflich werde, der ich die andern lehren soll.« Item, Galater 5: »Alle, die Christo angehören, kreuzigen ihr Fleisch mit seinen bösen Lüsten.«

Zum einundzwanzigsten: Aber dieselben Werke müssen nicht geschehen in der Meinung, daß dadurch der Mensch fromm werde vor Gott, denn die falsche Meinung kann der Glaube nicht leiden, der allein ist und sein muß die Frömmigkeit vor Gott; sondern nur in der Meinung, daß der Leib gehorsam werde und gereinigt von seinen bösen Lüsten und das Auge nur sehe auf die bösen Lüste, sie auszutreiben. Denn dieweil die Seele durch den Glauben rein ist und Gott liebet, wollte sie gern, daß auch also alle Dinge rein wären, zuvor ihr eigner Leib, und jedermann Gott mit ihr liebte und lobte. So geschieht's, daß der Mensch seines eigenen Leibes halben nicht kann müßig gehen und muß viel guter Werke darob üben, daß er ihn zwinge; und doch die Werke nicht das rechte Gut sind, davon er fromm und gerecht sei vor Gott, sondern tue sie aus freier Liebe umsonst, Gott zu gefallen, nichts darin anders gesucht noch angesehen, denn daß es Gott also gefällt, dessen Willen er gerne täte aufs allerbeste. Daraus denn ein jeglicher kann selbst nehmen Maß und Bescheidenheit[17], den Leib zu kasteien[18], denn er fastet, wachet, arbeitet, soviel er sieht, daß dem Leib not sei, seinen Mutwillen zu dämpfen. Die andern aber, die da meinen, mit Werken fromm zu werden, haben keine Acht auf die Kasteiung, sondern sehen nur auf die Werke und meinen, wenn sie derselben nur viele und große tun, so sei es wohlgetan und sie würden fromm; zuweilen zerbrechen die Köpfe[19] und verderben ihre Leiber darüber. Das ist eine große Torheit und Unverstand christliches Lebens und Glaubens, daß sie ohne Glauben, durch Werke fromm und selig werden wollen.

Zum zweiundzwanzigsten: Daß wir davon etliche Gleichnisse geben, soll man die Werke eines Christenmenschen, der durch seinen Glauben und aus lautrer Gnade Gottes umsonst ist gerechtfertigt und selig geworden, nicht anders achten, denn wie die Werke Adams und Evas im Paradies gewesen wären, davon Genesis 2 steht geschrieben, daß Gott den geschaffenen Menschen setzte ins Paradies, daß er dasselbe bearbeiten und hüten sollte. Nun war Adam von Gott fromm und wohl geschaffen, ohne Sünde, daß er durch sein Arbeiten und Hüten nicht erst brauchte fromm und gerechtfertigt zu werden; doch daß er nicht müßig ginge, gab ihm Gott zu schaffen, das Paradies zu pflanzen, zu bauen und bewahren. Dieses wären eitel freie Werke gewesen, um keines

Dings willen getan, denn allein Gott zu gefallen, und nicht um Frömmigkeit zu erlangen, die er zuvor hatte, welche uns auch allen natürlich wäre angeboren gewesen. Also auch eines gläubigen Menschen Werk, welcher durch seinen Glauben ist wiederum ins Paradies gesetzt und von neuem geschaffen, bedarf keiner Werke, fromm zu werden; sondern daß er nicht müßig gehe und seinen Leib anstrenge und bewahre, sind ihm solche freie Werke zu tun, allein Gott zu gefallen, befohlen.

Item, gleichwie ein geweiheter Bischof, wenn er Kirchen weihet, firmelt oder sonst seines Amtes Werk übet, so machen ihn dieselben Werke nicht zu einem Bischof – ja, wenn er nicht zuvor zum Bischof geweihet wäre, so taugte derselben Werke keines und wäre eitel Narrenwerk[20] –; also ein Christ, der, durch den Glauben geweihet, gute Werke tut, wird durch dieselben nicht besser oder mehr geweihet (was nichts denn des Glaubens Mehrung tut) zu einem Christen; ja, wenn er nicht zuvor glaubte und Christ wäre, so gälten alle seine Werke nicht, sondern wären eitel närrische, sträfliche, verdammliche Sünden.

Zum dreiundzwanzigsten: Drum sind die zwei Sprüche wahr: »Gute, fromme Werke machen nimmermehr einen guten, frommen Mann, sondern ein guter, frommer Mann macht gute, fromme Werke«; »böse Werke machen nimmermehr einen bösen Mann, sondern ein böser Mann macht böse Werke«, also daß allerwegen die Person zuvor muß gut und fromm sein, vor allen guten Werken und gute Werke folgen und ausgehn von der frommen, guten Person, gleichwie Christus sagt: »Ein böser Baum trägt keine gute Frucht, ein guter Baum trägt keine böse Frucht[21].« Nun ist's offenbar, daß die Früchte tragen nicht den Baum; so wachsen auch die Bäume nicht auf den Früchten, sondern wiederum: die Bäume tragen die Früchte, und die Früchte wachsen auf den Bäumen. Wie nun die Bäume müssen früher sein denn die Früchte und die Früchte machen nicht die Bäume weder gut noch böse, sondern die Bäume machen die Früchte, also muß der Mensch in der Person zuvor fromm oder böse sein, ehe er gute oder böse Werke tut, und seine Werke machen ihn nicht gut oder böse, sondern er macht gute oder böse Werke. Desgleichen sehen wir in allen Handwerken. Ein gutes oder böses Haus macht keinen guten oder bösen Zimmermann, sondern ein guter oder böser Zimmermann macht ein böses oder gutes Haus; kein Werk macht einen Meister, darnach das Werk ist, sondern wie der Meister ist, darnach ist sein Werk auch. Also sind die Werke des Menschen auch: wie es mit ihm steht im Glauben oder Unglauben, darnach sind seine Werke gut oder böse, und nicht wiederum, wie seine Werke stehn, darnach sei er fromm[22] oder gläubig. Die Werke, gleichwie sie nicht gläubig machen, so machen sie auch nicht fromm; aber der Glaube, gleichwie er fromm macht, so macht er auch gute Werke. So denn die Werke niemand fromm machen und der Mensch zuvor muß fromm sein, ehe er wirkt, so ist's offenbar, daß allein der Glaube aus lautrer Gnade durch Christum und sein Wort die Person genugsam fromm und selig machet und daß kein Werk, kein Gebot einem Christen not sei zur Seligkeit, sondern er frei ist von allen Geboten und aus lauterer Freiheit umsonst tut alles, was er tut, in nichts damit zu suchen seinen Nutzen oder Seligkeit (denn er schon satt und selig ist durch seinen Glauben und Gottes Gnade), sondern nur um Gott darinnen zu gefallen.

Zum vierundzwanzigsten: Wiederum dem, der ohne Glauben ist, ist kein gutes Werk förderlich zur Frömmigkeit und Seligkeit, wiederum keine bösen Werke ihn böse und verdammt machen, sondern der Unglaube, der die Person und den Baum böse macht, der tut böse und verdammte Werke. Darum, wenn man fromm oder böse wird, hebet sich's nicht an den Werken an, sondern an dem Glauben, wie der weise Mann sagt[23]: »Anfang aller Sünde ist von Gott weichen und ihm nicht trauen.« Also lehret auch Christus, wie man nicht an den Werken muß anheben, und sagt[24]: »Entweder macht den Baum gut und seine Früchte gut, oder macht den Baum böse und seine Früchte böse«, ebenso sollte er sagen: wer gute Früchte haben will, muß zuvor an dem Baum anheben und denselben gut setzen. Also, wer da will gute Werke tun, muß nicht an den Werken anheben, sondern an der Person, die die Werke tun soll. Die Person aber macht niemand gut denn allein der Glaube, und niemand macht sie böse denn allein der Unglaube. Das ist wohl wahr: Die Werke machen einen fromm oder böse vor den Menschen, das ist, sie zeigen äußerlich an, wer fromm oder böse sei, wie Christus sagt, Matth. 7: »Aus ihren Früchten sollt ihr sie erkennen.« Aber das ist alles im Schein und äußerlich, welches Ansehen irre macht viele Leute, die da schreiben und lehren, wie man gute Werke tun soll und fromm werden, so sie doch des Glaubens nimmer gedenken, gehen dahin und führet immer ein Blinder den andern, martern sich mit vielen Werken und kommen doch nimmer zu der rechten Frömmigkeit, von welchen St. Paul sagt, 2. Tim. 3: »Sie haben einen Schein der Frömmigkeit, aber der Grund ist nicht da, gehen hin und lernen immer und immer, und kommen doch nimmer zur Erkenntnis der wahren Frömmigkeit.« Wer nun mit denselben Blinden nicht will irren, muß weiter sehen denn in die Werke, Gebote oder Lehre der Werke: er muß in die Person sehen vor allen Dingen, wie die fromm werde. Die wird aber nicht durch Gebot und Werk, sondern durch Gottes Wort (das ist, durch seine Verheißung der Gnade) und den Glauben fromm und selig, auf daß bestehe seine göttliche Ehre, daß er uns nicht durch unsere Werke, sondern durch sein gnädiges Wort umsonst und aus lauter Barmherzigkeit selig mache.

Zum fünfundzwanzigsten: Aus diesem allem ist leichtlich zu verstehen, wie gute Werke zu verwerfen und nicht zu verwerfen sind und wie man alle Lehren verstehen soll, die da gute Werke lehren. Denn wo der falsche Anhang[25] und die verkehrte Meinung drin ist, daß durch die Werke wir fromm und selig werden wollen, sind sie schon nicht gut und ganz verdammlich, denn sie sind nicht frei und schmähen die Gnade Gottes, die allein durch den Glauben fromm und selig macht, welches die Werke nicht vermögen, und nehmen es sich doch vor zu tun, und damit der Gnade in ihr Werk und ihre Ehre greifen. Darum verwerfen wir die guten Werke, nicht um ihrer selbst willen, sondern um desselben bösen Zusatzes und falscher, verkehrter Meinung willen, welche macht, daß sie nur gut scheinen, und sind doch nicht gut; sie betrügen sich und jedermann damit gleich wie die reißenden Wölfe in Schafskleidern. Aber derselbe böse Zusatz und verkehrte Meinung in den Werken ist unüberwindlich, wo der Glaube nicht ist. Er muß sein in demselben Werkheiligen, bis der Glaube komme und zerstöre ihn; die Natur vermag ihn von sich selbst nicht auszutreiben, ja, auch nicht zu erkennen, sondern sie hält ihn für ein köstliches, seliges Ding, drum werden ihrer auch so viel dadurch verführet. Derhalben, obwohl es gut ist, von Reue, Beichte, Genugtuung zu schreiben und predigen, so man aber nicht weiter fähret bis zum Glauben, sind es gewißlich eitel teuflische, verführerische Lehren. Man muß nicht einerlei allein predigen, sondern alle beide Worte Gottes. Die Gebote soll man predigen die Sünder zu erschrecken und ihre Sünden zu offenbaren, daß sie Reue haben und sich bekehren. Aber dabei soll es nicht bleiben, man muß das andere Wort, die Zusagungen der Gnade auch predigen, den Glauben zu lehren, ohne welche die Gebote, Reue und alles andere vergebens geschieht. Es sind wohl noch geblieben Prediger, die Reue der Sünde und Gnade predigen, aber sie streichen die Gebote und Zusagungen Gottes nicht so heraus, daß man lerne, woher und wie die Reue und Gnade komme. Denn die Reue fließt aus den Geboten, der Glaube aus den Zusagungen Gottes, und also wird der Mensch durch den Glauben göttlicher Worte gerechtfertiget und erhoben, der durch die Furcht vor dem Gebote Gottes gedemütiget und zur Selbsterkenntnis gekommen ist.

Zum sechsundzwanzigsten: Das sei von den Werken gesagt insgemein und von denen, die ein Christenmensch gegen seinen eigenen Leib üben soll. Nun wollen wir von mehr Werken sagen, die er gegen andere Menschen tut. Denn der Mensch lebt nicht allein in seinem Leibe, sondern auch unter andern Menschen auf Erden. Darum kann er nicht ohne Werke sein gegen dieselben, er muß ja mit ihnen zu reden und zu schaffen haben, wiewohl ihm derselben Werke keines not ist zur Frömmigkeit und Seligkeit. Darum soll seine Meinung in allen Werken frei und nur dahin gerichtet sein, daß er andern Leuten damit diene und nütze sei, nichts anderes sich vorstelle, denn was den andern not ist. Das heißt dann ein wahrhaftiges Christenleben, und da geht der Glaube mit Lust und Liebe ins Werk, wie St. Paulus lehret die Galater[26]. Dann zu den Philippern, da er sie gelehret hatte, wie sie alle Gnade und Genüge hätten durch ihren Glauben in Christo, lehret er sie weiter und sagt[27]: »Ich vermahne euch alles Trostes, den ihr in Christo habt, und alles Trostes, den ihr habt von unserer Liebe zu euch, und aller Gemeinschaft, die ihr habt mit allen geistlichen, frommen Christen, ihr wollt mein Herz erfreuen vollkommen, und das damit, daß ihr hinfort wollet eines Sinnes sein, einer gegen den andern Liebe erzeigen, einer dem andern dienen und ein jeglicher acht haben nicht auf sich, noch auf das Seine, sondern auf den andern, und was demselben not sei.« Siehe, da hat Paulus klärlich ein christliches Leben dahingestellet, daß alle Werke sollen gerichtet sein dem Nächsten zu gute, dieweil ein jeglicher für sich selbst genug hat an seinem Glauben und alle andern Werke und Leben ihm übrig sind, seinem Nächsten damit aus freier Liebe zu dienen. Darzu führet er ein Christum zu einem Exempel und sagt[28]: »Seid also gesinnet, wie ihr's seht in Christo, welcher, obwohl er voll göttlicher Form war und für sich selbst genug hatte und ihm sein Leben, Wirken und Leiden nicht not war, daß er damit fromm oder selig würde, dennoch hat er sich alles dessen entäußert und sich gebärdet wie ein Knecht, allerlei getan und gelitten, nichts angesehen denn unser Bestes und ist also, ob er wohl frei war, doch um unseretwillen ein Knecht geworden.«

Zum siebenundzwanzigsten: Also soll ein Christenmensch wie Christus, sein Haupt, voll und satt sich auch begnügen lassen an seinem Glauben, denselben immer mehren, welcher sein Leben, Frömmigkeit und Seligkeit ist, der ihm gibt alles, was Christus und Gott hat – wie droben gesagt ist und St. Paul, Galat. 2, spricht: »Was ich noch in dem Körper lebe, das lebe ich in dem Glauben Christi, Gottes Sohnes« –, und, ob er nun ganz frei ist, sich wiederum williglich zu einem Diener machen, seinem Nächsten zu helfen, mit ihm verfahren und handeln, wie Gott mit ihm durch Christum gehandelt hat; und das alles umsonst, nichts darinnen suchen denn göttliches Wohlgefallen und also denken: »Wohlan, mein Gott hat mir unwürdigem, verdammtem Menschen, ohne alle Verdienste, rein umsonst und aus eitel Barmherzigkeit gegeben durch und in Christo vollen Reichtum aller Frömmigkeit und Seligkeit, daß ich hinfort nichts mehr bedarf, denn zu glauben, es sei also. Ei, so will ich solchem Vater, der mich mit seinen überschwänglichen Gütern also überschüttet hat, wiederum frei, fröhlich und umsonst tun, was ihm wohl gefällt, und gegen meinen Nächsten auch werden ein Christ, wie Christus mir geworden ist, und nichts mehr tun, denn was ich nur sehe, das ihm not, nützlich und selig sei, dieweil ich doch durch meinen Glauben aller Dinge in Christo genug habe.« Siehe, also fließet aus dem Glauben die Liebe und Lust zu Gott und aus der Liebe ein freies, williges, fröhliches Leben, dem Nächsten zu dienen umsonst. Denn gleichwie unser Nächster Not leidet und unseres Übrigen bedarf, also haben wir vor Gott

Not gelitten und seiner Gnaden bedurft. Darum, wie uns Gott hat durch Christum umsonst geholfen, also sollen wir durch den Leib und seine Werke nichts anderes tun, als dem Nächsten zu helfen. Also sehen wir, wie ein hohes, edles Leben es sei um ein christliches Leben, das leider nun in aller Welt nicht allein darniederliegt, sondern auch nicht mehr bekannt ist, noch gepredigt wird.

Zum achtundzwanzigsten: Also lesen wie, Luk. 2, daß die Jungfrau Maria zur Kirche ging nach den sechs Wochen und ließ sich reinigen nach dem Gesetz wie alle andern Weiber, während sie doch nicht gleich mit ihnen unrein war, noch schuldig derselben Reinigung, bedurfte ihrer auch nicht. Aber sie tat's aus freier Liebe, daß sie die andern Weiber nicht verachtete, sondern mit dem Haufen bliebe. Also ließ St. Paul St. Timotheum beschneiden – nicht daß es not wäre, sondern daß er den schwachgläubigen Juden nicht Ursache gäbe zu bösen Gedanken –, der doch wiederum Titum nicht wollte lassen beschneiden, da man drauf dringen wollte, er müßte beschnitten sein, und es wäre not zur Seligkeit[29]. Und Christus, Matth. 17, da von seinen Jüngern ward der Zinspfennig gefordert, disputierte er mit St. Peter, ob nicht Königskinder frei wären, Zins zu geben. Und als St. Peter ja sagte, hieß er ihn doch hingehen an das Meer und sprach: »Auf daß wir sie nicht ärgern, so geh hin; den ersten Fisch, den du fängst, den nimm, und in seinem Maul wirst du finden einen Pfennig, den gib für mich und dich.« Das ist ein feines Exempel zu dieser Lehre, da Christus sich und die Seinen freie Königskinder nennet, die keines Dings bedürfen, und doch sich unterwirft williglich, dienet und gibt den Zins. Wie viel nun das Werk Christo not war und gedienet hat zu seiner Frömmigkeit oder Seligkeit, so viel sind alle seine anderen und seiner Christen Werke ihnen not zur Seligkeit; sonderlich da alle sind freie Dienste, zu Willen und Besserung der andern. Also sollten auch aller Priester, Klöster und Stifter Werke getan sein, daß ein jeglicher seines Standes und Ordens Werk allein darum täte, den andern zu willfahren und seinen Leib zu regieren, den andern Exempel zu geben, auch also zu tun, die auch bedürfen, ihre Leiber zu zwingen; doch sich allezeit vorsehen, daß nicht dadurch fromm und selig zu werden sich vorgenommen werde, welches allein des Glaubens Vermögen ist. Auf diese Weise gebietet auch St. Paul,

Römer 13 und Titus 3, daß sie sollen weltlicher Gewalt untertan und bereit sein, nicht daß sie dadurch fromm werden sollen, sondern daß sie den andern und der Obrigkeit damit frei dieneten und ihren Willen täten aus Liebe und Freiheit. Wer nun diesen Verstand hätte, der könnte leichtlich sich einrichten in die unzähligen Gebote und Gesetze des Papstes, der Bischöfe, der Klöster, der Stifter, der Fürsten und Herren, die etliche tolle Prälaten[30] also treiben, als wären sie not zur Seligkeit, und heißen es Gebote der Kirche, wiewohl mit Unrecht. Denn ein freier Christ spricht also: »Ich will fasten, beten, dies und das tun, was geboten ist, nicht daß ich's bedarf oder dadurch wollte fromm oder selig werden, sondern ich will's dem Papst, Bischof, der Gemeine oder meinem Mitbruder, Herrn zu Willen, Exempel und Dienst tun und leiden, gleichwie mir Christus viel größere Dinge zu Willen getan und gelitten hat, dessen ihm viel weniger not war. Und obschon die Tyrannen unrecht tun, solches zu fordern, so schadet's mir doch nicht, dieweil es nicht wider Gott ist[31].«

Zum neunundzwanzigsten: Hieraus mag ein jeglicher ein gewisses Urteil und Unterscheidung nehmen unter allen Werken und Geboten, auch welches blinde, tolle oder rechtgesinnte Prälaten seien. Denn welches Werk nicht dahinaus gerichtet ist, dem andern zu dienen oder seinen Willen zu leiden, sofern er nicht zwingt, wider Gott zu tun, so ist's nicht ein gut christliches Werk. Daher kommt's, daß ich sorge, wenige Stifter, Kirchen, Klöster, Altäre, Messen, Testamente christlich seien, dazu auch die Fasten und Gebete, zu etlichen Heiligen besonders getan. Denn ich fürchte, daß in dem allesamt ein jeglicher nur das Seine sucht, vermeinend, damit seine Sünden zu büßen und selig zu werden, welches alles kommt aus Unwissenheit des Glaubens und christlicher Freiheit; und etlich blinde Prälaten die Leute dahin treiben und solch Wesen preisen, mit Ablaß schmücken und den Glauben nimmermehr lehren. Ich rate dir aber, willst du etwas stiften, beten, fasten, so tue es nicht in der Meinung, daß du wollest dir etwas Gutes tun, sondern gib's dahin frei, daß andere Leute desselben genießen mögen, und tu es ihnen zu gute, so bist du ein rechter Christ. Was sollen dir deine Güter und guten Werke, die dir übrig sind, deinen Leib zu regieren und versorgen, so du genug hast am Glauben, darin dir Gott alle Dinge gegeben hat? Siehe, also müssen Gottes

Güter fließen aus einem in den andern und gemein werden, daß ein jeglicher sich seines Nächsten also annehme, als wäre er's selbst. Aus Christo fließen sie in uns, der sich unser hat angenommen in seinem Leben, als wäre er das gewesen, was wir sind. Aus uns sollen sie fließen in die, so ihrer bedürfen, auch so ganz, daß ich muß auch meinen Glauben und Gerechtigkeit für meinen Nächsten setzen vor Gott, seine Sünden zudecken, sie auf mich nehmen und nicht anders tun, denn als wären sie mein eigen, eben wie Christus uns allen getan hat. Siehe, das ist die Natur der Liebe, wo sie wahrhaftig ist. Da ist sie aber wahrhaftig, wo der Glaube wahrhaftig ist. Darum gibt der heilige Apostel der Liebe zu eigen, 1. Kor. 13, daß sie nicht sucht das Ihre, sondern was des Nächsten ist.

Zum dreißigsten: Aus dem allem folget der Beschluß, daß ein Christenmensch lebt nicht in sich selbst, sondern in Christo und seinem Nächsten, in Christo durch den Glauben, im Nächsten durch die Liebe; durch den Glauben fähret er über sich in Gott, aus Gott fähret er wieder unter sich durch die Liebe, und bleibt doch immer in Gott und göttlicher Liebe, gleich wie Christus sagt, Johann. 1, 51: »Ihr werdet noch sehen den Himmel offen stehen und die Engel auf- und absteigen über den Sohn des Menschen.« Siehe, das ist die rechte, geistliche, christliche Freiheit, die das Herz frei macht von allen Sünden, Gesetzen und Geboten, welche alle andere Freiheit übertrifft wie der Himmel die Erde. Das gebe uns Gott, daß wir diese Freiheit recht verstehen und behalten! Amen.

Rede auf dem Reichstag zu Worms

Am 18. April 1521

Die Szene von Luthers Auftreten vor Kaiser und Reich ist allgemein bekannt, seine zum Teil legendären Schlußworte sind fast sprichwörtlich geworden. Er verweigert den Widerruf und nimmt die Reichsacht auf sich. Merkwürdig unbekannt dagegen blieb der genaue Wortlaut dieser sorgfältig vorbereiteten, erst deutsch, dann lateinisch vorgetragenen Rede, deren lateinischer Entwurf erhalten ist. Sie zeigt, worauf es Luther in dieser entscheidenden Stunde ankommt: nichts gegen das in Gottes Wort gebundene Gewissen zu tun oder geschehen zu lassen. Damit stellt sich die Reformation auf einen eigenen Grund; sie entzieht sich allen herrschenden kirchlichen und politischen Autoritäten und bleibt doch nicht an das subjektive Meinen und Wollen des Reformators gebunden. Sie wird zu einer geschichtlich bestimmten und gleichwohl schlechthin revolutionären Tat (H. Frh. v. Campenhausen). – Unser Text ist ungekürzt.

Allergnädigster Herr und Kaiser!
Durchlauchtigste Fürsten! Gnädigste Herrn!
Ich erscheine gehorsam zu dem Zeitpunkt, der mir gestern abend bestimmt worden ist, und bitte die allergnädigste Majestät und die durchlauchtigsten Fürsten und Herren um Gottes Barmherzigkeit willen, sie möchten meine Sache, die, hoff ich, gerecht und wahrhaftig ist, in Gnaden anhören; und wenn ich aus Unkenntnis irgend jemand nicht in der richtigen Form anreden oder sonst in irgendeiner Weise gegen höfischen Brauch und Benehmen verstoßen sollte, so bitte ich, mir dies freundlich zu verzeihen; denn ich bin nicht bei Hofe, sondern im engen mönchischen Winkel aufgewachsen und kann von mir nur dies sagen, daß ich bis auf diesen Tag mit meinen Lehren und Schriften einzig Gottes Ruhm und die redliche Unterweisung der Christen einfältigen Herzens erstrebt habe.
Allergnädigster Kaiser, durchlauchtigste Fürsten! Mir waren

gestern durch Eure allergnädigste Majestät zwei Fragen vorgelegt worden, nämlich ob ich die genannten, unter meinem Namen veröffentlichten Bücher als meine Bücher anerkennen wollte, und ob ich dabei bleiben wollte, sie zu verteidigen, oder bereit sei, sie zu widerrufen. Zu dem ersten Punkt habe ich sofort eine unverhohlene Antwort gegeben, zu der ich noch stehe und in Ewigkeit stehen werde: es sind meine Bücher, die ich selbst unter meinem Namen veröffentlicht habe, vorausgesetzt, daß die Tücke meiner Feinde oder eine unzeitige Klugheit darin nicht etwa nachträglich etwas geändert oder fälschlich gestrichen hat. Denn ich erkenne schlechterdings nur das an, was allein mein eigen und von mir allein geschrieben ist, aber keine weisen Auslegungen von anderer Seite.

Hinsichtlich der zweiten Frage bitte ich aber Euer allergnädigste Majestät und fürstliche Gnaden dies beachten zu wollen, daß meine Bücher nicht alle den gleichen Charakter tragen.

Die erste Gruppe umfaßt die Schriften, in denen ich über den rechten Glauben und rechtes Leben so schlicht und evangelisch gehandelt habe, daß sogar meine Gegner zugeben müssen, sie seien nützlich, ungefährlich und durchaus lesenswert für einen Christen. Ja, auch die Bulle erklärt ihrer wilden Gegnerschaft zum Trotz einige meiner Bücher für unschädlich, obschon sie sie dann in einem ganz abenteuerlichen Urteil dennoch verdammt[1]. Wollte ich also anfangen, diese Bücher zu widerrufen – wohin, frag ich, sollte das führen? Ich wäre dann der einzige Sterbliche, der eine Wahrheit verdammte, die Freund und Feind gleichermaßen bekennen, der einzige, der sich gegen das einmütige Bekenntnis aller Welt stellen würde!

Die zweite Gruppe greift das Papsttum und die Taten seiner Anhänger an, weil ihre Lehren und ihr schlechtes Beispiel die ganze Christenheit sowohl geistlich wie leiblich verstört hat. Das kann niemand leugnen oder übersehen wollen. Denn jedermann macht die Erfahrung, und die allgemeine Unzufriedenheit kann es bezeugen, daß päpstliche Gesetze und Menschenlehren die Gewissen der Gläubigen aufs jämmerlichste verstrickt, beschwert und gequält haben, daß aber die unglaubliche Tyrannei auch Hab und Gut verschlungen hat und fort und fort auf empörende Weise weiter verschlingt, ganz besonders in unserer hochberühmten deutschen Nation. Und doch sehen sie in ihren Dekreten selbst vor, wie *Distinctio 9* und *25*, *quaestio 1* und *9*, zu lesen steht[2]: päpstliche Gesetze, die der Lehre des Evangeliums und den Sätzen der Kirchenväter widersprächen, seien für irrig und ungültig anzusehen. Wollte ich also diese Bücher widerrufen, so würde ich die Tyrannei damit geradezu kräftigen und stützen, ich würde dieser Gottlosigkeit für ihr Zerstörungswerk nicht mehr ein kleines Fenster, sondern Tür und Tor auftun, weiter und bequemer, als sie es bisher je vermocht hat. So würde mein Widerruf ihrer grenzenlosen, schamlosen Bosheit zugute kommen, und ihre Herrschaft würde das arme Volk noch unerträglicher bedrücken, und nun erst recht gesichert und gegründet sein, und das um so mehr, als man prahlen wird, ich hätte das auf Wunsch Euerer allergnädigsten Majestät getan und des ganzen römischen Reiches. Guter Gott, wie würde ich da aller Bosheit und Tyrannei zur Deckung dienen!

Die dritte Gruppe sind die Bücher, die ich gegen einige sozusagen für sich stehende Einzelpersonen geschrieben habe, die den Versuch machten, die römische Tyrannei zu schützen und das Christentum, wie ich es lehrte, zu erschüttern. Ich bekenne, daß ich gegen diese Leute heftiger vorgegangen bin, als in Sachen des Glaubens und bei meinem Stande schicklich war. Denn ich mache mich nicht zu einem Heiligen und trete hier nicht für meinen Lebenswandel ein, sondern für die Lehre Christi. Trotzdem wäre mein Widerruf auch für diese Bücher nicht statthaft; denn er würde wieder die Folge haben, daß sich die gottlose Tyrannei auf mich berufen könnte und das Volk so grausamer beherrschen und mißhandeln würde denn je zuvor.

Aber ich bin ein Mensch und nicht Gott. So kann ich meinen Schriften auch nicht anders beistehen, als wie mein Herr Christus selbst seiner Lehre beigestanden hat. Als ihn Hannas nach seiner Lehre fragte und der Diener ihm einen Backenstreich gegeben hatte, sprach er (Joh. 18, 23): »Habe ich übel geredet, so beweise, daß es böse gewesen sei.« Der Herr selbst, der doch wußte, daß er nicht irren könne, hat also nicht verschmäht, einen Beweis wider seine Lehre anzuhören, dazu noch von einem elenden Knecht; wieviel mehr muß ich erbärmlicher Mensch, der nur irren kann, da bereit sein, jedes

Zeugnis wider meine Lehre, das sich vorbringen läßt, zu erbitten und zu erwarten. Darum bitte ich um der göttlichen Barmherzigkeit willen, Eure allergnädigste Majestät, durchlauchtigste fürstliche Gnaden oder wer es sonst vermag, er sei höchsten oder niederen Standes, möchten mir Beweise vorlegen, mich des Irrtums überführen und mich durch das Zeugnis der prophetischen oder evangelischen Schriften überwinden. Ich werde völlig bereit sein, jeden Irrtum, den man mir nachweisen wird, zu widerrufen, ja, werde der erste sein, der meine Schriften ins Feuer wirft.
Es wird hiernach klar sein, daß ich die Nöte und Gefahren, die Unruhe und Zwietracht, die sich um meiner Lehre willen in aller Welt erhoben haben, und die man mir gestern hier mit Ernst und Nachdruck vorgehalten hat, sorgsam genug bedacht und erwogen habe. Für mich ist es ein denkbar erfreulicher Anblick, zu sehen, wie um Gottes Wort Unruhe und Zwietracht entsteht. Denn das ist der Lauf, Weg und Erfolg, den Gottes Wort zu nehmen pflegt, wie Christus spricht (Matth. 10, 34ff.): »Ich bin nicht gekommen Frieden zu senden, sondern das Schwert; denn ich bin gekommen, den Menschen zu erregen wider seinen Vater usw.« Darum müssen wir bedenken, wie unser Gott wunderbar und schrecklich ist in seinen Ratschlüssen, daß nicht am Ende das, was wir ins Werk setzen, um der Unruhe zu steuern, damit anfängt, daß wir Gottes Wort verdammen, und so viel mehr einer neuen Sintflut ganz unerträglicher Leiden zustrebt. Wir müssen sorgen, daß die Regierung unseres jungen, vortrefflichen Kaisers Karl, auf dem nächst Gott die meisten Hoffnungen ruhen, nicht eine unselige, verhängnisvolle Wendung nehme. Ich könnte es hier mit vielen Beispielen aus der Schrift vom Pharao, vom König Babylons und den Königen Israels veranschaulichen, wie sie sich gerade dann am sichersten zugrunde richteten, wenn sie mit besonders klugen Plänen darauf ausgingen, Ruhe und Ordnung in ihren Reichen zu behaupten. Denn er, Gott, fängt die Schlauen in ihrer Schlauheit und kehret die Berge um, ehe sie es inne werden. Darum ists die Furcht Gottes, deren wir bedürfen. Ich sage das nicht in der Meinung, so hohe Häupter hätten meine Belehrung oder Ermahnung nötig, sondern weil ich meinem lieben Deutschland den Dienst nicht versagen wollte, den ich ihm schuldig bin. Hiermit will ich mich Euer allergnädigsten

kaiserlichen Majestät und fürstlichen Gnaden demütig befohlen und gebeten haben, sie wollten sich von meinen eifrigen Widersachern nicht ohne Grund gegen mich einnehmen lassen.
Ich bin zu Ende.

Nach diesen Worten erwiderte der Redner des Kaisers in tadelndem Ton: ich hätte meine Antwort nicht zur Sache gegeben, und was ehedem auf Konzilien verdammt und beschlossen sei, dürfe nicht erneut in Zweifel gezogen werden. Man wünsche von mir daher eine einfache Antwort ohne Spitzfindigkeiten, ob ich widerrufen wolle oder nicht.

Darauf sagte ich:

Weil denn Eure allergnädigste Majestät und fürstliche Gnaden eine einfache Antwort verlangen, will ich sie ohne Spitzfindigkeit und unverfänglich[3] erteilen, nämlich so: Wenn ich nicht mit Zeugnissen der Schrift oder mit offenbaren Vernunftgründen besiegt werde, so bleibe ich von den Schriftstellen besiegt, die ich angeführt habe, und mein Gewissen bleibt gefangen in Gottes Wort. Denn ich glaube weder dem Papst noch den Konzilien allein, weil es offenkundig ist, daß sie öfters geirrt und sich selbst widersprochen haben. Widerrufen kann und will ich nichts, weil es weder sicher noch geraten ist, etwas gegen sein Gewissen zu tun.
Gott helfe mir, Amen[4].

Eine treue Vermahnung zu allen Christen, sich zu hüten vor Aufruhr und Empörung

1521/22

Ist es richtig, Reformation und Revolution in einer Perspektive zu sehen, oder muß man sie zutiefst unterscheiden? Die Frage stellte sich für Luther und seine Zeitgenossen nicht weniger dringend als für alle spätere Deutung des damaligen Geschehens. Bei dem radikalen Charakter von Luthers Angriff auf das mittelalterlich-katholische Kirchentum konnten revolutionäre Auswirkungen nicht ausbleiben. In der hier abgedruckten ›treuen Vermahnung‹ macht Luther deutlich, daß er für die reformatorische Bewegung das Gesetz der politischen und sozialen Revolution nicht gelten lassen will. Dieser Trennungsstrich zwischen Reformation und Revolution darf nicht mit dem oft behaupteten politischen Konservatismus Luthers erklärt werden. Vielmehr begründet Luther seine auch für die Folgezeit, besonders im Bauernkrieg, eingenommene Haltung auf seine Grunderkenntnis von der Eigenständigkeit des Handelns Gottes und von der Freiheit des glaubenden Gewissens, das unter keinen Umständen durch reformerische Zwangsmaßnahmen vergewaltigt werden darf. Luthers Nein zu Aufruhr und Empörung hat also wesentlich religiöse Gründe. Zugleich enthält diese kleine Schrift die Grundlinien von Luthers politischer Ethik und ist so ein Schlüssel für das Verständnis seiner späteren Entscheidungen. Unser Text ist stark gekürzt.

Allen Christen, die diesen Brief lesen oder hören, gebe Gott Gnade und Frieden. Amen.

Es ist von Gottes Gnaden in diesen Jahren das selige Licht der christlichen Wahrheit, durch den Papst und die Seinen zuvor verdrückt, wieder aufgegangen, wodurch ihre mannigfaltige schädliche und schändliche Verführung, allerlei Missetat und Tyrannei öffentlich an Tag gebracht und zuschanden geworden ist, daß es sich ansehen läßt, es werde gelangen zu Aufruhr, Pfaffen, Mönche, Bischöfe mit ganzem geistlichen

Stand erschlagen und verjagt möchten werden, wo sie nicht eine ernstliche, merkliche Besserung selbst vorwenden. Denn der gemeine Mann, in Bewegung und Verdruß seiner Beschädigung am Gut, Leib und Seele erlitten, zu hoch versucht und über alle Maße von ihnen aufs alleruntreulichste beschwert, hinfort solches nimmer leiden möge noch wolle, und dazu redliche Ursache habe, mit Flegeln und Kolben drein zu schlagen, wie der Karsthans[1] droht.

Wiewohl nun ich nicht ungern höre, daß die Geistlichen in solcher Furcht und Sorge stehen, ob sie dadurch wollten in sich selbst schlagen und ihre wütende Tyrannei sänften (und wollte Gott, solch Schrecken und Furcht wäre noch größer), so dünkt mich doch, ich sei des gewiß, bin auch ohne alle Sorge einiges zukünftigen Aufruhrs oder Empörung, sonderlich der da durch und durch dringe und den ganzen Haufen überfalle, aus der Ursache, daß ich nicht mag noch soll zweifeln, Gott werde über seinem Wort halten und viel eher lassen Himmel und Erde vergehen, ehe ein einziger Titel oder Buchstabe davon verfalle, wie er selbst sagt Matth. 5, 18 und 24, 35.

Derhalben laß ich drohen und schrecken, wer da mag und will, auf daß erfüllet werde die Schrift. Solch Schrecken und Furcht gibt die Schrift allen Feinden Gottes zum Anfang ihrer Verdammnis. Darum ists billig und gefällt mir wohl, daß solche Plage anfängt in den Papisten, die die göttliche Wahrheit verfolgen und verdammen. Es soll schier noch besser beißen.

Und daß ich mehr sage, wenn ich zehn Leiber hätte und vermöchte bei Gott so viel Gnade zu erwerben, daß er sie mit diesem Fuchsschwanz[2] des leiblichen Todes oder Aufruhrs kasteite, so wollte ich sie doch alle aus Herzensgrund gern darstrecken für den elenden Haufen. Ach, Herr Gott! es ist nicht eine solche gelinde Strafe vor der Tür; es ist ein unsäglicher Ernst und Zorn, des kein Ende ist, über sie schon angegangen. Der Himmel ist eisern, die Erde ehern[3]; es hilft kein Bitten mehr: der Zorn ist, wie St. Paulus von den Juden sagt[4], über sie gekommen endlich. Es ist nicht um einen Aufruhr zu tun vor Gott. Wollte Gott, dieweil dem Haufen nicht zu helfen ist, wir möchten doch etliche herausreißen und von dem greulichen Schlund und Rachen erretten. Die Schrift gibt dem Papst und den Seinen gar viel ein ander Ende denn leiblichen Tod und Aufruhr. Dan. 8, 25, spricht: »Er soll ohne Hand zerknirscht werden, das ist, nicht mit dem Schwert und leiblicher Gewalt.« Und St. Paulus 2. Thess. 2, 8, sagt von ihm also: »Unser Herr Jesus wird ihn töten mit dem Geist seines Mundes und wird ihn verstören durch das Erleuchten seiner Zukunft.«

Aus diesen Sprüchen lernen wir, daß des Papstes endchristliches Regiment mit ihm wird dieser Maßen verstört werden, nämlich daß durch das Wort Christi, welches ist der Geist, Stange und Schwert seines Mundes[5], wird seine Büberei, Trügerei, Schalkheit, Tyrannei, Verführerei aufgedeckt und vor aller Welt bloß zuschanden werden. Denn die Lüge und Verführerei wird allein damit verstöret, wenn sie offenbar und erkannt wird. Sobald die Lüge erkannt wird, bedarf sie schon keines Schlages mehr, fällt und verschwindet von sich selbst mit allen Schanden. Das meint Psalm 10, 15: »Suche nur seine Bosheit, so ist sein gottloses Wesen schon dahin.« Es bedarf nichts mehr denn suchen und erkennen.

Nun ist des Papstes Wesen mit seinen Stiftern, Klöstern, hohen Schulen, Gesetzen und Lehren eitel Lüge, durch eitel Lüge aufgebracht, hat auch die Welt nicht anders denn mit Schein und guter Gestalt betrogen, verführt, unterdrückt, an Leib, Gut und Seele verderbt. Darum bedarfs nichts mehr denn nur erkennen und offenbar machen, so fällt es dahin mit Papst, Pfaffen, Mönchen in aller Schande und Schmach. Denn kein Mensch ist so toll, der da folge und nicht hasse die öffentliche Lüge und Falschheit. Wenn nun solche Offenbarung der päpstlichen Büberei geschehen ist, und der Geist des Mundes Christi im Schwang geht, daß der Papst mit seinen Lügen nichts mehr gilt und ganz verachtet wird: alsdann wird mit zuplatzen und treffen der jüngste Tag, und wie Paulus sagt, 2. Thess. 2, 8, wird Christus den Papst vollends zerstören durch seine Zukunft.

In diesem Handel ist dies das Allerfeinste, daß der Papst und die Seinen, verstockt, werden solches nicht glauben, sondern verlachen, auf daß sie erfüllen den Spruch Pauli 1. Thess. 5, 3: *Cum dixerint: pax!:* »wenn sie werden sicher sein, und sagen: es hat noch keine Not, so wird ihnen kommen schnell ihr Verderben.« Auf daß nun die Papisten ja sich nicht bessern und Gnade suchen, sollen sie dies nicht glauben und sagen: Ja, der jüngste Tag ist noch fern; bis daß sie im Augenblick, ehe sie sich versehen, im Grunde des höllischen Feuers liegen über einem Haufen.

Als ich nun gesagt habe, dieweil ich gewiß bin aus diesen Sprüchen, daß durch Menschen Hand oder Aufruhr das Papsttum und geistlicher Stand nicht wird zerstört, sondern seine Bosheit so greulich ist, daß ihrer keine Strafe genug ist, denn allein der göttliche Zorn selber, ohne alles Mittel, habe ich noch nie mich bewegen lassen, denen zu wehren, die mit der Hand und Flegel drohen; weiß wohl, daß es ihnen nicht wird dazu kommen. Ob gleich etliche angetastet würden, so wirds doch nicht ein gemeines Antasten werden. Sind doch zuvor wohl mehr Pfaffen ohne allen Rumor und Empörung erschlagen, da man sich noch vor ihrem Bann fürchtete und der Zorn Gottes noch nicht war angegangen; aber nun er angegangen ist und man sich nicht mehr vor ihm fürchtet, sollen sie sich fürchten umsonst, gleichwie sie uns bisher vergeblich mit ihrem falschen Bann haben fürchten gemacht und in unsrer Furcht einen guten, hoffärtigen Willen gehabt.

Doch obwohl die Hand nicht dazu kommen wird und derselbigen mir nicht not ist zu wehren, so muß ich doch auch die Herzen ein wenig unterrichten. Und für das erste lasse ich die weltliche Obrigkeit und Adel jetzt anstehen, welche wohl sollten aus Pflicht ihrer ordentlichen Gewalt dazutun, ein jeglicher Fürst und Herr in seinem Land. Denn was durch ordentliche Gewalt geschieht, ist nicht für Aufruhr zu halten. Aber nun lassen sie es alle gehen, einer hindert den andern. Etliche helfen und rechtfertigen dazu des Endchrists Sache. Gott wird sie wohl finden und ihnen geben, je nachdem sie ihre Gewalt und Obrigkeit zu Rettung oder Verderben ihrer Untertanen an Leib, Gut und Seele gebraucht haben. Aber dem gemeinen Mann ist sein Gemüt zu stillen und zu sagen, daß er sich enthalte auch der Begierden und Worte, so zum Aufruhr sich lenken, und zur Sache nichts vornehme ohne Befehl der Obrigkeit oder Zutun der Gewalt. Dazu sollen ihn bewegen:

Zum ersten, daß, wie gesagt, es doch nicht zur Tat kommen wird und eitel vergebliche Worte und Gedanken sind, was davon geredet und gedacht wird. Denn, wie gehört ist, Gott will und wird selber hier der Strafer sein, und sie solcher leichten Strafe ganz und gar nicht würdig sind. So sehen wir auch, wie die Fürsten und Herren so uneins sind und sich gar nicht dazu stellen, als wollten sie den Sachen helfen, welches alles von Gott verhängt und geschickt wird, auf daß er allein strafe und seinen Zorn über sie ausschütte. Wiewohl Fürsten und Herren, wie gesagt ist, damit nicht entschuldigt sind: sie sollen das Ihre dazu tun und mit dem Schwert, das sie tragen, wehren, so viel sie nur möchten, ob sie Gottes Zorn doch eines Teils zuvorkommen und lindern könnten, gleichwie Moses, 2. Mos. 32, 28, ließ dreitausend vom Volk erschlagen, auf daß Gottes Zorn vom Volk gewendet würde, wie denn auch vom Elias und Pinehas die Schrift sagt[6]. Nicht daß man jetzt sollte die Pfaffen töten, welches ohne Not ist, sondern nur mit Worten verbieten und darob mit Gewalt halten, was sie treiben über und wider das Evangelium. Man kann ihnen mit Worten und Briefen mehr denn genug tun, daß es weder Hauens noch Stechens bedarf.

Zum anderen, obs gleich möglich wäre, daß ein Aufruhr würde, und Gott sie so gnädiglich wollte strafen, so ist doch die Weise kein Nutzen, bringt auch nimmermehr die Besserung, die man damit sucht. Denn Aufruhr hat keine Vernunft und geht gemeiniglich mehr über die Unschuldigen, denn über die Schuldigen. Darum ist auch kein Aufruhr recht, wie rechte Sache er immer haben mag, und folgt allezeit mehr Schadens denn Besserung daraus, damit erfüllt wird das Sprichwort: Aus Übel wird Ärgeres. Derhalben ist die Obrigkeit und das Schwert eingesetzt, zu strafen die Bösen und zu schützen die Frommen, daß Aufruhr verhütet werde, wie St. Paulus sagt Röm. 13, 1 ff., und 1. Petr. 2, 13 f. Aber wenn Herr Omnes[7] aufsteht, der vermag solch Unterscheiden der Bösen und Frommen weder zu treffen noch zu halten, schlägt in den Haufen, wie es trifft, und es kann nicht ohne großes greuliches Unrecht zugehen.

Darum habe acht auf die Obrigkeit. Solange die nicht zugreift und befiehlt, so halte du stille mit Hand, Mund und Herz, und nimm dich nichts an. Kannst du aber die Obrigkeit bewegen, daß sie angreife und befehle, so magst du es tun. Will sie nicht, so sollst du auch nicht wollen. Fährst du aber fort, so bist du schon ungerecht und viel ärger denn der andre Teil. Ich halte und wills allezeit halten mit dem Teil, der Aufruhr leidet, wie ungerechte Sache er immer habe, und widersein dem Teil, der Aufruhr macht, wie rechte Sache er immer habe: darum, daß Aufruhr nicht ohne unschuldiges Blut oder Schaden ergehen kann.

Zum dritten, so ist Aufruhr von Gott verboten, da er sagt durch Moses (5. Mos. 16, 20): *Quod iustum est, iuste exequaris,* »Was recht ist, sollst du mit Recht ausführen«. Item 5. Mos. 32, 53: »Die Rache ist mein. Ich will wider gelten.« Daher kommt das wahre Sprichwort: Wer widerschlägt, der ist unrecht. Item: Niemand kann sein eigener Richter sein. Nun ist Aufruhr nichts andres denn selbst richten und rächen. Das kann Gott nicht leiden, darum ists nicht möglich, daß Aufruhr nicht sollte die Sache allzeit viel ärger machen, weil sie wider Gott und Gott nicht mit ihr ist.

Zum vierten ist in dieser Sache der Aufruhr ein sonderliches gewisses Eingeben des Teufels. Denn dieweil er sieht das helle Licht der Wahrheit, welches seine Götzen, Papst und Papisten, aufdeckt in aller Welt, und er ihm in keinem Wege begegnen kann: der Glanz ist ihm in die Augen geschlagen, daß er, verblendet , nichts mehr denn lügen, lästern und das närrische Ding vorgeben kann, so gar, daß er auch vergißt Schein, Farbe und Gleißen, wie er bisher gewohnt war vorzuwenden; als das ausweisen die Lügenmäuler Papst, Eck, Emser[8] und ihresgleichen in ihren Bullen und Schriften: fährt er zu und will Aufruhr anrichten durch die, so sich des Evangelii rühmen, womit er hofft, unsre Leute zu schimpfieren, als seien sie vom Teufel und nicht aus Gott; wie etliche schon auf der Kanzel glorieren aus dem Spiel, das er zu Erfurt mit den Pfaffen anfing[9].

Aber es soll ihm, ob Gott will, nicht gelingen. Wir müssen den Schimpf von ihm leiden; er soll aber dagegen auch etwas leiden, das ihn reichlich bezahle. Welche meine Lehre recht lesen und verstehen, die machen nicht Aufruhr, sie habens nicht von mir gelernt. Daß aber etliche solches tun und sich unsers Namens rühmen, was können wir dazu? Wie viel tun die Papisten unter dem Namen Christi, das nicht allein Christus verboten hat, sondern auch Christum zerstört? Sollen wir unsern Chor so rein halten, daß auch St. Peter nicht strauchele unter uns, so doch unter den Papisten eitel Judasse und Judastücke sind und wollen dennoch ihre Lehre nicht dem Teufel zugeeignet haben? Aber, wie ich sage, der Teufel sucht also Ursache, diese Lehre zu schmähen, wie er kann. Könnte er etwas Ärgeres, so täte ers auch. Er ist matt geworden; er muß herhalten, ob Gott will, weil er solche lahme, lose, faule Anschläge vornimmt. Es wird und soll ihm zum Aufruhr nicht gedeihen, wie er gern wollte.

Darum bitte ich, wer sich des christlichen Namens will rühmen, der halte sich, wie St. Paulus sagt 2. Kor. 6, 3, daß wir den Widersachern nicht Ursache geben, zu lästern unsre Lehre. Denn wir sehen, wie die Papisten geschickt sind, daß sie den Balken in ihren Augen stehen lassen und mit ganzem Fleiß suchen und scharren, ob sie ein kleines Stöcklein in unsern Augen finden mögen. Wir sollen ihnen nicht aufrücken, daß sie fast nichts Gutes bei sich haben. Aber wo unsereiner nicht eitel Geist und Engel ist, so soll all unser Ding unrecht sein; da freuen sie sich, da hüpfen sie, da singen sie, als hätten sie ganz gewonnen. Darum sollen wir uns hüten vor Ursache ihrer Lästerung, der sie voll, voll, voll stecken: nicht um ihretwillen – denn sie müssen doch lästern und das Maul übergehen lassen, des das Herz voll ist, sollten sie es auch mit Lügen ausrichten, wie wir sehen, daß sie tun –, sondern um des heiligen Evangelii willen, daß wir seine Schmach verwahren und ihnen ihr Maul zustopfen; wie St. Petrus lehrt, daß sie mit keiner Wahrheit uns zu schänden vermögen, so viel uns möglich ist (1. Petr. 3, 16). Denn was sie Böses von uns zu sagen vermögen, ziehen sie sobald auf die Lehre; und muß also das heilige Wort Gottes unsre Schuld tragen, von dem wir alle Ehre haben. Aber sie wollen ihre Lehre ungeschändet haben, ob sie eitel Schande wirken, das edle, zarte, rechtfertige Volk!

Sprichst du aber: Was sollen wir denn tun, so die Obrigkeit nicht anfangen will? Sollen wirs noch länger gedulden und ihren Mutwillen stärken? Antwort: Nein, du sollst deren keines tun. Dreierlei sollst du dazu tun. Das erste: du sollst erkennen deine Sünde, welche Gottes strenge Gerechtigkeit mit solchem endchristlichen Regiment geplagt hat, wie St. Paulus 2. Thess. 2, 10f. verkündigt: »Gott wird ihnen zusenden irrige Lehre und Regiment, darum daß sie die Liebe der Wahrheit nicht angenommen haben, damit sie selig würden.« Es ist eitel unsre Schuld alles, was der Papst mit den Seinen an unserm Gut, Leib und Seele getan hat. Darum mußt du zuvor die Sünde bekennen und ablegen, ehe du der Strafe und Plage willst los sein; sonst wirst du wider den Spieß treten, und der Stein, den du über dich wirfst gen Himmel, wird dir auf den Kopf fallen.

Das andre: du sollst demütiglich bitten wider das päpstliche Regiment; wie da tut und lehrt der 10. Psalm und spricht: »Steh auf, Herr Gott, und erhebe deine Hand, vergiß nicht deiner Armen. Warum lästert der Gottlose dich, Herr Gott, und spricht: Du fragst nicht darnach? Du siehst ja und erkennst seine Mühe und Grimm, auf daß du sie übergebest in deine Hände. Der Arme ist dir gelassen, dem Waisen wirst du helfen. Zerknirsche den Arm des Gottlosen, suche seine Bosheit, so wird sein gottloses Wesen nimmer sein usw.«
Das dritte: daß du deinen Mund sein lässest einen Mund des Geistes Christi, von dem St. Paulus droben sagte: »Unser Herr Jesus wird ihn töten mit dem Geist seines Mundes.« Das tun wir, so wir getrost fortfahren, wie angefangen ist, des Papstes und der Papisten Büberei und Trügerei unter die Leute zu treiben mit Reden und mit Schreiben, bis daß es, in aller Welt bloß aufgedeckt, erkannt und zuschanden werde. Denn mit Worten muß man ihn zuvor töten; der Mund Christi muß es tun; damit wird er aus der Menschen Herzen gerissen und seine Lügen erkannt und verachtet. Wenn er aber aus dem Herzen ist, daß sein Ding nicht mehr gilt, so ist er schon zerstört. Hiermit kann man ihm besser raten, denn mit hundert Aufruhren. Mit Gewalt werden wir ihm nichts abbrechen, ja mehr ihn stärken, wie es bisher vielen ergangen ist. Aber mit dem Licht der Wahrheit, wenn man ihn gegen Christus und seine Lehre gegen das Evangelium hält, da, da fällt er und wird zunichte, ohne alle Mühe und Arbeit. Sieh mein Tun an: habe ich nicht den Papst, Bischöfen, Pfaffen und Mönchen allein mit dem Mund, ohne allen Schwertschlag, mehr abgebrochen, denn ihm bisher alle Kaiser und Könige und Fürsten mit aller ihrer Gewalt haben abgebrochen? Warum das? Darum, daß Daniel 8, 25 sagt: »Dieser König soll ohne Hand zerstört werden.« Und St. Paulus 2. Thess. 2, 8: »Er soll mit dem Mund Christi zerstört werden.« Nun mag ich und ein jeglicher, der Christi Wort redet, frei sich rühmen, daß sein Mund Christi Mund sei. Ich bin ja gewiß, daß mein Wort nicht mein, sondern Christi Wort sei; so muß mein Mund auch des sein, des Wort er redet.
Darum darfst du nicht begehren eines leiblichen Aufruhrs. Es hat Christus selbst schon einen angefangen mit seinem Munde, der dem Papst allzu schwer sein wird; demselbigen laß uns folgen und fortfahren. Es ist nicht unser Werk, das jetzt geht

in der Welt. Es ist nicht möglich, daß ein Mensch sollte allein solch ein Wesen anfangen und führen, es ist auch ohne mein Bedenken und Ratschlagen so fern gekommen, es soll auch ohne meinen Rat wohl hinausgehen, und die Pforten der Hölle sollens nicht hindern. Ein andrer Mann ists, der das Rädle treibt, den sehen die Papisten nicht und gebens uns schuld; sie sollens aber gar schier inne werden. Der Teufel hat sich lange Zeit vor diesen Jahren gefürchtet und den Braten von fern gerochen, hat auch viel Prophezeiungen dawider lassen ausgehen, deren etliche auf mich deuten, daß ich mich oft seiner großen Schalkheit verwundere. Er hätte mich auch oft gerne getötet. Jetzt wollte er gern, daß ein leiblicher Aufruhr würde, damit dieser geistliche Aufruhr zuschanden und verhindert würde. Es will aber und soll ihm nicht helfen, ob Gott will. Er muß ohne Hand und allein mit dem Mund zerstört werden, da hilft nichts vor.

Siehe nun, treibe und hilf treiben das heilige Evangelium. Lehre, rede, schreibe und predige, wie Menschengesetze nichts sind. Wehre und rate, daß niemand Pfaff, Mönch, Nonne werde und, wer drinnen ist, herausgehe. Gib nicht mehr Geld zu Bullen, Kerzen, Glocken, Tafeln, Kirchen, sondern sage, daß ein christliches Leben stehe im Glauben und Liebe. Und laß uns noch zwei Jahre treiben, so sollst du wohl sehen, wo Papst, Bischof, Kardinal, Pfaff, Mönch, Nonne, Glocken, Turm, Messe, Vigilien[10], Kutten, Kappen, Platten, Regeln, Statuten und das ganze Geschwürm und Gewürm päpstlichen Regiments bleibt: wie der Rauch soll es verschwinden. Lehren wir aber das nicht und bringen solche Wahrheit nicht unter die Leute, daß ihnen solches Ding aus dem Herzen genommen werde, so wird der Papst wohl vor uns bleiben, wenn wir gleich tausend Aufruhre wider ihn anfangen. Siehe, was hats gewirkt allein dies einzige Jahr, daß wir haben solche Wahrheit getrieben und geschrieben? Wie ist den Papisten die Decke so kurz und schmal geworden? Die Stationierer[11] klagen, sie müssen schier Hungers sterben. Was will werden, wo solcher Mund Christi noch zwei Jahr mit seinem Geist dreschen wird? Solch Spiel wollte der Teufel mit leiblichem Aufruhr gern hindern. Aber laßt uns weise sein, Gott danken für sein heiliges Wort und diesem seligen Aufruhr den Mund frisch dargeben.

Es ist offenbar geworden der Papisten Unwissenheit, es ist

offenbar geworden ihre Gleisnerei, es ist offenbar geworden ihr falsches Lügen in ihren Gesetzen und Orden, es ist offenbar geworden ihre falsche Tyrannei des Bannes. Kurzum, es ist alles aufgedeckt, womit sie bisher die Welt bezaubert, erschreckt und verführt haben. Man sieht, daß es eitel Gaukelwerk gewesen sei. Nichts mehr ist ihnen, das man fürchtet, ohne allein noch ein kleiner Behelf weltlicher Gewalt. Aber dieweil der Schein ab ist, und mit lauter Gewalt sie sich schützen müssen, ists nicht möglich, daß es lange möge bestehen. Auch was dem Mund Christi überbleibt, das wird seine Ankunft vertilgen, wie St. Paulus sagt 2. Thess. 2, 8. Darum laßt uns frisch anhalten, das Wort redlich eintreiben, die Menschengesetze austreiben; so tötet Christus durch uns das Papsttum. Es singt schon: Eli, Eli; es ist getroffen. Schier wirds heißen: *exspiravit*[12].

Aber hier in diesem Treiben muß ich abermal etliche vermahnen, die dem heiligen Evangelio einen großen Abfall und Nachreden machen. Es sind etliche, so sie ein Blatt oder zwei gelesen oder eine Predigt gehört, rips raps aus herwischen und nichts mehr tun denn überfahren und versprechen die andern mit ihrem Wesen, als die nicht evangelisch seien, unangesehen daß es zuweilen schlichte, einfältige Leute sind, die wohl die Wahrheit lernten, so man sie ihnen sagte. Das habe ich auch niemand gelehrt, und St. Paulus hat es hart verboten[13]. Sie tuns nur darum, daß sie wollen etwas Neues wissen und gut Lutherisch gesehen sein. Aber sie mißbrauchen des heiligen Evangelii zu ihrem Mutwillen. Damit wirst du das Evangelium nimmermehr in die Herzen treiben; du wirst sie vielmehr abschrecken, und mußt eine schwere Antwort geben[14], daß du sie also von der Wahrheit getrieben hast.

Nicht also, du Narr, höre und laß dir sagen: Zum ersten bitte ich, man wolle meines Namens schweigen und sich nicht Lutherisch, sondern Christ heißen. Was ist Luther? Ist doch die Lehre nicht mein. So bin ich auch für niemand gekreuzigt. St. Paulus 1. Kor. 3, 4f. wollte nicht leiden, daß die Christen sich sollten heißen Paulisch oder Petrisch, sondern Christen. Wie käme denn ich armer, stinkender Madensack dazu, daß man die Kinder Christi sollte mit meinem heillosen Namen nennen? Nicht also, liebe Freunde, laßt uns tilgen die parteiischen Namen und Christen heißen, dessen Lehre wir haben. Die Papisten haben billig einen parteiischen Namen, dieweil sie nicht begnügt an Christi Lehre und Namen, wollen auch päpstlich sein; so laßt sie päpstlich sein, der ihr Meister ist. Ich bin und will keines Meister sein. Ich habe mit der Gemeinde die einzige gemeine Lehre Christi, der allein unser Meister ist, Matth. 23, 8.

Zum andern: Wenn du das Evangelium willst christlich handeln, so mußt du acht auf die Personen haben, mit denen du redest. Die sind zweierlei. Zum ersten sind etliche verstockt, die nicht hören wollen, dazu andere mit ihrem Lügenmaul verführen und vergiften, als da ist der Papst, Eck, Emser, etliche unsrer Bischöfe, Pfaffen und Mönche. Mit denselbigen sollst du nichts handeln, sondern dich halten des Spruches Christi, Matth. 7, 6: »Ihr sollt das Heiligtum nicht geben den Hunden, noch die Perlen werfen vor die Säue, auf daß sie die nicht mit Füßen treten, und die Hunde sich umkehren und euch zerreißen.« Laßt sie Hunde und Säue bleiben, es ist doch verloren. Item Sirach 32, 6: »Wo nicht ist, der dir zuhört, so sollst du dein Wort nicht ausgießen.« Wenn du aber siehst, daß dieselbigen Lügner ihre Lügen und Gift auch in andre Leute schenken, da sollst du sie getrost vor den Kopf stoßen und wider sie streiten; gleichwie Paulus stieß den Elymas, Apgesch. 13, 10f., mit harten, scharfen Worten, und Christus die Pharisäer nannte Otterngezüchte, Matth. 23, 33. Das sollst du nicht um ihretwillen tun, denn sie hören nicht, sondern um dererwillen, die sie vergiften. Also gebietet St. Paulus dem Tito, Tit. 1, 10f., er solle solche unnütze Plauderer und Seelverführer härtiglich strafen.

Zum andern sind etliche, die solches zuvor noch nicht gehört und wohl lernen möchten, so mans ihnen sagte, oder sind so schwach, daß sie es nicht leichtlich zu fassen vermögen. Diese soll man nicht überpoltern noch überrumpeln, sondern sie freundlich und sanft unterweisen, Grund und Ursache anzeigen, wo sie es aber nicht gleich fassen mögen, eine Zeitlang Geduld mit ihnen haben. Davon sagt St. Paulus Röm. 14, 1: »Den Schwachen im Glauben sollt ihr annehmen.« Item St. Peter 1. Epist. 3, 16: »Ihr sollt allezeit bereit sein zur Antwort einem jeglichen, der von euch begehrt Grund und Ursache eurer Hoffnung, mit Sanftmütigkeit und Furcht.« Da siehst du, daß mit Sänfte und Gottesfurcht wir sollen Unterricht geben unsers Glaubens, so es jemand begehrt oder bedarf.

Wenn du nun vor diesen Leuten deine große Kunst willst erzeigen und so kurz herfährst, und gibst vor, wie sie nicht recht beten, fasten, Messe haben, und willst, daß sie Fleisch, Eier, dies und das essen auf den Freitag, Ursache und Grund: so kann ein solch einfältiges Herz dich nicht anders achten, denn daß du ein stolzer, frecher, frevler Mensch seiest, als denn auch wahr ist, und meint, man solle gar nicht beten, nichts Gutes tun, Messe sei nichts, und dergleichen, welches Irrtums und Anstoßes du Ursache und schuldig bist. Daher es denn kommt, daß sie übel richten und reden dem heiligen Evangelio, und meinen, man habe dich ungeheure Dinge gelehrt. Was hilft dir nun solche Beleidigung deines Nächsten und Hindernis des Evangelii? Du hast deinen Mutwillen gekühlt; so sprechen sie: Ei, ich will in meinem Glauben bleiben, und sperren ihr Herz zu der rechten Wahrheit.
Wenn du aber mit Furcht und Sanftmütigkeit, wie St. Petrus lehrt, Ursache zeigst und sprächest also: Lieber Mensch, Fasten, Eier, Fleisch, Fisch essen ist ein solches Ding, daß nicht daran liegt die Seligkeit, es mag wohl und übel geschehen und nachgelassen werden; allein der Glaube macht selig usw., wie denn hierbei zu sagen ist; also auch, die Messe wäre wohl gut, wenn sie recht gehalten würde, usw.: mit der Weise kämen sie hinzu, hörten und lernten zuletzt, was du kannst. Aber nun du so frech bist, erhebst dich, daß du etwas wissest, das sie nicht wissen, tust also wie der Pharisäer im Evangelio und läßt die Ursache deines Übermutes sein, daß sie nicht auch dasselbe wissen, was du weißt: fällst du in das Urteil St. Pauli Röm. 14, 15: *Jam non secundum charitatem ambulas*[15], verachtest deinen Nächsten, dem du doch mit Furcht und Sanftmütigkeit dienen solltest.
Merke ein Gleichnis. Wenn dein Bruder wäre mit einem Strick um den Hals gefährlich gebunden von seinem Feind, und du Narr würdest zornig auf den Strick und Feind, liefest zu und rissest den Strick mit großem Ernst zu dir, oder stächest mit einem Messer darnach, da würdest du wohl deinen Bruder erwürgen oder erstechen und mehr Schaden tun, denn der Strick und Feind. Wenn du aber ihm helfen willst, mußt du also tun: den Feind magst du hart genug strafen oder schlagen, aber mit dem Strick mußt du sanft und mit Furcht umgehen, bis du ihn von seinem Hals bringst, daß du deinen Bruder nicht erwürgst.

Also: die Lügner, die verstockten Tyrannen, magst du wohl hart antasten und frei tun wider ihre Lehre und Werke, denn sie wollen nicht hören; aber die Einfältigen, die von ihnen mit Stricken solcher Lehre gefährlich gebunden sind, muß du gar viel anders behandeln, mit Furcht und Sänfte die Menschenlehre auflösen, Grund und Ursache sagen, und sie also mit der Zeit auch los machen. Also tat St. Paulus, da er allen Juden zu Trotz nicht wollte Titum lassen beschneiden, und beschnitt doch Timotheum[16]. Siehe, also mußt du die Hunde und Säue anders denn die Menschen, die Wölfe und Löwen anders denn die schwachen Schafe behandeln. Den Wölfen kannst du nicht zu hart sein, den schwachen Schafen kannst du nicht zu weich sein. Wir müssen uns doch jetzt nicht anders halten, denn als lebten wir unter den Heiden, dieweil wir unter den Papisten leben; ja, sie sind wohl siebenfältige Heiden. Darum sollen wir, wie St. Petrus lehrt, 1. Epist. 2, 12, einen guten Wandel führen unter den Heiden, daß sie uns nichts Übels mögen nachsagen mit Wahrheit, wie sie gern wollten. Sie hörens gar gern, so du dich dieser Lehre rühmst und den schwachen Herzen ärgerlich bist, auf daß sie die ganze Lehre mögen als ärgerlich und schädlich beschreien, weil sie ihr sonst nichts vermögen abzubrechen und bekennen müssen, daß sie wahr sei.

Gott gebe uns allen, daß wir auch leben, wie wir lehren, und die Worte auch in die Tat bringen. Unser sind viele, die da sagen: Herr, Herr, und loben die Lehre; aber das Tun und Folgen will nicht hernach.

Das sei diesmal genug zur neuen Vermahnung, vor Aufruhr und Ärgernis sich zu hüten, auf daß nicht durch uns selbst das heilige Gotteswort verunheiligt werde. Amen.

Zwei Briefe an Friedrich den Weisen

1522

Luther blieb nur ein knappes Jahr auf der Wartburg. Dem dringenden Rufe von Rat, Gemeinde und Universität Wittenberg wollte er sich nicht versagen und schickte sich Anfang März 1522 zur Rückkehr dorthin an. Der Kurfürst freilich hatte sich gegen die Rückkehr ausgesprochen. An ihn sind die beiden Briefe vom 5. und 7. März gerichtet. Während der erste Brief dem Kurfürsten persönlich zugedacht ist und bezeugt, worauf Luther seine Sache und sein Leben gegründet wissen will, stellt der zweite Brief die zwingenden Motive für die Rückkehr nach Wittenberg klar und ist gleichzeitig Entwurf für eine öffentliche Rechtfertigung dieses so gefährlichen Schrittes. – In unserer Wiedergabe ist der erste Brief um einige Abschnitte gekürzt, in denen andere Dinge verhandelt werden.

Dem Durchleuchtigsten, Hochgebornen Fürsten und Herrn, Herrn Friedrich, Herzogen zu Sachsen, des Heiligen Römischen Reichs Kurfürsten, Landgrafen in Thüringen, Markgrafen zu Meißen, meinem gnädigsten Herrn und Patron.
Gunst und Friede von Gott unserm Vater und unserm Herrn Jesus Christo, und meine untertänigsten Dienste.
Durchleuchtigster, Hochgeborner Kurfürst, Gnädigster Herr! E. Kf. G.[1] Schrift und gnädiges Bedenken ist mir zukommen auf Freitag am Abend, als ich auf morgen, Sonnabend, wollt ausreiten. Und daß es E. Kf. G. aufs allerbest meine, darf[2] freilich bei mir weder Bekenntnis noch Zeugnis; denn ich mich des, soviel menschlich Erkundung gibt, gewiß achte. Wiederum aber, daß ichs auch gut meine, ich wisse es aus höher denn aus menschlicher Erkundigung; damit aber ist nichts getan.
Von meiner Sach aber, gnädigster Herr, antwort ich also. E. Kf. G. weiß, oder weiß sie es nicht, so laß sie es ihr hiermit kund sein, daß ich das Evangelium nicht von Menschen, sondern allein vom Himmel, durch unsern Herrn Jesum

Christum habe[3], daß ich mich wohl hätte mögen (wie ich denn hinfort tun will) einen Knecht und Evangelisten rühmen und schreiben. Daß ich mich aber zur Verhöre und Gericht erboten habe, ist geschehen, nicht daß ich dran zweifelt, sondern aus übriger Demut, die andern zu locken. Nu ich aber sehe, daß meine zuviel Demut gelangen will zur Niedrigung des Evangelii, und der Teufel den Platz ganz einnehmen will, wo ich ihm nur ein Handbreit räume, muß ich aus Not meines Gewissens anders dazu tun. Ich hab E. Kf. G. genug getan, daß ich dies Jahr gewichen bin, E. Kf. G. zu Dienst. Denn der Teufel weiß fast wohl, daß ichs aus keinem Zag getan hab. Er sahe mein Herz wohl, da ich zu Worms einkam, daß, wenn ich hätte gewußt, daß so viel Teufel auf mich gehalten hätten, als Ziegel auf den Dächern sind, wäre ich dennoch mitten unter sie gesprungen mit Freuden.
Nu ist Herzog Georg[4] noch weit ungleich einem einzigen Teufel. Und sintemal der Vater der abgründlichen Barmherzigkeit uns durchs Evangelium hat gemacht zu freudigen Herrn über alle Teufel und Tod und uns geben den Reichtum der Zuversicht, daß wir dürfen zu ihm sagen: herzliebster Vater; kann E. Kf. G. selbst ermessen, daß es solchem Vater die höchste Schmach ist, so wir nicht sowohl ihm vertrauen sollten, daß wir auch Herrn über Herzog Georgen Zorn sind. Das weiß ich ja von mir wohl, wenn diese Sach zu Leipzig also stünde, wie zu Wittenberg[5], so wollte ich doch hinein reiten, wenn gleich (E. Kf. G. verzeihe mir mein närrisch Reden) neun Tage eitel Herzog Georgen regnete und ein jeglicher wäre neunfach wütender, denn dieser ist. Er hält meinen Herrn Christum für ein Mann aus Stroh geflochten; das kann mein Herr und ich eine Zeitlang wohl leiden. Ich will aber E. Kf. G. nicht verbergen, daß ich für Herzog Georgen habe nicht einmal gebeten und geweinet, daß ihn Gott wolle erleuchten. Ich will auch noch einmal bitten und weinen, darnach nimmermehr. Und bitte, E. Kf. G. wollt auch helfen bitten und bitten lassen, ob wir das Urteil könnten von ihm wenden, das (ach Herr Gott!) auf ihn dringt ohne Unterlaß. Ich wollt Herzog Georgen schnell mit einem Wort erwürgen, wenn es damit wäre ausgericht.
Solches sei E. Kf. G. geschrieben, der Meinung, daß E. Kf. G. wisse, ich komme gen Wittenberg in gar viel einem höhern Schutz, denn des Kurfürsten. Ich habe auch nicht im Sinn,

von E. Kf. G. Schutz begehren. Ja, ich halt, ich wolle E. Kf. G. mehr schützen, denn sie mich schützen könnte. Dazu wenn ich wüßte, daß mich E. Kf. G. könnte und wollt schützen, so wollt ich nicht kommen. Dieser Sachen soll, noch kann kein Schwert raten oder helfen; Gott muß hie allein schaffen, ohn alles menschlich Sorgen und Zutun. Darum wer am meisten gläubt, der wird hie am meisten schützen. Dieweil ich denn nu spür, daß E. Kf. G. noch gar schwach ist im Glauben, kann ich keinerleiwege E. Kf. G. für den Mann ansehen, der mich schützen oder retten könnte.

Daß nu auch E. Kf. G. begehrt zu wissen, was Sie tun solle in dieser Sachen, sintemal Sie es acht, Sie habe viel zu wenig getan: antworte ich untertäniglich: E. Kf. G. hat schon allzuviel getan, und sollt gar nichts tun. Denn Gott will und kann nicht leiden E. Kf. G. oder mein Sorgen und Treiben. Er wills sich gelassen haben, des und kein anders; da mag sich E. Kf. G. nach richten. Gläubt E. Kf. G. dies, so wird Sie sicher sein, und Friede haben: gläubt Sie nicht, so gläube doch ich, und muß E. Kf. G. Unglauben lassen seine Qual in Sorgen haben; wie sichs gebührt allen Ungläubigen zu leiden. Dieweil denn ich nicht will E. Kf. G. folgen, so ist E. Kf. G. vor Gott entschuldigt, so ich gefangen oder getötet würde. Vor den Menschen soll E. Kf. G. also sich halten: nämlich der Obrigkeit, als ein Kurfürst, gehorsam sein, und Kaiserl. Maj. lassen walten in E. Kf. G. Städten und Ländern, an Leib und Gut, wie sichs gebührt, nach Reichsordnung, und ja nicht wehren noch widersetzen, noch Widersatz oder irgendein Hindernis begehren, der Gewalt, so sie mich fahen oder töten will. Denn die Gewalt soll niemand brechen noch widerstehen, denn alleine der, der sie eingesetzt hat; sonst ists Empörung und wider Gott. Ich hoff aber, sie werden der Vernunft brauchen, daß sie E. Kf. G. erkennen werden, als in einer höhern Wiegen geboren, denn daß sie selbst sollt Stockmeister über mir werden. Wenn E. Kf. G. die Tor offen läßt und das frei kurfürstliche Geleit hält, wenn sie selbst kämen, mich zu holen, oder ihre Gesandten: so hat E. Kf. G. dem Gehorsam genug getan. Sie könnten ja nicht Höheres von E. Kf. G. fordern, denn daß sie den Luther wollen bei E. Kf. G. wissen. Und das soll geschehen, ohn E. Kf. G. Sorgen, Tun und einiger Fahr. Denn Christus hat mich nicht gelehrt, mit eines andern Schaden ein Christ sein. Werden sie

aber ja so unvernünftig sein und gebieten, daß E. Kf. G. selbst die Hand an mich lege, will ich E. Kf. G. alsdenn sagen, was zu tun ist: Ich will E. Kf. G. Schaden und Fahr sicher halten an Leib, Gut und Seele, meiner Sachen halben, es gläube es E. Kf. G. oder gläubs nicht.
Hiermit befehl ich E. Kf. G. in Gottes Gnaden. Weiter wollen wir aufs schierst[6] reden, so es not ist. Denn diese Schrift hab ich eilend abgefertigt, daß nicht E. Kf. G. Betrübnis anführe von dem Gehöre meiner Zukunft[7]; denn ich soll und muß jedermann tröstlich und nicht schädlich sein, will ich ein rechter Christ sein. Es ist ein ander Mann, denn Herzog Georg, mit dem ich handel, der kennet mich fast wohl, und ich kenne ihn nicht übel[8]. Wenn E. Kf. G. gläubte, so würde sie Gottes Herrlichkeit sehen; weil sie aber noch nicht gläubt, hat sie auch noch nichts gesehen. Gott sei Lieb und Lob in Ewigkeit, Amen. Geben zu Borne bei dem Gleitsmann[9], am Aschermittwoch Anno 1522.

E. Kf. G. untertäniger Diener

Mart. Luther

Gunst und Friede von Gott unserm Vater und unserm Herrn Jesu Christo, Amen; und meine untertänigsten Dienste.
Durchleuchtigster, Hochgeborner Fürst und gnädigster Herr! Ich hab fast wohl bedacht, daß es möcht E. Kf. G. billig beschwerlich sein, so ich ohn E. Kf. G. Willen und Zulassen mich wiederum gen Wittenberg wenden würde; sintemal es ein scheinlich Ansehen hat, E. Kf. G. und allem Land und Leuten ein große Fahr entstehen möchte; zuvor aber mir selbst, als dem, der durch päpstlich und kaiserlich Gewalt verbannet und verdammt, alle Stunde des Todes gewarten müßte.
Wie soll ich ihm aber tun? Ursach dringt, und Gott zwingt und ruft; es muß und will also sein: so sei es also in dem Namen Jesus Christi, des Herrn über Leben und Tod.
Doch daß E. Kf. G. nicht verhalten seien meine Ursachen, will ich etliche, so ich jetzt fühle, E. Kf. G. zu erkennen geben. Und aufs erste tue ich ja solches nicht aus Verachtung Kaiserlicher Majestät Gewalt, oder E. Kf. G. oder irgend einiger Oberkeit. Denn wiewohl nicht allzeit der menschlichen Oberkeit zu gehorchen ist, nämlich wenn sie etwas

wider Gottes Gebot fürnimmt[10]; so ist sie doch nimmer zu verachten, sondern zu ehren. Christus rechtfertiget Pilatus' Urteil nicht; aber er stieß ihn, noch den Kaiser drumb nicht vom Stuhl, veracht ihn auch nicht[11].

Die erste Ursach ist, daß ich schriftlich berufen bin von der gemein Kirchen zu Wittenberg, mit großem Flehen und Bitten. Dieweil nu niemand leugnen kann, daß durch mich das Wesen angefangen ist, und ich muß mich bekennen einen untertänigen Diener solcher Kirchen, zu der mich Gott gesandt hat: ist mirs in keinem Weg abzuschlagen gewest, ich wollt denn christlicher Liebe Treu und Werk versagt haben. Ob nu viel sind, die dies Wesen für teuflisch Ding ansehen, und örtern und verdammen, die ohn Zweifel diese Ursach für nichts achten, sondern vielmehr billig halten, man soll Wittenberg, und was da angefangen ist, versinken lassen; so bin ich doch damit nicht entschuldiget; denn Gott wird mich nicht richten nach andrer, ihr seien viel oder wenig, Glauben oder Unglauben, sondern nach meinem Gewissen. Denn ich weiß, daß mein Wort und Anfang nicht aus mir, sondern aus Gott ist, das mir kein Tod noch Verfolgung anders lehren wird; mich dünkt auch, man werde es müssen lassen bleiben.

Die ander ist, daß zu Wittenberg, durch mein Abwesen, mir der Satan in meine Hürden gefallen ist[12], und, wie jetzt alle Welt schreiet, und auch wahr ist, etlich Stück zugericht hat, die ich mit keiner Schrift stillen kann, sondern muß mit selbwärtiger Person und lebendigem Mund und Ohren da handeln: ist mir kein länger Sparen noch Verziehen träglich in meinem Gewissen gewesen. Derhalben mir nicht allein E. Kf. G. Gnad und Ungnade, sondern auch aller Welt Zorn und Unzorn hintanzusetzen gewesen ist. Sie ist ja meine Hürden, mir von Gott befohlen, es sind meine Kinder in Christo; da ist kein Disputation mehr gewesen, ob ich kommen oder nicht kommen soll. Ich bin schuldig, den Tod für sie zu leiden; das will ich auch gern und fröhlich tun, mit Gottes Gnaden, wie denn Christus fordert, Joh. 10, 12. Hätte ich aber der Sachen mit Briefen, wie bisher, helfen mögen, daß nicht not gewesen wäre mir zu rufen: warum sollt ich nicht gerne auch ewiglich von Wittenberg zu bleiben bewilligen? sintemal ich auch sterben soll, um meines Nächsten willen.

Die dritte ist, daß ich mir übel fürcht, und sorge, ich sei sein, leider, allzu gewiß, vor einer großen Empörung in deutsch Landen, damit Gott die deutsche Nation strafen wird. Denn wir sehen, daß dies Evangelium fällt in den gemeinen Mann trefflich, und sie nehmens fleischlich auf; sehen, daß es wahr ist, und wollens doch nicht recht brauchen. Dazu helfen nu die, so da sollten solch Empörung stillen, fahen an mit Gewalt das Licht zu dämpfen[13], sehen aber nicht, daß sie dadurch die Herzen nur erbittern, und zur Aufruhr zwingen, und sich eben stellen, als wollten sie selbst oder ja ihre Kinder vertilget werden; welches ohn Zweifel Gott also schickt zur Plage. Denn die geistliche Tyrannei ist geschwächt, dahin allein ich trachtet mit meinem Schreiben: nu sehe ich, Gott will es weiter treiben, wie er Jerusalem und seinen beiden Regimenten tät.[14] Ich habs neulich erlernet, daß nicht allein geistlich, sondern auch weltlich Gewalt muß dem Evangelio weichen, es geschehe mit Lieb und Leid; wie es in allen Historien der Biblien klärlich sich weiset. Nu hat Gott gefordert durch Ezechielem[15], man soll sich gegen ihn setzen, als ein Maur für das Volk: darum ich auch gedacht mit meinen Freunden not sein davon zu handeln, ob wir Gottes Urteil möchten wenden oder aufziehen.

Ob nu wohl diese Sach mir selbst vergeblich, dazu meinen Feinden lächerlich sein würde, wenn sie es höreten; muß ich dennoch tun, was ich sehe, und weiß zu tun. Denn das soll E. Kf. G. wissen und gewiß drauf sich verlassen, es ist viel anders im Himmel, denn zu Nürnberg[16] beschlossen: und werden leider sehen, daß die, so jetzt meinen, sie habens Evangelium fressen, wie sie noch nicht haben das Benedicite[17] gesprochen.

Es sind wohl mehr Ursach, die mich noch nicht recht dringen, darum ich auch nicht auf sie dringe oder tief nachdenke. Es ist allzuviel an der, daß das Evangelium Not leidet: darum kein Mensch mir anzusehen gewest ist.

Hiermit bitte ich, E. Kf. G. wollten mir gnädiglich zugut halten meine Zukunft in E. Kf. G. Stadt, ohn E. Kf. G. Wissen und Willen. Denn E. Kf. G. ist nur der Güter und Leiber ein Herr; Christus aber ist auch der Seelen ein Herr, zu welchen er mich gesandt, und dazu erweckt hat; die muß ich nicht lassen. Ich hoff, mein Herr Christus sei unser Feinde mächtig, und werde mich für ihnen wohl schützen können, so er will. Will er aber nicht, so geschehe sein lieber Wille: es soll doch an mir E. Kf. G. kein Fahr noch Leid geschehen, das weiß ich fürwahr.

Gott laß ihm E. Kf. G. barmherziglich befohlen sein. Geben zu Wittenberg, am Freitag ante Invocavit (7. März), 1522.

E. Kf. G. untertäniger Diener
Martinus Luther.

Von beider Gestalt des Sakraments zu nehmen

1522

Diese Schrift entstand kurz nach Luthers Rückkehr von der Wartburg nach Wittenberg, als die schwierigste und folgenreichste Entscheidung der Reformation zu treffen war: wie man von dem Programm der Reform zur Verwirklichung gelangen könne. Nachdem Luther von der Kanzel her in den ›acht Sermonen‹ der Invocavitwoche die Geister beschwichtigt, einige Radikale verscheucht und den ihm allein richtig scheinenden Weg einer langsamen und rücksichtsvollen Erneuerung, vor allem des gottesdienstlichen Lebens, gezeigt hatte, faßte er seine Gedanken in unserer Schrift für die Öffentlichkeit zusammen und nahm gleichzeitig Stellung zu dem Mandat des Reichsregiments vom 20. Januar 1522, mit dem die Altgläubigen der sich ausbreitenden Reformation vergeblich den Weg verlegen wollten.
Wie der Titel zeigt, stellte die Form der Abendmalsfeier die eigentliche Schwierigkeit dar: ob es noch in der herkömmlichen einen Gestalt oder in beiderlei Gestalt zu nehmen sei, d. h. ob die Gemeindeglieder nur Brot oder Brot und Wein bekommen sollten. Daneben spielte auch die Frage der Heiligenbilder in der Kirche eine Rolle.

Allen meinen lieben Herrn und Brüdern in Christus: Gnade und Friede von Gott unserm Vater und unserm Jesus Christus.
Sankt Paulus nennt das heilige Evangelium ein Wort des Kreuzes und eine Predigt der Torheit für den Heiden und eine Predigt des Ärgernisses für den Juden[1]. Da wir aber durch den unergründlichen Reichtum der Barmherzigkeit Gottes, unseres Vaters, von neuem mit dem heilsamen lauteren Wort des Evangeliums begnadet sind, müssen wir uns darauf gefaßt machen, daß es auch für uns nichts anderes als seiner Art nach ein Wort des Kreuzes, des Ärgernisses, der Torheit sei und bleibe. Es ist ein großes teures Zeichen für rechten Glauben und Lehre bei uns, daß uns der Satan durch seine Gehilfen so

bitter und mannigfach angreift. Wäre unsere Lehre von der Welt, so würde die Welt sie loben, wie es des Papstes Lehren bisher ergeht. Da sie aber nicht von der Welt ist, sondern Gott sie uns gegeben hat, darum haßt uns die Welt[2].

Nun ist das die geringste Anfechtung, daß uns die Welt haßt und verfolgt. Das genügt auch dem Satan nicht, sondern er gedenkt seinen Mutwillen unter uns selbst zu üben. Und wenn wir ihm in seiner papistischen Gestalt von außen zu stark sind, will er uns durch uns selbst von innen her zertrennen und vertilgen. Das wehre ihm Gott, unser Vater, Amen. Darum müssen wir hinfort vielmehr auf uns selbst achten, als auf die äußeren Feinde. Wir wissen wohl, was er im Sinn hat, spricht Sankt Paulus 2. Korinther 2, 11. Da er sieht, daß er uns zur Linken nicht betäuben kann, wirft er sich auf die rechte Seite. Zuvor hat er uns allzu päpstlich gemacht, jetzt will er uns allzu evangelisch machen. Gott aber hat uns oftmals in der Schrift geboten, wir sollten auf der richtigen Straße bleiben und weder zur rechten noch zur linken Hand abweichen. Fürwahr, es ist Zeit, daß wir uns rüsten und uns mit Beten und Lehren schützen: der Satan will heran. Er hat bisher mit mir alleine durch eitel grobe, tölpelhafte Köpfe gerungen, die nichts als lästern und lügen konnten. Jetzt aber haben sie große Hoffnung, daß wir uns selbst zerstören mit eigener Uneinigkeit und Zwietracht.

Aber darum unverzagt, Sankt Paulus hatte es wohl schlechter, er hatte nämlich falsche Brüder und falsche Apostel unter seinem Haufen. Dazu fielen alle, die in Asien waren, von ihm ab, auch verließ ihn sein besonders lieber Freund und Jünger, Demas[3]. Also müssen wir hier auch bei den Unseren darauf gefaßt sein, daß einige von ihnen abfallen, wenn der Streit anfängt. Und wenn der eigentliche Hauptstreit mit dem Teufel unter uns selbst losgeht, müssen wir darüber hinaus darauf gefaßt sein, daß auch diejenigen fallen, die jetzt an der Spitze führen, es sei Luther oder wer es wolle. Wer mit dem Satan kämpfen soll, – das ist keine akademische Disputation.

Aber ich weiß, woher meine Lehre kommt und wer mich aufgerichtet hat. Außerdem beweist es auch mein Werk genügend, denn wenn ich auch wohl keines der kleinen Zeichen getan habe, die wir (wenn es notwendig wäre) vielleicht tun könnten, so ist das doch wohl als großes

Wunder anzuführen, daß des Satans höchster Kopf und größte Macht, das Papsttum, an seinem Leibe einen solchen Stoß durch mich empfangen hat, den ihm keine weltliche oder geistliche Gewalt je angetan hat. Der Satan fühlt auch selbst wohl, wer meiner Lehre Meister ist. Darum tobt er und versucht so gewandte Zugriffe.

Des Papsttums Knecht, die weltliche Gewalt, hat sich nun auch in die Sache eingemischt, was ich ungern gesehen habe[4]. Aber wenn es denn nicht anders sein soll, müssen wir uns Christi trösten, er werde uns helfen. Wenn wir schon den wütenden Herrn geschlagen und verachtet haben, so sollten wir uns ja nicht vor seinem ungnädigen Knecht fürchten. Wir meinen, Christus sei unser und ihr Herr und werde denen beistehen, die sich auf seine Hilfe verlassen. Bitten wollen wir für sie, daß Gott sie in dieser gefährlichen Zeit erleuchte, und daß sie die Hände aus der Brühe des Papstes ziehen, damit sie nicht mit ihm verstrickt und vertilgt werden. Denn ich sorge mich, daß sie es soweit treiben werden, daß sie sich hinter den Ohren kratzen müssen. Christus hat im Sinn, er wolle sich nicht davor fürchten, daß einige zornige Papstknechte Leib und Gut dransetzen wollen[5]. Er denkt vielmehr, sie sollten wohl darauf bedacht sein, wie sie Leib und Gut retteten. Es ist schon allzuviel eingesetzt worden. Wenn sie meine Lehre dämpfen, dann hat gewiß Gott nicht durch mich geredet. Aber es muß freilich dabei bleiben, wie es von Anbeginn gewesen ist, daß kein Stand soviel Narren aufweist wie die hohen Stände, wie das griechische Sprichwort lautet: Es sollte einer zum Fürsten oder zum Narren geboren sein[6].

Das rede ich alles deswegen, damit wir bei so vielfältigen Anstößen und Ärgernissen des Satans unerschrocken sind. Denn Sankt Johannes spricht: Der in uns ist, der ist größer, als der in der Welt ist[7]. Darum bitte ich demütig, alle meine lieben Herren und Freunde in Christus möchten meinen Unterricht und meine Meinung in dieser Sache freundlich annehmen und mit ernstem Gebet diese evangelische Sache, die nun unser aller Sache geworden ist, vor Gott erhalten und fördern helfen, damit dadurch die armen Seelen, die noch herzu kommen sollen, auch erleuchtet und wir samt ihnen gestärkt werden in der Erkenntnis unseres Herrn Jesu Christi. Dem sei Lob und Dank und Preis in Ewigkeit, Amen.

JESUS

Zunächst soll man wissen, daß ich hier nicht darüber disputieren will, ob das heilige Sakrament unter seiner doppelten Gestalt gegeben und empfangen werden soll und ob es die Laien mit der Hand nehmen und empfangen dürfen und ob man es in anderen Gefäßen als in Kelchen, in anderer Kleidung als im Meßgewand, in anderen Häusern als in der Kirche feiern dürfe. In solchen und ähnlichen äußerlichen Übungen – seien sie nun gegen den Papst oder nicht – gebe Gott uns nicht viel zu disputieren! Sondern wir Christen sollen und wollen hier Macht und Recht haben, die Einsetzung Christi zu halten, auf welche Weise es uns gefällt, ohne uns um die falschen erlogenen Ansprüche der Kirchen, der Kirchenordnung und aller Tyrannen geistliches und weltliches Zürnen zu kümmern.
Wir gründen uns auf den, der nicht lügen kann und der Matthäus 15 (8) spricht: Der Prophet Jesaias hat von euch Heuchlern wohl gesagt: Dies Volk ehrt mich mit den Lippen, und ihr Herz ist ferne von mir. Aber vergeblich dienen sie mir, weil sie Menschengebot lehren. Hierauf soll ein Christ sein Gewissen getrost setzen und fest glauben, daß Christus nicht lügt. Lügt er aber nicht, so muß es wahr sein, daß alles das ein vergeblicher Dienst sei, was in diesem Sakrament durch der Menschen Lehre über die erste Einsetzung Christi hinaus getan und gehalten wird, trotz aller Teufel, die dagegen aufmucken. Nun ist aber sicher, daß es nichts als Menschenzusatz und -lehre ist, daß man die zweifache Gestalt nicht nehmen, nicht mit Händen anfassen, nicht mit ungeweihten Kleidern in gewöhnlichen Häusern und Gefäßen handhaben solle. Denn es ist weder durch Christus noch durch die Apostel noch eine lange Zeit danach so eingesetzt oder so gehalten worden, sondern vielmehr genau anders, wie die Evangelisten klar beweisen. Darum ist es auch gewiß ein vergeblicher Gottesdienst, wenn man so etwas als ein notwendiges Gebot lehrt und hält.
Als zweiten Grund stellen wir abermals Christus nach Markus 2 (28) und Matth. 12 (8) hin: Des Menschen Sohn ist ein Herr auch des Sabbats. Dies Wort sagt Christus deswegen, weil seine Jünger Macht hatten, den Sabbat zu brechen. Nun ist ein jeder Christenmensch Christi Bruder, wie Sankt Paulus

Römer 8 (17), Galater 4 (7) und Christus selber Psalm 22 (23) bezeugt. Denn er hat allen denen Macht gegeben, Gottes Kinder zu werden, die an seinen Namen glauben, Joh. 1 (12). Darum ist auch jeder Christ ein Herr über den Sabbat, und um so mehr über alle Menschengebote, -lehre und -satzung. Wie auch Paulus 1. Kor. 3, 21–23 spricht: »Es ist alles euer, es sei Petrus oder Paulus, Leben oder Tod; alles ist euer, ihr aber seid Christi, Christus aber ist Gottes.« Aus diesem Grunde leiten wir es her – und wir wollen nicht daran gehindert werden –, daß wir Herr sind über alle päpstliche und menschliche Lehre und Gebot, und es soll in unserem Willen und Gefallen stehen, ob wir sie halten wollen oder nicht. Laß sehen, was alle Teufel wieder einmal dagegen sagen oder tun mögen! Ich meine ja, ich rede jetzt deutsch und daß meine Worte nicht meine, sondern Christi Worte sind. Sie werden uns ja Christus nicht vom Himmel stoßen, die ungnädigen Junker, denn der, der ihn zu seiner Rechten gesetzt hat, der hat im Sinn, daß er ihn dort behalten wolle. Darauf trotzen wir, und dessen trösten wir uns und wollen ihren Zorn wohl aushalten.

Doch diese unsere christliche Herrschaft, Freiheit und Macht muß man ausschließlich geistlich verstehen, denn Christus wollte nichts zu schaffen haben mit weltlicher Herrschaft, der er auch selber untertan war und der er Zins gab, Matth. 17 (27). Das aber heißt geistliche Freiheit, daß die Gewissen frei bleiben. Das geht so zu, daß ich mir vor Gott kein Gewissen daraus mache, wenn ich Menschenlehre übertrete, als hätte ich damit eine Sünde begangen. Aber daß ich mir kein Gewissen daraus mache, als hätte ich damit ein gutes Werk getan und vor Gott etwas verdient, wenn ich sie hielte. Denn das meint Christus selbst, daß es ein vergeblicher Dienst sei. Sondern ich soll solche Menschenlehre so betrachten wie Essen und Trinken, Schlafen und Gehen, was ich alles frei tun und lassen kann, ohne daß ich mein Gewissen verletze oder bessere. So daß allein der Glaube an Christus mein gutes Werk, Leben und Verdienst sei, mit dem ich mein Gewissen tröste und danach meinen Nächsten liebe.

Der dritte Grund ist Sankt Paulus an die Galater 5 (13): Liebe Brüder, ihr seid zur Freiheit berufen, aber sehet zu, und gebt sie nicht dem Fleisch zum Vorwand, sondern dienet einander in der Liebe. Das ist auch den Christen gesagt, daß sie einander nichts schulden, als daß sie sich in der Liebe dienen; denn durch den Glauben haben sie alles, was sie vor Gott und nach dem Gewissen haben: sie sind Herren über Sünde, Tod, Teufel und alle Dinge. Darum kann man ihnen kein Gebot auflegen, an dem ihr Gewissen sich üben sollte, fromm zu werden oder über dem sie sündigen könnten, ebensowenig wie man einem Gesunden befehlen kann, zu essen und zu trinken, damit er gesund oder krank werde. Denn er ist schon gesund und kann ohne ein solches Gebot krank werden, und er kann ein solches Gebot frei befolgen oder es unterlassen.

Denn es ist ein großer Unterschied zwischen diesen dreien: Menschengebote befolgen und in Menschengeboten dienen und über Menschengebote Herr sein. Christus verwarf den Sabbat nicht, sondern wollte ein Herr über ihn sein, daß er ihn ebensowohl einhalten als nicht einhalten konnte. Ebenso verwarf er auch die Menschenlehre nicht, denn was hätte es ihm geschadet, wenn er die Hände gewaschen hätte, wie die Juden geboten? Aber er wollte sich hier nicht unterwerfen und spricht, es sei ein vergeblicher Gottesdienst. Das heißt: sie wollten die Gewissen damit fangen, daß es ein heilsnotwendiger Gottesdienst sei, ihre Gesetze zu halten und man wäre dazu verpflichtet, wenn man keine Todsünde begehen wollte. Und das ist falsch und verführerisch. So ist es auch mit dem Halten der päpstlichen Gesetze: Wenn sie nicht gegen Gott sind, wäre es an sich nicht böse, sondern gelte genau so viel wie Essen, Trinken usw. Aber daß er will, man müsse es aus Gehorsam gegen die Kirche und bei Strafe einer Todsünde tun, und niemand könne selig werden, der das nicht halte, und er sei kein Christ, sondern sei ein Ketzer usw., und so die Gewissen verstrickt haben will, – das ist der Teufel selber. Hier fängt unsere Freiheit an, und wir sprechen: Das ist erlogen, wir sind Herren über solche Gebote nach dem Gewissen und wollen ohne Sünde sein, wenn wir sie übertreten und ohne Frömmigkeit, wenn wir sie halten, so und nicht anders.

So kommen wir nun wieder auf das Erste zurück und sagen auf Befehl und in dem Namen unseres Herrn Jesu Christi: Amen.

Diejenigen, die das heilige Sakrament mit den Händen anfaßten oder ohne geweihte Kleider oder Häuser damit umgingen oder noch in Zukunft so damit umgehen werden, es sei in

Wittenberg oder Eilenburg, in Böhmen oder Ungarn, in Rußland oder Preußen, sollen sich bei Verlust ihrer Seligkeit ja kein Gewissen daraus machen, als sei solches übel getan, jedenfalls was das Werk selber anlangt. Sie sollen vielmehr darauf bestehen und sich eher zehnmal töten lassen, als dasselbe widerrufen, verdammen oder als Unrecht bekennen, ganz gleich, ob päpstliche, kaiserliche, fürstliche oder auch teuflische Satzung, Urteil und Befehl dagegen spräche und verkündet worden sei. (Ich rede aber von dem Werk selber, denn von Mißbrauch und den Personen wollen wir hernach sprechen).

Die Ursache des Ganzen ist, daß die, die dies verdammt haben oder noch verdammen werden, nicht beweisen konnten, daß es gegen Christi erste Einsetzung geschehen sei. Sie müssen vielmehr bekennen, daß Christus selbst und die allgemeine Christenheit lange Zeit so gehandelt und auch uns die Freiheit gelassen haben, so zu handeln. So soll nun jeder um seiner eigenen Seligkeit willen ja nicht widerrufen noch als Unrecht tadeln oder tadeln lassen, was Christus selbst und die ganze Christenheit vor Zeiten getan haben. Denn das hieße soviel, als verleugne und verdamme man Christus samt allen Aposteln und die ganze Christenheit dort, wo sie am allerbesten dastand. Daß aber die Papisten dies Ketzerei schelten und einige zornige Fürsten damit ihre christliche Ehre einsetzen, daß sie dies lästern und verfolgen, steht ihnen nicht übel an. Was sollten Kaiphas und Herodes billiger tun, als Gottes Sohn zu kreuzigen und zu verspotten?

Die andere Ursache: Sie müssen auch bekennen, daß alles das, worauf sie dringen und worüber sie so wüten, Menschengesetz sei oder – wie sie lügen und betrügen – Kirchengebot. Denn sie werden noch lange nicht beweisen, daß Christus in geweihten Gefäßen, Kleidern, Häusern, das Sakrament gefeiert oder zu feiern befohlen oder es in den Mund und nicht in die Hände gegeben habe. Weil wir denn Christen sind, sind wir Herren über solche Menschengebote, soweit es die Gewissen betrifft. Darum sind wir schuldig, unsern Hals daran zu wagen und solche Freiheit nicht zu verlassen, denn das hieße auch Christus zu verleugnen und zu verdammen, der solche Freiheit so hart und streng geboten hat, daß es gar nicht in unserer Macht steht, sie zu verwandeln und aufzugeben.

Sie sollen sich daran genügen lassen, daß wir ihre Satzung und Weise nicht verwerfen und sie halten. Aber daß sie eine Notwendigkeit daraus machen wollen, als dürfe es nicht anders sein und die Gewissen daran binden, und es solle Ketzerei sein, wer etwas anderes täte, – das wollen wir nicht leiden, und daran setzen wir Leib und Leben. Es soll dem Gewissen beides frei sein, so oder so in dieser Sache zu handeln, und die Freiheit soll unversehrt bleiben. Dies und nichts anderes, dazu soll uns Christus helfen, der sie uns gegeben und geboten hat.

Die ungnädigen Papisten schreiben und betonen es mit einem großen Rüssel, daß man mit den Laienhänden das heilige Sakrament empfangen habe[8]. Wie kommt dir das vor? Ist das nicht ein köstliches Ding? Laienhände –, wer sie nicht kennte, könnte wohl meinen, sie ereiferten sich so sehr zu Ehren des heiligen Sakraments und aus christlicher Bewegung. Wenn ich sie nun fragte, mit was für einem Maul sie selber zu Ostern das Sakrament empfangen, ob sie es mit einem Laienmaul oder mit einem priesterlichen Maul empfangen, so werden sie vielleicht sagen, ihr Maul sei allzumal ein Engels- oder Bischofsmaul. Solche Herren möchte ich gar demütig bitten, wenn sie mich trotz ihrer verstopften Ohren hören wollten, daß sie, wenn sie sich schon zum Narren machen wollten, das in eigener Sache tun und Gottes Werk und der Seelen Geschäft zufrieden lassen sollten. Ich rede nicht so, weil ich damit jemandes weltlicher Herrschaft zu nahe treten wollte, sondern weil es uns zusteht – wenn sie in Gottes Geschäften gaukeln und narren wollen –, es nicht zu dulden und nicht zu schweigen. Jene haben das Sakrament mit Laienhänden angefaßt, aber wenn die hier so scherzen wollen, fallen sie mit ihrem Laienhintern hinein und rühmen sich dennoch großer christlicher Liebe.

Ist es darum Unrecht, mit Laienhänden das Sakrament anzurühren, weil die Hand sündigt, weil sie ungeweiht ist, so wäre es schon richtiger, daß man das Sakrament nicht mit dem Mund empfinge, noch viel weniger es in den Bauch ließe, es auch keinen Menschen sehen ließe. Denn weder Bauch noch Mund noch Auge sind geweiht, und es geschehen mit dem Mund und mit den Augen viel mehr Sünden als mit der Hand. Solche weisen Hirne würden uns zuletzt wohl auch einreden, daß wir das heilige Gotteswort weder sagen noch hören dürften, damit das heilige Wort nicht mit Laienmund und -ohren empfangen würde. Aber mit solch unsinniger Blindheit pflegt Christus seine Feinde zu plagen, damit man sehe, wie gewaltig er über die regiere, die da meinen, sie haben ihn gefressen und müssen sich selber mit ihrer eigenen Narrheit schinden und strafen.

Ein Christ soll wissen, daß es auf Erden kein größeres Heiligtum gibt als Gottes Wort. Denn auch das Sakrament selbst wird durch Gottes Wort gemacht und gebenedeit und geheiligt. Und auch wir alle werden dadurch geistlich geboren und zu Christen geweiht. Wenn nun ein Christ das Wort, das alle Dinge heiligt und höher ist als das Sakrament (soweit man es mit Händen greifen kann) dennoch sowohl mit dem Mund als mit den Ohren und mit dem Herzen, ja mit dem ganzen Leben begreift, wie soll er denn nicht auch das anfassen dürfen, was es heiligt? Oder soll er sich selbst auch nicht anrühren? Denn er ist ebensowohl dadurch geheiligt wie das Sakrament. Damit kamen die Pharisäer an, von denen Christus Matth. 23 (17) sagt, daß sie das Gold heiliger hielten als den Tempel und das Opfer heiliger als den Altar. Und es ist genau so, als finge man an zu lehren, es wäre Sünde, das Futteral des Kelchs anzurühren, aber den Kelch selber könnte man wohl anfassen. Ich wollte gerne mal ein Stück von den Papisten hören, das sie ohne besonders große Narrheit darlegen könnten. Aber was sollen sie anders tun, die Gott selber richten und lästern?

Ein Christenmensch ist heilig an Leib und Seele, er sei Laie oder Pfaff, Mann oder Weib. Wer etwas anderes sagt, der lästert die heilige Taufe, Christi Blut und die Gnade des heiligen Geistes. Es ist ein großes und seltsames Ding um einen Christen, und Gott ist mehr an ihm als am Sakrament gelegen. Denn der Christ ist nicht um des Sakraments willen gemacht, sondern das Sakrament ist um des Christen willen eingesetzt. Und diese blinden Köpfe wollen zuerst noch darüber diskutieren, ob er das Sakrament anrühren dürfe, ja, sie wollen eine Ketzerei daraus machen. Aus sei es mit den verstockten und verblendeten Heiden, die so gar nichts davon wissen, was es heiße oder sei: ein Christ!

Also bitten wir auch diejenigen, die die zweifache Gestalt empfangen haben – und wenn es helfen könnte, gebieten wir im Namen unseres Herrn Jesu Christi –, daß sie sich ja kein

Gewissen daraus machen, als sei es unrecht oder übel getan. Sondern sie sollen eher das Leben lassen, als daß sie das widerrufen oder verleugnen, ganz gleich, was Papst, Kaiser, Fürst und Teufel dagegen setzen, tun oder wollen. Denn da ist der Text des Evangeliums so klar, daß auch die Papisten es nicht leugnen können, daß Christus die zweifache Gestalt eingesetzt hat und sie allen Jüngern gibt. Darum bist du bei deiner Seelen Seligkeit schuldig, dies nicht zu leugnen oder schänden zu lassen, vor allem, weil das so wäre, als wenn du sagtest, Christus selber hätte Unrecht daran getan und wäre ein Ketzer, weil er anders als der Papst und die zornigen Papisten handelt (die sich selbst zur Kirche machen). Die Papisten mögen den Worten Christi mit solcher Lästerung kommen, – du aber mußt sie loben, ehren und mit Leib und Leben rechtfertigen, willst du ein Christ sein und selig werden.

Und hieran sieh noch einmal, wie stark der Herr Christus über seine Lästerer herrscht und sie durch ihre eigene Klugheit an die Sonne bringt. Es ist in Nürnberg vom Regiment beschlossen worden, daß man die Sache vom Empfang der zweifachen Gestalt des Sakraments bis auf ein zukünftiges Konzil aufschieben solle, denn die klugen Herren wollen es zwar nicht verdammen, aber auch nicht zulassen, sondern es unbemerkt verdammt haben. Wie denkst du darüber? Ich meine, das sind schöne Christen: sie bekennen, daß Christus es eingesetzt habe und es im Evangelium so stehe, das ist wohl wahr. Aber sie wollen Bedenken anmelden, ob es recht oder unrecht sei, das einzuhalten oder nicht einzuhalten, was Christus einsetzt und tut. Da hätte ich Lust, daß die Christen anfingen, sich zu überlegen, ob das Evangelium Recht oder Unrecht, zu dulden oder nicht zu dulden sei. Er hat auch geboten, daß man die Ehe nicht brechen soll, aber nun sehe ich zum ersten Mal, weshalb die großen Herren im allgemeinen den Ehebruch so leicht nehmen: sie haben vielleicht Bedenken angemeldet, ob das auch recht geboten sei oder nicht.

Weil denn nun unser Herr Christus seine Feinde, die großen Hansen, sowohl geistlich als weltlich in dieser Sache öffentlich zu Narren macht, so daß sie kindisch und schimpflich damit abfahren, daß freilich Claus Narr Manns genug wäre, ihnen zu antworten – so sollen wir getrost sein und ihr Toben und ihre Narrheit verachten und uns nicht sorgen, wie wir ihnen antworten. Denn sie wissen von Gottes Gnaden nichts, wie der Papst mit seinen Bullen und päpstlichen Schutzschreiben und nun auch die zornigen Herren genügend bewiesen haben. Sondern wir müssen Fleisch und Blut aus den Augen tun und daran denken, daß wir unser Gewissen auf Gottes Wort lauter und ausschließlich gründen, damit wir dem Teufel im Sterben begegnen und bestehen können. Lieber Bruder, glaube du mir, der ich's erfahren habe: der Teufel fürchtet sich vor Menschengebot und -wort nicht. Darum: wenn er dich am Sterben finden wird, und wenn du dann dein Gewissen sich auf Menschengebot berufen läßt und sagen wirst: so haben mir der Papst, die Kirche, die Christen usw. geboten, so wird er dich stürzen, daß von dir kein Fußstapfen übrigbleiben wird. Findet er hingegen, daß du auf Gottes Wort trotzest und sprichst: so hat mir Christus geboten, da ist sein Wort, so wirst du ihm damit die Welt zu enge machen.

Das meint Sankt Paulus Eph. 6 (12): Wir haben nicht mit Fleisch und Blut zu streiten, sondern mit der geistlichen Bosheit in den Lüften, mit den Regenten dieser Finsternis. Die aber streiten nur darüber, wie sie die Gewissen entweder mit Listen und Lehren verführen oder sie mit falschen Schrecken umstoßen. Dagegen hilft aber keine Waffe als Gottes Wort allein, das Schwert des Geistes. Darum sollen wir beständig dabei bleiben, daß der Gebrauch der zweifachen Gestalt recht und christlich und evangelisch ist. Und wer etwas anderes sagt, der lügt und lästert Gott, es sei Papst, Kaiser, Fürsten oder der Teufel dazu. So sollen wir auch die Freiheit bekennen und erhalten, daß wir das Sakrament mit den Händen oder mit dem Mund empfangen mögen, mit und in geweihten und ungeweihten Kleidern, Gefäßen, Häusern damit umgehen, – wie es uns gefällt. Wer diese Freiheit leugnet oder die eine Partei der Ketzerei beschuldigt, der lügt wiederum und lästert Christus und sein Wort, es sei Papst, Kaiser, Fürsten oder der Teufel dazu. Wir haben das helle, lautere Evangelium, wie sie selbst bekennen, sie aber haben ihre eigenen Bedenken, ob sie das Evangelium halten wollen und daneben ihren Eigensinn gegen das Evangelium. Laß die Unsinnigen fahren, laß fahren!

Summa summarum, wie Sankt Paulus zu den Galatern sagt:

Wenn auch wir selber oder ein Engel vom Himmel euch anders predigt, als wir euch gepredigt haben, so sei es verflucht[9]. So sage ich hier auch: Du mußt so fest und gewiß auf Gottes Wort in dieser und allen anderen Sachen bauen, und wenn auch ich selber zum Narren würde, – da sei Gott vor! – und widerriefe oder verleugnete meine Lehre, – so sollst du deshalb nicht davon abweichen, sondern sollst sprechen: Wenn auch Luther selbst oder ein Engel vom Himmel anders lehrt, so sei es verflucht. Denn du mußt nicht Luthers, sondern Christi Schüler sein, und es ist nicht genug, daß du sagst: Luther, Petrus oder Paulus hat das gesagt, sondern du mußt bei dir selbst in deinem Gewissen Christus selbst fühlen und ganz unerschütterlich empfinden, daß es Gottes Wort sei, wenn auch alle Welt dagegen stritte. Solange du dieses Gefühl nicht hast, solange hast du Gottes Wort gewiß noch nicht geschmeckt und hängst noch mit den Ohren am Menschenmund oder -feder und nicht mit des Herzens Grund am Wort und du weißt noch nicht, was das ist, Matth. 23 (10): Ihr sollt euch nicht Meister nennen auf Erden, denn einer ist euer Meister: Christus; der Meister lehret im Herzen, doch durch das äußerliche Wort seiner Prediger, die es in die Ohren treiben. Aber Christus treibt es in das Herz. Darum bedenke: Du hast Sterben oder Verfolgung vor dir, da kann ich nicht bei dir sein, noch du bei mir, sondern jeder muß da für sich selber streiten, den Teufel, den Tod, die Welt überwinden. Wenn du dich zu der Zeit umsehen wolltest, wo ich bliebe oder ich, wo du bliebest und dich davon bewegen ließest, ob ich oder jemand auf Erden etwas anderes sagt, so bist du schon verloren und hast das Wort aus dem Herzen gelassen. Denn du haftest nicht am Wort, sondern an mir oder an anderen, da hilft dann nichts. Daran kannst du merken, welch greuliche Seelenmörder es sind, die den Seelen Menschenlehre oder auch Gottes Wort nicht lauter und gewiß predigen, außerdem, wie wenige mit dem Herzen daran hängen, obwohl es rein gepredigt und von vielen gepriesen wird. Das sei vom ersten Teil gesagt.

DER ANDERE TEIL

Wenn es nun wirklich so ist und man keinen Zweifel daran haben kann, warum tut man es dann nicht? Ja, warum läßt du es selber nicht in Wittenberg geschehen, wo es angefangen hat, und anderswo auch? Ich antworte: es ist mir nicht lieb, daß es nicht anfängt, aber ich beklage, daß es nicht anfangen kann. Ein gefangener Mann könnte wohl reisen, er hätte auch wohl Macht und Recht dazu, er kann aber nicht. Es liegt nicht an ihm, sondern an den anderen, die ihn behindern. Nimm ein Gleichnis: Das Evangelium sollte eigentlich in aller Welt gepredigt werden, woran fehlt es? Nicht am Evangelium, denn es ist recht und wahrhaftig, nützlich und selig. Es fehlt aber an den Leuten, die dazu taugen. Wenn man die nicht hat, wird es besser verschwiegen als gepredigt, denn es wird doch verfälscht und schändlich gepredigt. So ist auch das Sakrament und der oben beschriebene Brauch recht und gut, aber wo sind die Leute, die dazu taugen, es anzufangen und zu treiben? Wenn es damit getan wäre und jemand damit zum Christen würde, daß er das Sakrament auf diese Weise gebraucht, dann gäbe es nichts leichteres, als Christ zu sein, dann könnte auch eine Sau Christ sein. Ich habe danach gestrebt und wollte gerne, daß auch des Papstes Gesetz über jährliches Empfangen des Sakraments zum Osterfeste abgetan wäre und daß es einem jeden freigestellt würde, daß er vom eigenen Gewissen und von dem Hunger seiner Seele getrieben ungezwungen hinginge, damit der greuliche unchristliche Mißbrauch und die Gotteslästerung gemindert würde und von da an kaum jemand hinzuginge, wo jetzt viele Hundert hinkommen. Ich sehe daher, daß der Satan damit umgeht, die zweifache Gestalt ja so allgemein üblich zu machen – und noch allgemeiner als der Papst seine eine Gestalt gemacht hat –, ehe Christen gemacht werden, die das übernehmen sollen. Und er gedenkt es auf der rechten Seite ärger zu machen als auf der linken. Darum tut uns not, daß wir auf der rechten Mittelstraße bleiben und Gott bitten, daß er uns draufhelfe und behalte. Denn der Satan sucht uns mit Ernst.

Ich lasse hier den Grund noch aus, warum ich diesen Brauch in Wittenberg nicht habe einführen lassen, denn das hat eine besondere zufällige Ursache, die zu beschreiben nicht nötig ist. Wenn es auch noch köstlicher und noch himmlischer wäre, würde ich trotzdem solch einen Anfang nicht bestätigen oder zu stärken helfen. Es gebührt nicht einem jedem, anzufangen oder alles, was recht ist, zu tun, sondern es ist genug, daß er das recht tue, was ihn angeht und ihm befohlen ist. Denn wenn diese Ordnung verkehrt wird, da ist es nicht recht, wie gut auch immer das Recht sei. Darum will ich nur die Ursachen erzählen, die hindern und fordern, daß dieser Gebrauch des Sakraments nicht anfangen oder fortgehen konnte.

Die erste ist, daß dieses Sakrament mit seinem Gebrauch nicht in unserer Gewalt steht, sondern durch päpstliche Gesetze gefangen ist, ebenso wie die goldenen Gefäße des Tempels in Babylonien gefangen waren[10]. Das Gefängnis besteht aber darin, daß der gemeine Mann durch päpstliche Tyrannei und Gesetze in seinem Gewissen so hart verstrickt und geschwächt im Glauben ist, daß er es nicht so plötzlich fahren lassen und sein Gewissen festigen kann, daß er des Papstes Ding als unrecht und diesen Brauch für recht und evangelisch erkennt. Habe ich mich doch selber drei Jahre damit abgearbeitet, ehe ich mein Gewissen aus des Papstes Gesetzen mit täglicher Übung des Evangeliums im Predigen, Lesen, Betrachten, Diskutieren, Schreiben und Hören erlöst habe. Wie soll denn der einfache Mann so schnell herauszubringen sein? Wenn nun solche schwachen Menschen hingehen und die zweifache Gestalt nehmen, so beißt sie danach ihr Gewissen, und sie beichten, daß sie die zweifache Gestalt genossen haben, als hätten sie übel daran getan, wie es einige schon gemacht haben. Das ist dann eine greuliche Sache, und das Übel ist ärger geworden, denn mit solcher Beichte und solchem Gewissen verleugnen und verdammen sie Christus und seine Einsetzung. Nur weg mit diesen Leuten von der zweifachen Gestalt! Denn da geht es mit ihnen nach dem Spruch Christi Matth. 9 (11): »Niemand faßt den Most in alte Schläuche, damit der Most die Schläuche nicht zerreißt und der Most verschüttet wird und die Schläuche verderben.« Der Most ist die Lehre des Evangeliums, die alten Schläuche sind diese veralteten schwachen Gewissen, darum können sie sich nicht miteinander vertragen, das Gewissen wird ärger und verleugnet danach die Lehre, die es erfaßt hatte.

Ja weiter sage ich, nur fort mit solchen Leuten, auch mit

denen, die die eine Gestalt und das ganze Sakrament vertreten. Denn die, die nur eine Gestalt gebrauchen, wird der Teufel beim Sterben mit dem Evangelium ängstigen, das die zweifache Gestalt einsetzt. Da werden sie dann keinen Rat wissen, sondern müssen verderben, und es wird ihnen nichts helfen, daß sie das päpstliche Gesetz und den alten Brauch vorwenden wollen. Das Evangelium fragt weder nach Papst noch nach Brauch. Darum habe ich gesagt, es mangelt nicht am Recht, sondern an den Leuten. Des Papstes Gesetz kann nicht ohne greulichen Seelenmord in aller Welt so allgemein gehalten werden, daß man gegen das Evangelium nur eine Gestalt genießen soll: Aber es ist auch nicht weniger gefährlich, die zweifache Gestalt dem Evangelium gemäß so plötzlich in der ganzen Gemeinde solcher gefangenen schwachen Gewissen einzuführen.

So sprichst du: was soll denn hier werden? Ist's auf beiden Seiten so gefährlich mit diesem Sakrament, daß der Teufel beim Tode mit dem Evangelium gegen die eine Gestalt und der Papst beim Leben mit seinen Gesetzen gegen die beiden Gestalten treiben, wo sollen wir denn hin? Antwort: deswegen hat Sankt Paulus verkündigt, daß des Endchrists Regiment gefährliche Zeiten machen wird, so daß man auf keiner Seite sicher wandeln kann, weder im Evangelium noch außerhalb des Evangeliums, doch ohne Schuld des Evangeliums – denn der Most ist gut –, sondern durch die Schuld des Papstes, der die Gewissen, die Schläuche, veralten und verderben ließ, so daß sie das Evangelium weder fassen noch halten können und doch ohne das Evangelium nicht erhalten werden können. Was sollen wir denn tun? Antwort: nichts anderes, als was Christus lehrt und spricht Matth. 9 (17): Den Most fasse man in neue Schläuche, so wird beides erhalten. Küfer müssen wir zuerst werden und neue Fässer machen, ehe die Weinlese anfängt und der Most in die Fässer kommt; die alten müssen beiseite getan werden, d. h. man muß stark und viel gegen des Papstes Gesetz von der einen Gestalt predigen und die evangelische Einsetzung Christi von der zweifachen Gestalt wohl treiben. Aber inzwischen muß man das Volk abweisen von dem ganzen Sakrament – sei es in der einen oder der zweifachen Gestalt – und es nicht hinzutreiben, weder zu Ostern noch zu Pfingsten, und so muß man die Ordnung des Papstes fallen lassen, solange bis die Leute es

genügend verstanden haben und – ohne daß man sie lockt und reizt – vom eigenen Gewissen getrieben von selber kommen, danach ringen und drängen, daß man ihnen das Sakrament gebe. Daran könnte man spüren, daß die Fässer und Schläuche neu und ihre Gewissen gestärkt genug sind, und so blieben die anderen, die Schwachen, dahinten in ihrem Wesen, bis sie auch stark werden.
Wenn man aber zum Sakrament gebietet oder befiehlt oder lockt oder reizt, so kommt der ganze Haufe an und faßt den Most in seinen alten Schlauch und verdirbt. Darum ist's nicht möglich, und das Sakrament kanns nicht leiden, daß man allgemein anordnet, wer es genießen soll, wie es der Papst macht. Sondern man muß zuvor dem Volk gut predigen und die schwachen Gewissen abziehen, bis sie im Evangelium völlig unterrichtet sind und von selbst demütig herankommen, und es dem Priester sagen und ihn aus geistlichem Hunger um's Sakrament bitten. Mit den anderen allen – nur fort vom Sakrament, trotz Papst, Gesetzen, Kirche, Brauch und allen Dingen! Denn Christus spricht Matth. 11 (12): Das Reich Gottes wird gepredigt und leidet Gewalt, und die da Gewalt tun, die reißen es an sich. Das heißt, man soll keinen Menschen mit Geboten oder mit dem Verfassen von Gesetzen oder mit dem Brauch oder mit Worten zum Evangelium anreizen, sondern frei predigen und sie danach von selber kommen und sich dazu halten lassen.
Woher nehmen wir aber solche Prediger? Und wenn man sie hätte, wie könnten sie den einfachen Mann abhalten, daß er zu Ostern nicht zum Sakrament geht? Das Gesetz des Papstes hat sich zu tief eingefressen, so daß wir die alten Schläuche und Fässer nicht alle beiseite tun können. Wir müssen noch eine Zeitlang den alten Mißbrauch ertragen, bis die Fässer doch zum größeren Teil neu werden und das Evangelium wohl unter die Leute komme. Wenn nun diese alten Fässer und Schläuche bloß die Menschen wären, die gegen uns sind und die zweifache Gestalt verdammen, und die Gewissen zum Papstgesetz und -brauch zwingen, dann könnten wir die Sache leicht nehmen, denn dann könnten wir wiederum von uns aus ihr Gesetz verdammen, das nämlich nicht bloß gegen das Evangelium und die zweifache Gestalt lehrt, sondern auch dann, wenn es das Evangelium lehrt, doch die Gewissen dazu drängt und zum Glauben zwingt, was nicht nur ein

närrisches und unevangelisches, sondern auch ein unmögliches Ding ist. Man soll und kann niemanden zum Glauben drängen, sondern man muß das Evangelium selber frei den holen lassen, den es holt. Darum konnten wir einfach solchen Narren zum Trotz und gegen sie durchaus die zweifache Gestalt gebrauchen und ihr Gesetz mit Füßen treten.

Nun sind aber unter ihnen viele gutherzige einfältige Leutlein, die es gerne recht und gut machten, wenn sie es wüßten und es fassen könnten. Hier müssen wir dem Tyrannen so widerstehen, daß wir das arme Häuflein nicht zerrütten oder irre machen. Gegen die Tyrannei soll der Glaube streiten und am Evangelium festhalten gegen ihr Gesetz und diese alten unnützen Fässer auf einen Haufen stoßen. Aber diese schwachen einfältigen Gewissen soll die Liebe umfangen und aufnehmen und an ihnen arbeiten, daß sie neue Fässer aus ihnen mache. Hier fängt die Lehre und das Beispiel von Paulus an, als er zu den halsstarrigen Juden kam, die auf die Beschneidung und auf das Gesetz hielten; da lehrte er das Gegenteil mit Freuden und wollte unangefochten sein[11]. Als er aber zu den Schwachen und Einfältigen kam, da beschnitt er auch und ließ das Gesetz gelten, bis er sie stärkte und aus dem Gesetz herausbrachte[12]. So rühmt er 1. Korinther 9 (20): Mit den Juden war ich Jude, mit den Heiden war ich Heide. Und doch spricht er Galater 6 (15): es sei in Christus weder Heide noch Jude. Und das alles deswegen, weil er das Gesetz und das Zwingen der Gewissen nicht leiden mochte, sondern er wollte Freiheit und Macht haben, so etwas zu tun oder zu unterlassen.

So müssen wir hier auch handeln. Weil wir den einfachen Mann nicht vom Sakrament wegziehen können, wie es eigentlich sein sollte. Bis das Evangelium erkannt werde, müssen wir die Einfältigen, die darunter sind, schonen und sie nicht die zweifache Gestalt gebrauchen lassen oder ihnen dazu verhelfen. Und das wollen wir so machen.

Zunächst lassen wir es bei dem alten Brauch, bei dem man mit geweihten Kleidern, mit Gesang und allen üblichen Zeremonien in lateinischer Sprache Messe hält in dem Bewußtsein, daß so etwas bloß äußerliches Ding ist, das für das Gewissen keine Gefahr mehr bringt. Daneben halte man durch die Predigt die Gewissen frei, damit der einfache Mann lerne, daß dies nicht deshalb geschehe, weil es so geschehen muß oder weil derjenige eine Ketzerei übe, der etwas anderes tut, – wie es die tollen Gesetze des Papstes erzwingen. Denn diese Tyrannen, die das mit Gesetzen einfangen und erzwingen wollen, die muß man scharf und hart anfassen, damit die christliche Freiheit heil bleibe.

Zweitens: die Priester, die die Messe halten, müssen alle Worte im Kanon und in den Kollekten-Gebeten vermeiden, die vom Opfer sprechen. Denn das ist nicht etwas, das man ebensogut tun wie lassen könnte, wie vorhin gesagt wurde, sondern das muß und soll fort, es ärgere sich daran, wer will! Der Priester kann das wohl vermeiden, so daß es der einfache Mann niemals erfährt, und kein Ärgernis geben. Wer aber verstockt solche Worte nicht vermeiden will, der verantworte es selbst, und man lasse ihn nur immer weiter machen.

Drittens, daß man in der Predigt die Worte des Sakraments wohl zu Gehör bringe: Das ist mein Leib, für Euch gegeben, das ist mein Blut, für Euch vergossen usw., und daß jeder Christ sie ins Herz fasse und sie sich ganz besonders vorhalte und bedenke, wenn er das Sakrament nimmt oder die Messe hört. Denn es liegt tausendmal mehr an eben diesen Worten als an den Gestalten des Sakraments, und ohne solche Worte ist das Sakrament nicht ein Sakrament, sondern ein Spott vor Gott. Darum ist in der Papistenkirche das Sakrament wohl vorhanden, es wird aber niemandem gegeben, denn sie verbergen die Worte und geben nur die Gestalt. Das ist greulich.

Viertens: Kommst du an einen Ort, wo man nur die eine Gestalt gibt, so nimm nur die eine Gestalt, wie sie es tun. Gibt man die zweifache Gestalt, so nimm beide. Mache nichts besonderes daraus, noch widersetze dich dem Haufen, obwohl du bekennen sollst (wenn man dich fragt), es sei nicht evangelisch, eine Gestalt zu nehmen. Denn mit dem Evangelium und nicht mit der Tat oder mit Befehl soll man die zweifache Gestalt wieder aufrichten. Der einfache Mann wird weder mit der Tat noch mit dem Befehl, sondern mit dem Evangelium gelehrt, daß die zweifache Gestalt richtig sei.

Ficht dich hier Christi Einsetzung der zweifachen Gestalt an, nämlich daß es sich nicht gezieme, (nur) die eine Gestalt zu nehmen, sollst du folgendes bedenken. Erstens: Du hast doch die Worte des Sakraments, die das Hauptstück dabei sind. Die kannst du fassen und üben, so daß du, ob du nun eine oder beide oder gar keine Gestalt nimmst, ganz ungefährdet bist und doch die Kraft des Sakraments empfängst. Zweitens: Es ist nicht deine Schuld, daß du nur eine nimmst und Christi Einsetzung nicht hältst, – du wolltest gerne beide haben –. Aber nun ist die eine durch das Papstgesetz gefangen, in dem die schwachen Gewissen verstrickt sind, die du nicht zerrütten mußt, sondern dulden und anweisen sollst, bis sie auch stark werden, so wie Petrus im Kerker auch nicht die Predigt des Evangeliums ausüben konnte, wie er es doch schuldig war. Denn Not kennt kein Gebot. Darum ist in einem solchen Fall das Gebot der Liebe weit über die Einsetzung der zweifachen Gestalt zu setzen. Denn Christus liegt mehr an der Liebe als an den Gestalten des Sakraments. Weil nun Satan die Sache durch das Papstgesetz so verwirrt hat, daß man nicht ohne Versehrung der Liebe gegenüber den schwachen Gewissen beide Gestalten gebrauchen kann und wiederum die Liebe nicht ohne Versehrung der Einsetzung der zweifachen Gestalten üben kann, so soll die Liebe obsiegen und die Einsetzung eine Zeitlang weichen, aber deswegen nicht verleugnet oder verdammt sein. Denn die Liebe ist ein Ding, das sein muß und soll, das Empfangen der Sakramentsgestalt muß nicht sein, sondern man kann es lassen und allein die Worte halten. Denn Christus hat nicht geboten, das Sakrament zu genießen, sondern er hat es frei gesetzt, daß es genießen kann, wer da will, allerdings so, daß er die zweifache Gestalt nehme, wenn er kann. Aber in diesem Fall ist es nicht möglich, es so zu halten um der Gewissen willen, denen die Liebe zu dienen schuldig ist.

Damit will ich denen, die die zweifache Gestalt genießen wollen und können, nicht gewehrt haben, es sei heimlich oder offenbar, wenn sie es nicht betont tun, nicht auf einem allgemeinen Altar oder zu gleicher Zeit, wenn die Schwachen es auf ihre Weise nehmen, damit die nicht auch mittun und danach wieder beichten. Ist aber jemand auch auf dieser Seite so schwach, daß er lieber das ganze Sakrament entbehren will, anstatt es nur in einer Gestalt zu nehmen, den dulde man auch und lasse ihn seines Gewissens leben.

Auf diese oben beschriebene Weise geht es jetzt in Wittenberg zu. Nicht daß ich damit die vorige Weise verdammt haben will oder meinte, daß diese nun evangelisch genug sei, oder daß ich die Tyrannei des Papstes damit bestärken wollte.

Sondern es soll den schwachen Gewissen aus Liebe eine Zeitlang zu Dienst geschehen, bis wir das Evangelium besser in die Welt treiben. Ich sehe nicht, daß irgend etwas besonders Unrechtes vorgekommen ist, außer daß der Satan zu sehr auf die Eile gedrungen hat und die Liebe überhupfen wollte und die Schwachen nicht beachten ließ. Damit wäre denn zuletzt eine neue Befehlsgewalt aufgekommen, die das Evangelium vielleicht weniger leiden konnte als das Gesetz des Papstes. Es ist ein kluger Teufel. Er will entweder auf die linke oder auf die rechte Seite. Aber das Evangelium will frei auf der rechten Straße gehen, von keiner Befehlsgewalt eingeschränkt, sondern ein Herr über alle Befehlsgewalten sein und Macht haben, jetzt diese, jetzt jene zu halten. Solche Freiheit aber wird man nicht schnell unter das Volk bringen. Wollte Gott, es begriffen sie auch nur die Verständigsten!

Fünftens: Ich wollte – und es sollte wohl so sein –, daß man ganz und gar keine Messe hätte, außer zu der Zeit, wenn Leute da sind, die das Sakrament haben wollen und um eine Messe bitten, und daß dies nur einmal in der Woche geschehe oder einmal im Monat. Denn das Sakrament sollte nur auf Anregen und Bitten der hungrigen Seelen gefeiert werden, nicht aus Pflicht, Stiftung, Brauch, Gesetz oder Gewohnheit. Aber es ist zu früh, damit anzufangen. Die Gewissen werden mir nicht folgen, bis es wirklich gepredigt und verstanden ist.

Inzwischen kann ich den Kaplanen und Priestern, die Messe halten müssen, nichts anderes raten, als daß sie das den armen irrigen Gewissen aus Liebe dienend tun, aber daneben einige Messen fallen lassen und säuberlich allmählich damit brechen, soviel sie können und sich machen läßt und daß sie getrost draufzu predigen, damit es vor allem durch's Wort hinfällig werde.

Nun werden einige sagen: Ja, wie wollte man da die Kranken versorgen? Antwort: ich lasse es bestehen, daß man die Krankenkommunion in der Monstranz behalte. Wenn aber dieser (rechte) Brauch derMesse durch reine Erkenntnis des Evangeliums aufkäme, würde man wohl sehen, daß die äußere Form des Sakraments im Sterben nicht notwendig ist. Denn die Worte des Sakraments sind da, an ihnen liegt alles, es wäre genug, daß man in gesunden Tagen die äußere Form nimmt und sie im Sterben nicht verachtet. Die Papisten haben die Sakramente den Sterbenden so nötig gemacht und doch die Worte verschwiegen, die allein nötig sind.

Sechstens: Es ist wohl abgetan und abzutun, die Winkelmessen als Opfer oder gute Werke zu behandeln. Davon habe ich auf lateinisch genug geschrieben[13]. Weil aber niemand zum Glauben zu treiben ist, soll man die Priester, die sie halten wollen, nicht vom Altar reißen. Laß sie es vor Gott verantworten; es reicht, daß man dagegen predige und dem Volk sage, daß es nichts darauf gebe und keine halten lasse noch stifte, so werden sie durch solche Predigt mit der Zeit wohl selbst hinfällig werden.

Siebentes habe ich gelehrt, die Ohrenbeichte soll nicht geboten, noch weniger aber verwehrt werden, wie mein Büchlein von der Beichte lehrt[14]. Dazu stehe ich noch. Denn alles, was evangelisch, christlich oder Glaube ist, das soll frei sein, damit die Leute ohne Gesetz und Zwang aus sich selbst heraus mit Lust und Liebe herzudrängen. Wer darum nicht gerne beichtet, der bleibe nur weit davon und trete Papst, Fürsten, Teufel und Gesetze mit Füßen und lasse sich genügen an der heimlichen Beichte vor Gott. Aber obwohl ich nicht darauf dringe, so rate ich doch, daß du mit Lust beichtest, ehe du zum Sakrament gehst oder wenigstens die Beichte nicht verachtest. Denn obwohl in den Worten der Messe, als in ihrem Hauptstück, die Vergebung vorkommt, so solltest du dennoch die andere Absolution nicht verachten. Gott hat uns seine Absolution reichlich und vielfach gegeben und keine ist um der anderen willen zu verachten.

So hat er im Vaterunser eine Absolution eingesetzt, daß uns unsere Sünde vergeben sein soll, wenn wir unseren Nächsten vergeben. Die sollst du nicht verachten noch das Vaterunser darum liegen lassen, weil auch die Messe eine Absolution enthält. Er hat auch Psalm 32 (5) eine Absolution in der heimlichen Beichte vor Gott eingesetzt und spricht: »Ich habe gesagt, ich will gegen mich selbst mein Unrecht bekennen, und du hast mir die Untugend meiner Sünde vergeben.« Diese Absolution sollst du nicht um der anderen willen verachten, die im Wort der Messe liegt. Auch Matth. 18 (18) gibt er allen Christen die Absolution und spricht: »Was ihr auf Erden löst, soll im Himmel los sein.« Und weiter: »Wenn zwei miteinander auf Erden eins werden, was sie bitten wollen, das soll ihnen geschehen.« Darum verachte keine

Absolution – sie sei öffentlich oder geheim –, die Gott einsetzt. Je mehr von Gottes Wort du hast, desto besser ist es.

Achtens: Die Bilder haben einige schändlich behandelt, ohne Wissen und Willen ihrer Obrigkeiten und Lehrer, so daß sie wohl einer guten Strafe wert wären. Aber laß Satan Satan sein und uns zur Sache reden. Ein Bildnis zu haben ist nicht Unrecht, hat doch Gott selbst im Alten Testament die eherne Schlange aufrichten helfen und die Cherubim an der goldenen Bundeslade[15]. Aber die Bildnisse anzubeten hat Gott verboten[16]. Wahr ist, daß sie gefährlich sind, und ich wollte, es wären keine auf den Altären. Trotzdem werden wir nicht beweisen, daß es recht sei, sie deswegen zu verbrennen und zu schänden und nicht zu dulden. Mein Grund dafür ist, daß der Teufel und seine Papisten auch schön sein und nichts Unrechts getan haben wollen. Wenn du nun vorgibst, die Bilder seien ein großer Mißbrauch, darum müsse man keine haben, sondern sie schänden und verbrennen, so werden sie sagen: wir mißbrauchen sie nicht. Wie willst du sie überzeugen? Weib und Wein ist auch ein gefährliches Ding und wird mißbraucht, und was wird nicht mißbraucht? Aber du hast nicht den Mißbrauch, sondern die Bilder selbst geschmäht, die ich wohl brauchen kann. Was willst du hierzu sagen? Siehe, so haben sie dich erwischt. Wenn sie dir nun ein Blatt abbrechen, so wollen sie den ganzen Wald gewonnen haben, denn sie sind hungrig und suchen wahrlich genau nach.

Darum müssen wir weise gegen den hübschen Teufel fechten und die Bilder zulassen, aber stark predigen, nicht nur gegen diesen Mißbrauch oder die Gefahr, daß man sie anbete. Das ist noch das Geringste, und sie könnten wohl sagen, du wärest von Sinnen, daß du ihnen Schuld gibst, als beteten sie Steine oder Holz an, – sondern gegen den Hauptmißbrauch, von dem die Papisten bis oben hin voll sind, nämlich, daß sie darum Bilder in die Kirche setzen, weil sie meinen, ein gutes Werk und Gott einen Dienst damit zu tun, obwohl keiner von ihnen solchen Unglauben bekennen würde, wenn er auch im Herzen sein muß, wo der rechte Christenglaube nicht ist. Siehe, mit solchem Wort hast du schnell den Bildern mehr Schaden getan, als alle Welt mit Gewehr oder Schwert ihnen antun kann. Wenn der einfache Mann weiß, daß es kein Gottesdienst ist, Bilder aufzustellen, wird er's wohl selber bleiben lassen, auch ohne daß du ihn dazu treibst, und wird sie nur aus Lust oder als Schmuck an die Wände malen lassen oder sonst gebrauchen, und das ist ohne Sünde. Wie kämen wir in das Gefängnis, daß Menschen uns das verbieten sollten, was Gott nicht verboten hat? Und gerade wir, die wir gegen Menschenlehre und -satzung fechten!

Neuntens: Daß Priester heiraten und die Mönche und Nonnen berechtigt sein sollen, aus dem Orden herauszulaufen, ärgert und erzürnt die Papisten auch über die Maßen und sehr. Das schadet aber nichts. Ich habe oben gesagt: wo man dem schwachen Gewissen nachgeben kann, soll man es tun, damit man nicht zerrüttele, aber nur so weit, wie es ohne Versehrung der Dinge, die sein müssen, geschehen mag und kann. Daß zum Beispiel die Messe kein Opfer oder gutes Werk sei, ist auch sehr ärgerlich und bisher unerhört. Aber deswegen darf man nicht ablassen, es ärgere sich dran das starke oder das schwache Gewissen. Als Christus gepredigt wurde, war es auch aller Welt ärgerlich. Soll man ihn darum verschweigen? So ist unzweifelhaft durch Sankt Paulus 1. Tim. 4 (3) bewiesen, daß der Teufel die Priesterehe verboten und den Mönchstand aufgerichtet hat. Darum muß und soll man bekennen, daß ihnen die Ehe von Gott freigegeben ist, und sie dürfen auch mit keinem Gelübde, das gegen Gottes Wort verfaßt ist, oder auf des Teufels Lehre, verpflichtet werden.

Wer sich nun enthalten kann, tut wohl daran, daß er ohne Frau bleibt. Wer es aber nicht kann, der braucht nicht ohne Frau zu bleiben, denn er soll nicht seinem Nächsten mit einer solchen Liebe dienen, die ihn selber verdammt und seine eigene Seele verdirbt. Sondern die anderen sind ihm schuldig, daß sie sich nicht an ihm ärgern. Not kennt kein Gebot, Not hat keine Scham. Not hat keine Schande, Not hat kein Ärgernis. Wenn man aber aus solcher Not die zweifache Gestalt genießen wollte, dann sollten wir uns auch um kein Ärgernis oder schwaches Gewissen kümmern.

Wahr ist's, daß ich mir Sorgen mache, daß einige heiraten oder aus dem Orden herausgehen, die das nicht aus christlichen Gründen tun, sondern weil sie froh sind, daß sie für ihre Büberei eine Deckung oder einen Grund durch die evangelische Freiheit bekommen haben. Was können wir dafür? Gibt es doch unter dem päpstlichen Keuschheitsgebot

kaum einen unter tausend Priestern, der eine solche Keuschheit öffentlich einhält – ich will von der heimlichen Unreinigkeit schweigen –, was ist es dann für ein Wunder, wenn einige auch unser Evangelium nicht recht gebrauchen? Man hat ja Galgen, Räder, Schwert und Wasser – wer nicht recht will, dem kann man wohl wehren.
Wenn ein Priester heiratet, oder wenn ein Mönch oder eine Nonne austreten will, die sollen zusehen, daß sie es mit starkem Gewissen anfangen, so daß sie beim Sterben vor dem Teufel bestehen mögen. Es bedeutet nichts, daß die ungelehrten und tollen Papisten dagegen murren. Aber der Teufel wird dich mit deinem Gelübde gar meisterlich treiben und zur Beichte drängen und deine Ehe und Freiheit zur Sünde machen, wenn du nicht wohl gerüstet bist mit dem Wort Gottes, auf das du dich verläßt, und ihn, den Teufel verachtest. Darum nimm den Spruch des Paulus 1. Timoth. 4 (1 f.), wo er des Teufels Lehre und Lügen deutet, wohl zu Herzen, du wirst ihn brauchen können. Und trotze darauf, daß es Gottes Worte sind, der nicht lügen kann. Lies das Büchlein De Votis wohl[17] und stärke dich, so gut du kannst. Es ist ein gar jämmerlicher Seelenmord, den der Teufel durch des Papstes Verbot zugerichtet hat, durch den dann die Seelen gar tief geschwächt werden und schwerlich gegen dies Gelübde des Teufels zu stärken sind.
Zehntens: Daß man die Freiheit habe, Eier, Fisch, Fleisch zu essen, an allen Tagen im Jahr, und daß der Papst oder die Kirche keine Macht haben, einige Tage oder Speisen zu verbieten, ist gewißlich wahr, wie Sankt Paulus' Worte 1. Timoth. 4 (3) vom Verbot, zu heiraten und sich von Speisen zu enthalten, klar lauten. Aber obwohl man in dieser Sache die schwachen Gewissen wohl schonen kann und es nicht notwendig ist, bei den Einfältigen, die es noch nicht wissen, darauf zu bestehen, so gefällt es mir doch nicht schlecht, daß ihnen eine gute Schlappe beigebracht wird, weil sie solche Freiheit aus lauter mutwilligem Frevel den Einfältigen zum Trotz ohne Besserung des Leibes und der Seele gebrauchen und doch sonst nicht einen Finger zum rechten christlichen Wandel regen und mit dem Evangelium und dem teuren Namen der Christen so schändlich umgehen, daß man spricht: Das sind Christen, wieso? Ei, sie könnten Fleisch am Freitag essen. Wohlan, sie habens von uns nicht so gelernt,

und doch müssen wir ihre Untugend tragen. Christus wird einmal über sie kommen und seinen Namen vor ihrer Schmach retten. Wir haben so gelehrt und es so gedacht, daß wir die Gewissen von des Teufels Gesetzen frei machen, der durch den Papst bei Strafe der Todsünde und Hölle die Speisen und Tage verbietet. Wenn wir nun die Gewissen so befreit haben, sollen wir diese Freiheit weise gebrauchen und sie dem Nächsten zum Dienst unterwerfen, damit wir ihn auch dahin bringen. So fährst du toller Kopf denn nun zu und stößt die Einfältigen vor den Kopf, daß sie zurückprallen und sprichst: siehe da, ich kann Fleisch fressen; ja du, liebe Sau, du solltest etwas anderes fressen.

Summa: es ist verdrießlich vor Gott und vor den Menschen, daß wir unser christliches Wesen beim Äußerlichen anfangen, und innerlich lassen wir das Richtige anstehen. Wir wollen uns damit als evangelisch beweisen, daß wir die zweifache Gestalt des Sakraments nehmen und anfassen, daß wir Bilder umreißen, Fleisch fressen, nicht fasten, nicht beten und dergleichen. Aber den Glauben und die Liebe will niemand fassen, die doch alleine vonnöten sind und an denen alles liegt, während von jenen Dingen keines notwendig ist. Aber es ist des Teufels Gespenst, der in solcher Weise die Leute dahin bringt, daß sie vom Papst abfallen und doch nicht zu Christus kommen und auf diese Weise weder päpstlich noch christlich werden, sondern ebenso in äußerlichen Dingen haften bleiben, wie die Papisten.

Ich habe so gelehrt, daß meine Lehre zuerst und am meisten zur Erkenntnis Christi reizt. Das heißt: zu rechtem lauterem Glauben und wahrhaftiger Liebe, dadurch zu der Freiheit von allem äußerlichen Wesen, es sei Essen, Trinken, Kleider, Beten, Fasten, Kloster, Sakrament und wie es heißen mag, daß solche Freiheit eigentlich nur die haben und selig gebrauchen, die da glauben und lieben, d. h., die da rechte Christen sind. Denselben kann und soll man kein Menschengesetz auflegen, daß sie es halten oder dulden, daß es ihr Gewissen fange. Man muß zuerst die Leute haben, die solche Freiheit haben sollen, damit der Most in neue Fässer gefaßt und darin behalten werde.

So plumpt das Pöbelvolk herein und will solche Freiheit mit der Faust ausrichten und will mit dem Kopf hindurch und denkt nicht ein einziges Mal daran, daß es glauben und lieben soll. Es bleibt gleichwohl voller Geiz, Haß, Unkeuschheit, Zorn, Schwert und Fluchen, wie vorher. Wahrlich, ich sage, daß ich die nicht als Christusschüler anerkenne. Christenleute streiten nur mit dem Wort gegen des Teufels Lehre und Werk und reißen zuvor die Herzen und Gewissen von ihm weg, – danach fällt es alles von selber hin. Die Apostel rissen niemals einen Altar unter den Heiden um. Sankt Paulus fuhr im Schiff, das hatte ein Zeichen der Abgötter, die Castores heißen und zerstörte weder die Bilder noch das Schiff[18]. Ich habe auch hart genug gegen des Teufels Abgötterei geschrien, so wie vielleicht noch niemand, aber noch nie habe ich mit der Hand eingegriffen noch denen einzugreifen befohlen, die nicht von Gott Gewalt und Macht dazu haben. Wir haben mehr als genug getan, wenn wir dagegen predigen und die Gewissen lossprechen. Die Tat laß Gott ausrichten! Denn es steht geschrieben, der Endchrist soll nicht durch die Hand zerstört werden, sondern durch den Geist des Mundes unseres Herrn Jesu, Dan. 8 (25)[19].

Darum bitte ich aufs neue, alle Christen sollten doch meinen Rat in der Sakramentsache und in allem anderen hören. Erstens: Da der Satan durch das päpstliche Gesetz das Sakrament unter die Säue geworfen hat, weil er alle Welt zwingt, zu Ostern zum Sakrament zu gehen, ob sie glauben oder nicht, ob sie lieben oder nicht, und weil er ihnen außerdem die Worte des Sakraments verborgen hat, in denen der Glaube hängen und sich nähren sollte, so laßt uns daraufhin arbeiten, daß wir das Sakrament zuerst wieder von den Säuen wegholen. Das tun wir aber damit, daß wir die Leute davon abziehen, mit Lehren und Bitten, daß ja niemand wegen des päpstlichen Gesetzeszwangs oder aus Gehorsam hingehe. Denn das Sakrament kann es nicht leiden, daß man die Leute hinzutreibe oder hinzuzwinge, sondern sie sollen durch das Evangelium gelehrt von selbst aus hungrigem Glauben darum bitten und sich dazu drängen.

Zweitens: wer nun meint, solchen Hunger zu haben, der sehe zu, daß er sich nicht betrüge und es sich um eine fleischliche menschliche Begierde handelt. Sondern er prüfe solchen Glauben, ob er recht sei, wie Sankt Paulus 1. Kor. 11 (28) lehrt: »Der Mensch prüfe sich selbst.« Die Prüfung aber besteht in deinem ganzen Leben, nämlich, daß du in dir selbst inwendig ein beißendes Gewissen empfindest, das die Sünde drückt, das

Gnade begehrt oder sich vor dem Tod oder der Hölle fürchtet und gerne stark wäre und so mit gutem Vertrauen auf Christi Wort das Sakrament sucht und nimmt, um solche Gnade, Stärke und Hilfe zu holen. Denn, wie ich gesagt habe, eine hungrige, durstige, bedrückte und geängstete Seele fordert dies Sakrament, die sich selbst hinzudrängt, ohne des Papstes Gesetz oder Ungesetz, sondern nur nach ihrer eigenen Not und ihrem Bedürfnis, in guter Zuversicht. Das ist die innere Prüfung des Glaubens.

Drittens besteht die Prüfung darin, daß du dein äußerliches Wesen ansiehst, ob du auch Liebe gegenüber deinem Nächsten beweist und ihm dienst. Findet nun solche Prüfung nicht in dir statt, sondern lebst du wie vorher, steckst noch voller Untreue, Haß, Geiz, Zorn, Unglauben – Lieber, bleibe ja weg von diesem Sakrament, bis du ein anderer Mensch werdest! Laß dich nicht den Haufen, noch des Papstes Gesetz noch die Gewohnheit hintreiben! Ach Herr Gott, wenn man diese Lehre wohl verbreitete, da solltest du sehen, daß, wo jetzt Tausend zum Sakrament gehen, kaum Hundert hingehen werden. So würden die greulichen Sünden weniger werden, die der Papst mit seinem höllischen Gesetz in die Welt geschwemmt hat. So kämen wir zuletzt wieder zu einer christlichen Versammlung, die wir jetzt fast bloß Heiden sind unter christlichen Namen. Dann könnten wir die von uns absondern, bei denen wir an ihren Werken erkennen, daß sie weder glauben noch lieben, was uns jetzt unmöglich ist. Ach Gott, wir sind noch fern von Jerusalem; wir haben kaum angefangen, aus Babylonien aufzubrechen und wollen verfahren, als wären wir schon daheim. Es will alles Christ heißen, und wir müssen auch zulassen, aber Glaube und Liebe will nicht folgen. Sekten machen taugt und hilft nicht, darum gibt es keinen anderen Rat, als das Evangelium zu predigen und die Leute vom Sakrament und allen äußerlichen Stücken abzuwenden, bis sie sich als Christen fühlen und erweisen und von selbst zuerst zum Glauben, zur Liebe und danach zum äußerlichen Sakrament und desgleichen drängen. Indes müssen wir gehen lassen, was da geht. Wir sind in Babylonien im Gefängnis, und unsere Feinde sitzen mitten im Tempel und benützen unser Sakrament und all unser Gut. Mit Klage und Gebet müssen wir dazutun, wie Jeremia und der 137. Psalm es tun, daß Gott uns wieder zum Unsern helfe, Amen.

Am Ende: Ich sehe, daß es notwendig ist, denen eine gute Ermahnung zu geben, die jetzt der Satan zu verfolgen anfängt. Unter denen sind einige, die meinen, sie könnten, wenn man sie angreift, der Gefahr dadurch entlaufen, daß sie sagen: Ich halts nicht mit dem Luther noch mit irgend jemand, sondern mit dem heiligen Evangelium und mit der heiligen Kirche oder mit der römischen Kirche. So läßt man sie in Frieden, und sie behalten doch im Herzen meine Lehre als evangelisch und bleiben dabei. Wahrlich, solch Bekenntnis hilft ihnen nicht und bedeutet ebensoviel, als Christus zu verleugnen. Darum bitte ich sie, sich ja wohl vorzusehen.
Wahr ist's, daß du bei Leib und Leben ja nicht sagen sollst: Ich bin lutherisch oder päpstlich. Denn von denen ist keiner für dich gestorben, noch ist er dein Meister, sondern nur Christus, und du sollst dich als Christen bekennen. Aber wenn du meinst, daß des Luthers Lehre evangelisch und die des Papst unevangelisch sei, dann mußt du den Luther nicht einfach hinwerfen, denn sonst wirfst du seine Lehre auch mit hin, die du doch als die Lehre Christi erkennst. Sondern du mußt sagen, der Luther sei ein Bube oder heilig, daran liegt mir nichts, aber seine Lehre ist nicht seine, sondern Christus selbst. Denn du siehst, daß die Tyrannen nicht damit umgehen, daß sie nur den Luther umbringen, sondern die Lehre wollen sie vertilgen, und wegen der Lehre greifen sie dich an und fragen dich, ob du lutherisch seiest. Hier mußt du wahrlich nicht leise und unverständlich reden, sondern Christus frei bekennen, ob ihn nun Luther, Klaus oder Jörg predigt. Die Person laß fahren, aber die Lehre mußt du bekennen! So schreibt auch Sankt Paulus an Timotheus, 2. Tim. 1 (8): Schäme dich nicht des Zeugnisses unseres Herrn und meiner, der ich um seinetwillen gebunden bin. Wenn es hier für Timotheus genügt hätte, daß er das Evangelium bekennte, dann hätte ihm Paulus nicht geboten, daß er sich auch seiner nicht schämen solle, nicht als der Person Paulus, sondern als dessen, der um des Evangeliums willen gebunden war. Wenn nun Timotheus gesagt hätte: Ich halte es nicht mit Paulus noch mit Petrus, sondern mit Christus und wüßte doch, daß Petrus und Paulus Christus lehrten, hätte er doch Christus selber damit verleugnet. Denn Christus spricht Matth. 10 (40) von denen, die ihn predigen: Wer euch aufnimmt, der nimmt mich auf, wer euch verachtet, der

verachtet mich. Warum das? Weil sie seine Boten (die sein Wort bringen), so behandeln, darum ist es das Gleiche, als wenn er selber und sein Wort so behandelt würde.
Auch sehe ja jedermann zu, daß er die Liebe gegenüber seinen Feinden nicht vergesse und daß er bitte für die, die ihn verfolgen und lästern und daß er keine Rache begehre, wie Christus Matth. 5 (44) lehrt. Denn die unseligen Leute sind schon allzusehr gestraft und wir leider allzu teuer gerächt, so daß es Zeit ist, daß wir uns für sie bei Gott einsetzen, ob wir die Strafe und das Urteil, die auf sie hereindringen, abwenden möchten, wie Christus es für uns getan hat, als wir auch in Blindheit sündigten. Du siehst ihre greuliche verstockte Blindheit. Sie wollen nicht hören noch uns zu Gehör kommen lassen, sie wollen auch nicht antworten oder sich hören lassen, sondern wie die Juden bei Sankt Stephanus Ohren und Augen zuhalten und unverschämt ihr Urteil ohne Erkenntnis durchführen[20]. Bist du ein Christ, so merkst du wohl, was für ein Zorn, Plage, Strafe über ihnen ist und wie du dich darin Gott gegenüber für sie verhalten sollst. Sie tun nichts anderes wie die Rasenden und Unsinnigen, die da sprechen: Wir wollen Gott so nah und frevelnd behandeln, damit er uns schnell auf den Kopf schlagen muß. Und sei sicher, sie werden nicht lange so rasen! Harre eine kleine Zeit und laß dir daran genügen, was dein Gott dir verspricht: Wer euch anrührt, der rührt meinen Augapfel an[21]! Darum hilf bitten – auch wenn wir nicht vermögen, sie zu erhalten –, daß doch Gott nicht um ihrer Tyrannei und Lästerung willen sein Wort aus der ganzen deutschen Nation fortnehme und den anderen armen Haufen, der danach seufzt, seiner beraube. Gottes Gnade und Stärke sei mit euch allen, Amen.

Aus den Vorreden zum Neuen Testament

1522

Luthers Glaube gründet sich auf die Entdeckung des Evangeliums von der freien Gnade Gottes in Jesus Christus. Dieser Glaube drängt zum Bekenntnis. Luthers wichtigstes und wirksamstes Bekenntnis ist seine Bibelübersetzung. So ergänzen sich die Tat von Worms und die Übersetzung des Neuen Testaments auf der Wartburg im gleichen Jahr 1521. In den nach alter wissenschaftlicher Sitte üblichen Vorreden zu den einzelnen biblischen Schriften gibt Luther Anleitung zum rechten Verständnis. Erst in der neueren Zeit sind diese Vorreden Luthers aus unseren Bibelausgaben verschwunden. Sie bilden aber auch heute noch gültige und elementare Zeugnisse seiner reformatorischen Erkenntnis. – Wir bringen im folgenden die allgemein gehaltene Einleitung der Vorrede zum Römerbrief, in welcher Luther die Grundworte des paulinischen Evangeliums erläutert, und die kritisch gehaltene Vorrede zum Jakobusbrief, aus welcher zu ersehen ist, daß Luthers Anerkennung der Autorität der biblischen Schriften diese nicht unterschiedslos nebeneinander stellt, sondern nach ihrer größeren Nähe oder Ferne zur Mitte der biblischen Botschaft beurteilt.

VORREDE AUF DIE EPISTEL SANCT PAULUS ZU DEN RÖMERN

Diese Epistel ist das rechte Hauptstück des neuen Testaments und das allerlauterste Evangelion, welche wohl würdig und wert ist, daß sie ein Christenmensch nicht allein von Wort zu Wort auswendig wisse, sondern täglich damit umgehe als mit täglichem Brot der Seelen; denn sie nimmer kann zu viel und zu wohl gelesen oder betrachtet werden, und je mehr sie gehandelt wird, je köstlicher sie wird und baß[1] sie schmeckt. Darum ich auch meinen Dienst dazu tun will und durch diese Vorrede einen Eingang dazu bereiten, so viel mir Gott verliehen hat, damit sie desto baß von jedermann verstanden werde. Denn sie bisher mit Glossen und mancherlei Geschwätz übel verfinstert ist, die doch an ihr selbst ein helles Licht ist, fast gnugsam die ganze Schrift zu erleuchten.

Aufs erste müssen wir der Sprache kundig werden und wissen, was Sanct Paulus meinet durch diese Worte, Gesetz, Sünde, Gnade, Glaube, Gerechtigkeit, Fleisch, Geist, und dergleichen, sonst ist kein Lesen nutz daran. Das Wörtlein Gesetz mußt du hie nicht verstehen menschlicher Weise, daß eine Lehre sei, was für Werke zu tun oder zu lassen sind, wie es mit Menschengesetzen zugehet, da man dem Gesetz mit Werken genug tut, obs Herz schon nicht da ist. Gott richtet nach des Herzen Grund, darum fordert auch sein Gesetz des Herzen Grund und lässet ihm an Werken nicht begnügen, sondern straft viel mehr die Werk ohn Herzen Grund getan als Heuchelei und Lügen; daher alle Menschen Lügner heißen, Psalm 116 (V. 11), darum daß keiner aus Herzen Grund Gottes Gesetz hält noch halten kann; denn jedermann findet bei sich selbst Unlust zum Guten und Lust zum Bösen. Wo nun nicht freie Lust zum Guten, da ist des Herzen Grund nicht am Gesetz Gottes, da ist denn gewißlich auch Sünde und Zorn verdienet bei Gott, obgleich auswendig viel guter Werk und ehrbars Leben scheinen.

Daher schließt St. Paulus am anderen[2] Kapitel (V. 9ff.), daß die Juden alle Sünder sind, und spricht, daß allein die Täter des Gesetzes rechtfertig sind bei Gott. Will damit, daß niemand mit Werken des Gesetzes Täter ist, sondern sagt viel mehr zu ihnen also: Du lehrest, man solle nicht ehebrechen, und du brichst die Ehe. Item, worinnen du richtest einen andern, darinnen verdammst du dich selbst, weil du eben das selbst tust, das du richtest. Als sollt er sagen: Du lebest äußerlich fein in des Gesetzes Werken und richtest, die nicht also leben, und weißest jedermann zu lehren; den Splitter siehest du in der andern Auge, aber des Balken in deinem Auge wirst du nicht gewahr; denn ob du wohl auswendig das Gesetz mit Werken hältst aus Furcht der Straf oder Liebe des Lohns, so tust du doch das alles ohn frei Lust und Liebe zum Gesetz, sondern mit Unlust und Zwang, wolltest lieber anders tun, wenn das Gesetze nicht wäre. Daraus denn sich schließt, daß du von Herzen Grund dem Gesetz feind bist. Was ist denn, daß du andere lehrest nicht stehlen, so du im Herzen selbst ein Dieb bist und äußerlich gern wärest, wenn du dürftest?

Wiewohl auch das äußerlich Werk die Länge nicht nachbleibt bei solchen Heuchlern. Also lehrest du andere, aber dich selbst nicht, weißest auch selbst nicht, was du lehrest, hast auch das Gesetz noch nie recht verstanden. Ja, dazu mehret das Gesetz die Sünde, wie er saget am 5. Kapitel (V. 20), darum, daß ihm der Mensch nur feinder wird, je mehr es fordert, des er keines kann.

Darum spricht er am siebten Kapitel (V. 14): Das Gesetz ist geistlich. Was ist das? Wenn das Gesetz leiblich wäre, so geschähe ihm mit Werken gnug. Nun es aber geistlich ist, tut ihm niemand gnug, es gehe denn von Herzen Grund alles, was du tust. Aber ein solchs Herz gibt niemand, denn Gottes Geist, der macht den Menschen dem Gesetz gleich, daß er Lust zum Gesetz gewinnet von Herzen und hinfort nicht aus Furcht noch Zwang, sondern aus freiem Herzen alles tut. Also ist das Gesetz geistlich, das mit solchem geistlichen Herzen will geliebt und erfüllet sein, und fordert ein solchen Geist. Wo der nicht im Herzen ist, da bleibt Sünde, Unlust, Feindschaft wider das Gesetze, das doch gut, gerecht und heilig ist.

So gewöhne dich nun der Rede, daß viel ein ander Ding ist, des Gesetzes Werk tun und und das Gesetz erfüllen. Des Gesetzes Werk ist alles, das der Mensch tut und tun kann am Gesetz aus seinem freien Willen und eigenen Kräften. Weil aber unter und neben solchen Werken bleibt im Herzen Unlust und Zwang zum Gesetz, sind solche Werk alle verloren und kein nutz. Das meinet Sanct Paulus am 3. Kapitel (V. 20), da er spricht: Durch Gesetzes Werk wird vor Gott kein Mensch rechtfertig. Daher siehest du nun, daß die Schulzänker und Sophisten Verführer sind, wenn sie lehren, mit Werken sich zur Gnade bereiten. Wie kann sich mit Werken zum Guten bereiten, der kein gut Werk ohn Unlust und Unwillen im Herzen tut? Wie soll des Werk Gott gelüsten[3], das von unlustigem und widerwilligem Herzen gehet?

Aber das Gesetz erfüllen ist, mit Lust und Lieb sein Werk tun und frei ohn des Gesetzes Zwang göttlich und wohl leben, als wäre kein Gesetz oder Strafe. Solche Lust aber freier Liebe gibt der heilige Geist ins Herz, wie er spricht am fünften Kapitel (V. 5). Der Geist aber wird nicht denn allein in, mit und durch den Glauben an Jesum Christ geben, wie er in der

Vorrede sagt. So kommt der Glaube nicht ohn alleine durch Gottes Wort oder Evangelion, das Christum predigt, wie er ist Gottes Sohn und Mensch, gestorben und auferstanden um unser willen, wie er am 3., 4. und 10. Kapitel sagt.

Daher kommt, daß allein der Glaube rechtfertig macht und das Gesetz erfüllet; denn er bringet den Geist aus Christus Verdienst, der Geist aber macht ein lustig und frei Herz, wie das Gesetz fordert; so gehen denn die guten Werk aus dem Glauben selber. Das meinet er am 3. Kapitel, nachdem er des Gesetzes Werk verworfen hatte, daß es lautet, als wollt er das Gesetz aufheben durch den Glauben. Nein (spricht er), wir richten das Gesetz an durch den Glauben, das ist, wir erfüllens durch den Glauben.

Sünde heißt in der Schrift nicht alleine das äußerliche Werk am Leibe, sondern all das Geschäfte, das sich mit reget und wegt[4] zu dem äußerlichen Werk, nämlich des Herzen Grund mit allen Kräften, also, daß das Wörtlein tun soll heißen, wenn der Mensch ganz dahin fällt und fähret in die Sünde. Denn es geschieht auch kein äußerlich Werk der Sünde, der Mensch fahre denn ganz mit Leib und Seele hinan, und sonderlich siehet die Schrift ins Herz und auf die Wurzel und Hauptquell aller Sünde, welchs ist der Unglaube im Grund des Herzen. Also daß, wie der Glaube allein rechtfertigt, den Geist und Lust bringt zu guten äußerlichen Werken, also sündiget alleine der Unglaube und bringt das Fleisch auf und Lust zu bösen äußerlichen Werken, wie Adam und Eva geschah im Paradies, Gen. 3.

Daher Christus alleine den Unglauben Sünde nennet, da er spricht Joh. 16 (V. 8): Der Geist wird die Welt strafen um die Sünde, daß sie nicht glauben an mich. Darum auch, ehe denn gute oder böse Werk geschehen, als die guten oder bösen Früchte, muß zuvor im Herzen da sein Glaube oder Unglaube, als Wurzel, Saft und Hauptkraft aller Sünde, welchs in der Schrift auch darum der Schlangen Kopf (des) alten Drachen Haupt heißt, den des Weibes Samen, Christus, zertreten muß, wie Adam versprochen ward.

Gnade und Gabe sind des Unterscheids, daß Gnade eigentlich heißt Gottes Hulde oder Gunst, die er zu uns trägt bei sich selbst, aus welcher er geneigt wird, Christus, den Geist mit seinen Gaben in uns zu gießen, wie das aus dem fünften Kapitel klar wird, da er spricht (V. 15): Gnad und Gabe in

Christo usw. Ob nun wohl die Gaben und der Geist in uns täglich zunehmen und noch nicht vollkommen sind, daß also noch böse Lüste und Sünde in uns überbleiben, welche wider den Geist streiten, wie er sagt Röm. 7 (V. 5 ff.) und Gal. 5 (V. 16 ff.) und wie Gen. 3 (V. 15) versprochen ist der Hader zwischen des Weibes Samen und der Schlangen Samen, so tut doch die Gnade so viel, daß wir ganz und für voll rechtfertig vor Gott gerechnet werden; denn seine Gnade teilet und stücket sich nicht, wie die Gaben tun, sondern nimmt uns ganz und gar auf in die Hulde, um Christus unsers Fürsprechers und Mittlers willen, und um das in uns die Gaben angefangen sind.

Also verstehest du denn das siebent Kapitel, da sich Sanct Paulus noch einen Sünder schilt, und doch im achten spricht, es sei nichts Verdammliches an denen, die in Christo sind, der unvollkommenen Gaben und Geist halben. Um des ungetöteten Fleisches willen sind wir noch Sünder, aber weil wir an Christum glauben und des Geistes Anfang haben, ist uns Gott so günstig und gnädig, daß er solche Sünde nicht achten noch richten will, sondern nach dem Glauben in Christo mit uns fahren, bis die Sünde getötet werde.

Glaube ist nicht der menschliche Wahn und Traum, den etliche für Glauben halten, und wenn sie sehen, daß kein Besserung des Lebens noch gute Werke folgen, und doch vom Glauben viel hören und reden können, fallen sie in den Irrtum und sprechen, der Glaube sei nicht genug, man müsse Werke tun, soll man fromm und selig werden. Das macht, wenn sie das Evangelion hören, so fallen sie daher und machen ihnen aus eigenen Kräften einen Gedanken im Herzen, der spricht: ich glaube; das halten sie dann für einen rechten Glauben, aber wie es ein menschlich Gedicht und Gedanken ist, den des Herzens Grund nimmer erfähret, also tut er auch nichts und folget kein Besserung hernach.

Aber Glaube ist ein göttlich Werk in uns, das uns wandelt und neu gebiert aus Gott, Joh. 1 (V. 13), und tötet den alten Adam, macht uns ganz ander Menschen von Herz, Mut, Sinn und allen Kräften und bringet den heiligen Geist mit sich. O, es ist ein lebendig, schäftig, tätig, mächtig Ding um den Glauben, daß unmöglich ist, daß er nicht ohn Unterlaß sollt Guts wirken. Er fraget auch nicht, ob gute Werke zu tun sind, sondern ehe man fragt, hat er sie getan und ist immer im Tun.

Wer aber nicht solch Werk tut, der ist ein glaubloser Mensch, tappet und siehet um sich nach dem Glauben und guten Werken und weiß weder, was Glaube und gute Werke sind, und wäscht und schwätzt doch viel Wort vom Glauben und guten Werken.

Glaube ist ein lebendige erwegene[5] Zuversicht auf Gottes Gnade, so gewiß, daß er tausendmal drüber stürbe, und solch Zuversicht und Erkenntnis göttlicher Gnade macht fröhlich, trotzig und lustig gegen Gott und alle Kreaturen, welchs der heilig Geist tut im Glauben. Daher ohn Zwang willig und lustig wird, jedermann Gutes zu tun, jedermann zu dienen, allerlei zu leiden, Gott zu Lieb und Lob, der ihm solche Gnad erzeigt hat, also, daß unmöglich ist Werk vom Glauben scheiden, also unmöglich, als Brenner und Leuchten vom Feuer mag geschieden werden. Darum siehe dich vor vor deinem eigenen falschen Gedanken und unnützen Schwätzern, die vom Glauben und guten Werken klug sein wollen zu urteilen und sind die größten Narren. Bitte Gott, daß er Glauben in dir wirke, sonst bleibst du wohl ewiglich ohn Glauben, du dichtest und tust, was du willst oder kannst.

Gerechtigkeit ist nun solcher Glaube und heißt Gottes Gerechtigkeit oder die vor Gott gilt, darum, daß es Gottes Gabe ist und macht den Menschen, daß er jedermann gibt, was er schuldig ist. Denn durch den Glauben wird der Mensch ohn Sünde und gewinnet Lust zu Gottes Geboten, damit gibt er Gott sein Ehre und bezahlet ihm, was er ihm schuldig ist. Aber den Menschen dienet er williglich, womit er kann, und bezahlet damit auch jedermann. Solche Gerechtigkeit kann Natur, freier Wille und unsre Kräfte nicht zu wegen bringen; denn wie niemand ihm selbst kann den Glauben geben, so kann er auch den Unglauben nicht wegnehmen. Wie will er denn eine einzige kleinste Sünde wegnehmen? Darum ist alles falsch, Heuchelei und Sünde, was außer dem Glauben oder im Unglauben geschieht, Röm. 14 (V. 23), es gleiße, wie gut es mag.

Fleisch und Geist mußt du hie nicht also verstehen, daß Fleisch allein sei, was die Unkeuschheit betreffe, und Geist, was das Innerliche im Herzen betreffe. Sondern Fleisch heißt Paulus, wie Christus Joh. 3 (V. 6), alles, was aus Fleisch geboren ist, den ganzen Menschen mit Leib und Seele, mit Vernunft und allen Sinnen. Darum, daß es alles an ihm nach

dem Fleisch trachtet, also daß du auch den fleischlich wissest zu heißen, der ohn Gnade, von hohen geistlichen Sachen viel dichtet, lehret und schwätzet, wie du das aus den Werken des Fleisches Gal. 5 (V. 19 ff.) wohl kannst lernen, da er auch Ketzerei und Haß Fleisches Werk heißt, und Röm. 8 (V. 3) spricht, daß durchs Fleisch das Gesetz geschwächt wird, welches nicht von Unkeuschheit, sondern von allen Sünden, allermeist aber vom Unglauben gesagt ist, der das allergeistlichste Laster ist.
Wiederum, auch den geistlich heißest, der mit den alleräußerlichsten Werken umgehet, als Christus, da er der Jünger Füße wusch, und Petrus, da er das Schiff führet und fischet. Also, daß Fleisch sei ein Mensch, der inwendig und auswendig lebt und wirkt, das zu des Fleisches Nutz und zeitlichem Leben dienet. Geist sei, der inwendig und auswendig lebt und wirkt, das zu dem Geist und zukünftigem Leben dienet. Ohn solchen Verstand dieser Wörter wirst du diese Epistel Sanct Pauli noch kein Buch der heiligen Schrift nimmer verstehen. Drum hüt dich vor allen Lehrern, die anders dieser Worte brauchen, sie seien auch, wer sie wollen, obs gleich Hieronymus, Augustinus, Ambrosius, Origenes[6] und ihrgleichen und noch höher wären. Nun wollen wir zur Epistel greifen.

VORREDE AUF DIE EPISTEL SANCT JACOBI

Die Epistel Sanct Jacobi, wiewohl sie von den Alten verworfen ist[7], lobe ich und halte sie doch für gut, darum, daß sie gar kein Menschenlehre setzt und Gottes Gesetz hart treibt. Aber, daß ich mein Meinung drauf stelle, doch ohn jedermanns Nachteil, acht ich sie für keines Apostels Schrift und ist das mein Ursach.
Aufs erst, daß sie stracks wider Sanct Paulum und alle ander Schrift den Werken die Rechtfertigung gibt und spricht, Abraham sei aus seinen Werken rechtfertigt worden, da er seinen Sohn opfert, so doch Sanct Paulus Röm. 4 dagegen lehret, daß Abraham ohn Werk sei rechtfertigt worden, allein durch seinen Glauben, und beweiset das mit Mose Gen. 15 (V. 6), ehe denn er seinen Sohn opfert. Ob nun dieser Epistel wohl möcht geholfen und solcher Rechtfertigung der Werke ein Glosse funden werden, kann man doch sie darin nicht

schützen, daß sie den Spruch Mosi Gen. 15 (welcher allein von Abrahams Glauben und nicht von seinen Werken sagt, wie ihn Paulus Röm. 4 führet) doch auf die Werke ziehet. Darum dieser Mangel schließt[8], daß sie keines Apostels sei.

Aufs ander, daß sie will Christenleut lehren und gedenkt nicht einmal in solcher langen Lehre des Leidens, der Auferstehung, des Geists Christi; er nennet Christum etlich Mal, aber er lehret nichts von ihm, sondern sagt von gemeinem Glauben an Gott. Denn das Amt eines rechten Apostels ist, daß er von Christus Leiden und Auferstehen und Amt predige und lege desselben Glaubens Grund, wie er selbst sagt Joh. 15 (V. 27): Ihr werdet von mir zeugen. Und darin stimmen alle rechtschaffenen heiligen Bücher übereins, daß sie allesamt Christum predigen und treiben, auch ist das der rechte Prüfestein alle Bücher zu tadeln, wenn man siehet, ob sie Christum treiben oder nicht. Sintemal alle Schrift Christum zeiget Röm. 3 (V. 22 ff.) und Paulus nichts denn Christum wissen will 1. Kor. 2 (V. 2). Was Christum nicht lehret, das ist nicht apostolisch, wenns gleich Petrus oder Paulus lehret; wiederum, das Christum predigt, das ist apostolisch, wenns gleich Judas, Hannas, Pilatus und Herodes tät.

Aber dieser Jacobus tut nicht mehr, denn treibt zu dem Gesetz und seinen Werken, und wirft so unordig[9] eins in ander, daß mich dünkt, es sei irgend ein gut fromm Mann gewesen, der etliche Sprüche von der Apostel Jüngern gefasset und also aufs Papier geworfen hat, oder ist vielleicht aus seiner Predigt von einem andern beschrieben. Er nennet das Gesetz ein Gesetz der Freiheit, so es doch Sanct Paulus ein Gesetz der Knechtschaft, des Zorns, des Tods und der Sünde nennet.

Über das führet er die Sprüche Sanct Petri (1. Petr. 4, 8): Die Liebe bedeckt der Sünden Menge, item: Demütigt euch unter die Hand Gottes, item Sanct Paulus Spruch Gal. 5 (V. 17): den Geist gelüstet wider das Fleisch, so doch Sanct Jacobus zeitlich von Herodes zu Jerusalem vor St. Peter getötet war, daß wohl scheinet, wie er längst nach St. Peter und Paul gewesen sei[10].

Summa, er hat wollen denen wehren, die auf den Glauben ohn Werk sich verließen, und ist der Sach mit Geist, Verstand und Worten zu schwach gewesen und zerreißet die Schrift und widerstehet damit Paulo und aller Schrift, wills mit Gesetz

Treiben ausrichten, das die Apostel mit Reizen zur Lieb ausrichten. Darum will ich ihn nicht haben in meiner Bibel in der Zahl der rechten Hauptbücher, will aber damit niemand wehren, daß er ihn setzt und hebe, wie ihn gelüstet, denn es viel guter Sprüch sonst drinnen sind. Ein Mann ist kein Mann in weltlichen Sachen; wie sollt denn dieser Einzelne nur allein wider Paulus und alle andere Schrift gelten?

Daß eine christliche Versammlung oder Gemeine Recht und Macht habe, alle Lehre zu beurteilen und Lehrer zu berufen, ein- und abzusetzen: Grund und Ursach aus der Schrift

1523

Luthers radikales Nein gegen die päpstlich- hierarchische Kirche kam aus dem Ja zum Worte Gottes als Evangelium und führte zur Freiheit der christlichen Gemeinde. Diese Freiheit mußte in vielen Fällen gegen die bisherige kirchliche Obrigkeit durchgesetzt werden. So hatte sich Rat und Gemeinde der sächsischen Stadt Leisnig mit der Bitte an Luther gewandt, dies Recht der Gemeinde aus der Schrift öffentlich zu begründen, kraft dessen sie »eine, zwei oder drei Personen aus ihrem gemeinen Haufen durch die Gnade Gottes und nach Ordnung göttlicher Schrift zu berufen, erwählen, zu setzen und zu entsetzen« vermag. Luther erfüllt diese Bitte in dieser kleinen Schrift, indem er Recht und Vollmacht zur Besetzung ihrer kirchlichen Dienste aus dem Wesen der Gemeinde ableitet und begründet; die christliche Gemeinde aber hat ihr Wesen darin, daß in ihr »das Evangelium gehet«. Luther hat in dieser kleinen Schrift die Kirche daran erinnert, was sie in Wirklichkeit ist und worin ihre Freiheit und Verantwortung besteht. – Wir bringen die Schrift ganz.

Aufs erste ist vonnöten, daß man wisse, wo und wer die christliche Gemeinde sei, auf daß nicht – wie allezeit die Unchristen gewohnet –, unter christlicher Gemeine Namen, Menschen menschlich Handeln vornehmen. Dabei aber soll man die christliche Gemeine gewißlich erkennen, wo das lautere Evangelium gepredigt wird. Denn gleichwie man an dem Heerpanier erkennet, als bei einem gewissen Zeichen, was für ein Herr und Heer zu Felde liegt, also erkennet man auch gewiß an dem Evangelio, wo Christus und sein Heer liegt. Des haben wir gewisse Verheißung Gottes Esaiä 55, 10. 11: »Mein Wort, spricht Gott, das aus meinem Mund gehet, soll nicht leer wieder zu mir kommen; sondern wie der

Regen vom Himmel auf die Erden fällt, und macht sie fruchtbar, also soll mein Wort auch alles ausrichten, dazu ichs aussende.«

Daher sind wir sicher, daß es unmöglich ist, daß nicht Christen sein sollten, wo das Evangelium gehet[1], wie wenig ihrer auch immer, und wie sündlich und gebrechlich sie auch seien; gleichwie es unmöglich ist, daß da Christen, und nicht eitel Heiden sein sollten, wo das Evangelium nicht gehet, und Menschenlehren regieren, wie viel ihrer auch immer seien, und wie heilig und fein sie auch immer wandeln. Daraus folget unwidersprechlich, daß die Bischöfe, Stifte, Klöster, und was des Volks ist, längst keine Christen noch christliche Gemeine gewesen sind, wiewohl sie solchen Namen allein vor allen aufgeworfen haben. Denn wer das Evangelium erkennet, der siehet, höret und greift, wie sie noch heutigen Tages auf ihren Menschenlehren stehen, und das Evangelium gar von sich vertrieben haben, und auch noch betreiben. Darum, was solch Volk tut und vorgibt, muß man achten als heidnisch und weltlich Ding.

Aufs andere, in solchem Handel, nämlich Lehre zu beurteilen, Lehrer und Seelsorger ein- und abzusetzen, muß man sich in gar nichts kehren an Menschengesetz, Recht, altes Herkommen, Brauch, Gewohnheit usw., Gott gebe, es sei vom Papst oder Kaiser, von Fürsten oder Bischof gesetzt, es habe die halbe oder ganze Welt also gehalten, es habe ein oder tausend Jahr gewähret! Denn die Seele des Menschen ist ein ewiges Ding, über alles, was zeitlich ist; darum muß sie nur mit ewigem Wort regiert und gefaßt[2] sein. Denn es ist gar schimpflich, mit Menschen Recht und langer Gewohnheit die Gewissen vor Gott zu regieren. Darum muß man hierinnen handeln nach der Schrift und Gottes Wort. Denn Gottes Wort und Menschenlehre, wenn es die Seele regieren will, so kanns nimmer fehlen, sie streiten widereinander. Das wollen wir beweisen klärlich in diesem gegenwärtigen Handel, nämlich also:

Menschen Wort und Lehre haben gesetzt und verordnet, man solle die Lehre zu beurteilen nur den Bischöfen und Gelehrten, und den Concilien lassen: was dieselben beschlössen, solle alle Welt für recht und für Artikel des Glaubens halten, wie das genugsam ihr täglich Rühmen über des Papsts geistlich Recht beweiset. Denn man höret fast nichts von ihnen, als solchen Ruhm, daß bei ihnen die Gewalt und das Recht stehe, zu urteilen, was christlich und ketzerisch sei, und der gemeine Christenmann sollte auf ihr Urteil warten, und sich an dasselbe halten. Siehe, dieser Ruhm, womit sie alle Welt eingetrieben[3] haben, und ihr höchster Hort und Trotz ist, wie unverschämt und närrisch er stürmet wider Gottes Gesetz und Wort!

Denn Christus setzt das Widerspiel, nimmt den Bischöfen, Gelehrten und Concilien, beides, Recht und Macht zu urteilen die Lehre, und gibt sie jedermann, und allen Christen insgemein, da er spricht Johannes am 10., Vers 4: »Meine Schafe kennen meine Stimme.« Item, Vers. 5: »Meine Schafe folgen den Fremden nicht, sondern fliehen von ihnen; denn sie kennen nicht der Fremden Stimme.« Item, Vers 8: »Wie viel ihrer gekommen sind, das sind Diebe und Mörder; aber die Schafe höreten sie nicht.«

Hie siehest du klar, wes das Recht ist, zu urteilen die Lehre. Bischof, Papst, Gelehrte und jedermann hat Macht zu lehren; aber die Schafe sollen urteilen, ob sie Christi Stimm lehren, oder der Fremden Stimm. Lieber, was mögen hiewider sagen die Wasserblasen, die da scharren[4]: Concilia, Concilia. Ei man muß die Gelehrten, Bischöfe, die Menge hören, man muß den alten Brauch und Gewohnheit ansehen! Meinst du, daß mir Gottes Wort sollte deinem alten Brauch, Gewohnheit, Bischöfen weichen? Nimmermehr! Darum lassen wir Bischöfe und Concilia schließen und setzen, was sie wollen; aber wo wir Gottes Wort für uns haben, solls bei uns stehen, und nicht bei ihnen, ob es Recht oder Unrecht sei, und sie sollen uns weichen und unserm Wort gehorchen.

Hie siehest du, meine ich, klar genug, was denen zu vertrauen sei, die mit Menschen Wort über die Seelen handeln. Wer siehet hier nun nicht, daß alle Bischöfe, Stifte, Klöster, hohen Schulen, mit allem ihrem Körper[5], wider dies helle Wort Christi toben, daß sie das Urteil der Lehre den Schafen unverschämt nehmen, und sich selbst zueignen, durch eigen Satz und Frevel? Darum sie auch gewiß für Mörder und Diebe, Wölf und abtrünnige Christen zu halten sind, als die öffentlich hier überführt sind, daß sie Gottes Wort nicht allein verleugnen, sondern auch dawider setzen und handeln; wie sichs denn gebührt hat dem Widerchrist und seinem Reich zu tun, laut der Prophezeiung S. Pauli, 2. Thess. 2, 3. 4.

Abermal spricht Christus, Matth. 7, 15: »Hütet euch vor den falschen Propheten, die in Schafskleidern zu euch kommen, inwendig aber sind sie reißende Wölfe.« Siehe, hier gibt Christus nicht den Propheten und Lehrern das Urteil, sondern den Schülern und Schafen. Denn wie könnte man sich vor den falschen Propheten hier hüten, wenn man ihre Lehre nicht sollte in Bedenk nehmen, richten und urteilen? So kann kein falscher Prophet sein unter den Zuhörern, sondern allein unter den Lehrern. Darum sollen und müssen alle Lehrer dem Urteil der Zuhörer unterworfen sein mit ihrer Lehre.

Item, der dritte Spruch ist S. Pauli 1. Thess. 5, 21: »Prüfet alles; was gut ist, das behaltet.« Siehe, hier will er keine Lehre noch Satz gehalten haben, es werde denn vor der Gemeine, die es höret, geprüfet und für gut erkannt. Denn dies Prüfen gehet nicht die Lehrer an; sondern die Lehrer müssen zuvor sagen, was man prüfen sollte. Also ist auch hier das Urteil den Lehrern genommen, und den Schülern gegeben unter den Christen; daß es unter den Christen ganz und gar ein ander Ding ist, denn mit der Welt. In der Welt gebieten die Herren, was sie wollen, und die Untertanen nehmen es auf. »Aber unter euch, spricht Christus, solls nicht also sein; sondern unter den Christen ist ein jeglicher des andern Richter, und wiederum auch dem andern unterworfen.« Wiewohl die geistlichen Tyrannen eine weltlich Obrigkeit aus der Christenheit gemacht haben.

Der vierte Spruch ist abermals Christi, Matthäi 24, 4. 5: »Sehet zu, daß euch niemand verführe: denn es werden viele kommen unter meinem Namen, und sagen: Ich bin Christus; und werden viel verführen.« Summa, was ists not, mehr Sprüche her zu führen? Alle Warnung, die S. Paulus tut, Röm. 16, 13. 17; 1. Kor. 10, 14; Gal. 3, 4. 5; Kol. 2, 8 und allenthalben; item, aller Propheten Sprüche, da sie lehren, Menschen Lehre zu meiden, die tun nichts anders, denn daß sie das Recht und die Macht, alle Lehre zu urteilen, von den Lehrern nehmen, und mit ernstlichem Gebot, bei der Seele Verlust, den Zuhörern auflegen; also, daß sie nicht allein Macht und Recht haben, alles, was gepredigt wird, zu urteilen; sondern sind schuldig zu urteilen, bei göttlicher Majestät Ungnade. Daß wir daran sehen, wie die Tyrannen so unchristlich mit uns verfahren haben, da sie uns solch Recht und Gebot genommen haben und sich selbst zugeeignet; damit alleine sie reichlich verdienet haben, daß man sie aus der Christenheit vertreibe und verjage, als die Wölfe, Diebe und Mörder, die wider Gottes Wort und Willen über uns herrschen und lehren.

Also schließen wir nun, daß, wo ein christliche Gemeine ist, die das Evangelium hat, nicht alleine Recht und Macht hat, sondern schuldig ist, bei der Seelen Seligkeit, ihrer Pflicht nach, die sie Christo in der Taufe getan hat, zu meiden, zu fliehen, abzusetzen, sich zu entziehen von der Obrigkeit, so die jetzigen Bischöfe, Äbte, Klöster, Stifte und ihrer gleichen treiben; weil man öffentlich siehet, daß sie wider Gott und sein Wort lehren und regieren. Daß also dies für das erste gewiß und stark genug gegründet sei, und man sich darauf verlassen soll, daß göttlich Recht sei, und der Seelen Seligkeit not, solche Bischöfe, Äbte, Klöster und was des Regiments ist, abzutun oder zu meiden.

Zum andern, weil aber christlich Gemeine ohne Gottes Wort nicht sein soll noch kann, folget aus vorigem stark genug, daß sie dennoch Lehrer und Prediger haben müssen, die das Wort treiben. Und weil in dieser verdammten letzten Zeit Bischöfe und das falsch, geistlich Regiment solche Lehrer nicht sind, noch sein wollen, dazu auch nicht geben noch leiden wollen, und Gott nicht zu versuchen ist, daß er vom Himmel neue Prediger sende, müssen wir uns nach der Schrift halten, und unter uns selbst berufen und setzen diejenigen, so man geschickt dazu findet, und die Gott mit Verstand erleuchtet und mit Gaben dazu geziert hat.

Denn das kann niemand leugnen, daß ein jeglicher Christ Gottes Wort hat, und von Gott gelehrt, und gesalbet ist zum Priester; wie Christus spricht Joh. 6, 45: »Sie werden alle von Gott gelehret sein.« Und Ps. 45, 8: »Gott hat dich gesalbet mit Freudenöle, vor allen deinen Mitgenossen.« Die Mitgenossen sind die Christen, Christi Brüder, die mit ihm zu Priester geweihet sind; wie auch Petrus sagt, 1. Petr. 2, 9: »Ihr seid das königliche Priestertum, daß ihr verkündigen sollt die Tugend dessen, der euch berufen hat zu seinem wunderbaren Licht.«

Ists aber also, daß sie Gottes Wort haben und von ihm gesalbet sind, so sind sie auch schuldig dasselbe zu bekennen, lehren und auszubreiten; wie Paulus sagt 2. Kor. 4, 13: »Wir haben auch denselben Geist des Glaubens, darum reden wir auch.« Wie der Prophet sagt, Ps. 116, 10: »Ich bin gläubig geworden, darum rede ich.« Und Psalm 51, 15 sagt er von allen Christen: »Ich will die Gottlosen deine Wege lehren, und daß sich die Sünder zu dir bekehren«, also, daß hier abermal gewiß ist, daß ein Christ nicht alleine Recht und Macht hat, das Gotteswort zu lehren; sondern ist dasselbige schuldig zu tun, bei seiner Seele Verlust und Gottes Ungnaden.

So sprichst du, ja wie? wenn er nicht dazu berufen ist, so wage er ja nicht zu predigen, wie du selbst oft gelehrt hast? Anwort: Hie sollst du an zweierlei Ort stellen: Aufs erst, wenn er ist an dem Ort, da keine Christen sind, dabei darf er keines andern Berufs, denn daß er ein Christ ist, inwendig von Gott berufen und gesalbet: da ist er schuldig den irrenden Heiden oder Unchristen zu predigen, und zu lehren das Evangelium, aus Pflicht brüderlicher Liebe, ob ihn schon kein Mensch dazu beruft. Also tat St. Stephan Apg. 6, 7, dem doch kein Amt von den Aposteln zu predigen befohlen war, und predigte doch, und tat große Zeichen im Volk. Item, eben also tat auch Philippus, der Diakon, Stephans Geselle, Apg. 8, 5, dem auch das Predigtamt nicht befohlen war. Item so tat Apollo, Apg. 18, 25, 26. Denn in solchem Fall siehet ein Christ aus brüderlicher Liebe die Not der armen verdorbenen Seelen an, und wartet nicht, ob ihm Befehl oder Briefe von Fürst oder Bischof gegeben werde: denn Not bricht alle Gesetze, und hat kein Gesetz; so ist die Liebe schuldig zu helfen, wo sonst niemand ist, der hilft, oder helfen sollt.

Aufs andere, wenn er aber ist, da Christen an dem Ort sind, die mit ihm gleiche Macht und Recht haben, da soll er sich selbst nicht herfür tun, sondern sich berufen und bevor ziehen lassen, daß er an Statt und Befehl der andern predige und lehre. Ja, ein Christ hat so viel Macht, daß er auch mitten unter den Christen, unberufen durch Menschen, mag und soll auftreten und lehren, wo er siehet, daß der Lehrer daselbst fehlet[6]: so doch, daß es sittig und züchtig zugehe. Das hat S. Paulus klärlich beschrieben 1. Kor. 14, 30, da er spricht: »Wird dem, der da sitzt, etwas offenbart, so soll der erste schweigen.« Siehe da, was hie S. Paulus tut: er heißt den schweigen und abtreten mitten unter den Christen, der da lehret, und den auftreten, der da zuhöret, auch unberufen; das alles darum, daß Not kein Gebot hat.

So denn nun hier S. Paulus, wenns not ist, mitten unter den Christen, einen jeglichen heißt auch unberufen auftreten, und beruft ihn durch solch Gotteswort, und heißt den anderen abtreten, und setzet ihn in Kraft dieser Worte ab; wievielmehr ists dann recht, daß eine ganze Gemeine einen beruft zu solchem Amt, wenns not ist, wie es denn allezeit und sonderlich jetzt ist. Denn auch am selben Ort S. Paulus einem jeglichen Christen Macht gibt, zu lehren unter den Christen, wenns not ist, und spricht 1. Kor. 14, 31: »Ihr könnt wohl alle nacheinander weissagen, daß sie alle lernen, und alle ermahnet werden.« Item 39. 40: »Ihr sollt euch befleißigen zu weissagen, und wehret nicht mit Zungen reden; doch laßt es alles ordentlich und ehrbarlich zugehen.« Diesen Spruch laß dir nicht einen ungewissen Grund sein, der so überflüssig Macht gibt der christlichen Gemeinden, daß sie mag predigen, predigen lassen, und berufen; sonderlich wo es not ist, beruft er selbst einen jeglichen insonderheit ohne Menschen Berufen, damit wir des keinen Zweifel haben sollen, daß die Gemeine, die das Evangelium hat, möge und solle unter sich selbst erwählen und berufen, der an ihrer Statt das Wort lehrte.

Sprichst du aber: Hat doch S. Paulus Timotheo und Tito befohlen, sie sollten Priester einsetzen[7], so lesen wir auch Apg. 14, 23, daß Paulus und Barnabus unter den Gemeinen Priester[8] verordneten. Darum kann nicht die Gemeine jemand berufen, noch jemand sich selbst herfür tun zu predigen unter den Christen, sondern man muß der Bischöfe, Äbte oder anderen Prälaten Urlaub und Befehl haben, die an der Apostel Statt sitzen. Antwort: Wenn unsere Bischöfe und Äbte usw. an der Apostel Statt säßen, wie sie sich rühmen, wäre das wohl eine Meinung, daß man sie ließe tun, das Titus, Timotheus, Paulus und Barnabas taten mit Priester einsetzen usw. Nun sie aber an des Teufels Statt sitzen, und Wölfe sind, die das Evangelium nicht lehren, noch leiden wollen, so gehet sie das Predigtamt und Seelsorgen unter den Christen zu beschicken eben so viel an, als den Türken und die Juden. Esel sollten sie treiben und Hunde leiten.

Über dies, wenn sie nun gleich rechtschaffene Bischöfe wären, die das Evangelium haben wollten, und rechtschaffene Prediger setzen wollten, dennoch könnten und sollten sie dasselbe nicht tun ohn der Gemein Willen, Erwählen und

Berufen; ausgenommen, wo es die Not erzwinge, daß die Seelen nicht verdürben, aus Mangel göttlichen Worts. Denn in solcher Not, hast du gehört, daß nicht alleine mag ein jeglicher einen Prediger verschaffen, es sei durch Bitten oder weltlicher Obrigkeit Gewalt, sondern soll auch selbst zulaufen, auftreten und lehren, so ers kann. Denn Not ist Not und hat kein Maß; gleichwie jedermann zulaufen und treiben soll, wenns brennet in der Stadt, und nicht harren, bis man ihn drum bitte.

Sonst wo nicht solche Not da ist, und vorhanden sind, die Recht und Macht und Gnade haben zu lehren, soll kein Bischof jemand einsetzen, ohn der Gemeine Wahl, Will und Berufen, sondern soll den Erwähleten und Berufenen von der Gemeine bestätigen. Tut ers nicht, daß derselbe dennoch bestätigt sei, durch der Gemeine Berufen. Denn es hat weder Titus, noch Timotheus, noch Paulus je einen Priester eingesetzt, ohn der Gemeine Erwählen und Berufen. Das beweiset sich klärlich daraus, daß er Tit. 1, 7 und 1. Tim. 3, 2 spricht, ein Bischof oder Priester solle untadelig sein. Item: Die Diakone soll man zuerst prüfen. Nun wird ja Titus nicht gewußt haben, welche untadelig gewesen sind; sondern solch Gerücht muß aus der Gemeine kommen, die muß einen solchen angeben[9]. Item lesen wir doch Apg. 6, 3. 6, daß in gar viel einem geringeren Amt auch die Apostel selbst nicht durften Personen zu Diakonen einsetzen, ohn der Gemeine Wissen und Willen; sondern die Gemeine erwählte und berief die sieben Diakone und die Apostel bestätigten sie. So nun ein solch Amt, das nur über zeitlich Nahrung auszuteilen, die Apostel nicht durften von eigener Obrigkeit einsetzen; wie sollten sie so kühn gewesen sein, daß sie, das höchste Amt zu predigen, jemand aus eigener Gewalt, ohn der Gemeine Wissen, Willen und Berufen, hätten aufgelegt?

Nun aber zu unsern Zeiten die Not da ist, und kein Bischof nicht ist, der evangelisch Prediger verschaffe, gilt hier das Exempel von Tito und Timotheo nichts; sondern man muß berufen aus der Gemeine, Gott gebe, er werde von Tito bestätigt oder nicht. Denn also hätten die auch getan, oder tun sollen, die Titus versorget, wo ihn Titus nicht hätte bestätigen wollen oder sonst niemand gewesen wäre, der Prediger eingesetzt hätte. Darum ist diese Zeit gar ungleich den Zeiten Titi, da die Apostel regierten, und recht Prediger

haben wollten; jetzt aber wollen unsere Tyrannen eitel Wölfe und Diebe haben.
Und was verdammen uns die tobenden Tyrannen in solchem Erwählen und Berufen? Tun sie doch selbst also, und müssen also tun. Es wird ja unter ihnen keiner Papst noch Bischof von irgend eins Gewalt eingesetzt, sondern wird von dem Capitel erwählet und berufen[10], darnach von andern bestätiget; Bischöfe vom Papst, als von ihrem Obersten; er aber, der Papst selbst, vom Cardinal zu Ostia, als von seinem Untertanen[11]. Und ob sichs begäbe, daß einer nicht bestätigt würde, dennoch ist er Bischof und Papst. So frage ich nun die lieben Tyrannen: So ihrer Gemeine Erwählen und Berufen Bischof macht, und Papst ohn all ander Obrigkeit Bestätigen Papst ist, alleine aus der Wahl: warum sollt nicht auch ein christlich Gemeine einen Prediger machen, allein durch ihr Berufen? Sintemal sie Bischof- und Papststand höher halten, denn Predigtamt. Wer hat ihnen solch Recht geben und uns genommen? sonderlich weil unser Berufen die Schrift für sich hat, ihr Berufen aber ein lauter Menschentand ist, ohn Schrift, damit sie unser Recht uns rauben. Tyrannen sind es, und Buben, die mit uns handeln, wie des Teufels Apostel sollen.
Daher ists auch geblieben, daß an etlichen Orten auch weltliche Obrigkeit, als Ratsherrn und Fürsten, sich selbst Prediger bestellet und besoldet haben, in ihren Städten und Schlössern, welch sie gewollet haben, ohn alle Urlaub und Befehl der Bischöfe und Päpste, und hat auch niemand drein geredt[12]. Wiewohl sie es (besorge ich) nicht getan haben aus christlichen Rechts Verstand; sondern daß die geistlichen Tyrannen das Predigtamt verachtet und geringe gehalten haben, und weit gesondert von dem geistlichen Regiment: so es doch das allerhöchste Amt ist, an dem alle andere hangen und folgen. Wiederum, wo Predigtamt nicht ist, der andern keins folget. Denn Johannes Kap. 4, 2 spricht: daß Christus nicht getaufet habe, sondern er predigte nur. Und Paulus 1. Kor. 1, 17 berühmt sich: Er sei nicht zu taufen, sondern zu predigen gesandt.
Darum wem das Predigtamt aufgelegt wird, dem wird das höchste Amt aufgelegt in der Christenheit: derselb mag darnach auch taufen, Meß halten, und alle Seelsorge tragen: oder so er nicht will, mag er an dem Predigen alleine bleiben, und Taufen und andere Unteramt andern lassen, wie Christus

tat und Paulus und alle Apostel, Apostelg. 6. Daran man aber siehet, daß unsere jetzige Bischöfe und Geistlichen Götzen und nicht Bischöfe sind: denn sie lassen das höchste Amt des Worts, das ihnen eigen sein sollt, den allergeringsten, nämlich Kapellanen und Mönchen, Terminarien[13]; dazu die geringen Ämter auch, als taufen und ander Seelsorgen: sie aber firmeln dieweil und weihen Glocken, Altar und Kirchen, das weder christlich noch bischöflich Werk sind, von ihnen selbst erdichtet. Es sind verkehrte, verblendete Larven und rechte Kinderbischöfe.

Von weltlicher Obrigkeit, wie weit man ihr Gehorsam schuldig sei

1523

Auch diese Schrift, in welcher Luther die Grundgedanken seiner Ethik des Politischen entfaltet, ist aus dem Bedürfnis einer konkreten Lage entstanden: in einigen Territorien waren infolge des Wormser Edikts nicht nur Luthers Schriften, sondern auch seine Übersetzung des Neuen Testaments verboten worden. Wo war hier die Grenze des christlichen Gehorsams gegen die Obrigkeit? – Luther schickt jedoch seiner Antwort auf diese Frage eine grundsätzliche Erörterung voraus über die Beziehung des Geistlich-Christlichen und Weltlich-Politischen im allgemeinen. In beiden Bereichen ist der Eine Gott am Werk, und sie heißen deswegen seine Regimente (oder Reiche), aber auf verschiedene Weise: im geistlichen Bereich auf geistliche Weise, d. h. durch Wort und Glaube und daher ohne Zwang, im weltlich-politischen durch Schwert und Gesetz, daher mit Zwang und Gewalt. »Darum muß man diese beiden Regimente mit Fleiß scheiden, und beides bleiben lassen: eines, das fromm macht, das andere, das äußerlich Frieden schaffe und bösen Werken wehrt. Keines ist ohne das andere genug in der Welt.« Gleichzeitig liegt Luther daran, die politische Mitverantwortung des Christen in der Welt haltbar zu begründen. »Die Gewalt ist von Natur derart, daß man Gott damit dienen kann.« Im zweiten Teil zeigt er dann die Grenzen des christlichen Gehorsams auf und gibt schließlich im dritten Teil einige Grundregeln für den ›christlichen Fürsten‹, auch wenn er weiß, daß ein christlicher Fürst ein »seltenes Wildbret im Himmel« ist. – Wir bringen die Schrift etwas gekürzt.

Dem Durchlauchtigen, Hochgebornen Fürsten und Herrn, Herrn Johannes, Herzog zu Sachsen, Landgraf in Thüringen und Markgraf zu Meißen, meinem gnädigen Herrn[1]

Gnade und Friede in Christo

Es zwingt mich abermals, Durchlauchtiger, Hochgeborner Fürst, Gnädiger Herr, die Not und vieler Leute Bitten, zuvor E. F. G. Begierde, zu schreiben von der weltlichen Obrigkeit und ihrem Schwert, wie man desselben christlich gebrauchen soll, und wie weit man ihm Gehorsam schuldig sei. Denn es bewegt sie der Spruch Christi Matthäi 5, 39: »Du sollst dem Übel nicht widerstreben, sondern sei willfährig deinem Widersacher, und wer dir den Rock nimmt, dem laß auch den Mantel.« Und Röm. 12, 19: »Die Rache ist mein, spricht der Herr, ich will vergelten.« Welche Sprüche auch vorzeiten der Fürst Volusian S. Augustinus[2] vorwarf und die christliche Lehre anfocht, daß sie dem Bösen Urlaub gebe, Böses zu tun, und gar nicht bestehen könnte mit dem weltlichen Schwert.

Also haben auch die Sophisten[3] in den hohen Schulen sich daran gestoßen, da sie die beide nicht konnten miteinander reimen. Auf daß sie ja die Fürsten nicht zu Heiden machten, haben sie gelehrt, Christus habe solches nicht geboten, sondern den Vollkommenen geraten. Also hat Christus ein Lügner werden und unrecht haben müssen, auf daß die Fürsten ja mit Ehren beständen. Denn sie konnten die Fürsten nicht erheben, sie mußten Christum herunterstoßen, die blinden elenden Sophisten. Und ist also ihr giftiger Irrtum in alle Welt eingerissen, daß jedermann solche Lehre Christi für Räte an die Vollkommenen und nicht für nötige Gebote, allen Christen gemein, hält[4]; so weit, daß sie auch dem vollkommenen Stand der Bischöfe, ja dem allervollkommensten Stand des Papstes nicht allein diesen unvollkommenen Stand des Schwertes und weltliche Obrigkeit erlaubt, sondern niemand auf Erden so sehr zugeeignet haben wie demselben. So ganz und gar hat der Teufel die Sophisten und hohen Schulen besessen, daß sie selbst nicht sehen, was und wie sie reden oder lehren.

Ich hoffe aber, daß ich die Fürsten und weltliche Obrigkeit also wolle unterrichten, daß sie Christen und Christus ein

Herr bleiben sollen, und dennoch Christi Gebote um ihretwillen nicht zu Räten machen dürfen. Das will ich E. F. G. zu untertänigem Dienst, und jedermann, der seiner bedarf, zu Nutzen, Christo unserm Herrn zu Lob und Preis tun. Befehle hiermit E. F. G. mit allem Ihrem Geblüt in Gottes Gnade, der sie ihm lasse barmherziglich befohlen sein. Amen.
Zu Wittenberg, am neuen Jahrestage 1523[5].

E. F. G. untertäniger
Martinus Luther.

Ich habe vorhin ein Büchlein an den deutschen Adel geschrieben und angezeigt, was sein christliches Amt und Werk sei. Aber wie sie darnach getan haben, ist genugsam vor Augen. Darum muß ich meinen Fleiß wenden und nun schreiben, was sie auch lassen und nicht tun sollen, und hoffe, sie werden sich ebenso darnach richten, wie sie sich nach jenem gerichtet haben, daß sie ja Fürsten bleiben und nimmer Christen werden. Denn Gott der Allmächtige unsere Fürsten toll gemacht hat, daß sie nicht anders meinen, sie könnten tun und gebieten ihren Untertanen, was sie nur wollen, (und die Untertanen auch irren und glauben, sie seien schuldig, dem allem zu folgen), so gar und ganz, daß sie nun angefangen haben, den Leuten zu gebieten, Bücher von sich zu tun[6], zu glauben und halten, was sie vorgeben; damit sich vermessen, auch in Gottes Stuhl sich zu setzen und die Gewissen und Glauben zu meistern, und nach ihrem tollen Gehirn den Heiligen Geist zu Schule zu führen. Geben dennoch vor, man dürfe es ihnen nicht sagen und solle sie noch Gnadenjunker heißen.
Sie schreiben und lassen Zettel ausgehen, der Kaiser hab's geboten, und wollen christlich gehorsame Fürsten sein, gerade, als wäre es ihr Ernst, und man den Schalk hinter ihren Ohren nicht merkt. Denn wir sollten wohl sehen, wenn ihnen der Kaiser ein Schloß oder Stadt nähme oder sonst was Unrechtes geböte, wie fein sie finden sollten, daß sie dem Kaiser widerständen und nicht gehorsam sein müßten. Nun es aber gilt, den armen Mann zu schinden und ihren Mutwillen an Gottes Wort zu büßen, muß es kaiserlichen Gebotes Gehorsam heißen. Solche Leute hieß man vorzeiten Buben, jetzt muß man sie christliche, gehorsame Fürsten heißen.

Wollen dennoch niemand lassen zu Verhör oder zu Verantworten kommen, wie hoch man sich auch erbietet; welches ihnen doch gar ein unerträglich Ding wäre, wo der Kaiser oder jemand anders mit ihnen also führe. Das sind jetzt die Fürsten, die das Kaisertum in deutschen Landen regieren[7]; darum muß es auch so fein zugehen in allen Landen, wie wir denn sehen.

Weil denn solcher Narren Wüten langet zur Vertilgung christlichen Glaubens, Verleugnung göttlichen Wortes und zur Lästerung göttlicher Majestät, will und kann ich meinen ungnädigen Herren und zornigen Junkern nicht länger zusehen, muß ihnen zum wenigsten mit Worten widerstehen. Und habe ich ihren Götzen, den Papst, nicht gefürchtet, der mir die Seele und den Himmel droht zu nehmen, muß ich mich auch sehen lassen, daß ich seine Schuppen[8] und Wasserblasen nicht fürchte, die mir den Leib und die Erde drohen zu nehmen. Gott gebe, daß sie zürnen müssen, bis die grauen Röcke vergehen[9], und helfe uns, daß wir vor ihrem Drohen ja nicht sterben Amen.

Aufs erste müssen wir das weltliche Recht und Schwert wohl gründen, daß nicht jemand daran zweifle, es sei von Gottes Willen und Ordnung in der Welt. Die Sprüche aber, die es gründen, sind diese, Röm. 13, 1 f.: »Eine jegliche Seele sei der Gewalt und Obrigkeit untertan; denn es ist keine Gewalt ohne von Gott. Die Gewalt aber, die allenthalben ist, die ist von Gott verordnet. Wer nun der Gewalt widersteht, der widersteht Gottes Ordnung. Wer aber Gottes Ordnung widersteht, der wird ihm selbst die Verdammnis erlangen.« Item 1. Petr. 2, 13 f.:‹ »Seid untertan allerlei menschlicher Ordnung, es sei dem Könige, als dem Vornehmsten, oder den Pflegern, als die von ihm gesandt sind zur Rache der Bösen und zu Lob der Frommen.«

Auch ist desselben Schwertes Recht von Anfang der Welt gewesen. Dazu hat's Gott mit ausgedrückten Worten nach der Sintflut wiederum eingesetzt und bestätigt, da er spricht 1. Mos. 9, 6: »Wer Menschenblut vergießt, des Blut soll durch Menschen wieder vergossen werden.«

Darnach ist's auch durchs Gesetz Mosis bestätigt, 2. Mos. 21, 14: »Wer jemand mutwilliglich tötet, den sollst du von meinem Altar reißen, daß er getötet werde.« Und daselbst abermal (V. 24f.): »Ein Leib um einen Leib, ein Auge um ein Auge, ein Zahn um einen Zahn, ein Fuß um einen Fuß, eine Hand um eine Hand, eine Wunde um eine Wunde, eine Beule um eine Beule.« Dazu Christus bestätigt es auch, da er zu Petro sprach im Garten: »Wer das Schwert nimmt, der soll durchs Schwert umkommen« (Matth. 26, 52), welches auch gleichwie das 1. Mos. 9, 6 zu verstehen ist: »Wer Menschenblut vergießt usw.«, und ohne Zweifel Christus mit diesem Wort daselbst hindeutet und denselben Spruch damit einführt und bestätigt haben will. Also lehret auch Johannes der Täufer; da die Kriegsknechte ihn fragten, was sie tun sollten, sprach er: »Tu niemand Gewalt noch Unrecht, und laß euch an eurem Solde genügen.« Wäre das Schwert nicht ein göttlicher Stand, sollte er sie heißen abtreten, sintemal er das Volk sollte vollkommen machen und recht christlich unterweisen; also daß es gewiß und klar genug ist, wie es Gottes Wille ist, das weltliche Schwert und Recht zu handhaben zur Strafe der Bösen und zum Schutz der Frommen.

Aufs andere. Dawider lautet nun mächtiglich, was Christus spricht Matth. 5, 38f.: »Ihr habt gehört, daß den vorigen gesagt ist: ›Ein Auge um ein Auge, ein Zahn um einen Zahn.‹ Ich aber sage euch, man solle keinem Übel widerstehen, sondern so dich jemand auf den rechten Backen streicht, dem halte auch den andern dar; und wer mit dir rechten will, daß er dir den Rock nehme, dem laß auch den Mantel dazu; und wer dich eine Meile zwingt, mit dem gehe zwei Meilen.« Item Paulus Röm. 12, 19: »Meine Liebsten, schützt euch nicht selbst, sondern gebt Raum Gottes Zorn, denn es steht geschrieben: die Rache ist mein, ich will vergelten, spricht der Herr.« Item Matth. 5, 44: »Habt lieb eure Feinde, tut wohl denen, die euch hassen.« Und 1. Petr. 3, 9: »Niemand bezahle Böses mit Bösem, noch Scheltwort mit Scheltwort usw.« Diese und dergleichen Sprüche lauten jedenfalls hart, als sollten die Christen im neuen Testament kein weltliches Schwert haben.

Daher auch die Sophisten sagen, Christus habe Mosis Gesetz damit aufgehoben, und machen aus solchen Geboten »Räte« für die Vollkommenen und teilen die christliche Lehre und Stand in zwei Teile: Einen heißen sie den vollkommenen, dem urteilen sie solche Räte zu, den anderen den unvollkommenen, dem urteilen sie die Gebote zu. Und tun dasselbe aus lauter eigenem Frevel und Mutwillen ohne allen Grund der Schrift, und sehen nicht, daß Christus an demselben Ort seine Lehre so hart gebeut, daß er auch das Kleinste nicht will aufgelöst haben, und verdammt die zur Hölle, die ihre Feinde nicht lieb haben. Darum müssen wir anders dazu reden, daß Christi Worte jedermann gemein bleiben, er sei »vollkommen« oder »unvollkommen«. Denn Vollkommenheit und Unvollkommenheit steht nicht in Werken, macht auch keinen besonderen äußerlichen Stand unter den Christen, sondern steht im Herzen, im Glauben und Liebe, daß, wer mehr glaubt und liebt, der ist vollkommen, er sei äußerlich ein Mann oder Weib, Fürst oder Bauer, Mönch oder Laie. Denn Liebe und Glaube machen keine Sekten[10] noch Unterschiede äußerlich.

Aufs dritte. Hier müssen wir Adams Kinder und alle Menschen teilen in zwei Teile: die ersten zum Reich Gottes, die andern zum Reich der Welt. Die zum Reich Gottes gehören, das sind alle Rechtgläubigen in Christo und unter Christo. Denn Christus ist der König und Herr im Reich Gottes, wie der zweite Psalm sagt (V. 6) und die ganze Schrift; und er ist auch darum gekommen, daß er das Reich Gottes anfinge und in der Welt aufrichtete. Darum spricht er auch vor Pilato (Joh. 18, 36f.): »Mein Reich ist nicht von der Welt, sondern wer aus der Wahrheit ist, der höret meine Stimme«; und zieht immer im Evangelium das Reich Gottes an und spricht (Matth. 3, 2): »Bessert euch, das Reich Gottes ist herbeigekommen.« Item (Matth. 6, 33): »Sucht am ersten das Reich Gottes und desselben Gerechtigkeit«, und nennet auch das Evangelium ein Evangelium des Reiches Gottes, darum, daß es das Reich Gottes lehret, regiert und enthält.

Nun siehe, diese Leute bedürfen keines weltlichen Schwerts noch Rechts. Und wenn alle Welt rechte Christen, das ist rechte Gläubige wären, so wäre kein Fürst, König, Herr, Schwert noch Recht not oder nütze. Denn wozu soll's ihnen, dieweil sie den Heiligen Geist im Herzen haben, der sie lehret und macht, daß sie niemand Unrecht tun, jedermann lieben, von jedermann gern und fröhlich Unrecht leiden, auch den Tod? Wo eitel Unrechtleiden und eitel Rechttun ist, da ist kein Zank, Hader, Gericht, Richter, Strafe, Recht noch Schwert not. Darum ist's unmöglich, daß unter den Christen sollte weltlich Schwert und Recht zu schaffen finden, sintemal sie viel mehr tun von ihnen selbst, denn alle Rechte und Lehre fordern mögen. Gleichwie Paulus sagt 1. Tim. 1, 19: »Dem Gerechten ist kein Gesetz gegeben, sondern dem Ungerechten.«

Warum das? Darum, daß der Gerechte von ihm selbst alles und mehr tut, denn alle Rechte fordern. Aber die Ungerechten tun nichts Rechtes, darum bedürfen sie des Rechts, das sie lehre, zwinge und dringe, wohlzutun. Ein guter Baum bedarf keiner Lehre noch Rechts, daß er gute Früchte trage, sondern seine Natur gibt's, daß er ohne alles Recht und Lehre trägt, wie seine Art ist. Denn es sollte mir gar ein närrischer Mensch sein, der einem Apfelbaum ein Buch machte voll Gesetze und Rechts, wie er sollte Äpfel und nicht Dornen tragen, so er dasselbe besser von eigener Art tut, denn er's mit allen Büchern beschreiben und gebieten kann. Also sind alle Christen durch den Geist und Glauben allerdinge genaturt, daß sie wohl und recht tun, mehr denn man sie mit allen Gesetzen lehren kann, und bedürfen für sich selbst keines Gesetzes noch Rechts.

So sprichst du denn: Warum hat denn Gott so viele Gesetze gegeben allen Menschen, und Christus auch viel lehret im Evangelio zu tun? Davon hab ich sonst in der Postille und anderswo viel geschrieben[11]. Jetzt aufs kürzeste: spricht Paulus, das Gesetz sei um der Ungerechten willen gegeben (1. Tim. 1, 9), das ist, daß diejenigen, so nicht Christen sind, durchs Gesetz äußerlich von bösen Taten gezwungen werden, wie wir hören werden hernach. Nun aber kein Mensch von Natur Christ oder fromm ist, sondern allzumal Sünder und böse sind, wehret ihnen Gott allen durchs Gesetz, daß sie äußerlich ihre Bosheit mit Werken nicht dürfen nach ihrem Mutwillen üben. Dazu gibt S. Paulus dem Gesetz noch ein Amt, Röm. 7, 7 und Gal. 3, 24, daß es die Sünden erkennen lehret, damit es den Menschen demütigt zur Gnade und zum Glauben Christi. Also tut auch hier Christus Matth. 5, 39, da er lehret, man solle dem Übel nicht widerstehen, damit er das Gesetz erkläret und lehret, wie ein rechter Christ solle und müsse geschickt sein, wie wir weiter hören werden.

Aufs vierte. Zum Reich der Welt oder unter das Gesetz gehören alle, die nicht Christen sind. Denn sintemal wenige glauben und der wenigere Teil sich hält nach christlicher Art, daß er nicht widerstrebe dem Übel, ja daß er nicht selbst Übel tue, hat Gott denselben außer dem christlichen Stand und

Gottes Reich ein anderes Regiment verschafft und sie unter das Schwert geworfen, daß, ob sie gleich gerne wollten, sie doch nicht tun könnten ihre Bosheit und, wenn sie es tun, daß sie es doch nicht ohne Furcht, noch mit Friede und Glück tun können. Gleichwie man ein wildes, böses Tier mit Ketten und Banden fasset, daß es nicht beißen noch reißen kann nach seiner Art, wiewohl es gerne wollte, des doch ein zahmes, kirres Tier nicht bedarf, sondern ohne Ketten und Bande dennoch unschädlich ist.

Denn wo das nicht wäre, sintemal alle Welt böse und unter Tausenden kaum ein rechter Christ ist, würde eines das andere fressen, daß niemand könnte Weib und Kind ziehen, sich nähren und Gott dienen, damit[12] die Welt wüste würde. Darum hat Gott die zwei Regimente verordnet: das geistliche, welches Christen und fromme Leute macht durch den Heiligen Geist, unter Christo, und das weltliche, welches den Unchristen und Bösen wehrt, daß sie äußerlich müssen Friede halten und still sein ohne ihren Dank. Also deutet S. Paulus das weltliche Schwert, Röm. 13, 3, und spricht, es sei nicht den guten, sondern den bösen Werken zu fürchten. Und Petrus spricht (1. Ep. 2, 14), es sei zur Rache über die Bösen gegeben.

Wenn nun jemand wollte die Welt nach dem Evangelio regieren und alles weltliche Recht und Schwert aufheben und vorgeben, sie wären alle getauft und Christen, unter welchen das Evangelium will kein Recht noch Schwert haben, auch nicht not ist: Lieber, rate, was würde derselbe machen? Er würde den wilden bösen Tieren die Bande und Ketten auflösen, daß sie jedermann zerrissen und zerbissen, und daneben vorgeben, es wären seine zahmen, kirren Tierlein. Ich würde es aber an meinen Wunden wohl fühlen. Also würden die Bösen unter dem christlichen Namen der evangelischen Freiheit mißbrauchen, ihre Büberei treiben und sagen, sie seien Christen und keinem Gesetz noch Schwert unterworfen, wie jetzt schon etliche[13] toben und narren.

Denselben müßte man sagen: Ja, freilich ist's wahr, daß Christen um ihrer selbst willen keinem Recht noch Schwert untertan sind, noch seiner bedürfen; aber siehe zu und gib die Welt zuvor voll rechter Christen, ehe du sie christlich und evangelisch regierst. Das wirst du aber nimmermehr tun, denn die Welt und die Menge ist und bleibt Unchristen, ob sie gleich alle getauft und Christen heißen. Aber die Christen wohnen, wie man spricht, fern voneinander. Darum leidet sich's in der Welt nicht, daß ein christliches Regiment gemein werde über alle Welt, ja, nicht einmal über ein Land oder große Menge. Denn der Bösen sind immer viel mehr denn der Frommen. Darum ein ganzes Land oder die Welt mit dem Evangelio zu regieren sich unterwinden, das ist ebenso, als wenn ein Hirt in einen Stall zusammen täte Wölfe, Löwen, Adler, Schafe, und ließe jegliches frei unter dem andern gehen und spräche: »Da weidet euch, und seid fromm und friedsam untereinander, der Stall steht offen, Weide habt ihr genug, Hunde und Keulen dürft ihr nicht fürchten.« Hier würden die Schafe wohl Frieden halten, und sich friedlich also lassen weiden und regieren, aber sie würden nicht lange leben, noch ein Tier vor dem andern bleiben.

Darum muß man diese beiden Regimente mit Fleiß scheiden, und beides bleiben lassen, eines, das fromm macht, das andere, das äußerlich Frieden schaffe und bösen Werken wehret. Keines ist ohne das andere genug in der Welt. Denn ohne Christi geistlich Regiment kann niemand fromm werden vor Gott durchs weltlich Regiment. So gehet Christi Regiment nicht über alle Menschen, sondern allezeit ist der Christen am wenigsten, und sind mitten unter den Unchristen. Wo nun weltlich Regiment oder Gesetz allein regiert, da muß eitel Heuchelei sein, wenn's auch gleich Gottes Gebote selber wären. Denn ohne den Heiligen Geist im Herzen wird niemand recht fromm, er tue, wie feine Werke er mag. Wo aber das geistlich Regiment allein regiert über Land und Leute, da wird der Bosheit der Zaum los und Raum gegeben aller Büberei, denn die gemeine Welt kann's nicht annehmen noch verstehen.

Da siehst du, wo Christi Worte hinsehen, die wir droben erzählt haben aus Matth. 5, 39, daß die Christen sollen nicht rechten, noch das weltliche Schwert unter sich haben. Eigentlich sagt er's nur seinen lieben Christen. Die nehmen's auch allein an und tun auch also, machen nicht »Räte« daraus, wie die Sophisten, sondern sind im Herzen also durch den Geist genaturt, daß sie niemand übeltun und von jedermann williglich Übel leiden. Wenn nun alle Welt Christen wäre, so gingen sie alle diese Worte an und sie täte also. Nun sie aber Unchristen ist, gehen sie die Worte nichts an, und sie tut auch nicht also, sondern gehöret unter das andere Regiment, da man die Unchristen äußerlich zwingt und dringt zum Frieden und zum Guten.

Darum hat auch Christus kein Schwert geführt, hat auch in seinem Reich keines eingesetzt, denn er ist ein König über Christen und regiert ohne Gesetz allein durch seinen Heiligen Geist. Und wiewohl er das Schwert bestätigt, hat er 's doch nicht gebraucht, denn es dienet nicht zu seinem Reich, da eitel Fromme innen sind.

Aufs fünfte. Hier sprichst du: Weil denn die Christen des weltlichen Schwertes noch Rechts nicht bedürfen, warum spricht denn Paulus Röm. 13, 1 zu allen Christen: »Alle Seelen seien der Gewalt und Obrigkeit untertan«? Und S. Petrus (1. Epist. 2, 13): »Seid untertan aller menschlichen Ordnung usw. «, wie droben erzählt ist? Antwort: Jetzt[14] hab ich's gesagt, daß die Christen untereinander und bei sich und für sich selber keines Rechts noch Schwerts bedürfen; denn es ist ihnen nicht not noch nütz. Aber weil ein rechter Christ auf Erden nicht ihm selbst, sondern seinem Nächsten lebt und dienet, so tut er von Art seines Geistes auch das, des er nicht bedarf, sondern das seinem Nächsten nutz und not ist. Nun aber das Schwert ein großer nötiger Nutzen ist aller Welt, daß Friede erhalten, Sünde gestraft und den Bösen gewehrt werde, so gibt er sich aufs allerwilligste unter des Schwerts Regiment, gibt Schoß[15], ehret die Obrigkeit, dienet, hilft und tut alles, was er kann, das der Gewalt förderlich ist, auf daß sie im Schwang und bei Ehren und Furcht erhalten werde; wiewohl er des für sich keines bedarf, noch ihm not ist, denn er sieht darnach, was andern nutz und gut ist, wie Paulus Eph. 5, 21 lehret.

Gleich wie er auch alle andern Werke der Liebe tut, deren er nicht bedarf. Denn er besucht die Kranken nicht darum, daß er selbst davon gesund werde; er speiset niemand, daß er selbst der Speise bedürfe; also dienet er auch der Obrigkeit nicht, daß er ihrer bedürfe, sondern die andern, daß sie beschützt und die Bösen nicht ärger werden. Denn es gehet ihm nichts dran ab, und schadet ihm solcher Dienst nichts, und bringt doch der Welt großen Nutzen. Und wo ers nicht täte, so täte er nicht als ein Christ, dazu wider die Liebe, gäbe auch den andern ein böses Exempel, die auch desgleichen wollten keine Obrigkeit leiden, ob sie wohl Unchristen wären. Damit denn dem Evangelio eine Schmach entstände, als lehrte es Aufruhr und machte eigensinnige Leute, die niemand nütze noch zu Dienst sein wollten, so es doch einen Christen zu jedermanns Knecht macht. Also gab Christus Matth. 17, 27 den Zinsgroschen, daß er sie nicht ärgerte, so er's doch nicht bedurfte.

Also siehst du auch in den Worten Christi, droben aus Matth. 5, 39 angezeigt, daß er wohl lehret, wie die Christen untereinander kein weltlich Schwert noch Recht haben sollen; er verbietet aber nicht, daß man denen dienen und untertan sein solle, die weltlich Schwert und Recht haben, sondern vielmehr, weil du seiner nicht bedarfst noch haben sollst, sollst du denen dienen, die nicht so hoch gekommen sind wie du, und desselben noch bedürfen. Ob du nicht bedarfst, daß man deinen Feind strafe, so bedarf's aber dein kranker Nächster, dem sollst du helfen, daß er Frieden habe und seinem Feind gesteuert werde; welches nicht geschehen mag, die Gewalt und Obrigkeit werde denn in Ehren und Furcht erhalten. Christus spricht nicht also: »Du sollst der Gewalt nicht dienen noch untertan sein«, sondern: »Du sollst dem Übel nicht widerstreben«; als wollte er sagen: »Halte du dich also, daß du alles leidest, damit du der Gewalt nicht bedürfest, daß sie dir helfe und diene, nutz oder not sei, sondern wiederum, daß du ihr helfest, dienest, nutz oder not seiest. Ich will dich höher haben und viel zu edel, denn daß du ihrer bedürftest; sondern sie soll dein bedürfen.«

Aufs sechste, so fragst du, ob denn auch ein Christ könne das weltliche Schwert führen und die Bösen strafen, weil Christi Worte so hart und hell lauten: »du sollst dem Übel nicht widerstehen«, daß die Sophisten haben müssen einen »Rat« daraus machen? Antwort: Du hast jetzt zwei Stücke gehört. Eins, daß unter den Christen das Schwert nicht sein kann; darum kannst du es über und unter den Christen nicht führen, die seiner nicht bedürfen. Darum müßte der mit der Frage hinaus auf den andern Haufen, die nicht Christen sind, ob du seiner daselbst christlich brauchen könnest. Da ist das andere Stück, daß du dem Schwert zu dienen schuldig bist und fördern sollst, womit du kannst, es sei mit Leib, Gut, Ehre und Seele. Denn es ist ein Werk, des du nicht bedarfst, aber ganz nutz und not aller Welt und deinem Nächsten. Darum, wenn du sähest, daß es am Henker, Büttel, Richter, Herrn

oder Fürsten mangelte, und du dich geschickt fändest, solltest du dich dazu erbieten und darum werben, auf das ja die nötige Gewalt nicht verachtet und matt würde oder unterginge. Denn die Welt kann und mag ihrer nicht entraten.
Ursache: denn in dem Falle gingest du einher ganz in fremdem Dienst und Werken, das nicht dir noch deinem Gut oder Ehre, sondern nur dem Nächsten und andern nütze; und tätest's nicht der Meinung, daß du dich rächen oder Böses um Böses geben wolltest, sondern deinem Nächsten zugut und zur Erhaltung Schutzes und Friedens der andern. Denn für dich selbst bleibst du an deinem Evangelio und hältst dich nach Christi Wort, daß du gern den andern Backenstreich leidest, den Mantel zum Rock fahren lassest, wenn es dich und deine Sache beträfe. Also gehet's dann beides fein miteinander, daß du zugleich Gottes Reich und der Welt Reich genug tust, äußerlich und innerlich, zugleich Übel und Unrecht leidest und doch Übel und Unrecht strafest, zugleich dem Übel nicht widerstehst und doch widerstehst. Denn mit dem einen siehst du auf dich und auf das Deine, mit dem andern auf den Nächsten und auf das Seine. An dir und an dem Deinen hältst du dich nach dem Evangelio und leidest Unrecht als ein rechter Christ für dich; an dem andern und an dem Seinen hältst du dich nach der Liebe und leidest kein Unrecht für deinen Nächsten; welches das Evangelium nicht verbietet, ja vielmehr gebietet am andern Ort[16] ...
Über das so liegt da der helle starke Text[17] S. Pauli Röm. 13, 1 ff., da er spricht: »Die Gewalt ist von Gott verordnet«, item: »Die Gewalt trägt nicht vergeblich das Schwert, sie ist Gottes Dienerin, dir zu gut, eine Rächerin über den, der Böses tut.« Lieber, sei du nicht so frevel, daß du wolltest sagen, ein Christ möge das nicht führen, das Gottes eigentliches Werk, Ordnung und Kreatur ist. Sonst müßtest du auch sagen, ein Christ müßte nicht essen noch trinken noch ehelich werden, denn es auch Gottes Werk und Ordnung sind. Ist's aber Gottes Werk und Kreatur, so ist's gut, und also gut, daß seiner jedermann christlich und seliglich brauchen kann, wie Paulus sagt 1. Tim. 4, 4: »Alle Kreatur Gottes ist gut, und nichts zu verwerfen den Gläubigen, und die die Wahrheit erkennen.« Unter »allen« Kreaturen Gottes mußt du nicht allein Essen und Trinken, Kleider und Schuh, sondern auch Gewalt und Untertänigkeit, Schutz und Strafe sein lassen.

Und Summa Summarum, weil hier S. Paulus sagt, die Gewalt sei Gottes Dienerin, muß man sie lassen nicht allein den Heiden, sondern allen Menschen brauchlich sein. Was ist's gesagt, »sie ist Gottes Dienerin«, denn so viel: Die Gewalt ist von Natur derart, daß man Gott dienen kann[18]? Nun wäre es gar unchristlich geredet, daß irgendein Gottesdienst wäre, den ein Christenmensch nicht tun sollte oder müßte, so Gottesdienst niemand so eben eignet als den Christen, und auch wohl gut und not wäre, daß alle Fürsten rechte gute Christen wären. Denn das Schwert und die Gewalt, als ein sonderlicher Gottesdienst, gebührt den Christen zu eigen vor allen andern auf Erden. Darum sollst du das Schwert oder die Gewalt schätzen, gleichwie den ehelichen Stand oder Ackerwerk oder sonst ein Handwerk, die auch Gott eingesetzt hat. Wie nun ein Mann kann Gott dienen im ehelichen Stand, am Ackerwerk oder Handwerk, dem andern zu nutz, und dienen müßte, wenn es seinem Nächsten not wäre: also kann er auch in der Gewalt Gott dienen, und soll drinnen dienen, wo es des Nächsten Notdurft fordert. Denn sie sind Gottes Diener und Handwerksleute, die das Böse strafen und das Gute schützen. Doch daß es auch frei sei zu lassen, wo es nicht not wäre, gleich wie Ehelichwerden und Ackerwerk treiben frei ist, wo es nicht not wäre.

So sprichst du: Warum hat's denn Christus und die Apostel nicht geführt? Antwort: Sage mir, warum hat er nicht auch ein Weib genommen, oder ist ein Schuster oder Schneider geworden? Sollte darum ein Stand oder Amt nicht gut sein, daß es Christus selbst nicht getrieben hätte, wo wollten alle Stände und Ämter bleiben, ausgenommen das Predigtamt, welches er allein getrieben hat? Christus hat sein Amt und Stand geführt; damit hat er keines andern Stand verworfen. Es stand ihm nicht zu, das Schwert zu führen, denn er sollte nur das Amt führen, dadurch sein Reich regiert wird und eigentlich zu seinem Reich dient. Nun gehört zu seinem Reich nicht, daß er ehelich, Schuster, Schneider, Ackermann, Fürst, Henker oder Büttel sei, auch weder Schwert noch weltlich Recht, sondern nur Gottes Wort und Geist. Damit werden die Seinen regiert inwendig. Welches Amt er auch dazumal trieb und noch immer treibt, gibt immer Geist und Gottes Wort. Und in dem Amt mußten ihm die Apostel nachfolgen und alle geistliche Regierer. Denn sie haben an dem geist-

lichen Schwert, dem Wort Gottes, wohl so viel zu schaffen, daß sie solches ihr Handwerk recht treiben, daß sie des weltlichen Schwertes wohl müssen müßig gehen und es andern lassen, die nicht zu predigen haben; wiewohl es ihrem Stand nicht zuwider ist zu brauchen, wie gesagt ist. Denn ein jeglicher muß seines Berufes und Werkes warten.
Darum, ob Christus schon nicht das Schwert geführt noch gelehrt hat, so ist's doch genug, daß er's nicht verboten noch aufgehoben, sondern bestätigt hat; gleichwie es genug ist, daß er den ehelichen Stand nicht aufgehoben, sondern bestätigt hat, ob er wohl kein Weib genommen, noch etwas davon gelehrt hat. Denn er mußte sich allerdings beweisen mit solchem Stand und Werk, die eigentlich nur allein zu seinem Reich dienten, auf daß nicht eine Ursache und nötiges Exempel daraus genommen würde, zu lehren und zu glauben, es könnte Gottes Reich nicht ohne Ehe und Schwert und dergleichen äußerliches Ding bestehen (denn Christi Exempel dringen vonnöten[19]), so es doch nur durch Gottes Wort und Geist besteht, welches Christi eigentlich Amt gewesen ist und sein mußte als des obersten Königs in demselben Reich. Nun aber nicht alle Christen dasselbe Amt haben (wiewohl sie es haben können), ist's billig, daß sie sonst ein anderes äußerliches haben, womit auch Gott gedient mag werden.
Aus diesem allem folget nun, welches der rechte Verstand sei der Worte Christi Matth. 5, 39: »Ihr sollt dem Übel nicht widerstreben usw.« Nämlich der, daß ein Christ soll also geschickt sein, daß er alles Übel und Unrecht leide, nicht sich selbst räche, auch nicht vor Gericht sich schütze, sondern, daß er allerdings nicht bedürfe der weltlichen Gewalt und Rechts für sich selbst. Aber für andere mag und soll er Rache, Recht, Schutz und Hilfe suchen, und dazu tun, womit er mag. Also soll ihm auch die Gewalt, entweder von ihr selbst oder durch anderer Anregen, ohne seine eigene Klage, Suchen und Anregen, helfen und schützen. Wo sie das nicht tut, soll er sich schinden und schänden lassen und keinem übel widerstehen, wie Christi Worte lauten.
Und sei du gewiß, daß diese Lehre Christi nicht ein Rat für die Vollkommenen sei, wie unsere Sophisten lästern und lügen, sondern ein gemein[20] strenges Gebot für alle Christen; daß du wissest, wie die allzumal Heiden sind unter christlichem Namen, die sich rächen oder vor Gericht um ihr Gut und

Ehre rechten und zanken; da wird nichts anders aus, das sag' ich dir. Und kehre dich nicht an die Menge und gemeinen Brauch, denn es sind wenig Christen auf Erden, da zweifle du nicht an, dazu ist Gottes Wort etwas anderes, denn gemeiner Brauch.

Denn hier siehst du, daß Christus nicht das Gesetz aufhebt, da er spricht (Matth. 5, 38): »Ihr habt gehört, daß gesagt ist zu den Vorigen: ein Auge um ein Auge; ich aber sage euch: ihr sollt keinem Übel widerstehen« usw. Sondern er legt den Verstand des Gesetzes aus, wie es zu verstehen sei, als wollte er sagen: Ihr Juden meinet, es sei vor Gott recht und wohlgetan, wenn ihr das Eure mit Recht wieder holt, und verlasset euch drauf, daß Moses gesagt hat: ein Auge um ein Auge usw. Ich sage euch aber, daß solches Gesetz Moses darum gegeben hat über die Bösen, die nicht zu Gottes Reich gehören, daß sie sich selbst nicht rächen oder Ärgeres tun, sondern durch solch äußerlich Recht gezwungen werden, Böses zu lassen, daß sie doch mit einem äußerlichen Recht und Regiment verfasset werden unter die Gewalt. Ihr aber sollt euch so halten, daß ihr solches Rechts nicht bedürft noch sucht. Denn obwohl die weltliche Obrigkeit solch Gesetz muß haben, darnach sie die Ungläubigen richte, und auch ihr selbst wohl des brauchen mögt, andere darnach zu richten, so sollt ihr's doch für euch und in euren Sachen nicht suchen noch brauchen, denn ihr habt das Himmelreich. Darum sollt ihr das Erdreich lassen, wer es euch nimmt.

Siehe, da siehst du, wie Christus seine Worte nicht dahin deutet, daß er Moses' Gesetze aufhebe oder die weltliche Gewalt verbiete, sondern er zieht die Seinen heraus, daß sie für sich selbst derer nicht brauchen, sondern sie den Ungläubigen lassen sollen, welchen sie doch auch mit solchem ihrem Recht dienen mögen, weil da Unchristen sind und man niemand zum Christentum zwingen kann. Daß aber Christi Worte allein auf die Seinen gehen, wird daraus klar, daß er hernach sagt, sie sollen ihre Feinde lieben und vollkommen sein, wie ihr himmlischer Vater. Wer aber seine Feinde liebt und vollkommen ist, der läßt das Gesetz liegen und braucht seiner nicht, daß er ein Auge um ein Auge fordere. Er wehret aber den Unchristen auch nicht, die ihre Feinde nicht lieben und seiner brauchen wollen; ja er hilft, daß solche Gesetze die Bösen fassen, damit sie nichts Ärgeres tun.

So ist nun (meine ich) das Wort Christi vereinigt mit den Sprüchen, die das Schwert einsetzen, daß also die Meinung die ist: Schwert soll kein Christ für sich und seine Sache führen noch anrufen; sondern für einen andern mag und soll er's führen und anrufen, damit der Bosheit gesteuert und Frömmigkeit geschützt werde ...

Hier fragst du weiter, ob denn auch die Büttel, Henker, Juristen, Fürsprecher[21], und was des Gesindes[22] ist, Christen sein mögen und einen seligen Stand haben? Antwort: Wenn die Gewalt und das Schwert ein Gottesdienst ist, wie droben erwiesen ist, so muß auch das alles Gottesdienst sein, das der Gewalt not ist, das Schwert zu führen. Es muß je sein, der die Bösen fängt, verklagt, würget und umbringt, die Guten schützt, entschuldigt, verantwortet und errettet. Darum wenn sie es der Meinung tun, daß sie nicht sich selbst drinnen suchen, sondern nur das Recht und die Gewalt helfen handhaben, damit die Bösen gezwungen werden, ist's ihnen ohne Gefahr, und mögen's brauchen, wie ein anderer eines andern Handwerks, und sich davon nähren. Denn, wie gesagt, Liebe des Nächsten achtet nicht ihr Eigenes, siehet auch nicht, wie groß oder geringe, sondern wie nutz und not die Werke dem Nächsten oder der Gemeinde seien.

Fragst du: Wie? möchte ich denn nicht für mich selbst und für meine Sache des Schwerts brauchen, der Meinung, daß ich nicht damit das Meine suchte, sondern daß das Übel gestraft würde? Antwort: Solch ein Wunder ist nicht unmöglich, aber gar seltsam und gefährlich. Wo der Geist so reich ist, da mag's wohl geschehen. Denn so lesen wir von Simson Richt. 15, 11, daß er dawider sagt Sprichw. 24, 29: »Sage nicht: ich will ihm tun, wie er mir getan hat«, und 20, 22: »Sprich nicht: ich will ihm das Böse vergelten.« Denn Simson war von Gott dazu erfordert, daß er die Philister plagen sollte und die Kinder Israel erretten. Ob er nun wohl Ursache an ihnen nahm, daß er seine Sache vorwandte, so tat er's doch nicht, sich selbst zu rächen oder das Seine zu suchen, sondern andern zu Dienst und zur Strafe der Philister. Aber dem Exempel wird niemand folgen, er sei denn ein rechter Christ und voll Geistes. Wo die Vernunft auch so tun will, wird sie wohl vorgeben, sie wolle nicht das Ihre suchen; aber es wird im Grunde falsch sein, denn ohne Gnade ist's nicht möglich. Darum werde zuvor wie Simson, so kannst du auch tun wie Simson.

DER ANDERE TEIL
WIE WEIT SICH WELTLICHE OBRIGKEIT STRECKE

Hier kommen wir zum Hauptstück dieses Sermons. Denn nachdem wir gelernt haben, daß die weltliche Obrigkeit sein muß auf Erden, und wie man derselben christlich und seliglich brauchen solle, müssen wir nun lernen, wie lang ihr Arm und wie fern ihre Hand reiche, daß sie sich nicht zu weit strecke und Gott in sein Reich und Regiment greife. Und das ist sehr not zu wissen. Denn unerträglicher und greulicher Schaden draus folget, wo man ihr zu weit Raum gibt, und auch nicht ohne Schaden ist, wo sie zu enge gespannt ist. Hier straft sie zu wenig, dort straft sie zu viel. Wiewohl es erträglicher ist, daß sie auf dieser Seite sündige und zu wenig strafe; sintemal es allezeit besser ist, einen Buben leben zu lassen, denn einen frommen Mann zu töten, nachdem die Welt doch Buben hat und haben muß, der Frommen aber wenig hat.

Aufs erste ist zu merken, daß die zwei Teile Adams Kinder, deren eines in Gottes Reich unter Christo, das andere in der Welt Reich unter der Obrigkeit ist (wie droben gesagt), zweierlei Gesetze haben. Denn ein jeglich Reich muß seine Gesetze und Rechte haben, und ohne Gesetz kein Reich noch Regiment bestehen kann, wie das genugsam tägliche Erfahrung gibt. Das weltliche Regiment hat Gesetze, die sich nicht weiter strecken, denn über Leib und Gut, und was äußerlich ist auf Erden. Denn über die Seele kann und will Gott niemand lassen regieren, denn sich selbst allein. Darum wo weltliche Gewalt sich vermißt, der Seele Gesetz zu geben, da greift sie Gott in sein Regiment und verführet und verderbet nur die Seelen. Das wollen wir so klar machen, daß man's greifen solle, auf daß unsere Junker, die Fürsten und Bischöfe sehen, was sie für Narren sind, wenn sie die Leute mit ihren Gesetzen und Geboten zwingen wollen, so oder so zu glauben.

Wenn man ein Menschengesetz auf die Seele legt, daß sie glauben soll so oder so, wie derselbe Mensch vorgibt, so ist gewißlich da nicht Gottes Wort. Ist Gottes Wort nicht da, so ist's ungewiß, ob's Gott haben will. Denn was er nicht gebietet, des kann man nicht gewiß sein, daß es ihm gefalle; ja, man ist gewiß, daß es Gott nicht gefalle. Denn er will unsern

Glauben bloß und lauter allein auf sein göttlich Werk gegründet haben, wie er spricht Matth. 16, 18: »Auf diesen Fels will ich meine Kirche bauen«, und Joh. 10, 4. 5: »Meine Schafe hören meine Stimme und kennen mich; aber der Fremden Stimme hören sie nicht, sondern fliehen vor ihnen.« Daraus folget denn, daß weltliche Gewalt die Seelen zum ewigen Tode dringet mit solchem Frevelgebot, denn sie zwinget solches zu glauben, als das recht und gewiß Gott gefällig sei, und ist doch ungewiß, ja gewiß, daß es mißfällt, weil kein klar Gotteswort da ist. Denn wer das für Recht glaubt, was unrecht oder ungewiß ist, der verleugnet die Wahrheit, die Gott selber ist, und glaubt an die Lügen und Irrtümer, hält das für recht, was unrecht ist.

Darum ist's gar überaus ein närrisch Ding, wenn sie gebieten, man solle der Kirche, den Vätern, Konzilien glauben, ob gleich kein Gotteswort da sei. Teufelsapostel gebieten solches, und nicht die Kirche. Denn die Kirche gebietet nichts, sie wisse denn gewiß, daß es Gottes Wort sei, wie S. Petrus sagt[23]: »Wer da redet, der rede als Gottes Wort.« Sie werden aber gar lange nicht beweisen, daß der Konzilien Sätze Gottes Wort sind. Viel närrischer ist's aber, wenn man sagt, die Könige, Fürsten und die Menge glaubt also. Lieber, wir sind nicht getauft auf Könige, Fürsten und auf die Menge, sondern auf Christtum und Gott selber; wir heißen auch nicht Könige, Fürsten oder Menge, wir heißen Christen. Der Seele soll und kann niemand gebieten, er wisse denn ihr den Weg zu weisen gen Himmel. Das kann aber kein Mensch tun, sondern Gott allein. Darum in den Sachen, die der Seelen Seligkeit betreffen, soll nichts denn Gottes Wort gelehrt und angenommen werden.

Item, wenn sie gleich grobe Narren sind, so müssen sie ja das bekennen, daß sie keine Gewalt über die Seelen haben. Denn es kann ja kein Mensch eine Seele töten oder lebendig machen, gen Himmel oder Hölle führen. Und ob sie uns das nicht glauben wollten, wird ja Christus das stark genug bezeugen, da er spricht Matth. 10, 28: »Fürchtet euch nicht vor denen, die den Leib töten und darnach nichts haben, das sie tun; fürchtet aber den, der, nachdem er den Leib getötet, Macht hat in die Hölle zu verdammen.« Ich meine, daß hier klar genug die Seele aus aller Menschen Hand genommen und allein unter Gottes Gewalt gestellt sei. Nun sage mir, wie viel

Witze[24] muß der Kopf wohl haben, der an dem Ort Gebote legt, da er gar keine Gewalt hat? Wer wollte den nicht für unsinnig halten, der dem Mond geböte, er sollte scheinen, wenn er wollte? Wie fein würde sich's reimen, wenn die zu Leipzig uns zu Wittenberg, oder wiederum wir zu Wittenberg denen zu Leipzig wollten Gebote auflegen? Dennoch fahren jetzt unsere Kaiser und klugen Fürsten also und lassen sich von Papst, Bischöfen und Sophisten dahin führen, ein Blinder den andern, daß sie ihren Untertanen gebieten zu glauben, ohne Gottes Wort, wie sie es gut dünkt, und wollen dennoch christliche Fürsten heißen; da sei Gott vor!

Überdies mag man's auch dabei begreifen, daß eine jegliche Gewalt soll und mag nur da handeln, da sie sehen, erkennen, richten, urteilen, wandeln und ändern kann. Denn was wäre mir das für ein Richter, der blindhin richten wollte die Sache, die er weder hört noch sieht? Nun sage mir, wie kann die Herzen sehen, erkennen, richten, urteilen und ändern ein Mensch? Denn solches ist allein Gott vorbehalten[25] ... Ein Gericht soll und muß gar gewiß sein, wenn es urteilen soll, und alles am hellen Licht haben. Aber der Seelen Gedanken und Sinne können niemand, denn Gott, offenbar sein, darum es umsonst und unmöglich ist, jemand zu gebieten oder zu zwingen mit Gewalt, so oder so zu glauben. Es gehört ein anderer Griff dazu, die Gewalt tut's nicht. Und mich wundert der großen Narren, sintemal sie selbst allesamt sagen: *De occultis non iudicat Ecclesia*, die Kirche richtet nicht heimliche Sachen. So denn die Kirche durch ihr geistlich Regiment nur öffentliche Dinge regiert, wes untersteht sich denn die unsinnige weltliche Gewalt, solche heimliche, geistliche, verborgene Dinge, wie der Glaube ist, zu richten und zu meistern?

Auch so liegt einem jeglichen seine eigene Gefahr daran, wie er glaubt, und muß für sich selbst sehen, daß er recht glaube. Denn so wenig wie ein andrer für mich in Hölle oder Himmel fahren kann, so wenig kann er auch für mich glauben oder nicht glauben; und so wenig er mir kann Himmel und Hölle auf- oder zuschließen, so wenig kann er mich zum Glauben oder Unglauben treiben. Weil es denn einem jeglichen auf seinem Gewissen liegt, wie er glaubt oder nicht glaubt, und damit der weltlichen Gewalt kein Abbruch geschieht, soll sie auch zufrieden sein und ihres Dinges warten und lassen glauben so oder so, wie man kann und will, und niemand mit

Gewalt dringen. Denn es ist ein freies Werk um den Glauben, dazu man niemand kann zwingen. Ja, es ist ein göttlich Werk im Geist, geschweige denn, daß es äußerlich Gewalt sollte erzwingen und schaffen. Daher ist der gemeine Spruch genommen, den Augustinus auch hat: Zum Glauben kann und soll man niemand zwingen[26].

Dazu sehen die blinden, elenden Leute nicht, wie gar vergeblich und unmöglich Ding sie vornehmen. Denn wie hart sie gebieten und wie sehr sie toben, so könnten sie die Leute nicht weiter dringen, denn daß sie mit dem Mund und mit der Hand ihnen folgen; das Herz mögen sie ja nicht zwingen, sollten sie sich zerreißen. Denn wahr ist das Sprichwort: Gedanken sind zollfrei. Was ist's denn nun, daß sie die Leute wollten zwingen zu glauben im Herzen, und sehen, daß es unmöglich ist? Treiben damit die schwachen Gewissen mit Gewalt, zu lügen, zu verleugnen und anderes zu sagen, denn sie es im Herzen halten, und beladen sich selbst also mit greulichen fremden Sünden. Denn alle die Lügen und falsche Bekenntnisse, die solch schwache Gewissen tun, gehen über den, der sie erzwinget. Es wäre jedenfalls viel leichter, ob gleich ihre Untertanen irreten, daß sie sie schlecht irren ließen, denn daß sie sie zur Lüge und anders zu sagen dringen, denn sie im Herzen haben; auch nicht recht ist, daß man Böses mit Ärgerem wehren will.

Aber du willst wissen, warum Gott verhänget, daß die weltlichen Fürsten also greulich anlaufen müssen? Ich will dir's sagen. Gott hat sie in verkehrten Sinn gegeben und will ein Ende mit ihnen machen, gleichwie mit den geistlichen Junkern. Denn meine ungnädigen Herren, Papst und Bischöfe, sollten Bischöfe sein und Gottes Wort predigen. Das lassen sie und sind weltliche Fürsten geworden und regieren mit Gesetzen, die nur Leib und Gut betreffen. Fein haben sie es umgekehrt: Innerlich sollten sie regieren die Seelen durch Gottes Wort, so regieren sie auswendig Schlösser, Städte, Land und Leute, und martern die Seelen mit unsäglicher Mörderei. Also auch die weltlichen Herrn sollten Land und Leute regieren äußerlich. Das lassen sie. Sie konnten nicht mehr denn schinden und schaben, einen Zoll auf den andern, einen Zins über den andern setzen, da einen Bären, hier einen Wolf auslassen[27], dazu kein Recht, Treue noch Wahrheit bei ihnen lassen gefunden werden, und handeln, daß es Räubern und Buben zuviel wäre und ihr weltlich Regiment ja so tief darniederliegt, als der geistlichen Tyrannen Regiment. Darum verkehret Gott ihren Sinn auch, daß sie zufahren widersinnisch und wollen geistlich über Seelen regieren, gleichwie jene wollen weltlich regieren, auf daß sie ja getrost auf sich laden fremde Sünde, Gottes und aller Menschen Haß, bis sie zu scheitern gehen mit Bischöfen, Pfaffen und Mönchen, ein Bube mit dem andern, und darnach das alles dem Evangelio schuld geben, und anstatt ihrer Beichte[28] Gott lästern und sagen: unsere Predigt habe solches angerichtet. Welches ihre verkehrte Bosheit verdient hat und noch verdienet ohne Unterlaß; wie die Römer auch taten, da sie verstört wurden[29]. Siehe, da hast du den Rat Gottes über die großen Hansen. Aber sie sollen's nicht glauben, auf daß solch ernster Rat Gottes nicht verhindert werde durch ihre Buße...

Und Summa ist das die Meinung, wie S. Petrus spricht, Apostelgesch. 5, 29: »Man muß Gott mehr gehorchen, denn den Menschen.« Damit er auch klärlich der weltlichen Gewalt ein Ziel steckt. Denn wo man alles müßte halten, was weltliche Gewalt wollte, so wäre es umsonst gesagt: Man muß Gott mehr gehorchen, denn den Menschen.

Wenn nun dein Fürst oder weltlicher Herr dir gebietet, mit dem Papst zu halten, so oder so zu glauben, oder gebietet dir, Bücher von dir zu tun, sollst du also sagen: »Es gebührt Lucifer[30] nicht, neben Gott zu sitzen. Lieber Herr, ich bin Euch schuldig zu gehorchen mit Leib und Gut, gebietet mir nach Eurer Gewalt Maß auf Erden, so will ich folgen. Heißt Ihr aber mich glauben und Bücher von mir tun, so will ich nicht gehorchen. Denn da seid Ihr ein Tyrann und greift zu hoch, gebietet, da Ihr weder Recht noch Macht habt, usw.« Nimmt er dir darüber dein Gut und straft solchen Ungehorsam: selig bist du und danke Gott, daß du würdig bist, um göttlichen Worts willen zu leiden, laß ihn nur toben, den Narren, er wird seinen Richter wohl finden. Denn ich sage dir, wo du ihm nicht widersprichst und gibst ihm Raum, daß er dir den Glauben oder die Bücher nimmt, so hast du wahrlich Gott verleugnet.

Als daß ich des ein Exempel gebe: In Meißen, Bayern und in der Mark, und an andern Orten haben die Tyrannen ein Gebot lassen ausgehen, man solle die Neuen Testamente in die Ämter hin und her überantworten. Hier sollen ihre Untertanen also tun: nicht ein Blättlein, nicht einen Buchstaben sollen sie überantworten, bei Verlust ihrer Seligkeit. Denn wer es tut, der übergibt Christum dem Herodes in die Hände; denn sie handeln als Christmörder, wie Herodes. Sondern das sollen sie leiden, ob man ihnen durch die Häuser laufen und nehmen heißt mit Gewalt, es seien Bücher oder Güter. Frevel soll man nicht widerstehen, sondern leiden; man soll ihn aber nicht billigen, noch dazu dienen oder folgen oder gehorchen mit einem Fußtritt[31] oder mit einem Finger. Denn solche Tyrannen handeln wie weltliche Fürsten sollen, es sind »weltliche« Fürsten; die Welt aber ist Gottes Feind; darum müssen sie auch tun, was Gott zuwider, der Welt recht ist, daß sie ja nicht ehrlos werden, sondern weltliche Fürsten bleiben. Darum laß dich's nicht wundern, ob sie wider das Evangelium toben und narren; sie müssen ihrem Titel und Namen genugtun.

Und sollst wissen, daß von Anbeginn der Welt gar ein seltsamer Vogel ist um einen klugen Fürsten, noch viel seltsamer um einen frommen Fürsten. Sie sind gemeiniglich die größten Narren oder die ärgsten Buben auf Erden; darum man sich allzeit bei ihnen des Ärgsten versehen und wenig Gutes von ihnen gewärtigen muß, sonderlich in göttlichen Sachen, die der Seelen Heil belangen. Denn es sind Gottes Stockmeister und Henker, und sein göttlicher Zorn gebraucht ihrer, zu strafen die Bösen und äußerlichen Frieden zu halten. Es ist ein großer Herr, unser Gott, darum muß er auch solch edle, hochgeborene, reiche Henker und Büttel haben, und will, daß sie Reichtum, Ehre und Furcht von jedermann die Geuße und die Menge[32] haben sollen. Es gefällt seinem göttlichen Willen, daß wir seine Henker gnädige Herrn heißen, ihnen zu Füßen fallen und mit aller Demut untertan seien, sofern sie ihr Handwerk nicht zu weit strekken, daß sie Hirten aus Henkern werden wollen. Gerät nun ein Fürst, daß er klug, fromm oder ein Christ ist, das ist der großen Wunder eins und das allerteuerste Zeichen göttlicher Gnade über dasselbe Land. Denn nach gemeinem Lauf geht es nach dem Spruch Jesaias 3, 4: »Ich will ihnen Kinder zu Fürsten geben, und Maulaffen sollen ihre Herren sein«; und Hosea 13, 11: »Ich will dir einen König aus Zorn geben und mit Ungnaden wieder nehmen.« Die Welt ist zu böse und

nicht wert, daß sie viel kluge und fromme Fürsten haben sollte. Frösche müssen Störche haben.
So sprichst du abermal: Ja, weltliche Gewalt zwingt nicht zu glauben, sondern wehret nur äußerlich, daß man die Leute mit falscher Lehre nicht verführe; wie könnte man sonst den Ketzern wehren? Antwort: Das sollen die Bischöfe tun, denen ist solches Amt befohlen, und nicht den Fürsten. Denn Ketzerei kann man nimmermehr mit Gewalt wehren, es gehört ein anderer Griff dazu, und ist hier ein anderer Streit und Handel, denn mit dem Schwert. Gottes Wort soll hier streiten; wenn's das nicht ausrichtet, so wird's wohl unausgerichtet bleiben von weltlicher Gewalt, ob sie gleich die Welt mit Blut füllet. Ketzerei ist ein geistlich Ding, das kann man mit keinem Eisen hauen, mit keinem Feuer verbrennen, mit keinem Wasser ertränken. Es ist aber allein das Gottes-Wort da, das tut's, wie Paulus sagt 2. Kor. 10, 4: »Unsere Waffen sind nicht fleischlich, sondern mächtig in Gott, zu zerstören allen Rat und Höhe, so sich wider Gottes Erkenntnis auflehnet, und nehmen gefangen allen Sinn unter den Dienst Christi.«
Dazu ist keine größere Stärke des Glaubens und der Ketzerei, denn wo man ohne Gottes Wort mit bloßer Gewalt dawider handelt. Denn man hält's da für gewißlich, daß solche Gewalt nicht rechte Sache hat und wider Recht handle, weil sie ohne Gottes Wort fährt und sich sonst nicht, denn mit bloßer Gewalt, zu behelfen weiß, wie die unvernünftigen Tiere tun. Denn man auch in weltlichen Sachen nicht kann mit Gewalt fahren, es sei denn das Unrecht zuvor mit Recht überwunden. Wieviel unmöglicher ist's, in diesen hohen geistlichen Sachen mit Gewalt ohne Recht und Gottes Wort zu handeln! Darum siehe, wie feine, kluge Junker mir das sind. Sie wollen Ketzerei vertreiben, und greifen nichts an, als womit sie den Widerpart nur stärken, sich selbst verdächtig und jene rechtfertig machen. Lieber, willst du Ketzerei vertreiben, so mußt du den Griff treffen, daß du sie vor allen Dingen aus dem Herzen reißest und gründlich mit Willen abwendest. Das wirst du mit Gewalt nicht enden, sondern nur stärken. Was hilft dir's dann, so du Ketzerei in dem Herzen stärkst und nur auswendig auf der Zunge schwächst, und zu Lügen dringst? Gottes Wort aber, das erleuchtet die Herzen; und damit fallen dann von ihnen selbst alle Ketzerei und Irrtümer aus dem Herzen . . .

Man sieht es auch wohl in der Erfahrung. Denn ob man gleich alle Juden und Ketzer mit Gewalt verbrennet, so ist und wird doch keiner dadurch überwunden noch bekehrt.
Doch solche Welt soll solche Fürsten haben, daß kein Teil seines Amtes warte. Die Bischöfe sollen das Wort Gottes lassen liegen und die Seelen nicht damit regieren, sondern sollen den weltlichen Fürsten befehlen, daß dieselben mit dem Schwert daselbst regieren. Wiederum die weltlichen Fürsten sollen Wucher, Raub, Ehebruch, Mord und andere böse Werke lassen gehen und selbst treiben, darnach die Bischöfe lassen mit Bannbriefen strafen, und also den Schuh fein umkehren: mit Eisen die Seelen und mit Briefen den Leib regieren, daß weltliche Fürsten geistlich und geistliche Fürsten weltlich regieren. Was hat der Teufel sonst zu schaffen auf Erden, denn daß er mit seinem Volk also gaukele und Fastnachtspiel treibe? Das sind unsere christlichen Fürsten, die den Glauben verteidigen und den Türken fressen. Ja freilich feine Gesellen, auf die wohl zu vertrauen ist: sie werden mit solcher feiner Klugheit etwas ausrichten, nämlich, daß sie den Hals stürzen und Land und Leute in Jammer und Not bringen.
Ich wollte aber den verblendeten Leuten gar treulich raten, daß sie sich vorsehen vor einem kleinkleinen Sprüchlein, das im 107. Psalm steht: *Effundit contemptum super principes*[33]. Ich schwöre euch bei Gott, werdet ihr's versehen, daß dies kleine Sprüchlein über euch in den Schwang kommt, so seid ihr verloren, wenn auch euer jeglicher so mächtig wie der Türke wäre, und wird euch euer Schnauben und Toben nichts helfen. Es ist schon ein groß Teil angegangen. Denn gar wenig Fürsten sind, die man nicht für Narren oder Buben hält. Das macht, sie beweisen sich auch also, und der gemeine Mann wird verständig, und der Fürsten Plage, die Gott *contemptum* heißt, gewaltig dahergehet unter dem Pöbel und gemeinen Mann; und sorge, ihm werde nicht zu wehren sein, die Fürsten stellen sich denn fürstlich und fangen wieder an mit Vernunft und säuberlich zu regieren.
Man wird nicht, man kann nicht, man will nicht eure Tyrannei und Mutwillen die Länge leiden. Liebe Fürsten und Herrn, da wisset euch nach zu richten, Gott will's nicht länger haben. Es ist jetzt nicht mehr eine Welt wie vorzeiten, da ihr die Leute wie das Wild jagtet und triebet. Darum laßt euere

Frevel und Gewalt und denkt, daß ihr mit Recht handelt, und laßt Gottes Wort seinen Gang haben, den es doch haben will, muß und soll, und ihr's nicht wehren werdet. Ist Ketzerei da, die überwinde man, wie sich's gebührt, mit Gottes Wort. Werdet ihr aber viel Schwertzuckens treiben, so sehet zu, daß nicht einer komme, der es euch heiße einstecken, nicht in Gottes Namen.

Möchtest du aber sprechen: Weil denn nun unter den Christen kein weltlich Schwert sein soll, wie will man sie dann äußerlich regieren? Es muß ja Obrigkeit auch unter den Christen bleiben. Antwort: Unter den Christen soll und kann keine Obrigkeit sein, sondern ein jeglicher ist zugleich dem andern untertan...

Was sind denn die Priester und Bischöfe? Antwort: Ihr Regiment ist nicht eine Obrigkeit oder Gewalt, sondern ein Dienst und Amt; denn sie sind nicht höher noch besser vor andern Christen. Darum sollen sie auch kein Gesetz noch Gebot über andere legen ohne derselben Willen und Urlaub[34], sondern ihr Regieren ist nichts andres, denn Gottes Wort treiben, damit die Christen führen und Ketzerei überwinden. Denn, wie gesagt ist, die Christen kann man mit nichten, außer allein mit Gottes Wort regieren. Denn Christen müssen im Glauben regiert werden, nicht mit äußerlichen Werken. Glaube kann aber durch kein Menschenwort, sondern nur durch Gottes Wort kommen, wie Paulus sagt Röm. 10, 17: »Der Glaube kommt durchs Hören, das Hören aber kommt durchs Wort Gottes.« Welche nun nicht glauben, die sind nicht Christen, die gehören auch nicht unter Christi Reich, sondern unter das weltliche Reich, daß man sie mit dem Schwert und äußerlichen Regiment zwinge und regiere. Die Christen tun von ihnen selbst ungezwungen alles Gute und haben genug für sich allein an Gottes Wort. Doch davon hab' ich sonst viel und oft geschrieben.

DER DRITTE TEIL

Nun will's auch Zeit sein, daß, nachdem wir wissen, wie weit weltliche Gewalt sich streckt, wie sich ein Fürst solle darein schicken, um derer willen, die auch gern christliche Fürsten und Herrn sein wollten und auch in jenes Leben zu kommen gedenken, welcher gar sehr wenige sind. Denn Christus beschreibt selbst die Art der weltlichen Fürsten Luk. 22, 25, da er spricht: »Die weltlichen Fürsten herrschen, und welche die Obersten sind, verfahren mit Gewalt.« Denn sie meinen nicht anders, wenn sie als Herren geboren oder erwählt sind, so haben sie Recht dazu, daß sie sich dienen lassen und mit Gewalt regieren. Welcher nun ein christlicher Fürst sein will, der muß wahrlich die Meinung ablegen, daß er herrschen und mit Gewalt verfahren wolle. Denn verflucht und verdammt ist alles Leben, das ihm selbst zu Nutz und zugut gelebt und gesucht wird, verflucht alle Werke, die nicht in der Liebe gehen. Dann aber gehen sie in der Liebe, wenn sie nicht auf eigene Lust, Nutzen, Ehre, Gemach und Heil, sondern auf anderer Nutzen, Ehre und Heil gerichtet sind von ganzem Herzen.

Darum will ich hier nichts sagen von weltlichen Händeln und Gesetzen der Obrigkeit; denn das ist ein weitläufig Ding, und sind Rechtsbücher allzuviel da. Das erkannte auch Salomo; darum verzagte er an allem Recht, das ihm auch Moses durch Gott hatte vorgeschrieben, und an allen seinen Fürsten und Räten, und wandte sich zu Gott selber und bat ihn um ein weises Herz, das Volk zu regieren[35]. Dem Exempel nach muß ein Fürst auch tun, mit Furcht fahren und sich weder auf tote Bücher, noch auf lebendige Köpfe verlassen, sondern sich bloß an Gott halten, ihm in den Ohren liegen und bitten um rechten Verstand über alle Bücher und Meister, seine Untertanen weislich zu regieren. Darum weiß ich kein Recht einem Fürsten vorzuschreiben, sondern will nur sein Herz unterrichten, wie das soll gesinnt und geschickt sein in allen Rechten, Räten, Urteilen und Händeln, daß, wo er sich also hält, wird ihm Gott gewißlich geben, daß er alle Rechte, Räte und Händel wohl und göttlich ausrichten kann.

Aufs erste muß er ansehen seine Untertanen und daselb sein Herz recht schicken. Das tut er aber dann, wenn er all seinen Sinn dahin richtet, daß er denselben nützlich und dienstlich sei, und nicht also denke: »Land und Leute sind mein, ich will's machen, wie mir's gefällt«; sondern also: »Ich bin des Landes und der Leute, ich soll's machen, wie es ihnen nütz und gut ist. Nicht soll ich suchen, wie ich hoch fahre und herrsche, sondern wie sie mit gutem Frieden beschützt und verteidigt werden.« Und soll Christum in seine Augen bilden und sagen: »Siehe, Christus, der oberste Fürst, ist gekommen und hat mir gedient, nicht gesucht, wie er Gewalt, Gut und Ehre an mir hätte, sondern hat nur meine Not angesehen und alles daran gewandt, daß ich Gewalt, Gut und Ehre an ihm und durch ihn hätte. Also will ich auch tun: nicht an meinen Untertanen das Meine suchen, sondern das Ihre, und will ihnen auch also dienen mit meinem Amt, sie schützen, anhören und verteidigen, und allein dahin regieren, daß sie Gut und Nutzen davon haben, und nicht ich.« Daß also ein Fürst in seinem Herzen sich seiner Gewalt und Obrigkeit entäußere und nehme sich an der Notdurft seiner Untertanen, und handle darin, als wäre es seine eigene Notdurft. Denn also hat uns Christus getan, und das sind eigentlich christlicher Liebe Werke.

So sprichst du dann: Wer wollte dann Fürst sein? Mit dem würde der Fürstenstand der elendeste sein auf Erden, da viel Mühe, Arbeit und Unlust innen ist. Wo wollten dann die fürstlichen Ergötzungen bleiben mit Tanzen, Jagen, Rennen, Spielen und was dergleichen weltlicher Freuden sind? Antworte ich: Wir lehren jetzt nicht, wie ein weltlicher Fürst leben solle, sondern wie ein weltlicher Fürst ein Christ sein solle, daß er auch gen Himmel komme. Wer weiß das nicht, daß ein Fürst Wildbret im Himmel ist[36]? Ich rede auch nicht darum, daß ich hoffe, weltliche Fürsten werden's annehmen, sondern wenn irgendeiner wäre, der auch gern ein Christ wäre, und wissen wollte, wie er fahren solle. Denn ich bin des wohl gewiß, daß Gottes Wort sich nicht lenken noch beugen wird nach den Fürsten, sondern die Fürsten müssen sich nach ihm lenken. Mir ist genug, wenn ich anzeige, daß es nicht unmöglich sei einem Fürsten, ein Christ zu sein, wiewohl es selten ist und schwerlich zugehet. Denn wo sie sich also drein schicken, daß ihr Tanzen und Jagd und Rennen den Untertanen ohne Schaden wäre, und sonst ihr Amt gegen sie in der Liebe ließen gehen, würde Gott nicht so hart sein, daß er ihnen Tanz und Jagd und Rennen nicht sollte gönnen. Aber es

würde sich selbst wohl lernen, wenn sie ihrem Amt nach ihre Untertanen warten und besorgen sollten, daß gar mancher liebe Tanz, Jagd, Rennen und Spielen müßten nachbleiben.
Aufs andere, daß er acht habe auf die großen Hansen, auf seine Räte, und halte sich gegen sie also, daß er keinen verachte, auch keinem vertraue, alles auf sie zu verlassen; denn Gott kann derer beider keins leiden. Er hat einmal durch einen Esel geredet[36a], darum ist kein Mensch zu verachten, wie gering er ist. Wiederum hat er lassen den höchsten Engel vom Himmel fallen[36b], darum ist auf keinen Menschen zu vertrauen, wie klug, heilig und groß er sei, sondern man soll einen jeglichen hören und warten, durch welchen Gott reden und wirken wolle. Denn das ist der größte Schaden an Herrenhöfen, wenn ein Fürst seinen Sinn gefangen gibt den großen Hansen und Schmeichlern und sein Zusehen läßt anstehen; sintemal es nicht einen Menschen betrifft, wenn ein Fürst fehlt und narrt, sondern Land und Leute muß solches Narren tragen. Darum soll ein Fürst also seinen Gewaltigen vertrauen und sie schaffen lassen, daß er dennoch den Zaum in der Faust behalte, und nicht sicher sei noch schlafe, sondern zusehe und das Land, wie Josaphat tat[37], bereite und allenthalben besehe, wie man regiert und richtet. So wird er selbst erfahren, wie man keinem Menschen ganz vertrauen soll. Denn du darfst nicht denken, daß sich ein anderer dein und deines Landes so hart annehme wie du, er sei denn voll Geists und ein guter Christ. Ein Naturmensch tut's nicht. Weil du denn nicht weißt, ob er ein Christ sei, oder wie lange er's bleibt, so kannst du dich auch nicht auf ihn sicher verlassen...
Sprichst du dann: Soll man denn niemand vertrauen, wie will man Land und Leute regieren? Antwort: Befehlen und wagen sollst du; vertrauen und dich darauf verlassen sollst du nicht, ohne allein auf Gott. Du mußt die Ämter jemandem befehlen und es mit ihm wagen; aber nicht weiter vertrauen, denn als dem, der fehlen könne, und du weiter zusehen und nicht schlafen müssest. Das will auch Gott so haben und läßt es geschehen, auf daß die Herren gezwungen werden aus Not, ihres Amtes selbst zu warten, wie ein jeglicher seines Berufs und alle Kreatur ihres Werkes pflegen muß; sonst werden Mastsäue und unnütze Leute aus den Herren, die niemand denn ihnen selbst nütze sind.

Aufs dritte, daß er acht habe, wie er mit den Übeltätern recht fahre. Hier muß er gar klug und weise sein, auf daß er ohne der andern Verderben strafe ... Hier muß man sich halten des Sprichworts: Wer nicht kann durch die Finger sehen, der kann nicht regieren. Darum sei das seine Regel: Wo er Unrecht nicht strafen kann ohne größeres Unrecht, da lasse er sein Recht fahren, es sei wie billig es wolle. Denn seinen Schaden soll er nicht achten, sondern der andern Unrecht, das sie über seinem Strafen leiden müssen. Denn was haben so viel Weiber und Kinder verdient, daß sie Witwen und Waisen werden, auf daß du dich rächest an einem unnützen Maul oder böser Hand, die dir Leid getan hat?

So sprichst du dann: Soll denn ein Fürst nicht kriegen, oder seine Untertanen ihm nicht folgen in den Streit? Antwort: Das ist eine weitläufige Frage. Aber aufs kürzeste: christlich hierin zu fahren, sage ich, daß kein Fürst wider seinen Oberherrn, als den König und Kaiser, oder sonst seinen Lehnsherrn, kriegen soll, sondern lassen nehmen, wer da nimmt. Denn der Obrigkeit soll man nicht widerstehen mit Gewalt, sondern nur mit Bekenntnis der Wahrheit; kehrt sie sich daran, ist es gut; wo nicht, so bist du entschuldigt und leidest Unrecht um Gottes willen. Ist aber der Widerpart deinesgleichen, oder geringer denn du, oder fremder Obrigkeit, so sollst du ihm aufs erste Recht und Frieden anbieten, wie Moses die Kinder Israel lehret. Will er dann nicht, so gedenke dein Bestes und wehre dich mit Gewalt gegen Gewalt; wie Moses das alles fein beschreibt 5. Mos. 20, 10. Und hierin mußt du nicht ansehen das Deine und wie du Herr bleibest, sondern deine Untertanen, denen du Schutz und Hilfe schuldig bist, auf daß solch Werk in der Liebe gehe. Denn weil dein ganzes Land in der Gefahr steht, mußt du wagen, ob dir Gott helfen wollte, daß es nicht alles verderbt werde; und ob du nicht wehren kannst, daß etliche Witwen und Waisen darüber werden, so mußt du doch wehren, daß nicht alles zu Boden gehe und eitel Witwen und Waisen werden.

Und hierin sind die Untertanen schuldig zu folgen, Leib und Gut daranzusetzen. Denn in solchem Fall muß einer um des andern willen sein Gut und sich selbst wagen. Und in solchem Krieg ist es christlich und ein Werk der Liebe, die Feinde getrost zu würgen, rauben und brennen, und alles zu tun, was

schädlich ist, bis man sie überwinde nach Kriegsläuften (mit der Ausnahme, daß man sich vor Sünden soll hüten, Weiber und Jungfrauen nicht schänden), und, wenn man sie überwunden hat, denen, die sich ergeben und demütigen, Gnade und Friede erzeigen, also, daß man in solchem Fall den Spruch lasse gehen: Gott hilft dem Stärksten ...
Wie, wenn denn ein Fürst unrecht hätte, ist ihm sein Volk auch schuldig zu folgen? Antwort: Nein. Denn wider Recht gebührt niemand zu tun; sondern man muß Gott (der das Recht haben will) mehr gehorchen denn den Menschen. Wie, wenn die Untertanen nicht wüßten, ob er recht hätte oder nicht? Antwort: Solange sie es nicht wissen noch erfahren konnten durch möglichen Fleiß, so mögen sie folgen ohne Gefahr der Seelen. Denn welcher Teil hier geschlagen wird, er habe recht oder unrecht, muß es für eine Strafe von Gott aufnehmen. Welcher aber schlägt und gewinnt in solchem Unwissen, muß seine Schlacht halten, als fiele jemand vom Dach und schlüge einen andern tot, und Gott die Sache anheimstellen. Denn es gilt bei Gott gleich viel, ob er dich durch einen rechten oder unrechten Herrn um dein Gut und Leib bringet. Du bist seine Kreatur, und er mag's mit dir machen, wie er will; wenn nur dein Gewissen unschuldig ist ...
Aufs vierte, das wohl das erste sein soll, davon wir auch droben geredet haben, soll sich ein Fürst gegen seinen Gott auch christlich halten, das ist, daß er sich ihm unterwerfe mit ganzem Vertrauen und bitte um Weisheit, wohl zu regieren, wie Salomo tat. Aber vom Glauben und Vertrauen in Gott hab' ich sonst so viel geschrieben, daß hier nicht vonnöten ist, weiter zu erzählen. Darum wollen wir's hier lassen bleiben und mit der Summa beschließen, daß ein Fürst sich in vier Orte teilen soll. Aufs erste, zu Gott mit rechtem Vertrauen und herzlichem Gebet. Aufs andere, zu seinen Untertanen mit Liebe und christlichem Dienst. Aufs dritte, gegen seine Räte und Gewaltigen mit freier Vernunft und unbefangenem Verstand. Aufs vierte, gegen die Übeltäter mit bescheidenem[38] Ernst und Strenge. So gehet sein Stand auswendig und inwendig recht, der Gott und den Leuten gefallen wird. Aber er muß sich viel Neides und Leides darüber erwägen, das Kreuz wird solchem Vornehmen gar bald auf dem Hals liegen ...

An die Ratsherren aller Städte deutschen Landes, daß sie christliche Schulen aufrichten und halten sollen

1524

Die Entdeckung des Evangeliums im Sinne der Reformation und das Anliegen der Bildung im Sinn des mittelalterlichen und des humanistischen Schulwesens schienen Anhängern wie Gegnern Luthers unvereinbar zu sein: »Die hohen Schulen werden schwach, Klöster nehmen ab«, stellt Luther in dieser Schrift selbst fest. Geister wie Karlstadt verleugneten Bildung und Wissenschaft, Melanchthon und Erasmus beklagten die einbrechende Barbarei. War sie Luther und der Reformation zur Last zu legen? In seinem Aufruf an die Ratsherren aller Städte deutschen Landes, daß sie christliche Schulen aufrichten und halten sollen, argumentiert Luther sehr nüchtern, aber durchaus vom reformatorischen Grundanliegen her: Schule und Bildung ist unerläßlich um des Evangeliums willen; denn die Sprachen sind es, darinnen das Messer des Geistes steckt. Sie sind nicht weniger unerläßlich um der irdischen Wohlfahrt der Länder und Städte willen: auch »die Welt, um ihren weltlichen Stand äußerlich zu halten, bedarf feiner geschickter Männer und Frauen, daß die Männer wohl regieren könnten Land und Leute, die Frauen wohl ziehen und halten könnten Haus, Kinder und Gesinde«. Was Luther in diesem Bildungs- und Schulprogramm vertrat, ging nach Weite und Tiefe erheblich über das hinaus, was dann verwirklicht wurde. Aber gerade deswegen wird man es nach seiner Bedeutung für die Geschichte der christlichen Bildung durchaus neben die Schrift an den Adel stellen, in der Grund gelegt worden war für ein öffentliches Leben der Gesellschaft und des Staates im Sinne echter Weltlichkeit. – Wir bringen die Schrift mit einigen Kürzungen, in denen es sich vor allem um kritische Erörterungen über das mittelalterliche Schulwesen handelt.

Gnade und Friede von Gott, unserm Vater und Herrn Jesu Christo. Fürsichtige, weise, liebe Herrn! Wiewohl ich, nun wohl drei Jahre verbannt und in die Acht getan, hätte sollen schweigen, wo ich Menschengebot mehr denn Gott gescheut hätte; wie denn auch viele in deutschen Landen, beide Groß und Klein, mein Reden und Schreiben aus derselben Sache noch immer verfolgen und viel Bluts darüber vergießen. Aber weil mir Gott den Mund aufgetan hat und mich heißen reden, dazu so kräftiglich bei mir stehet und meine Sache, ohne meinen Rat und Tat, so viel stärker macht und weiter ausbreitet, so viel sie mehr toben, und sich gleich stellet, als lache und spotte er ihres Tobens, wie der 2. Psalm, V. 4, sagt: An welchem allein merken mag, wer nicht verstockt ist, daß diese Sache muß Gottes eigen sein, sintemal sich die Art göttlichen Wortes und Werkes hier ereignet, welches allezeit dann am meisten zunimmt, wenn man's aufs höchste verfolget und dämpfen will.

Darum will ich reden (wie Jesaias sagt) und nicht schweigen, weil ich lebe, bis daß Christi Gerechtigkeit ausbreche wie ein Glanz[1], und seine heilwärtige Gnade wie eine Lampe angezündet werde, und bitte nun euch alle, meine lieben Herrn und Freunde, wollet diese meine Schrift und Ermahnung freundlich annehmen und zu Herzen fassen. Denn ich sei gleich an mir selber wie ich sei, so kann ich doch vor Gott mit rechtem Gewissen rühmen, daß ich darin nicht das Meine suche, welches ich viel besser möchte mit Stillschweigen überkommen, sondern meine es von Herzen treulich mit euch und dem ganzem deutschen Land, dahin mich Gott verordnet hat, es glaube oder glaube nicht, wer da will. Und will eurer Liebe das frei und getrost zugesagt und angesagt haben, daß, wo ihr mir hierin gehorchet, ohne Zweifel nicht mir, sondern Christo gehorchet, und, wer mir nicht gehorchet, nicht mich, sondern Christum verachtet[2]. Denn ich weiß ja wohl und bin gewiß, was und wohin ich rede oder lehre, so wird's auch jedermann wohl selbst spüren, so er meine Lehre recht will ansehen.

Aufs erste erfahren wir jetzt in deutschen Landen durch und durch, wie man allenthalben die Schulen zergehen läßt: Die hohen Schulen werden schwach, Klöster nehmen ab, und will solches Gras dürr werden, und die Blume fällt dahin, wie Jesaias sagt[3], weil der Geist Gottes durch sein Wort drein webet und scheinet so heiß darauf durch das Evangelium. Denn nun durch das Wort Gottes kund wird, wie solch Wesen unchristlich und nur auf den Bauch gerichtet sei. Ja, weil der fleischliche Haufe sieht, daß sie ihre Söhne, Töchter und Freunde nicht mehr sollen oder mögen in Klöster und Stifter verstoßen und aus dem Hause und Gut weisen und auf fremde Güter setzen, will niemand mehr lassen Kinder lehren noch studieren. »Ja«, sagen sie, »was soll man lernen lassen, die nicht Pfaffen, Mönch und Nonnen werden sollen? – Man lasse sie so mehr lernen, womit sie sich ernähren.«

Derhalben bitt' ich euch alle, meine lieben Herrn und Freunde, um Gottes willen und der armen Jugend willen, wollet diese Sache nicht so gering achten, wie viele tun, die nicht sehen, was der Welt Fürst gedenkt. Denn es ist eine ernste, große Sache, da Christo und aller Welt viel an liegt, daß wir dem jungen Volk helfen und raten. Damit ist denn auch uns und allen geholfen und geraten. Und denkt, daß solche stille, heimliche, tückische Anfechtung des Teufels will mit großem christlichen Ernst gewehrt sein. Liebe Herrn, muß man jährlich so viel wenden an Büchsen[4], Wege, Stege, Dämme und dergleichen unzählige Stücke mehr, damit eine Stadt zeitlich Friede und Gemach habe, warum sollte man nicht vielmehr doch auch so viel wenden an die dürftige, arme Jugend, daß man einen geschickten Mann oder zwei hielte zu Schulmeistern.

Auch soll sich ein jeglicher Bürger selbst das lassen bewegen: Hat er bisher so viel Geld und Gut an Ablaß, Messen, Vigilien, Stifter, Testament, Jahrtage[5], Bettelmönche, Bruderschaften, Wallfahrten und was des Geschwürms mehr ist, verlieren müssen und ist nun hinfort von Gottes Gnaden solches Raubens und Gebens los, wollte doch Gott zu Dank und zu Ehren hinfort desselben ein Teil zur Schule geben, die armen Kinder aufzuziehen, das so herzlich wohl angelegt ist, so er doch hätte müssen zehnmal so viel vergebens den obgenannten Räubern und noch mehr geben ewiglich, wo solches Licht des Evangelii nicht gekommen wäre und ihn davon erlöst hätte. Und erkenne doch, daß, wo sich das wehret, beschweret, sperret und zerret, daß gewißlich der Teufel da sei, der sich nicht so sperrte, da man's zu Klöstern und Messen gab, ja mit Haufen dahin trieb. Denn er fühlet, daß dies Werk nicht seines Dinges ist. So laßt nun dies die erste Ursache sein, alle lieben Herren und Freunde, die euch bewegen soll, daß wir hierin dem Teufel widerstehen als dem allerschädlichsten, heimlichen Feinde.

Die andere, daß, wie S. Paulus sagt 2. Kor. 6, wir die Gnade Gottes nicht vergeblich empfangen und die selige Zeit nicht versäumen. Denn Gott der Allmächtige hat fürwahr uns Deutsche jetzt gnädiglich heimgesucht und ein recht golden Jahr aufgerichtet. Da haben wir jetzt die feinsten, gelehrtesten jungen Gesellen und Männer, mit Sprachen und aller Kunst geziert, welche so wohl Nutz schaffen könnten, wo man ihrer brauchen wollte, das junge Volk zu lehren. Ist's nicht vor Augen, daß man jetzt einen Knaben kann in drei Jahren zurichten, daß er in seinem fünfzehnten oder achtzehnten Jahre mehr kann, denn bisher alle hohen Schulen und Klöster gekonnt haben[6]?

Aber nun uns Gott so reichlich begnadet und solcher Leute die Menge gegeben hat, die das junge Volk fein lehren und ziehen können, wahrlich, so ist not, daß wir die Gnade Gottes nicht in den Wind schlagen und lassen ihn nicht umsonst anklopfen. Er stehet vor der Tür; wohl uns, so wir ihm auftun! Er grüßet uns; selig, der ihm antwortet! Versehen wir's, daß er vorüber gehet, wer will ihn wieder holen?

Laßt uns unsern vorigen Jammer ansehen und die Finsternis, darinnen wir gewesen sind. Ich achte, daß Deutschland noch nie so viel von Gottes Wort gehört habe, als jetzt. Man spürt ja nichts in der Historie davon. Lassen wir's denn so hingehen ohne Dank und Ehre, so ist's zu besorgen, wir werden noch greulichere Finsternis und Plage leiden. Liebe Deutschen, kauft, weil der Markt vor der Tür ist, sammelt ein, weil es scheinet und gut Wetter ist, braucht Gottes Gnade und Wort, weil es da ist! Denn das sollt ihr wissen, Gottes Wort und Gnade ist ein fahrender Platzregen, der nicht wiederkommt, wo er einmal gewesen ist. Er ist bei den Juden gewesen; aber hin ist hin, sie haben nun nichts. Paulus brachte ihn nach Griechenland: hin ist auch hin, nun haben sie den Türken. Rom und lateinisch Land hat ihn auch gehabt: hin ist hin, sie haben nun den Papst. Und ihr Deutschen dürft nicht denken, daß ihr ihn ewig haben werdet; denn der Undank und Verachtung wird ihn nicht lassen bleiben. Darum greift zu und haltet zu, wer greifen und halten kann: faule Hände müssen ein böses Jahr haben!

Die dritte ist wohl die allerhöchste, nämlich Gottes Gebot, der durch Moses[7] so oft treibt und fordert, die Eltern sollen die Kinder lehren, daß auch der 78. Psalm spricht: »Wie hat er so hoch unsern Vätern geboten, den Kindern kundzutun und zu lehren Kindes Kind.« Und das weiset auch aus das vierte Gebot Gottes, da er Gehorsam gegen die Eltern den Kindern so hoch gebietet, daß man auch durchs Gericht soll ungehorsame Kinder töten. Und warum leben wir Alten anders, denn daß wir des jungen Volkes warten, lehren und aufziehen? Es ist ja nicht möglich, daß sich das tolle Volk sollte selbst lehren und halten; darum hat sie uns Gott befohlen, die wir alt und erfahren sind, was ihnen gut ist, und wird gar schwere Rechnung von uns für dieselben fordern. Darum auch Moses befiehlt (5. Mos. 32, 7) und spricht: »Frage deinen Vater, der wird dir's sagen, die Alten, die werden dir's zeigen.«
Wiewohl es Sünde und Schande ist, daß es dahin mit uns gekommen ist, daß wir allererst reizen und uns reizen lassen sollten, unsere Kinder und junges Volk zu ziehen und ihr Bestes zu bedenken, so doch dasselbe uns die Natur selbst sollte treiben und auch der Heiden Exempel uns mannigfaltig weisen . . .[8]
O wehe der Welt immer und ewiglich! Da werden täglich Kinder geboren und wachsen bei uns daher, und ist leider niemand, der sich des armen jungen Volks annehme und regiere, da läßt man's gehen, wie es gehet. Die Klöster und Stifter sollten's tun, so sind sie eben die, von denen Christus sagt[9]: »Wehe der Welt um der Ärgernisse willen; wer dieser Jungen einen ärgert, die an mich glauben, dem wäre es besser, einen Mühlstein an den Hals gehängt und ins Meer gesenkt, da es am tiefsten ist.« Es sind nur Kinderfresser und -verderber.
Ja, sprichst du, solches alles ist den Eltern gesagt, was gehet das die Ratsherrn und Obrigkeit an? Ist recht geredet. Ja, wie, wenn die Eltern aber solches nicht tun? Wer soll's dann tun? Soll's darum nachbleiben, und die Kinder versäumt werden? Wo soll sich da die Obrigkeit und Rat entschuldigen, daß ihnen solches nicht sollte gebühren? Daß es von den Eltern nicht geschieht, hat mancherlei Ursache.
Aufs erste, sind etliche auch nicht so fromm und redlich, daß sie es täten, ob sie es gleich könnten, sondern, wie die Strauße, härten sie sich auch gegen ihre Jungen und lassens's dabei

bleiben, daß sie die Eier von sich geworfen und Kinder gezeugt haben; nicht mehr tun sie dazu. Nun, diese Kinder sollen dennoch unter uns und bei uns leben in gemeiner Stadt. Wie will denn nun Vernunft und sonderlich christliche Liebe das leiden, daß sie ungezogen aufwachsen und den andern Kindern Gift und Geschmeiß seien, damit zuletzt eine ganze Stadt verderbe, wie es denn zu Sodom und Gomorra und Gaba[10] und etlichen mehr Städten ergangen ist.

Aufs andere, so ist der größte Haufe der Eltern leider ungeschickt dazu und weiß nicht, wie man Kinder ziehen und lehren soll. Denn sie haben selbst nichts gelernt, außer den Bauch zu versorgen, und gehören sonderliche Leute dazu, die Kinder wohl und recht lehren und ziehen sollen.

Aufs dritte, ob gleich die Eltern geschickt wären und wollten's gern selbst tun, so haben sie vor andern Geschäften und Haushalten weder Zeit noch Raum dazu, also daß die Not zwinget, gemeine[11] Zuchtmeister für die Kinder zu halten, es wollte denn ein jeglicher für sich selbst einen eigenen halten. Aber das würde dem gemeinen Mann zu schwer, und würde abermal manch feiner Knabe um Armut willen versäumt. Dazu so sterben viele Eltern und lassen Waisen hinter sich: und wie dieselben durch Vormunde versorgt werden, falls uns die Erfahrung zu wenig wäre, sollte uns das wohl zeigen, daß sich Gott selbst der Waisen Vater nennet, als derer, die von jedermann sonst verlassen sind[12]. Auch sind etliche, die nicht Kinder haben; die nehmen sich auch darum nichts an.

Darum will's hier dem Rat und der Obrigkeit gebühren, die allergrößte Sorge und Fleiß aufs junge Volk zu haben. Denn weil der ganzen Stadt Gut, Ehre, Leib und Leben ihnen zu treuer Hand befohlen ist, so täten sie nicht redlich vor Gott und der Welt, wo sie der Stadt Gedeihen und Besserung nicht suchten mit allem Vermögen Tag und Nacht. Nun liegt einer Stadt Gedeihen nicht allein darin, daß man große Schätze sammle, feste Mauern, schöne Häuser, viel Büchsen und Harnisch zeuge; ja, wo des viel ist und tolle Narren darüber kommen, ist so viel desto ärger und desto größerer Schade derselben Stadt; sondern das ist einer Stadt bestes und allerreichstes Gedeihen, Heil und Kraft, daß sie viel feiner, gelehrter, vernünftiger, ehrbarer, wohlgezogener Bürger hat, die könnten darnach wohl Schätze und alles Gut sammeln, halten und recht brauchen.

Weil denn eine Stadt soll und muß Leute haben, und allenthalben deren größtes Gebrechen, Mangel und Klage ist, daß es an Leuten fehle, so muß man nicht harren, bis sie selbst wachsen – man wird sie auch weder aus Steinen hauen, noch aus Holz schnitzen –: so wird Gott nicht Wunder tun, solange man der Sache durch andere seine dargetane Güter geraten kann. Darum müssen wir dazu tun und Mühe und Kosten daran wenden, sie selbst erziehen und machen. Denn wessen ist die Schuld, daß es jetzt in allen Städten so dünn sieht von geschickten Leuten, wenn nicht der Obrigkeit, die das junge Volk hat lassen aufwachsen, wie das Holz im Wald wächst, und nicht zugesehen, wie man's lehre und ziehe? Darum ist's auch so unordentlich gewachsen, daß es zu keinem Bau, sondern nur ein unnütz Gehecke und nur zum Feuerwerk tüchtig ist.

Es muß doch weltlich Regiment bleiben. Soll man denn zulassen, daß eitel Rülzen und Knebel[13] regieren, so man's wohl bessern kann (ist ja ein wild unvernünftiges Vornehmen!), so lasse man eben so mehr Säue und Wölfe zu Herrn machen und setzen über die, so nicht denken wollen, wie sie von Menschen regiert werden. So ist's auch eine unmenschliche Bosheit, so man nicht weiter denkt denn also: Wir wollen jetzt regieren, was geht uns an, wie es denen gehen werde, die nach uns kommen. Nicht über Menschen, sondern über Säue und Hunde sollten solche Leute regieren, die nicht mehr denn ihren Nutzen oder Ehre im Regiment suchen. Wenn man gleich den höchsten Fleiß vorwendet, daß man eitel feine, gelehrte, geschickte Leute erzöge zu regieren, es würde dennoch Mühe und Sorge genug haben, daß es wohl zuginge. Wie sollte es denn zugehen, wenn man da gar nichts zutut?

Ja, sprichst du abermal, ob man gleich sollte und müßte Schulen haben, was ist uns aber nütze, lateinische, griechische und hebräische Zungen und andere freie Künste[14] zu lehren? Könnten wir doch wohl deutsch die Bibel und Gottes Wort lehren, die uns genugsam ist zur Seligkeit? Antwort: Ja, ich weiß leider wohl, daß wir Deutschen müssen immer Bestien und tolle Tiere sein und bleiben, wie uns denn die umliegenden Länder nennen und wir auch wohl verdienen. Mich wundert aber, warum wir nicht auch einmal sagen: Was sollen uns Seide, Wein, Würze und die fremde, ausländische Ware, so wir doch selbst Wein, Korn, Wolle, Flachs, Holz und Steine in deutschen Landen nicht allein die Fülle haben zur Nahrung, sondern auch die Kür und Wahl zu Ehren und Schmuck? Die Künste und Sprachen, die uns ohne Schaden, ja größerer Schmuck, Nutz, Ehre und Frommen sind, nämlich: die Heilige Schrift zu verstehen und weltlich Regiment zu führen, wollen wir verachten, und der ausländischen Waren, die uns weder not noch nütze sind, dazu uns schinden bis auf den Grat, deren wollen wir nicht entraten. Heißen das nicht billig deutsche Narren und Bestien?

Zwar, wenn kein anderer Nutzen an den Sprachen wäre, sollte doch uns das billig erfreuen und anzünden, daß es so eine edle, feine Gabe Gottes ist, damit uns Deutschen Gott jetzt so reichlich, hoch über alle Länder heimsucht, und begnadet. Man sieht nicht viel, daß der Teufel dieselben hätte lassen durch die hohen Schulen und Klöster aufkommen. Ja, sie haben allzeit aufs höchste dawider getobt und toben auch noch. Denn der Teufel roch den Braten wohl: wo die Sprachen hervorkämen, würde sein Reich ein Fach[15] gewinnen, das er nicht könnte leicht wieder zustopfen. Weil er nun nicht hat mögen wehren, daß sie hervorkämen, denket er doch, sie nun also schmal zu halten, daß sie von selbst wieder sollen vergehen und fallen. Es ist ihm nicht ein lieber Gast damit ins Haus gekommen, darum will er ihn auch also speisen, daß er nicht lange solle bleiben. Diese böse Tücke des Teufels sehen unser gar wenig, liebe Herren.

Darum, lieben Deutschen, laßt uns hier die Augen auftun, Gott danken für das edle Kleinod und fest darob halten, daß es uns nicht wieder entzogen werde und der Teufel nicht seinen Mutwillen büße. Denn das können wir nicht leugnen, daß, wiewohl das Evangelium allein durch den heiligen Geist gekommen ist und täglich kommt, so ist's doch durch Mittel der Sprachen gekommen und hat auch dadurch zugenommen, muß auch dadurch behalten werden. Denn gleich wie da Gott durch die Apostel wollte in alle Welt das Evangelium lassen kommen, gab er die Zungen[16] dazu. Und hatte auch zuvor durch der Römer Regiment die griechische und lateinische Sprache so weit in alle Lande ausgebreitet, auf daß sein Evangelium ja bald fern und weit Frucht brächte. Also hat er jetzt auch getan. Niemand hat gewußt, warum Gott die Sprachen hervor ließ kommen, bis daß man nun allererst sieht, daß es um des Evangelium willen geschehen ist, welches er hernach hat wollen offenbaren und dadurch des Endchrists Regiment aufdecken und zerstören. Darum hat er auch Griechenland dem Türken gegeben, auf daß die Griechen, verjagt und zerstreut, die griechische Sprache ausbrächten und ein Anfang würden, auch andere Sprachen mit zu lernen[17].

So lieb nun wie uns das Evangelium ist, so hart laßt uns über den Sprachen halten. Denn Gott hat seine Schrift nicht umsonst allein in die zwei Sprachen schreiben lassen, das Alte Testament in die hebräische, das Neue in die griechische. Welche nun Gott nicht verachtet, sondern zu seinem Wort erwählt hat vor allen andern, sollen auch wir dieselben vor allen andern ehren. Daher auch die hebräische Sprache heilig heißet. Also mag auch die griechische Sprache wohl heilig heißen, daß dieselbe vor andern dazu erwählt ist, daß das Neue Testament drinnen geschrieben würde und aus derselben, wie aus einem Brunnen, in andere Sprache durchs Dolmetschen geflossen ist und und sie auch geheiligt hat.

Und laßt uns das gesagt sein, daß wir das Evangelium nicht wohl werden erhalten ohne die Sprachen. Die Sprachen sind die Scheiden, darin dies Messer des Geistes steckt. Sie sind der Schrein, darinnen man dies Kleinod trägt. Sie sind das Gefäß, darinnen man diesen Trank fasset. Sie sind die Kemnat[18], darinnen diese Speise liegt. Und wie das Evangelium selbst zeigt, sie sind die Körbe, darinnen man Brot und Fische und Brocken behält[19]. Ja, wo wir's versehen, daß wir (da Gott vor sei) die Sprachen fahren lassen, so werden wir nicht allein das Evangelium verlieren, sondern es wird auch endlich dahin geraten, daß wir weder Lateinisch noch Deutsch recht reden oder schreiben könnten. Des laßt uns das elend, greulich Exempel zur Beweisung und Warnung nehmen in den hohen Schulen und Klöstern, darinnen man nicht allein das Evangelium verlernt, sondern auch lateinische und deutsche Sprache verderbt hat, daß die elenden Leute schier zu lauter Bestien geworden sind, weder Deutsch noch Lateinisch recht reden oder schreiben können und beinahe auch die natürliche Vernunft verloren haben.

Darum haben's die Apostel auch selbst für nötig angesehen, daß sie das Neue Testament in die griechische Sprache faßten und anbanden; ohne Zweifel, daß sie es uns daselbst sicher und gewiß verwahrten, wie in einer heiligen Lade. Denn sie haben gesehen all dasjenige, das zukünftig war und nun also ergangen ist: wo es allein in die Köpfe gefaßt würde, wie manche wilde, wüste Unordnung und Gemenge, so mancherlei Sinne, Dünkel und Lehren sich erheben würden in der Christenheit; welchen in keinem Weg zu wehren, noch die Einfältigen zu schützen wären, wo nicht das Neue Testament gewiß in Schrift und Sprache gefaßt wäre. Darum ist's gewiß, wo nicht die Sprachen bleiben, da muß zuletzt das Evangelium untergehen.

Das hat auch bewiesen und zeigt noch an die Erfahrung. Denn alsbald nach der Apostel Zeit, da die Sprachen aufhörten, nahm auch das Evangelium und der Glaube und die ganze Christenheit je mehr und mehr ab, bis daß sie unter dem Papst gar versunken ist; und ist, seit der Zeit die Sprachen gefallen sind, nicht viel Besondres in der Christenheit ersehen, aber gar viel greulicher Greuel aus Unwissenheit der Sprachen geschehen. Also wiederum: weil jetzt die Sprachen hervorgekommen sind, bringen sie ein solch Licht mit sich und tun solch große Dinge, daß sich alle Welt verwundert und bekennen muß, daß wir das Evangelium so lauter und rein haben, fast als die Apostel gehabt haben, und es ganz in seine erste Reinigkeit gekommen ist und gar viel reiner, denn es zur Zeit S. Hieronymi oder Augustini[20] gewesen ist. Und Summa, der Heilige Geist ist kein Narr, gehet auch nicht mit leichtfertigen, unnötigen Sachen um: der hat die Sprachen so nütz und not geachtet in der Christenheit, daß er sie oftmals vom Himmel mit sich gebracht hat, welches uns allein sollte genugsam bewegen, dieselben mit Fleiß und Ehren zu suchen und nicht zu verachten, weil er sie nun selbst wieder auf Erden erweckt.

Wessen ist nun die Schuld, daß unser Glaube so zuschanden wird? Nämlich, daß wir die Sprachen nicht wissen! Und ist hier keine Hilfe, denn die Sprachen wissen! Wird nicht S. Hieronymus gezwungen, den Psalter von neuem zu verdolmetschen aus dem Hebräischen, um deswillen, daß, wo man mit den Juden aus unserm Psalter handelt, spotten sie unser, daß es nicht also stünde im Hebräischen, wie es die Unsern führten? Nun sind aller alten Väter Auslegungen, die ohne Sprachen die Schrift gehandelt haben (ob sie wohl nichts Unrechtes lehren), doch dergestalt, daß sie sehr oft ungewisse,

unebene und unzeitige Sprache führen, und tappen wie ein Blinder an der Wand, daß sie gar oft des rechten Textes fehlen und machen ihm eine Nase nach ihrer Andacht, daß auch S. Augustinus selbst muß bekennen, wie er schreibt *De doctrina christiana*[21], daß einem christlichen Lehrer, der die Schrift soll auslegen, not sind über die lateinische auch die griechische und hebräische Sprache. Es ist sonst unmöglich, daß er nicht allenthalben anstoße, ja, es ist noch Not und Arbeit da, ob einer die Sprachen schon wohl kann.
Darum ist's gar viel ein ander Ding um einen schlichten Prediger des Glaubens und um einen Ausleger der Schrift oder, wie es S. Paulus nennet, einen Propheten. Ein schlichter Prediger (ist wahr) hat so viel heller Sprüche und Texte durchs Dolmetschen, daß er Christum verstehen, lehren und heiliglich leben, und andern predigen kann. Aber die Schrift auszulegen und zu handeln für sich hin und zu streiten wider die irrigen Einführer der Schrift, ist er zu gering; das läßt sich ohne Sprachen nicht tun. Nun muß man ja in der Christenheit solche Propheten haben, die die Schrift treiben und auslegen und auch zum Streit taugen, und ist nicht genug am heiligen Leben und recht lehren. Darum sind die Sprachen stracks und allerdinge vonnöten in der Christenheit, gleichwie die Propheten oder Ausleger, ob's gleich nicht not ist noch sein muß, daß ein jeglicher Christ oder Prediger sei ein solcher Prophet, wie S. Paulus sagt 1. Kor. 12, 6 ff., und Ephes. 4, 11.
Daher kommt's, daß seit der Apostel Zeit die Schrift so finster ist geschrieben und nirgends gewisse beständige Auslegungen darüber geschrieben sind. Derhalben haben auch die Sophisten[22] gesagt, die Schrift sei finster; haben gemeint, Gottes Wort sei von Art so finster, und rede so seltsam. Aber sie sehen nicht, daß aller Mangel liegt an den Sprachen, sonst wäre nicht Lichteres je geredet, denn Gottes Wort, wo wir die Sprachen verstünden. Ein Türke muß mir wohl finster reden, welchen doch ein türkisch Kind von sieben Jahren wohl vernimmt, dieweil ich die Sprache nicht kenne.
Darum ist das auch ein toll Vornehmen gewesen; daß man die Schrift hat wollen lernen durch der Väter Auslegen und viel Bücher und Glossen[23] lesen. Man sollte sich dafür auf die Sprachen begeben haben. Denn die lieben Väter, weil sie ohne Sprachen gewesen sind, haben sie zuweilen mit vielen Worten an einem Spruch gearbeitet und dennoch nur kaum hinten-

nach geohmt[24] und halb geraten, halb gefehlt. So läufst du demselben nach mit viel Mühe und könntest dieweil durch die Sprachen demselben viel besser selbst raten, denn der, dem du folgst. Denn wie die Sonne gegen den Schatten ist, so ist die Sprache gegen aller Väter Glossen. Weil denn nun den Christen gebührt, die Heilige Schrift zu üben, als ihr eigen einziges Buch, und eine Sünde und Schande ist, daß wir unser eigen Buch nicht wissen, noch unseres Gottes Sprache und Worte nicht kennen, so ist's noch vielmehr Sünde und Schande, daß wir nicht Sprachen lernen, sonderlich so uns jetzt Gott darbietet und gibt Leute und Bücher und allerlei, was dazu dienet und uns gleich dazu reizt, und sein Buch gern wollte offen haben. O wie froh sollten die lieben Väter gewesen sein, wenn sie hätten so können zur Heiligen Schrift kommen und die Sprachen lernen, als wir könnten! Wie haben sie mit so großer Mühe und Fleiß kaum die Brocken erlangt, da wir mit halber, ja schier ohne alle Arbeit das ganze Brot gewinnen könnten. O wie schändet ihr Fleiß unsere Faulheit; ja, wie hart wird Gott auch rächen solchen unsern Unfleiß und Undankbarkeit!

Daher gehöret auch, daß S. Paulus 1. Kor. 14, 29 will, daß in der Christenheit soll das Urteil sein über allerlei Lehre, dazu allerdings vonnöten ist, die Sprache zu wissen. Denn der Prediger oder Lehrer mag wohl die Bibel durch und durch lesen, wie er will, er treffe oder fehle, wenn niemand da ist, der da urteile, ob er's recht mache oder nicht. Soll man denn urteilen, so muß Kunst der Sprachen da sein, sonst ist's verloren. Darum, obwohl der Glaube und das Evangelium durch schlichte Prediger mag ohne Sprachen gepredigt werden, so geht es doch faul und schwach, und man wird's zuletzt müde und überdrüssig und fällt zu Boden. Aber wo die Sprachen sind, da geht es frisch und stark und wird die Schrift durchtrieben und findet sich der Glaube immer neu, durch andere und aber andere Worte und Werke; daß der 29. Psalm, V. 9 solch Studieren in der Schrift vergleicht einer Jagd und spricht: Gott öffne den Hirschen die dichten Wälder, und Ps. 1, 3 einem Baum, der immer grünet und immer frisch Wasser hat.

Es soll uns auch nicht irren, daß etliche sich des Geistes rühmen und die Schrift gering achten, etliche auch, wie die Brüder Valdenses[25], die Sprachen nicht nützlich achten. Aber lieber Freund, Geist hin, Geist her, ich bin auch im Geist gewesen und habe auch Geist gesehen (wenn's ja gelten soll von eigenem Fleisch rühmen), vielleicht mehr, denn eben dieselbigen noch im Jahr sehen werden, wie sehr sie auch sich rühmen. Auch hat mein Geist sich etwas bewiesen, so doch ihr Geist im Winkel gar still ist und nicht viel mehr tut, denn daß er seinen Ruhm aufwirft. Das weiß ich aber wohl, wie sehr der Geist alles allein tut, wäre ich doch allen Büschen zu fern gewesen[26], wo mir nicht die Sprachen geholfen und mich der Schrift sicher und gewiß gemacht hätten. Ich hätte auch wohl können fromm sein und in der Stille recht predigen, aber den Papst und die Sophisten mit dem ganzen endchristischen Regiment würde ich wohl haben lassen sein, was sie sind. Der Teufel achtet meinen Geist nicht so sehr, als meine Sprache und Feder in der Schrift. Denn mein Geist nimmt ihm nichts, denn mich allein; aber die Heilige Schrift und Sprachen machen ihm die Welt zu eng, und das tut ihm Schaden in seinem Reich.

So kann ich auch die Brüder Valdenses darin gar nichts loben, daß sie die Sprachen verachten. Denn ob sie gleich recht lehrten, so müssen sie doch gar oft des rechten Textes fehlen und auch ungerüstet und ungeschickt bleiben zu fechten für den Glauben wider den Irrtum. Dazu ist ihr Ding so finster und auf eine eigene Weise gezogen, außer der Schrift Weise zu reden, daß ich besorge, es sei oder werde nicht lauter bleiben. Denn es ist gar gefährlich, von Gottes Sachen anders zu reden oder mit andern Worten, denn Gott selbst braucht. Kürzlich, sie mögen bei sich selbst heilig leben und lehren; aber weil sie ohne Sprache bleiben, wird ihnen mangeln müssen, das allen andern mangelt, nämlich, daß sie die Schrift gewiß und gründlich nicht handeln noch andern Völkern nützlich sein mögen. Weil sie aber das wohl können tun und nicht tun wollen, mögen sie zusehen, wie es vor Gott zu verantworten sei.

Nun, das sei gesagt von Nutz und Not der Sprachen und christlichen Schulen für das geistlich Wesen und zu der Seelen Heil. Nun laßt uns auch den Leib vornehmen und setzen, als ob schon keine Seele noch Himmel oder Hölle wäre: so sollten wir allein das zeitliche Regiment ansehen nach der Welt, ob dasselbe nicht bedürfe viel mehr guter Schulen und gelehrter Leute, denn das geistliche? Denn bisher haben sich desselben die Sophisten so gar nichts angenommen und die Schulen so gar auf den geistlichen Stand gerichtet, daß es gleich eine Schande gewesen ist, so ein Gelehrter ist ehelich[27] geworden, und hat müssen sagen hören: »Siehe, der wird weltlich und will nicht geistlich werden«; gerade als wäre allein ihr geistlicher Stand Gott angenehm und der weltliche (wie sie ihn nennen) gar des Teufels und unchristlich.

Nun hier ist nicht not zu sagen, wie das weltliche Regiment eine göttliche Ordnung und Stand ist (davon ich sonst so viel gesagt habe, daß ich hoffe, es zweifele niemand daran), sondern ist zu behandeln, wie man feine, geschickte Leute darein kriege. Und hier bieten uns die Heiden einen großen Trotz und Schmach an, die vorzeiten, sonderlich die Römer und Griechen, gar nicht gewußt haben, ob solcher Stand Gott gefiele oder nicht, und haben doch mit solchem Ernst und Fleiß die jungen Knaben und Maidlein lassen lernen und aufziehen, daß sie dazu geschickt wurden, daß ich mich unsrer Christen schämen muß, wenn ich daran denke, und sonderlich unsrer Deutschen, die wir so gar Stöcke und Tiere sind und sagen dürfen: »Ja, was sollen die Schulen, so man nicht soll geistlich werden?« Die wir doch wissen, oder jedenfalls wissen sollen, wie ein nötiges und nützliches Ding es ist und Gott so angenehm, wo ein Fürst, Herr, Ratsmann, oder was regieren soll, gelehrt und geschickt ist, denselben Stand christlich zu führen.

Wenn nun gleich (wie ich gesagt habe) keine Seele wäre, und man der Schulen und Sprachen gar nicht bedürfte um der Schrift und Gottes willen, so wäre doch allein diese Ursache genugsam, die allerbesten Schulen, beide für Knaben und Maidlein, an allen Orten aufzurichten, daß die Welt, auch ihren weltlichen Stand äußerlich zu halten, doch bedarf feiner, geschickter Männer und Frauen, daß die Männer wohl regieren könnten Land und Leute, die Frauen wohl ziehen und halten könnten Haus, Kinder und Gesinde. Nun solche Männer müssen aus Knaben werden, und solche Frauen müssen aus Maidlein werden. Darum ist's zu tun, daß man Knäblein und Maidlein dazu recht lehre und aufziehe. Nun hab' ich droben gesagt, der gemeine Mann tut hier nichts zu, kann's auch nicht, will's auch nicht, weiß es auch nicht. Fürsten und Herren sollten's tun, aber sie haben auf dem Schlitten zu fahren, zu trinken und in der Mummerei zu laufen[28], und sind beladen mit hohen, merklichen Geschäften des Kellers, der Küche und der Kammer. Und ob's etliche gern täten, müssen sie die anderen scheuen, daß sie nicht für Narren oder Ketzer gehalten werden. Darum will's euch, liebe Ratsherren, allein in der Hand bleiben: ihr habt auch Raum und Fug dazu, besser denn Fürsten und Herren.

Ja, sprichst du, ein jeglicher mag seine Töchter und Söhne wohl selber lehren oder ziehen mit Zucht. Antwort: Ja, man sieht wohl, wie sich's lehret und zieht. Und wenn die Zucht aufs Höchste getrieben wird und wohl gerät, so kommt's nicht ferner, denn daß ein wenig eine eingezwungene und ehrbare Gebärde da ist, sonst bleiben's gleichwohl eitel Holzböcke, die weder hiervon noch davon wissen zu sagen, niemand weder raten noch helfen können. Wo man sie aber lehrte und zöge in Schulen oder sonst, da gelehrte und züchtige Meister und Meisterinnen wären, da die Sprachen und andere Künste und Historien lehrten, da würden sie hören die Geschichte und Sprüche aller Welt, wie es dieser Stadt, diesem Reich, diesem Fürsten, diesem Mann, diesem Weibe gegangen wäre, und könnten also in kurzer Zeit gleichsam der ganzen Welt von Anbeginn Wesen, Leben, Rat und Anschläge, Gelingen und Ungelingen für sich fassen, wie in einem Spiegel, daraus sie dann ihren Sinn schicken und sich in der Welt Lauf richten könnten mit Gottesfurcht, dazu witzig und klug werden aus denselben Historien, was zu suchen und zu meiden wäre in diesem äußerlichen Leben, und andern auch darnach raten und regieren. Die Zucht aber, die man daheim ohne solche Schulen vornimmt, die will uns weise machen durch eigene Erfahrung. Ehe das geschieht, so sind wir hundertmal tot und haben unser Leben lang alles unbedacht gehandelt: denn zu eigener Erfahrung gehört viel Zeit.

Weil denn das junge Volk muß lecken[29] und springen oder ja was zu schaffen haben, da es Lust innen hat, und ihm darin nicht zu wehren ist, auch nicht gut wäre, daß man's alles wehrte: warum sollte man dann ihm nicht solche Schulen zurichten und solche Kunst vorlegen? Sintemal es jetzt von Gottes Gnaden alles also zugerichtet ist, daß die Kinder mit Lust und Spiel lernen könnten, es seien Sprachen oder andere Künste oder Historien. Und ist unsere Schule jetzt nicht mehr die Hölle und das Fegfeuer, da wir innen gemartert sind über den *Casualibus* und *Temporalibus*[30], da wir doch nichts denn eitel nichts gelernt haben und so viel Stäupen, Zittern, Angst und Jammer. Nimmt man so viel Zeit und Mühe, daß man die Kinder Kartenspielen, Singen und Tanzen lehret: warum nimmt man nicht auch so viel Zeit, daß man sie Lesen und andere Künste lehret, weil sie jung und müßig, geschickt und lustig dazu sind? Ich rede für mich: wenn ich Kinder hätte und vermöcht's, sie müßten mir nicht allein die Sprachen und Historien hören, sondern auch singen und die Musica mit der ganzen Mathematica lernen. Denn was ist dies alles, denn eitel Kinderspiel, darinnen die Griechen ihre Kinder vorzeiten zogen, dadurch doch wundergeschickte Leute aus geworden, zu allerlei hernach tüchtig. Ja, wie leid ist mir's jetzt, daß ich nicht mehr Poeten und Historien gelesen habe und mich auch dieselben niemand gelehrt hat. Habe dafür müssen lesen des Teufels Dreck, die Philosophen und Sophisten, mit großen Kosten, Arbeit und Schaden, daß ich genug habe daran auszufegen.

So sprichst du: »Ja, wer kann seiner Kinder so entbehren und alle zu Junkern ziehen? Sie müssen im Hause der Arbeit warten usw.?« Antwort: »Ist's doch auch nicht meine Meinung, daß man solche Schulen einrichte, wie sie bisher gewesen sind, da ein Knabe zwanzig oder dreißig Jahre hat über dem Donat und Alexander[31] gelernt und dennoch nichts gelernt. Es ist jetzt eine andere Welt und gehet anders zu. Meine Meinung ist, daß man die Knaben des Tages eine Stunde oder zwei lasse zu solcher Schule gehen, und nichtsdestoweniger die andere Zeit im Hause schaffen, Handwerk lernen und wozu man sie haben will, das beides miteinander gehe, weil das Volk jung ist und warten kann. Bringen sie doch sonst wohl zehnmal soviel Zeit zu mit Käulchen schießen, Ballspielen, Laufen und Rammeln[32]!

Also kann ein Maidlein ja so viel Zeit haben, daß es des Tages eine Stunde zur Schule gehe, und dennoch seines Geschäftes im Hause wohl warte; verschläft's und vertanzet und verspielet es doch wohl mehr Zeit. Es fehlet allein daran, daß man nicht Lust noch Ernst dazu hat, das junge Volk zu ziehen, noch der Welt zu helfen und zu raten mit feinen Leuten. Der Teufel hat viel lieber grobe Blöcke und unnütze Leute, daß es den Menschen ja nicht zu wohl gehe auf Erden.

Welche aber der Ausbund[33] darunter wären, deren man sich

verhoffte, daß es geschickte Leute sollen werden zu Lehrern und Lehrerinnen, zu Predigern und andern geistlichen Ämtern, die soll man desto mehr und länger dabei lassen oder ganz daselbst zu verordnen. So müssen wir ja Leute haben, die uns Gottes Wort und Sakramente reichen und Seelenwärter seien im Volk. Wo wollen wir sie aber nehmen, so man die Schulen zergehen läßt und nicht andere christlichere aufrichtet? Sintemal die Schulen, bisher gehalten, ob sie gleich nicht vergingen, doch nichts geben können, denn eitel verlorene, schädliche Verführer.

Darum es hohe Not ist, nicht allein der jungen Leute halber, sondern auch beide unsere Stände, geistliche und weltliche, zu erhalten, daß man in dieser Sache mit Ernst und in der Zeit dazu tue, auf daß wir's nicht hintennach, wenn wir's versäumt haben, vielleicht müssen lassen, ob wir's dann gern tun wollten, und umsonst den Reuling uns mit Schaden beißen lassen ewiglich[34]. Denn Gott erbietet sich reichlich und reicht die Hand dar und gibt dazu, was dazu gehöret.

Darum, liebe Herren, laßt euch das Werk anliegen, das Gott so hoch von euch fordert, das euer Amt schuldig ist, das der Jugend so not ist, und das weder Welt noch Geist entbehren kann. Wir sind leider lange genug in Finsternis verfault und verdorben. Wir sind allzulange genug deutsche Bestien gewesen. Laßt uns einmal auch der Vernunft brauchen, daß Gott merke die Dankbarkeit für seine Güte, und andere Leute sehen, daß wir auch Menschen und Leute sind, die etwas Nützliches entweder von ihnen lernen oder sie lehren könnten, damit auch durch uns die Welt gebessert werde. Ich habe das Meine getan. Ich wollte ja deutschem Lande gern geraten und geholfen haben, ob mich gleich etliche darüber werden verachten und solchen treuen Rat in den Wind schlagen und Besseres wissen wollen, das muß ich geschehen lassen. Ich weiß wohl, daß andere es könnten besser haben ausgerichtet; und weil diese schweigen, richte ich's aus, so gut wie ich's kann. Es ist ja besser dazu geredet, wie ungeschickt es auch sei, denn aller Dinge davon geschwiegen. Und bin der Hoffnung, Gott werde je euerer etliche erwecken, daß mein treuer Rat nicht gar in die Asche falle, und werden ansehen nicht den, der es redet, sondern die Sache selbst bewegen und sich bewegen lassen.

Am letzten ist auch das wohl zu bedenken allen denjenigen,

so Lieb und Lust haben, daß solche Schulen und Sprachen in deutschen Landen aufgerichtet und erhalten werden, daß man Fleiß und Kosten nicht spare, gute Librareien oder Bücherhäuser, sonderlich in den großen Städten, die solches wohl vermögen, zu verschaffen. Denn so das Evangelium und allerlei Kunst soll bleiben, muß es in Bücher und Schrift verfaßt und angebunden sein (wie die Propheten und Apostel selbst getan haben, wie ich droben gesagt habe). Und das nicht allein darum, daß diejenigen, so uns geistlich und weltlich vorstehen sollen, zu lesen und studieren haben, sondern daß auch die guten Bücher erhalten und nicht verloren werden samt der Kunst und Sprachen, so wir jetzt von Gottes Gnaden haben...

Ist's nicht ein elender Jammer bisher gewesen, daß ein Knabe hat müssen zwanzig Jahre oder länger studieren, allein, daß er so viel böses Lateinisch hat gelernt, daß er mochte Pfaffe werden und Messe lesen? Und welchem es dahin gekommen ist, der ist selig gewesen. Selig ist die Mutter gewesen, die ein solch Kind getragen hat. Und ist doch ein armer, ungelehrter Mensch sein Leben lang geblieben, der weder zum Glucken noch zum Eierlegen getaugt hat. Solche Lehrer und Meister haben wir müssen allenthalben haben, die selbst nichts gekonnt und nichts Gutes noch Rechtes haben mögen lehren, ja auch die Weise nicht gewußt, wie man doch lernen und lehren sollte. Wes ist die Schuld? Es sind keine anderen Bücher vorhanden gewesen, denn solche tolle Mönchs- und Sophistenbücher[35]. Was sollten dann anders daraus werden, denn eitel tolle Schüler und Lehrer, wie die Bücher waren, die sie lehrten? Eine Dohle hecket keine Tauben, und ein Narr machet keine Klugen. Das ist der Lohn der Undankbarkeit, daß man nicht hat Fleiß an Librareien gewendet, sondern hat lassen die guten Bücher vergehen und die unnützen behalten.

Aber mein Rat ist nicht, daß man ohne Unterschied allerlei Bücher zuhauf raffe und nicht mehr gedenke, denn nur auf die Menge und Haufen Bücher. Ich wollte die Wahl darunter haben, daß nicht not sei, aller Juristen Kommentare, aller Theologen Sententiarum und aller Philosophen Quästiones und aller Mönche Sermones zu sammeln[36]. Ja, ich wollte solchen Mist ganz ausstoßen und mit rechtschaffenen Büchern meine Librarei versorgen und gelehrte Leute darüber

zu Rat nehmen. Erstlich sollte die Heilige Schrift, beide auf Lateinisch, griechisch, hebräisch und deutsch, und ob sie noch in mehr Sprachen wäre, darinnen sein. Darnach die besten Ausleger und die ältesten, beide griechisch, hebräisch und lateinisch, wo ich sie finden könnte. Darnach solche Bücher, die zu den Sprachen zu lernen dienen, als die Poeten und Oratores[37], nicht angesehen, ob sie Heiden oder Christen wären, griechisch oder lateinisch. Denn aus solchen muß man die Grammatica[38] lernen. Darnach sollten sein die Bücher von den freien Künsten und sonst von allen andern Künsten. Zuletzt auch der Rechte und Arzenei Bücher; wiewohl auch hier unter den Kommentaren eine gute Wahl not ist.
Mit den vornehmsten aber sollten sein die Chroniken und Historien, welcherlei Sprachen man haben könnte; denn dieselben wundernütz sind, der Welt Lauf zu erkennen und zu regieren, ja auch Gottes Wunder und Werk zu sehen. O wie manche feine Geschichte und Sprüche sollte man jetzt haben, die in deutschen Landen geschehen und gegangen sind, der wir jetzt gar keines wissen: das macht, niemand ist da gewesen, der sie beschrieben, oder, ob sie schon beschrieben gewesen wären, niemand die Bücher gehalten hat, darum man auch von uns Deutschen nichts weiß in andern Landen, und müssen aller Welt die deutschen Bestien heißen, die nichts mehr könnten, denn kriegen und fressen und saufen. Aber die Griechischen und Lateinischen, ja auch die Hebräischen haben ihre Dinge so genau und fleißig beschrieben, daß, wo auch ein Weib oder Kind etwas Sonderliches getan oder geredet hat, das muß alle Welt lesen und wissen; dieweil sind wir Deutschen noch immer Deutsche und wollen Deutsche bleiben.
Weil uns denn jetzt Gott so gnädiglich beraten hat mit aller Fülle, beide der Kunst, gelehrter Leute und Bücher, so ist's Zeit, daß wir ernten und einschneiden das Beste, das wir könnten, und Schätze sammeln, damit wir etwas behalten auf das Zukünftige von diesen goldenen Jahren und nicht diese reiche Ernte versäumen. Denn es zu besorgen ist, und jetzt schon wieder anfängt, daß man immer neue und andere Bücher macht, daß es zuletzt dahin komme, daß durch des Teufels Werk die guten Bücher, so jetzt durch den Druck hervorgebracht sind, wiederum unterdrückt werden, und die losen, heillosen Bücher von unnützen und tollen Dingen wieder einreißen und alle Winkel füllen...

Derhalben bitte ich euch, meine lieben Herren, wollet diese meine Treue und Fleiß bei euch lassen Frucht schaffen. Und falls etliche wären, die mich zu gering dafür hielten, daß sie meines Rats sollten leben, oder mich, als den Verdammten von den Tyrannen, verachten, die wollten doch das ansehen, daß ich nicht das Meine, sondern allein des ganzen deutschen Landes Glück und Heil suche. Und ob ich schon ein Narr wäre, und träfe doch was Gutes, sollt's je keinem Weisen eine Schande dünken, mir zu folgen. Und ob ich gleich ein Türke und Heide wäre, so man doch sieht, daß nicht mir daraus kann der Nutzen kommen, sondern den Christen, sollen sie doch billig meinen Dienst nicht verachten. Es hat wohl ehemals ein Narr besser zugeraten, denn ein ganzer Rat der Klugen. Moses mußte sich von Jethro lehren lassen[39].
Hiermit befehle ich euch alle Gottes Gnaden, der wolle eure Herzen erweichen und anzünden, daß sie sich der armen, elenden, verlassenen Jugend mit Ernst annehmen und durch göttliche Hilfe ihnen raten und helfen zu seligem und christlichem Regiment deutschen Landes, an Leib und Seele, mit aller Fülle und Überfluß, zu Lob und Ehren Gott dem Vater durch Jesum Christum unsern Heiland. Amen.

Vorrede zum Unterricht der Visitatoren

1528

In den wenigen Sätzen seiner Vorrede zu Melanchthons Unterricht der Visitatoren, d. h. einer Lehranweisung für die mit der kursächsischen Kirchenvisitation beginnende Neuordnung des Kirchenwesens, hat Luther eine Entscheidung getroffen und begründet, die unser kirchliches Leben bis heute bestimmt: Er überläßt Initiative und Aufsicht bei der Neuordnung des evangelischen Kirchenwesens dem sächsischen Kurfürsten. Denn der »ist unsere gewisse weltliche Oberkeit, von Gott verordnet«, während man sich in Wittenberg über einen kirchlichen Auftrag zur Visitation der Pfarrer und Gemeinden nicht einigen konnte. Alle Vorbehalte Luthers, daß »S. K. F. G. zu lehren und geistlich zu regieren nicht befohlen ist«, konnten die damit einsetzende Bevormundung der Gemeinde durch das landesherrliche Kirchenregiment nicht hindern oder aufhalten. Wohl hätte sich dieses auch ohne Luthers Zustimmung durchgesetzt, weil es schon seit längerem sich herausgebildet hatte und auch in den katholisch gebliebenen Ländern sich durchsetzte. Aber wer die äußere und innere Entwicklung des deutschen Protestantismus verstehen will, wird den Abstand zwischen Luthers Schrift von 1523 (s. o. S. 161 ff.) und dieser Vorrede immer neu zu bedenken haben.

Wie ein göttlich, heilsam Werk es sei, die Pfarren und christlichen Gemeinen durch verständige, geschickte Leute zu besuchen, zeigen uns genugsam an beide, neues und altes Testament. Denn also lesen wir, daß S. Petrus umherzog im jüdischen Lande, Apg. 9, 32 und S. Paulus mit Barnabas, Apg. 15, 36 auch aufs neu durchzogen alle Ort, da sie gepredigert hatten. Und in allen Episteln zeiget er, wie er sorgfältig sei für alle Gemeinen und Pfarren, schreibet Briefe, sendet seine Jünger, läuft auch selber. Gleichwie auch die Apostel, Apg. 8, 14, da sie höreten, wie Samaria hätte das Wort angenommen, sandten sie Petrus und Johannes zu ihnen. Und im Alten Testament lesen wir auch, wie Samuel jetzt zu Rama, jetzt zu Nobe, jetzt zu Galgal[1], und so fortan, nicht aus Lust zu spazieren, sondern aus Liebe und Pflicht seines Amts, dazu aus Not und Durft[2] des Volks umherzog; wie denn auch Elias und Elisa taten, als wir in der Könige Bücher lesen[3]. Welches Werk auch Christus selbst aufs fleißigste vor allen getan; also, daß er auch deshalben nicht einen Ort behielt auf Erden, da er sein Haupt hinlegete, der sein eigen wäre (Matth. 8, 20). Auch noch im Mutterleibe solchs anfing, da er mit seiner Mutter über das Gebirge ging, und S. Johannes heimsuchte (Luk. 1, 39).

Welche Exempel auch die alten Väter, die heiligen Bischöfe, vorzeiten mit Fleiß getrieben haben, wie auch noch viel davon in päpstlichen Gesetzen gefunden wird. Denn aus diesem Werk sind ursprünglich kommen die Bischöfe und Erzbischöfe, danach einem jeglichen viel oder wenig zu besuchen und zu visitieren befohlen ward. Denn eigentlich heißt ein Bischof ein Aufseher und Visitator, und ein Erzbischof, der über dieselben Aufseher oder Visitator ist: darum, daß ein jeglicher Pfarrherr seine Pfarrkinder besuchen, warten und aufsehen soll, wie man da lehret und lebet, und der Erzbischof solche Bischöfe besuchen, warten, und aufsehen soll, wie dieselbigen lehren: bis daß zuletzt solch Amt ist eine solche weltliche, prächtige Herrschaft worden, da die Bischöfe zu Fürsten und Herrn sich gemacht, und solch Besuchamt etwa einem Probst, Vikar oder Dechant befohlen[4]. Und hernach, da Pröbste und Dechant und Domherrn auch faule Junkern worden, ward solchs den Offizialen befohlen, die mit Ladezetteln die Leute plagten in Geldsachen, und niemand besuchten[5].

Endlich, da es nicht ärger noch tiefer konnte fallen, blieb Junker Offizial auch daheim in warmer Stuben, und schickte etwa einen Schelmen oder Buben, der auf dem Lande und in Städten umher lief, und wo er etwas durch böse Mäuler und Afterreder höret in den Tabernen[6], von Manns- oder Weibspersonen, das zeigete er dem Offizial; der griff sie denn an nach seinem Schinderamt, schindet und schabet Geld, auch von unschuldigen Leuten, und brachte sie dazu um Ehre und guten Leumund, daraus Mord und Jammer kam. Daher ist auch blieben der heilige Send oder Synodus[7]. Summa, solch teuer edle Werk ist gar gefallen, und nichts davon überblieben, denn daß man die Leute um Geld, Schuld und zeitlich Gut geladen und verbannet, oder einen *divinum ordinem*, von den Antiphon und Versikeln in den Kirchen zu lehren, gestellet hat[8]. Aber wie man lehre, glaube, liebe; wie man christlich lebe, wie die Armen versorget, wie man die Schwachen tröstet, die Wilden strafet, und was mehr zu solchem Amt gehöret, ist nie gedacht worden. Eitel Junker und Prasser sind es worden, die den Leuten das Ihre verzehrten, und nichts, ja eitel Schaden dafür taten. Und ist also dies Amt, gleichwie alle heilige, christliche, alte Lehre und Ordnung, auch des Teufels und Endchrists[9] Spott und Gaukelwerk worden, mit greulichem, erschrecklichem Verderben der Seelen.

Denn wer kann erzählen, wie nütze und not solch Amt in der Christenheit sei? Am Schaden mag mans merken, der daraus kommen ist, seit der Zeit es gefallen und verkehret ist. Ist doch keine Lehre noch Stand rein geblieben, sondern dagegen so viel greulicher Rotten und Sekten aufkommen, als die Stift und Klöster sind, dadurch die christliche Kirche gar unterdrückt gewesen, Glaube verloschen, Liebe in Zank und Krieg verwandelt, Evangelion unter die Bank gesteckt, eitel Menschenwerk, Lehre und Träume, anstatt des Evangeliums, regiert haben. Da hatte freilich der Teufel gut machen, weil er solch Amt darnieder und unter sich gebracht, und eitel geistliche Larven und Mönchkälber[10] aufgerichtet hatte, daß ihm niemand widerstand: so es doch große Mühe hat, wenngleich das Amt recht und fleißig im Schwang gehet, wie Paulus klaget zu den Thessalonichern, Korinthern und Galatern, daß auch die Apostel selbst alle Hände voll damit zu schicken hatten[11]. Was sollten denn die müßigen faulen Bäuche hier Nutz schaffen?

Demnach, so uns jetzt das Evangelium durch überreiche, unaussprechliche Gnade Gottes barmherziglich wiederkommen, und helle wieder aufgegangen ist, dadurch wir gesehen, wie die Christenheit verwirret, zerstreuet und zerrissen; hätten wir auch dasselbige rechte Bischof- und Besucheamt, als aufs höchst vonnöten, gerne wieder angerichtet gesehen, aber weil unser keiner dazu berufen oder gewissen Befehl hatte, und S. Petrus nicht will etwas in der Christenheit schaffen lassen, man sei denn gewiß, daß es Gottes Geschäft sei (1. Petr. 4, 11), hat sichs keiner vor dem andern dürfen unterwinden[12].

Da haben wir des Gewissen wollen spielen[13], und zur Liebe Amt (welches allen Christen gemein und geboten), uns gehalten, und demütiglich mit untertäniger fleißiger Bitte angelanget den Durchlauchtigsten, Hochgeborenen Fürsten und Herrn, Herrn Johannes, Herzog zu Sachsen, des Heiligen Römischen Reichs Erzmarschallen und Kurfürsten, Landgrafen in Thüringen, Markgrafen zu Meißen usw., unsern gnädigsten Herrn, als des Landes Fürsten, und unsere gewisse weltliche Obrigkeit, von Gott verordnet; daß Se. Kurfürstl. Gnaden aus christlicher Liebe (denn sie nach weltlicher Obrigkeit nicht schuldig sind), und um Gottes Willen, dem Evangelio zu gut und den elenden Christen in Sr. Kurfürstl. Gnaden Landen zu Nutz und Heil, gnädiglich wollten etliche tüchtige Personen zu solchem Amt fordern und ordnen. Welches denn Se. Kurfürstl. Gnaden also gnädiglich durch Gottes Wohlgefallen getan und angerichtet haben, und solches den vier Personen befohlen, nämlich: dem gestrengen, ehrenfesten Herrn Hannsen, Edlen von der Plaunitz, Ritter usw.; dem achtbaren, hochgelehrten Herrn Hieronymo Schurf, der Rechten Doktorn usw.; dem gestrengen und festen Asmus von Haubitz usw. und dem achtbaren Herrn Philippo Melanchthon, Magistro usw.[14] Gott gebe, daß es ein selig Exempel sei und werde, allen andern deutschen Fürsten fruchtbarlich nachzutun; welches auch Christus am letzten reichlich vergelten wird. Amen.

Weil aber der Teufel durch seine giftigen, unnützen Mäuler kein göttlich Werk ungeschändet und ungeschabernackt lassen kann, und bereits durch unsere Feinde viel drinnen zu meistern und zu verdammen hat, also, daß auch etliche rühmen, unsere Lehre hab uns gereut[15], und seien zurückgegangen und widerrufen: (und wollt Gott, daß solch ihr Rühmen recht wäre, und unser Widerrufen bei ihnen gelten müßte, so würden sie freilich vielmehr zu uns denn wir zu ihnen treten, unsere Lehre bestätigen, und ihr Ding widerrufen müssen!) bin ich verursachet, solches alles, so die Visitatoren ausgerichtet, und schriftlich unserm gnädigsten Herrn haben angezeiget, nachdem ichs, mit allem Fleiß durch sie zusammengebracht, überkommen, öffentlich durch den Druck an Tag zu geben, damit man sehe, daß wir nicht im Winkel nach Dünkel handeln, sondern das Licht fröhlich und sicher suchen und leiden wollen.

Und wiewohl wir solches nicht als strenges Gebot können lassen ausgehen, auf daß wir nicht neue päpstliche Dekretales aufwerfen, sondern als eine Historie oder Geschichte, darzu als ein Zeugnis und Bekenntnis unsers Glaubens, so hoffen wir doch, alle frommen, friedsamen Pfarrherrn, welchen das Evangelium mit Ernst gefället, und Lust haben, einmütig und gleich mit uns zu halten, wie S. Paulus lehret Phil. 2, 2, daß wir tun sollen, werden solchen unsers Landesfürsten und gnädigsten Herren Fleiß, dazu unsere Liebe und Wohlmeinen, nicht undankbar noch stolz verachten, sondern sich willig, ohne Zwang, nach der Liebe Art, solcher Visitation unterwerfen, und samt uns derselbigen friedlich leben, bis daß Gott der Heilige Geist besseres durch sie oder durch uns anfange.

Wo aber etliche sich mutwillig dawider setzen würden, und ohne guten Grund ein Sonderliches wollten machen, wie man denn wilde Köpfe findet, die aus lauter Bosheit nicht können etwas Gemeines oder Gleiches tragen, sondern ungleich und eigensinnig sein, ist ihr Herz und Leben: müssen wir dieselbigen sich lassen von uns, wie die Spreu von der Tennen, sondern, und um ihretwillen unser Gleiches nicht lassen: wiewohl wir auch hierin unsers gnädigsten Herren Hilfe und Rat nicht wollen unversuchet lassen. Denn obwohl Sr. Kurfürstl. Gnaden zu lehren und geistlich zu regieren nicht befohlen ist, so sind sie doch schuldig als weltliche Obrigkeit, darob zu halten, daß nicht Zwietracht, Rotten und Aufruhr sich unter den Untertanen erheben: wie auch der Kaiser Konstantinus die Bischöfe gen Nicäa fordert, da er nicht leiden wollt noch sollt die Zwietracht, so Arius hatte unter den Christen im Kaisertum angerichtet, und hielt sie zu einträchtiger Lehre und Glauben[16].

Aber Gott, der Vater aller Barmherzigkeit, gebe uns durch Christum Jesum, seinen lieben Sohn, den Geist der Einigkeit und Kraft, zu tun seinen Willen. Denn ob wir gleich aufs allerfeinste einträchtig sind, haben wir dennoch alle Hände voll zu tun, daß wir Gutes tun und bestehen in göttlicher Kraft. Was sollts denn werden, wo wir uneins und ungleich untereinander sein wollten? Der Teufel ist nicht fromm noch gut worden bis daher, wirds auch nimmermehr. Darum laßt uns wachen und sorgfältig sein, die geistliche Einigkeit (wie Paulus lehret) zu halten im Bande der Liebe und des Friedens. Amen.

Sendbrief vom Dolmetschen

1530

Mit der Übersetzung des Neuen Testaments (1522) und der ganzen Bibel (1534) hat Luther am stärksten auf seine Zeit und die Nachwelt gewirkt. Dennoch blieb er auch hier nicht unwidersprochen.
Im Sendbrief vom Dolmetschen, auf der Koburg 1530 geschrieben, rechtfertigt er sein Übersetzen, vor allem die viel getadelte Einfügung des Wörtchens ›allein‹ in die Formel des Paulus von der Rechtfertigung des Menschen »aus Glauben, nicht aus den Werken«.
Wie er als Bibelübersetzer die Sprach- und die Sachfragen einander zuordnet und was seine Hauptgesichtspunkte dabei sind, hat er in diesem Brief mit hoher Souveränität verdeutlicht. Gegen Ende der Schrift faßt er so zusammen:
»Weil nun die Sache im Grunde selbst fordert, daß man sage, allein der Glaube macht gerecht, und unserer deutschen Sprache Art, die solches auch lehrt also auszusprechen; habe dazu der heiligen Väter Exempel und zwingt mich auch die Gefahr der Leute, daß sie an den Werken hangen bleiben und des Glaubens fehlen und Christus verlieren, sonderlich zu dieser Zeit, da sie so lang her der Werke gewohnt und schwer davon zu reißen sind: so ists nicht allein recht, sondern auch hoch von nöten, daß man aufs allerdeutlichste und völligste heraussage: allein der Glaube ohne Werke macht fromm.«
Wir bringen den Sendbrief, soweit er sich mit seinem Thema befaßt, ohne Kürzung.

Dem ehrbaren und vorsichtigen N., meinem günstigen Herrn und Freunde.

Gnade und Friede in Christo. Ehrbarer, vorsichtiger lieber Herr und Freund! Ich habe eure Schrift empfangen mit den zwei Quästionen oder Fragen, darin ihr meines Berichts begehrt: Erstlich, warum ich zu den Römern im dritten

Kapitel die Worte S. Pauli: *Arbitramur, hominem justificari ex fide absque operibus* also verdeutscht habe: »Wir halten, daß der Mensch gerecht werde, ohne des Gesetzes Werk, allein durch den Glauben.« Und zeigt daneben an, wie die Papisten sich über die Maßen unnütze machen, weil im Text Pauli nicht steht das Wort *sola*, allein, und sei solcher Zusatz von mir nicht zu leiden in Gottes Worten usw. Zum andern, ob auch die verstorbenen Heiligen für uns bitten, weil wir lesen, daß ja die Engel für uns bitten usw. Auf die ersten Fragen (wo es euch gelüstet) mögt ihr euren Papisten von meinetwegen antworten also: Zum ersten, wenn ich D. Luther mich hätte mögen des versehen, daß die Papisten alle auf einen Haufen so geschickt wären, daß sie ein Kapitel in der Schrift könnten recht und wohl verdeutschen, so wollte ich fürwahr mich der Demut haben finden lassen, und sie um Hilfe und Beistand gebeten, das Neue Testament zu verdeutschen. Aber dieweil ich gewußt, und noch vor Augen sehe, daß ihrer keiner recht weiß, wie man dolmetschen oder deutsch reden soll, habe ich sie und mich solcher Mühe überhoben. Das merkt man aber wohl, daß sie aus meinem Dolmetschen und Deutsch lernen deutsch reden und schreiben, und stehlen mir also meine Sprache, davon sie zuvor wenig gewußt; danken mir aber nicht dafür, sondern brauchen sie viel lieber wider mich. Aber ich gönne es ihnen wohl; denn es tut mir doch sanft, daß ich auch meine undankbaren Jünger, dazu meine Feinde, reden gelehrt habe.

Zum andern, mögt ihr sagen, daß ich das Neue Testament verdeutscht habe, auf mein bestes Vermögen, und auf mein Gewissen; habe damit niemand gezwungen, daß ers lese, sondern frei gelassen, und allein zu Dienst getan denen, die es nicht besser machen können. Ist niemand verboten, ein besseres zu machen. Wers nicht lesen will, der laß es liegen. Ich bitte und feire[1] niemand darum. Es ist mein Testament und meine Dolmetschung, und soll mein bleiben und sein. Hab ich drinnen etwa gefehlt (das mir doch nicht bewußt, und freilich ungern einen Buchstaben mutwilliglich wollte unrecht verdolmetschen), darüber will ich die Papisten nicht zu Richter leiden. Denn sie haben noch zur Zeit zu lange Ohren dazu, und ihr Ika ika[2] ist zu schwach, mein Verdolmetschen zu beurteilen.

Ich weiß wohl, und sie wissens weniger denn des Müllers

Tier, was für Kunst, Fleiß, Vernunft, Verstand zum guten Dolmetscher gehört; denn sie habens nicht versucht. Es heißt: Wer am Wege baut, der hat viele Meister. Also geht mirs auch. Diejenigen, die noch nie haben recht reden können, geschweige denn dolmetschen, die sind allzumal meine Meister, und ich muß ihr aller Jünger sein. Und wenn ich sie hätte sollen fragen, wie man die ersten zwei Worte Matth. 1, *Liber generationis*[3], sollte verdeutschen, so hätte ihrer keiner gewußt Gack dazu zu sagen, und urteilen mir nun das ganze Werk, die feinen Gesellen. Also ging es S. Hieronymus auch, da er die Bibel verdolmetschte[4], da war alle Welt sein Meister, er allein war es, der nichts konnte, und urteilen dem guten Mann sein Werk diejenigen, so ihm nicht genug gewesen wären, daß sie ihm die Schuhe hätten sollen wischen. Darum gehört große Geduld dazu, so jemand etwas öffentlich Gutes tun will. Denn die Welt will Meister Klügling bleiben, und muß immer das Roß unter dem Schwanz zäumen, alles meistern und selbst nichts können. Das ist ihre Art, davon sie nicht lassen kann.

Ich wollte noch gern den Papisten ansehen, der sich hervortät, und etwa eine Epistel S. Pauli oder einen Propheten verdeutscht, sofern daß er des Luthers Deutsch und Dolmetschen nicht dazu gebraucht: da sollte man sehen ein feines, schönes, löbliches Deutsch oder Dolmetschen. Denn wir haben ja gesehen den Sudler zu Dresden[5], der mein Neues Testament gemeistert hat (ich will seinen Namen in meinen Büchern nicht mehr nennen; so hat er auch nun seinen Richter, und ist sonst wohl bekannt), der bekennt, daß mein Deutsch süß und gut sei, und sähe wohl, daß ers nicht besser machen konnte, und wollte es doch zuschanden machen, fuhr zu, und nahm für sich mein Neues Testament, fast von Wort zu Wort, wie ichs gemacht habe, und tät meine Vorrede, Gloß und Namen davon, schrieb seinen Namen, Vorrede und Gloß dazu, verkaufte also mein Neues Testament unter seinem Namen. Wann, lieben Kinder, wie geschah mir da so wehe, da sein Landesfürst mit einer greulichen Vorrede verdammt und verbot, des Luthers Neues Testament zu lesen, doch daneben gebot, des Sudlers Neues Testament zu lesen, welches doch eben dasselbige ist, das der Luther gemacht hat.

Und daß nicht jemand hier denke, ich lüge, so nimm beide Testamente vor dich, des Luthers und des Sudlers, halte sie gegeneinander, so wirst du sehen, wer in allen beiden der Dolmetscher sei. Denn was er in wenig Orten geflickt und geändert hat (wiewohl mirs nicht alles gefällt), so kann ichs doch wohl leiden, und schadet mir sonderlich nichts, soviel es den Text betrifft; darum ich auch nie dawider habe wollen schreiben, sondern habe der großen Weisheit müssen lachen, daß man mein Neues Testament so greulich gelästert, verdammt, verboten hat, weil es unter meinem Namen ist ausgegangen, aber doch müssen lesen, weil es unter eines andern Namen ist ausgegangen. Wiewohl, was das für eine Tugend sei, einem andern sein Buch lästern und schänden, danach dasselbige stehlen, und unter eigenem Namen dennoch auslassen gehen, und also durch fremde verlästerte Arbeit eigen Lob und Namen suchen, das laß ich seinen Richter finden. Mir ist indes genug, und bin froh, daß meine Arbeit (wie S. Paulus auch rühmt[6]) muß auch durch meine Feinde gefördert, und des Luthers Buch ohne Luthers Namen, unter seiner Feinde Namen, gelesen werden, wie könnte ich mich besser rächen?

Und daß ich wieder zur Sache komme, wenn euer Papist sich viel unnütze machen will mit dem Wort *sola*, allein, so sagt ihm flugs also: Doktor Martin Luther wills also haben, und spricht: Papist und Esel sei ein Ding, *sic volo, sic jubeo, sit pro ratione voluntas*[7]. Denn wir wollen nicht der Papisten Schüler noch Jünger, sondern ihre Meister und Richter sein, wollen auch einmal stolzieren und pochen mit den Eselsköpfen; und wie Paulus wider seine tollen Heiligen sich rühmt, so will ich mich auch wider diese meine Esel rühmen. Sie sind Doktoren? Ich auch. Sie sind gelehrt? Ich auch. Sie sind Prediger? Ich auch. Sie sind Theologen? Ich auch. Sie sind Disputatoren? Ich auch. Sie sind Philosophen? Ich auch. Sie sind Dialektiker? Ich auch. Sie sind Legenten[8]? Ich auch. Sie schreiben Bücher? Ich auch.

Und will weiter rühmen: Ich kann Psalmen und Propheten auslegen; das können sie nicht. Ich kann dolmetschen; das können sie nicht. Ich kann die Heilige Schrift lesen; das können sie nicht. Ich kann beten; das können sie nicht. Und daß ich herunter komme, ich kann ihre eigene Dialektika und Philosophie besser, denn sie selbst allesamt. Und weiß dazu fürwahr, daß ihrer keiner ihren Aristoteles versteht. Und ist einer unter ihnen allen, der ein *Prooemium*[9] oder Kapitel im

Aristoteles recht versteht, so will ich mich lassen prellen. Ich rede jetzt nicht zuviel; denn ich bin durch ihre Kunst alle erzogen und erfahren von Jugend auf, weiß fast wohl, wie tief und weit sie ist. So wissen sie auch wohl, daß ich alles weiß und kann, was sie können; noch handeln die heillosen Leute gegen mich, als wäre ich ein Gast in ihrer Kunst, der allererst heut morgen gekommen wäre, und noch nie weder gesehen noch gehört hätte, was sie lehren oder können. So gar herrlich prangen sie herein mit ihrer Kunst, und lehren mich, was ich vor zwanzig Jahren an den Schuhen zerrissen habe, daß ich auch mit jener Metze auf all ihr Plärren und Schreien singen muß: Ich habs vor sieben Jahren gewußt, daß Hufnägel Eisen sind.

Das sei auf eure erste Frage geantwortet, und bitte euch, wollt solchen Eseln ja nichts anders noch mehr antworten auf ihr unnützes Geplärre vom Worte *sola*, denn also viel: Luther wills so haben und spricht, er sei ein Doktor über alle Doktoren im ganzen Papsttum. Da solls bei bleiben, ich will sie hinfort schlecht[10] verachten und verachtet haben, solange sie solche Leute (ich wollt sagen Esel) sind. Denn es sind solche unverschämte Tröpfe unter ihnen, die auch ihre eigene, der Sophisten, Kunst nie gelernt haben, wie Doktor Schmidt und Doktor Rotzlöffel[11], und seinesgleichen: und legen sich gleichwohl wider mich in diesen Sachen, die nicht allein über die Sophisterei, sondern auch (wie S. Paulus sagt) über aller Welt Weisheit und Vernunft ist[12]. Zwar es dürfte ein Esel nicht viel singen, man kennt ihn sonst wohl bei den Ohren.

Euch aber und den Unsern will ich anzeigen, warum ich das Wort *sola* habe wollen gebrauchen, wiewohl Röm. 3, 28 nicht *sola*, sondern *solum* oder *tantum* von mir gebraucht ist. Also fein sehen die Esel meinen Text an; aber doch habe ichs sonst anderswo, *sola fide*, gebraucht, und will auch beide, *solum* und *sola*, haben. Ich hab mich des beflissen im Dolmetschen, daß ich rein und klar Deutsch geben möchte. Und ist uns wohl oft begegnet, daß wir vierzehn Tage, drei, vier Wochen haben ein einziges Wort gesucht und gefragt, habens dennoch zuweilen nicht gefunden.

Im Hiob arbeiteten wir also, M. Philippus, Aurogallus[13] und ich, daß wir in vier Tagen zuweilen kaum drei Zeilen konnten fertigen. Lieber, nun es verdeutscht und bereit ist, kanns ein jeder lesen und meistern, läuft einer jetzt mit den Augen durch drei, vier Blätter, und stößt nicht einmal an; wird aber nicht gewahr, welche Wacken und Klötze dagelegen sind, da er jetzt überhingehet, wie ein gehobeltes Brett, da wir haben müssen schwitzen und uns ängstigen, ehe denn wir solche Wacken und Klötze aus dem Wege räumen, auf daß man könnte so fein dahergehen. Es ist gut pflügen, wenn der Acker gereinigt ist; aber den Wald und die Stöcke ausrotten, und den Acker zurichten, da will niemand an. Es ist bei der Welt kein Dank zu verdienen. Kann doch Gott selbst mit der Sonne, ja mit Himmel und Erde, noch mit seines eigenen Sohnes Tod, keinen Dank verdienen; sie sei und bleibt Welt des Teufels Namen, weil sie ja nicht anders will.

Also habe ich hier Röm. 3 sehr wohl gewußt, daß im lateinischen und griechischen Text das Wort *solum* nicht steht, und hätten mich solches die Papisten nicht lehren dürfen. Wahr ists, diese vier Buchstaben, *sola*, stehen nicht drinnen, welche Buchstaben die Eselsköpfe ansehen, wie die Kühe ein neues Tor. Sehen aber nicht, daß gleichwohl die Meinung des Textes in sich hat, und wo mans will klar und gewaltiglich verdeutschen, so gehört es hinein. Denn ich habe deutsch, nicht lateinisch noch griechisch reden wollen, da ich deutsch zu reden im Dolmetschen vorgenommen hatte. Das ist aber die Art unserer deutschen Sprache, wenn sie eine Rede begibt von zweien Dingen, der man eines bekennt und das andere verneint, so gebraucht man das Wort *solum* (allein) neben dem Wort (nicht oder kein). Als wenn man sagt: Der Bauer bringt allein Korn, und kein Geld. Nein, ich hab wahrlich jetzt nicht Geld, sondern allein Korn. Ich hab allein gegessen und noch nicht getrunken. Hast du allein geschrieben, und nicht überlesen? Und dergleichen unzählige Weisen im täglichen Brauch.

In diesen Reden allen, ob es gleich die lateinische oder griechische Sprache nicht tut, so tut es doch die deutsche, und ist ihre Art, daß sie das Wort »allein« hinzu setzt, auf daß das Wort »nicht« oder »kein« desto völliger und deutlicher sei. Denn wiewohl ich auch sage: Der Bauer bringt Korn und kein Geld, so lautet doch das Wort kein Geld nicht so völlig und deutlich, als wenn ich sage: Der Bauer bringt allein Korn und kein Geld; und hilft hier das Wort »allein« dem Wort »kein« so viel, daß es eine völlige deutsche klare Rede wird. Denn man muß nicht die Buchstaben in der lateinischen Sprache fragen, wie man soll deutsch reden, wie diese Esel tun; sondern man muß die Mutter im Hause, die Kinder auf den Gassen, den gemeinen Mann auf dem Markt darum fragen, und denselbigen auf das Maul sehen, wie sie reden, und danach dolmetschen, so verstehen sie es denn, und merken, daß man deutsch mit ihnen redet.

Als wenn Christus spricht[14]: *Ex abundantia cordis os loquitur.* Wenn ich den Eseln soll folgen, die werden mir die Buchstaben vorlegen, und also dolmetschen: Aus dem Überfluß des Herzens redet der Mund. Sage mir, ist das deutsch geredet? Welcher Deutsche versteht solches? Was ist Überfluß des Herzens für ein Ding? Das kann kein Deutscher sagen, er wollt denn sagen, es sei, daß einer allzu ein großes Herz habe, oder zu viel Herzens habe. Wiewohl das auch noch nicht recht ist. Denn Überfluß ist kein Deutsch; so wenig als das Deutsch ist: Überfluß des Hauses, Überfluß des Kachelofens, Überfluß der Bank, sondern also redet die Mutter im Haus, und der gemeine Mann: Wes das Herz voll ist, des geht der Mund über. Das heißt gut deutsch geredet; des ich mich beflissen, und leider nicht allwege erreicht noch getroffen habe. Denn die lateinischen Buchstaben hindern aus der Maßen sehr, gut Deutsch zu reden.

Also, wenn der Verräter Judas sagt Matth. 26 (V. 8): *Ut quid perditio haec*? Und Marci 14 (V. 4): *Ut quid perditio ista unguenti facta est*? Folge ich den Eseln und Buchstabilisten, so muß ichs also verdeutschen: Warum ist diese Verlierung der Salben geschehen? Was ist aber das für Deutsch? Welcher Deutsche redet also: Verlierung der Salben ist geschehen? Und wenn ers wohl versteht, so denkt er, die Salbe sei verloren, und müsse sie etwa wieder suchen; wiewohl das auch noch dunkel und ungewiß lautet. Wenn nun das gutes Deutsch ist, warum treten sie nicht hierfür, und machen uns ein solch fein, hübsch, neues deutsches Testament, und lassen des Luthers Testament liegen? Ich meine ja, sie sollten ihre Kunst an den Tag bringen. Aber der deutsche Mann redet also: *Ut quid etc.* Was soll doch solcher Schade? Nein, es ist schade um die Salbe. Das ist gut Deutsch, daraus man versteht, daß Magdalene mit den verschütteten Salben sei unrätlich umgegangen, und habe Schaden getan; das war Judas Meinung: denn er gedacht, besseren Rat damit zu schaffen.

Item, da der Engel Mariam grüßet, und spricht[15]: Gegrüßet seist du, Maria, voll Gnaden, der Herr mit dir. Wohlan, so ists bisher schlecht, den lateinischen Buchstaben nach, verdeutschet. Sage mir aber, ob solches auch gutes Deutsch sei? Wo redet der deutsche Mann also: Du bist voll Gnaden? Und welcher Deutsche versteht, was gesagt sei: voll Gnaden? Er muß denken an ein Faß voll Bier oder Beutel voll Geldes. Darum habe ichs verdeutscht: du Holdselige; damit doch ein Deutscher desto mehr hinzu kann denken, was der Engel meint mit seinem Gruß. Aber hier wollen die Papisten toll werden über mich, daß ich den engelischen Gruß verderbt habe; wiewohl ich dennoch damit nicht das beste Deutsch habe getroffen. Und hätte ich das beste Deutsch hier sollen nehmen, und den Gruß also verdeutschen, Gott grüße dich, du liebe Maria (denn so viel will der Engel sagen, und so würde er geredet haben, wann er hätte wollen sie deutsch grüßen); ich halt, sie sollten sich wohl selbst erhenkt haben vor großer Andacht zu der lieben Maria, daß ich den Gruß so zunichte gemacht hätte.

Aber was frage ich darnach, sie toben oder rasen? Ich will nicht wehren, daß sie verdeutschen, was sie wollen; ich will aber auch verdeutschen, nicht wie sie wollen, sondern wie ich will. Wer es nicht haben will, der laß mirs stehen, und halt seine Meisterschaft bei sich; denn ich will ihrer weder sehen noch hören. Sie dürfen für mein Dolmetschen nicht Antwort geben, noch Rechenschaft tun. Das hörest du wohl, ich will sagen: Du holdselige Maria, du liebe Maria; und laß sie sagen: du voll Gnaden Maria. Wer Deutsch kann, der weiß wohl, welch ein herzlich fein Wort das ist: die liebe Maria, der liebe Gott, der liebe Kaiser, der liebe Fürst, der liebe Mann, das liebe Kind. Und ich weiß nicht, ob man das Wort »liebe« auch so herzlich und genugsam in lateinischer oder andern Sprachen reden mag, daß also dringe und klinge ins Herz, durch alle Sinne, wie es tut in unser Sprache.

Denn ich halt, S. Lukas, als ein Meister in hebräischer und gräkischer[16] Sprache, habe das hebräisch Wort, so der Engel gebraucht, wollen mit dem gräkischen *kecharitomene*[17] treffen und deutlich geben. Und denke mir, der Engel Gabriel habe mit Maria geredet, wie er mit Daniel redet, und nennt ihn *hamudoth* und *isch hamudoth vir desideriorum*, das ist, du lieber Daniel[18]. Denn das ist Gabriels Weise zu reden, wie wir im Daniel sehen. Wenn ich nun den Buchstaben nach, aus der Eselkunst, sollt des Engels Wort verdeutschen, müßte ich also sagen: Daniel, du Mann der Begierungen, oder: Daniel, du Mann der Lüste. Oh, das wäre schon Deutsch! Ein deutscher Mann hört wohl, daß Lüste oder Begierungen deutsche Worte sind. Wiewohl es nicht eitel reine deutsche Worte sind, sondern Lust und Begier wären wohl besser. Aber wenn sie so zusammengefaßt werden: du Mann der Begierungen, so weiß kein Deutscher, was gesagt ist; denkt, daß Daniel vielleicht voll böser Lust stecke. Das hieße denn fein gedolmetscht.

Darum muß ich hier die Buchstaben fahren lassen, und forschen, wie der deutsche Mann solches redet, welches der hebräische Mann *isch hamudoth* redet, so finde ich, daß der deutsche Mann also spricht: du lieber Daniel, du liebe Maria, oder: du holdselige Magd, du niedliche Jungfrau, du zartes Weib, und dergleichen. Denn wer dolmetschen will, muß großen Vorrat von Worten haben, daß er die Wahl könne haben, wo eins an allen Orten nicht lauten will.

Und was soll ich viel und lange sagen von Dolmetschen? Soll ich aller meiner Worte Ursachen und Gedanken anzeigen, ich müßte wohl ein Jahr daran zu schreiben haben. Was Dolmetschen für Kunst und Arbeit sei, das habe ich wohl erfahren; darum will ich keinen Papstesel noch Maulesel, die nichts versucht haben, hierin zum Richter oder Tadler leiden. Wer mein Dolmetschen nicht will, der laß es anstehen; der Teufel danke ihm, wer es ungerne hat, oder ohne meinen Willen und Wissen meistert. Solls gemeistert werden, so will ichs selber tun; wo ichs selber nicht tue, da lasse man mir mein Dolmetschen mit Frieden, und mache ein jeglicher, was er will, für sich selbst, und habe ihm ein gutes Jahr.

Das kann ich mit gutem Gewissen zeugen, daß ich meine höchste Treue und Fleiß darin erzeigt, und nie keine falschen Gedanken gehabt habe: denn ich habe keinen Heller dafür genommen, noch gesucht, noch damit gewonnen; so habe ich meine Ehre darin nicht gemeint, das weiß Gott, mein Herr, sondern habs zu Dienst getan den lieben Christen, und zu Ehren einem, der droben sitzt, der mir alle Stunden so viel Gutes tut, daß, wenn ich tausendmal so viel und fleißig gedolmetscht, dennoch nicht eine Stunde verdient hätte zu leben oder ein gesundes Auge zu haben. Es ist alles seiner

Gnaden und Barmherzigkeit, was ich bin und habe; ja es ist seines teuren Blutes und sauren Schweißes, darum solls auch (ob Gott will) alles ihm zu Ehren dienen, mit Freuden und von Herzen. Lästern mich die Sudeler und Papstesel, wohlan, so loben mich die frommen Christen, samt ihrem Herrn Christo, und bin allzu reichlich belohnt, wo mich nur ein einziger Christ für einen treuen Arbeiter erkennt. Ich frage nach Papsteseln nichts; sie sind nicht wert, daß sie meine Arbeit sollen erkennen: und sollt mir im Grund meines Herzens leid sein, daß sie mich lobten. Ihr Lästern ist mein höchster Ruhm und Ehre. Ich will doch ein Doktor, ja auch ein ausbündiger Doktor sein, und sie sollen mir den Namen nicht nehmen bis an den jüngsten Tag, das weiß ich fürwahr.

Doch habe ich wiederum nicht allzufrei die Buchstaben lassen fahren, sondern mit großen Sorgen samt meinen Gehilfen darauf gesehen, daß, wo etwa an einem Ort gelegen ist, habe ichs nach den Buchstaben behalten, und bin nicht so frei davongegangen. Als Johannes 6 (V. 27), da Christus spricht: Diesen hat Gott der Vater versiegelt, da wäre wohl besser deutsch gewesen: diesen hat Gott der Vater gezeichnet, oder: diesen meint Gott der Vater. Aber ich habe eher wollen der deutschen Sprache abbrechen, denn von dem Wort weichen. Ah, es ist Dolmetschen ja nicht eines jeglichen Kunst, wie die tollen Heiligen meinen; es gehört dazu ein recht fromm, treu, fleißig, furchtsam, christlich, gelehret, erfahren, geübet Herz. Darum halt ich, daß kein falscher Christ noch Rottengeist treulich dolmetschen könne; wie das wohl scheint in den Propheten zu Worms verdeutscht[19], darin doch wahrlich großer Fleiß geschehen, und meinem Deutschen fast nachgegangen ist; aber es sind Juden dabei gewesen, die Christo nicht große Huld erzeigt haben, sonst wäre Kunst und Fleiß genug da.

Das sei vom Dolmetschen und Art der Sprache gesagt. Aber nun habe ich nicht allein der Sprachen Art vertraut und gefolgt, daß ich Römer 3 (V. 28) *solum* (allein) habe hinzugesetzt; sondern der Text und die Meinung S. Pauli fordern und erzwingens mit Gewalt. Denn er handelt ja daselbst das Hauptstück christlicher Lehre, nämlich, daß wir durch den Glauben an Christum, ohne alle Werke des Gesetzes, gerecht werden, und schneidet alle Werke so rein ab, daß er auch spricht: des Gesetzes (das doch Gottes Gesetz und Wort ist) Werke nicht helfen zur Gerechtigkeit.

Und setzt zum Exempel Abraham, daß derselbige sei so gar ohne Werke gerecht worden, daß auch das höheste Werk, das dazumal neu geboten ward von Gott vor und über allen andern Gesetzen und Werken, nämlich die Beschneidung, ihm nicht geholfen habe zur Gerechtigkeit, sondern sei ohne die Beschneidung und ohne alle Werke gerecht worden, durch den Glauben, wie er spricht Kap. 4 (V. 2): »Ist Abraham durch Werke gerecht worden, so mag er sich rühmen, aber nicht vor Gott.« Wo man aber alle Werke so rein abschneidet, da muß ja die Meinung sein, daß allein der Glaube gerecht mache. Und wer deutlich und dürre von solchem Abschneiden der Werke reden will, der muß sagen: allein der Glaube, und nicht die Werke machen uns gerecht. Das zwingt die Sache selbst neben der Sprachen Art.

Ja, sprechen sie, es lautet ärgerlich, und die Leute lernen daraus verstehen, daß sie keine gute Werke tun dürfen. Lieber, was soll man sagen, ists nicht viel ärgerlicher, daß S. Paulus selbst nicht sagt: allein der Glaube, sondern schüttelts wohl gröber heraus, und stößt dem Faß den Boden aus, und spricht: ohne des Gesetzes Werke? Und Galat. 1 (2, 16.): »Nicht durch die Werke des Gesetzes«, und dessen viel mehr an andern Orten. Denn das Wort »allein der Glaube« möchte noch eine Glosse[20] finden; aber das Wort »ohne Werke des Gesetzes« ist so grob, ärgerlich, schändlich, daß man mit keiner Glosse helfen kann. Wie viel mehr möchten hieraus die Leute lernen keine gute Werke tun, da sie hören mit so dürren starken Worten von den Werken selbst predigen: »kein Werk, ohne Werk, nicht durch Werk«. Ist nun das nicht ärgerlich, daß man »ohne Werk, kein Werk, nicht durch Werk« predigt, was sollts denn ärgerlich sein, so man dies »allein der Glaube« predigt.

Und das noch ärgerlicher ist: S. Paulus verwirft nicht schlechte gemeine Werke[21], sondern des Gesetzes selbst. Daraus möchte wohl jemand sich noch mehr ärgern und sagen, das Gesetz sei verdammt und verflucht vor Gott, und man solle eitel Böses tun, wie die taten Röm. 3 (V. 8.): »Laßt uns Böses tun, auf daß es gut werde«; wie auch ein Rottengeist zu unserer Zeit anfing[22]. Sollte man um solcher Ärgernis willen S. Pauli Wort verleugnen, oder nicht frisch und frei vom Glauben reden?

Lieber, eben S. Paulus und wir wollen solche Ärgernis haben, und lehren um keiner andern Ursachen willen so stark wider die Werke, und treiben allein auf den Glauben, daß die Leute sollen sich ärgern, stoßen und fallen, damit sie mögen lernen und wissen, daß sie durch ihre guten Werke nicht fromm werden, sondern allein durch Christi Tod und Auferstehen. Können sie nun durch gute Werke des Gesetzes nicht fromm werden, wie viel weniger werden sie fromm werden durch böse Werke, und ohne Gesetz? Darum folget es nicht: gute Werke helfen nicht; darum helfen böse Werke. Gleich als nicht fein folgt: die Sonne kann dem Blinden nicht helfen, daß er sehe; darum muß ihm die Nacht und Finsternis helfen, daß er sehe.

Mich wundert aber, daß man sich in dieser öffentlichen Sache so mag sperren. Sage mir doch, ob Christi Tod und Auferstehen unser Werk sei, das wir tun, oder nicht? Es ist ja nicht unser Werk, noch einiges Gesetzes Werk. Nun macht uns ja allein Christi Tod und Auferstehen frei von Sünden, und fromm, wie Paulus sagt (Röm. 4, 25): »Er ist gestorben um unserer Sünde willen, und auferstanden um unserer Gerechtigkeit willen.« Weiter sage mir, welches ist das Werk, damit wir Christi Tod und Auferstehen fassen und halten? Es muß ja kein äußerlich Werk, sondern allein der ewige Glaube im Herzen sein; derselbige allein, ja gar allein, und wo es gepredigt wird durchs Evangelium.

Was ists denn nun, daß man so tobt und wüstet, ketzert und brennt[23], so die Sache im Grund selbst klärlich da liegt und beweist, daß allein der Glaube Christi Tod und Auferstehen fasse ohne alle Werke, und derselbige Tod und Auferstehen sei unser Leben und Gerechtigkeit. So es denn an ihm selbst öffentlich also ist, daß allein der Glaube uns solch Leben und Gerechtigkeit bringet, fasset und gibt; warum soll man denn nicht auch also reden? Es ist nicht Ketzerei, daß der Glaube allein Christum fasset und das Leben gibt; aber Ketzerei muß es sein, wer solches sagt oder redet. Sind sie nicht toll, töricht und unsinnig? Die Sachen bekennen sie für recht, und strafen doch die Rede von derselbigen Sache für unrecht. Keinerlei zugleich muß beide recht und unrecht sein[24].

Auch bin ichs nicht allein, noch der erste, der da sagt: allein der Glaube mache gerecht; es haben vor mir Ambrosius, Augustinus und viele andere gesagt[25]. Und wer S. Paulus lesen und verstehen soll, der muß wohl so sagen, und kann nicht anders; seine Worte sind zu stark, und leiden kein, ja gar kein Werk. Ists kein Werk, so muß es der Glaube allein sein. O wie sollt es so gar eine feine, besserliche[26], unärgerliche Lehre sein, wenn die Leute lernten, daß sie neben dem Glauben auch durch Werke fromm möchten werden. Das wäre so viel gesagt, daß nicht allein Christi Tod unsere Sünde wegnähme, sondern unsere Werke täten auch etwas dazu. Das hieß Christi Tod fein geehret, daß unsere Werke ihm hülfen, und könnten das auch tun, das er tut, auf daß wir ihm gleich gut und stark wären. Es ist der Teufel, der das Blut Christi nicht kann ungeschändet lassen.

Weil nun die Sache im Grund selbst fordert, daß man sage, allein der Glaube macht gerecht, und unserer deutschen Sprache Art, die solches auch lernt also auszusprechen, habe dazu der heiligen Väter Exempel, und zwinget auch die Fahr[27] der Leute, daß sie nicht an den Werken hangen bleiben, und des Glaubens fehlen, und Christum verlieren, sonderlich zu dieser Zeit, da sie so lang her der Werke gewohnt, und mit Macht davon zu reißen sind: so ists nicht allein recht, sondern auch hoch vonnöten, daß man aufs allerdeutlichste und völligste heraussage, allein der Glaube ohne Werke macht fromm. Und reuet mich, daß ich nicht auch dazu gesetzt habe: alle und aller, also: ohne alle Werke aller Gesetze, daß es voll und rund herausgesprochen wäre. Darum solls in meinem Neuen Testament bleiben, und sollten alle Papstesel toll und töricht werden, so sollen sie mirs nicht heraus bringen. Das sei jetzt davon genug, weiter will ich (so Gott Gnade gibt), davon reden im Büchlein *De Justificatione*[28].

Aus den Wochenpredigten über Matthäus 5–7

1530–1532

Aus der Fülle von Luthers Predigtüberlieferung ragen die Wochenpredigten über die Bergpredigt (Matth. 5–7) hervor, die er in Vertretung des Stadtpfarrers Bugenhagen von 1530 bis 1532 gehalten hat. Mit den Weisungen und Verheißungen Jesu in der Bergpredigt kommt kein christliches Zeitalter zurecht, noch weniger kommen wir von ihnen los. In Luthers Auslegung, von der wir nur die Einleitung und die Behandlung der ersten vier Seligpreisungen (Matth. 5, 1–6) bringen, konzentriert sich, was an Luthers Evangeliumsverständnis für das Leben des Christen in der Welt wirksam geworden, gerade heute aber aufs stärkste umstritten ist. Luther versteht die Verheißung Jesu jenseitig und scheint die Reichweite des Glaubens und seiner irdischen Verwirklichung auf die innerliche Gesinnung einzuschränken.
Auch wenn wir es hier nur mit bearbeiteten Predigtnachschriften zu tun haben, also nicht die authentische Stimme Luthers hören, gebührt ihnen ein Platz in unserer Auswahl. Denn Luther hat auch sonst nicht anders gelehrt, und er hat die Ausgabe dieser Predigten durch eine eigene Vorrede autorisiert. – Unser Text ist ungekürzt.

Da er das Volk sah, ging er auf einen Berg und setzte sich, und seine Jünger traten zu ihm. Und er tat seinen Mund auf, lehrte sie, und sprach.

Da macht der Evangelist eine Vorrede und Gepränge, wie sich Christus gestellet habe zu der Predigt, die er tun wollte: daß er auf einen Berg gehet und sich setzet und seinen Mund auftut; daß man siehet, es sei sein Ernst. Denn das sind die drei Stücke, wie man sagt, so zu einem guten Prediger gehören: zum ersten, daß er auftrete; zum andern, daß er das Maul auftu, und etwas sage; zum dritten, daß er auch könne aufhören.

Auftreten ist, daß er sich stelle als ein Meister oder Prediger, der es kann und tun soll, als dazu berufen und nicht von ihm selbst kommet, sondern dem es gebühret aus Pflicht und Gehorsam; daß er sagen könne: Ich komme nicht getrollt aus eigenem Vornehmen und Gutdünken, sondern muß es tun von Amts wegen.

Das ist wider die gesagt, die uns bisher und noch so viel Plage und Marter anlegen, die Rottenbuben und Schwärmer, so hin und wieder in Landen irr laufen und streichen, vergiften die Leute, ehe es Pfarrer, und die im Amt oder Obrigkeit sitzen, erfahren, und so ein Haus nach dem andern beschmeißen, bis sie eine ganze Stadt, darnach aus der Stadt ein ganzes Land vergiften. Solchen Schleichern und Streichern zu wehren, sollte man schlechthin nicht zulassen jemand zu predigen, dem es nicht befohlen und das Amt aufgelegt ist; auch niemand sich unterstehen, ob er schon ein Prediger ist, wo er einen Lügenprediger höret in einer papistischen oder andern Kirchen, der die Leute verführet, wider ihn zu predigen; auch nicht hin und wieder in die Häuser schleichen, und sonderliche Winkelpredigt anrichten, sondern daheim bleiben und seines Amts oder Predigtstuhls warten oder stillschweigen, wo er nicht will oder kann öffentlich auf die Kanzel treten[1].

Denn Gott will nicht, daß man mit seinem Wort irre laufe, als treibe jemand der Heilige Geist, und müsse predigen, und also Stätte und Winkel, Häuser oder Predigtstühle suche, da er kein Amt hat. Denn auch S. Paulus selbst nicht wollte, ob er wohl zu einem Apostel von Gott berufen war, an den Orten predigen, da die andern Apostel vorher gepredigt hatten. Darum steht hier, daß Christus frei öffentlich auf den Berg geht, als er sein Predigtamt anfängt, und bald hernach spricht er zu den Jüngern: Ihr seid das Licht der Welt[2]. Und: Man zündet kein Licht an und steckts unter einen Scheffel, sondern setzts auf einen Leuchter, daß es leuchte allen, die im Hause sind[3]. Denn das Predigtamt und Gottes Wort soll daher leuchten wie die Sonne, nicht im Dunkeln schleichen und meuchlings, wie man Blindekuh spielt; sondern frei am Tage handeln und ihm wohl lassen unter die Augen sehen, daß beide, Prediger und Zuhörer, des gewiß seien, daß es recht gelehrt, und das Amt befohlen sei, daß sie es kein Hehl haben dürfe. So tu du auch! Wenn du im Amt bist und Befehl hast zu predigen, so tritt frei öffentlich hervor und scheue niemand, auf daß du könnest rühmen mit Christo: Ich habe frei öffentlich gelehrt vor der Welt und habe nichts im Winkel geredet usw. Joh. 18 (20).

Sprichst du aber: Wie? soll denn niemand nichts lehren, es geschehe denn öffentlich? Oder, sollte ein Hausvater in seinem Haus sein Gesinde nicht lehren oder einen Schüler oder andern bei sich halten, der ihnen vorlese? Antwort: Traun ja, das ist auch wohlgetan, dazu ein rechter Raum und Stätte dazu. Denn ein jeglicher Hausvater ist schuldig, daß er sein Kind und Gesinde ziehe und lehre oder lehren lasse. Denn er ist in seinem Hause als ein Pfarrer oder Bischof über sein Gesinde, und ist ihm befohlen, daß er drauf sehe, was sie lernen, und für sie antworte. Aber das gilt nicht, daß du solches außer deinem Hause tun wollest und dich von dir selbst in andre Häuser oder zu Nachbarn eindringen; sollst auch nicht leiden, daß irgendein Schleicher zu dir komme und in deinem Haus ein Sonderliches mache mit Predigen, das ihm nicht befohlen ist. Kommt aber einer in ein Haus oder Stadt, so heiße man ihn Zeugnis bringen, daß er bekannt sei, oder Siegel und Brief zeigen, daß er Befehl habe. Denn man muß nicht allen Streichern[4] glauben, die sich des heiligen Geists rühmen, und sich damit hin und her in die Häuser drehen. Kurz, es heißt: Das Evangelium oder Predigtamt soll nicht im Winkel, sondern hoch empor aufm Berg, und frei öffentlich am Licht sich lassen hören. Das ist eines, das hier Matthäus will anzeigen.

Das andre ist, daß er seinen Mund auftut. Das gehört (wie gesagt) auch zu einem Prediger, daß er nicht das Maul zuhalte und nicht allein öffentlich das Amt führe, daß jedermann schweigen müsse und ihn auftreten lasse als den, der göttlich Recht und Befehl hat, sondern auch das Maul frisch und getrost auftue, das ist: die Wahrheit, und was ihm befohlen ist, zu predigen; nicht schweige noch mummele, sondern ohn Scheu und unerschrocken bekenne, und frei heraus sage, niemand angesehen noch geschonet, es treffe, wen oder was es wolle.

Denn das hindert einen Prediger gar sehr, wenn er sich will umsehen und sich damit bekümmern, was man gerne höret oder nicht, oder was ihm Ungunst, Schaden oder Gefahr bringen möchte; sondern, wie er hoch auf dem Berg, an einem öffentlichen Ort, stehet, und frei um sich siehet, so soll er auch frei reden und niemand scheuen, ob er gleich mancherlei Leute und Köpfe sieht, und kein Blatt vors Maul nehmen, weder gnädige noch zornige Herren und Junker, weder Geld, Reichtum, Ehre, Gewalt, noch Schande, Armut, Schaden ansehen, und nicht weiter denken, denn daß er rede, was sein Amt fordert, darum er da stehet.

Denn Christus hat das Predigtamt nicht dazu gestiftet und eingesetzt, daß es diene, Geld, Gut, Gunst, Ehre, Freundschaft zu erwerben oder seinen Vorteil damit zu suchen; sondern, daß man die Wahrheit frei öffentlich an den Tag stelle, das Böse strafe und sage, was zur Seelen Nutz, Heil und Seligkeit gehöret usw. Denn Gottes Wort ist nicht darum hier, daß es lehre, wie eine Magd oder Knecht im Haus arbeiten soll und sein Brot verdienen, oder ein Bürgermeister regieren, ein Ackermann pflügen oder Heu machen. Summa: es gibt und zeiget nicht zeitliche Güter, dadurch man dieses Leben erhalte; denn solches hat die Vernunft vorhin alles einen jeglichen gelehret: sondern das will es lehren, wie wir sollen kommen zu jenem Leben, und heißt dich dieses Lebens brauchen und den Bauch hier nähren, so lange es währt, doch, daß du wissest, wo du bleiben und leben sollst, wenn solches aufhören muß.

Wenn nun solches angehet, daß man predigen soll von einem andern Leben, darnach wir sollen trachten, und um deswillen wir des nicht sollen achten, als wollten wir ewig hier bleiben, so gehet denn Hader und Streit an, daß es die Welt nicht leiden will. Wo denn da einem Prediger der Bauch und zeitlich Leben lieber ist, der tuts nicht; steht wohl und wäscht[5] auf der Kanzel, aber er predigt nicht die Wahrheit, tut das Maul nimmer nicht auf; wo es will übel gehen, da hält er inne, und beißet den Fuchs nicht. Siehe, darum hat Matthäus das Gepränge vorher beschrieben, daß Christus, als ein rechter Prediger, auf den Berg gehet und den Mund frisch auftut, die Wahrheit lehret, und strafet beide, falsche Lehre und Leben, wie wir hören werden.

Selig sind, die da geistlich arm sind; denn das Himmelreich ist ihr

Das ist ja ein feiner, süßer, freundlicher Anfang seiner Lehre und Predigt. Denn er fährt nicht daher, wie Moses oder ein Gesetzlehrer, mit Gebieten, Dräuen und Schrecken; sondern aufs allerfreundlichste, mit eitel Reizen und Locken und lieblichen Verheißungen. Und zwar, wo es nicht also gefaßt, und uns allen vorgetragen wären die lieben Worte und Predigt, die der Herr Christus zum ersten getan hat, so würde einen jeglichen der Vorwitz reiten und treiben, danach zu laufen bis gen Jerusalem, ja, bis ans Ende der Welt, da man nur ein Wort davon hören möchte. Da sollt man Geld genug finden, daß die Straße wohl gebaut würde, und würde jedermann gar herrlich rühmen, wie er die Worte und Predigt gehöret oder gelesen hätte, die der Herr Christus selbst geredet hätte. O welch ein trefflicher seliger Mann sollte der geachtet werden, dem solches möchte widerfahren! So würde es gewißlich gehen, wenn wir nichts davon geschrieben hätten, obgleich sonst viel von andern geschrieben wäre; und würde ein jeglicher sagen: »Ja, ich höre wohl, was S. Paulus und andere seiner Apostel gelehret haben, aber viel lieber wollte ich hören, was er doch selbst geredet und gepredigt hätte.« Jetzt aber, nun es so gemein ist, daß es jedermann im Buch geschrieben hat, und täglich lesen kann, achtets niemand für was Sonderliches und Köstliches. Ja, wir werdens dazu überdrüssig und schlagens in den Wind, als hätte es nicht die hohe Majestät vom Himmel, sondern irgendein Schuster geredet. Darum widerfähret uns auch, zur Strafe unseres Undanks und Verachtung, daß wir wenig genug davon haben und nimmer fühlen noch schmecken, was für ein Schatz, Kraft und Gewalt in Christi Worten ist. Wer aber die Gnade hat, daß ers recht ansehe als Gottes und nicht Menschen Wort, der wirds auch wohl höher und teurer achten und nimmermehr müde noch überdrüssig werden.

Wie freundlich aber und süß diese Predigt ist für die Christen, die seine Schüler sind, so verdrießlich und unleidlich ist sie für die Juden und ihre großen Heiligen. Denn er gibt ihnen bald im Anfang einen harten Stoß mit diesen Worten, verwirft und verdammet ihre Lehre, und predigt gleich das Widerspiel; ja, er schreiet Weh über ihr Leben und Lehren, wie Luk. 6 (24) anzeigt. Denn das ist die Summa ihrer Lehre gewesen: wenn es einem Menschen wohl ginge hier auf Erden, der wäre selig und wohl dran; und dahin hatten sie alles gerichtet: wenn sie fromm wären und Gott dieneten, daß ihnen Gott genug sollte geben auf Erden und nichts gebrechen lassen, wie David Ps. 144[6] von ihnen sagt: Das ist ihre Lehre: Daß alle Winkel und Kammern voll Vorrat seien, und die Anger voll Schafe, die allzumal voll und viel tragen, und das Vieh viel erarbeite, dazu kein Schade noch Verlust noch Unfall oder Plage sie treffe. Das heißen sie selige Leute usw.

Dawider tut hier Christus seinen Mund auf und spricht, es gehöre ein andres dazu, denn daß man hier genug habe auf Erden, als wollte er sagen: Ihr lieben Jünger, wenn ihr unter den Leuten predigen sollt, so werdet ihr finden, daß sie alle so lehren und glauben: wer da reich, gewaltig usw. sei, der sei allerdinge selig; und wiederum, wer da arm, elend ist, der sei vor Gott verworfen und verdammt. Denn in dem Glauben standen die Juden stark: wenn es einem Menschen wohl ginge, das wäre ein Zeichen, daß er einen gnädigen Gott hätte; und wiederum. Das machte, daß sie viele und große Verheißungen von Gott hatten von zeitlichen, leiblichen Gütern, die er den Frommen wollte geben. Darauf verließen sie sich, meineten, wenn sie solches hätten, so wären sie wohl mit ihm dran. Darauf ist auch das Buch Hiob gemacht. Denn darüber zanken und sperren sich seine Freunde wider ihn und treiben hart darauf, er müsse etwas Großes wider Gott verschuldet haben und auf sich wissen, daß er so gestraft werde. Darum soll ers bekennen, sich bekehren und fromm werden, so werde Gott die Strafe wieder von ihm nehmen usw.[7]

Darum ists eine nötige Predigt gewesen zum Anfang, daß er solchen Wahn umstieß und aus dem Herzen risse, als der größten Hindernisse eines wider den Glauben, der den rechten Abgott Mammon im Herzen stärket. Denn aus solcher Lehre hat nichts andres können folgen, denn daß die Leute geizig wurden, und ein jeglicher nur darnach trachtete, wie er genug und gute Tage hätte, ohne Mangel und Ungemach; und jedermann hat müssen denken: »Ist der selig, dem es wohl gehet und Guts genug hat, so muß ich zusehen, daß ich auch nicht am wenigsten habe.«

Das ist auch noch heutiges Tages aller Welt Glaube, sonderlich der Türken, die sich am höchsten darauf verlassen und stärken und daher schließen, es wäre nicht möglich, daß sie soviel Glück und Sieg hätten, wo sie nicht Gottes Volk wären, und er ihnen vor allen andern gnädig wäre. So glaubt auch bei uns das ganze Papsttum, und stehet der Grund ihrer Lehre und Lebens darauf, daß sie nur genug haben, und haben damit aller Welt Güter zu sich gebracht, wie man vor Augen siehet.

Summa: dies ist der größte und weiteste Glaube oder Religion auf Erden, darauf alle Menschen nach Fleisch und Blut bleiben, können auch kein andres für Seligkeit achten.
Darum bringet er hier gar eine andre neue Predigt für die Christen, daß, wenn es ihnen übel gehet, Armut leiden, und sich hier Reichtums, Gewalt, Ehre und guter Tage verzeihen[8] müssen, sollen sie dennoch selig sein und nicht einen zeitlichen, sondern einen andern, ewigen Lohn haben, daß sie im Himmelreich genug haben.
Sprichst du aber: »Wie, müssen denn die Christen alle arm sein, und darf niemand Geld, Gut, Ehre, Gewalt usw. haben? Oder wie sollen die Reichen, als Fürsten, Herren, Könige tun? müssen sie alle ihr Gut, Ehre usw. fahren lassen, oder den Armen das Himmelreich abkaufen? wie etliche gelehrt haben. Antwort: Nein; es heißt nicht den Armen abkaufen, sondern selbst arm sein und unter solchen Armen erfunden werden, wer da will das Himmelreich haben. Denn es ist deutlich und entschieden gesetzt: Selig sind die Armen; und steht doch dabei das Wörtlein: geistlich arm, also, daß auch nicht damit ausgerichtet ist, daß jemand leiblich arm sei und kein Geld und Gut habe. Denn äußerlich Geld, Güter, Land und Leute haben, ist an sich selbst nicht unrecht, sondern Gottes Gabe und Ordnung. So ist niemand darum selig, der ein Bettler ist, und nichts überall Eignes hat, sondern es heißt: geistlich arm sein. Denn ich habe droben im Anfang gesagt, daß Christus hier gar nichts handelt von weltlichem Regiment und Ordnung; sondern will allein von dem geistlichen reden, wie man außer und über das Äußerliche vor Gott leben soll.
Zum weltlichen Regiment gehöret, daß man Geld, Gut, Ehre, Gewalt, Land und Leute habe, und kann ohne dies nicht bestehen. Darum soll und kann ein Herr oder Fürst nicht arm sein; denn er muß allerlei solche Güter zu seinem Amt und Stand haben. Darum ists nicht die Meinung, daß man so müsse arm sein, daß man gar nichts Eignes habe. Denn es kann die Welt nicht so bestehen, daß wir alle sollten Bettler sein und nichts haben. Denn auch kein Hausvater nicht sein Haus und Gesinde nähren könnte, wenn er selbst gar nichts hätte. Summa: leiblich arm sein tuts nicht. Denn man findet manchen Bettler, der das Brot vor der Tür nimmt, so stolz und böse, als kein Reicher, und manchen schäbichten Bauern,

mit dem weniger umzukommen ist, denn mit einem Herrn und Fürsten.

Darum sei leiblich und äußerlich arm oder reich, wie dirs beschert ist! da fragt Gott nicht nach; und wisse, daß ein jeglicher müsse vor Gott, das ist: geistlich und von Herzen, arm sein; das ist: daß er seine Zuversicht, Trost und Trotz nicht setze auf zeitliche Güter noch das Herze drein stecke und lasse den Mammon seinen Abgott sein. David war ein trefflicher König und mußte wahrlich seinen Beutel und Kasten voll Gelds, die Böden voll Korns, das Land voll allerlei Güter und Vorrat haben: noch mußte er daneben geistlich ein armer Bettler sein; wie er von sich singt: »Ich bin arm und ein Gast im Land, gleichwie alle meine Väter.«[9] Siehe, der König, der in solchen Gütern sitzet, ein Herr über Land und Leute, darf sich nicht anders denn einen Gast oder Pilger nennen, als der auf der Straße gehet, da er nichts hat, da er bleiben kann. Das heißet ein Herz, das sich nicht bindet an Gut und Reichtum; sondern, ob es gleich hat, dennoch ist ihm gleich als hätte es nichts; wie Paulus von den Christen rühmet 2. Kor. 6 (10): »Als die Armen, aber die doch viele reich machen; als die nichts innehaben, und doch alles haben« usw.

Alles dahin geredet, daß man aller zeitlicher Güter und leiblicher Notdurft, dieweil wir hier leben, nicht anders brauche, denn als ein Gast an einem fremden Ort, da er über Nacht liegt und des Morgens davon zieht, brauchet nicht mehr denn Futter und Lager zur Notdurft, darf nicht sagen: Das ist mein, hier will ich bleiben; noch sich ins Gut setzen, als gebühre es ihm von Recht; sonst müßte er bald hören, daß der Wirt zu ihm sagt: »Lieber, weißt du auch, daß du ein Gast hier bist? geh deines Wegs, wo du hingehörest.« Also auch hier: daß du zeitlich Gut hast, hat dir Gott gegeben zu diesem Leben, und gönnet dir wohl, daß du seiner brauchst und den Madensack[10] damit füllest, den du am Hals trägst; aber nicht das Herz daran hängest und heftest, als wolltest du ewig leben: sondern immer weiterfährest und denkest nach einem andern höhern und bessern Schatz, der dein eigen ist und ewig bleiben soll.

Das sei grob für den gemeinen Mann geredet, daß man lerne verstehen nach der Schrift zu reden, was geistlich arm oder vor Gott arm heiße, nicht äußerlich nach Geld und Gut oder nach Mangel oder Überfluß zu rechnen, da man siehet (wie gesagt), daß die ärmsten, elendesten Bettelbuben die ärgsten, verzweifeltsten Schälke sind und alle Büberei und Untugend begehen dürfen, welches feine, ehrliche Leute, reiche Bürger oder Herrn und Fürsten nicht tun; wiederum auch viel heiliger Leute, die Geld und Gut, Ehre, Land und Leute genug gehabt haben, und dennoch mit so viel Gütern arm gewesen sind: sondern nach dem Herzen muß mans rechnen, das ihm nicht lasse hart angelegen sein, ob es etwas oder nichts, viel oder wenig habe, und was es für Güter hat, immer so hinsetze, als hätte mans nicht, und alle Stunde drum kommen und verliern müßte, und das Herz immer am Himmelreich behalte.

Wiederum heißet der reich nach der Schrift, welcher, ob er gleich kein Geld noch Gut hat, dennoch darnach reißet und kratzet, daß er nimmer kann genug haben. Das sind die rechten, die das Evangelium reiche Wänste heißet, die in großem Gut am allerwenigsten haben und sich nimmer lassen genügen an dem, das ihnen Gott bescheret. Denn es siehet ins Herz, das da voll Gelds und Guts steckt, und richtet danach, obgleich nichts im Beutel und Kasten liegt. Wiederum richtet es den Armen auch nach dem Herzen, ob er gleich Kasten, Haus und Hof voll hat. So gehet der christliche Glaube hindurch, siehet weder Armut noch Reichtum an, sondern wie das Herz steht. Wo darin ein Geizwanst steckt, so heißet er geistlich reich; und wiederum, geistlich arm, wer nicht daran hänget und kanns aus dem Herzen lassen; wie Christus anderswo sagt: Wer da verläßt Häuser, Äcker, Kind, Weib usw., der solls hundertfältig wiederhaben und dazu das ewige Leben ererben. Damit er die Herzen vom Gut will reißen, daß sie es nicht für ihren Schatz halten, und die Seinen trösten, die es lassen müssen, daß sie viel mehr und besseres, auch in diesem Leben, empfangen sollen, denn sie verlassen können.

Nicht, daß man von Gut, Haus, Hof, Weib und Kind solle laufen und im Land solle irrgehen, andre Leute beschweren, wie die Wiedertäuferrotte tut, die uns Schuld geben, daß wir das Evangelium nicht recht predigen, weil wir Haus und Hof behalten, bei Weib und Kind bleiben. Nein, solche tolle Heiligen will er nicht haben, sondern es heißt also: Wer mit dem Herzen Haus, Hof, Weib und Kind lassen kann, ob er gleich darin sitzet und dabei bleibt, sich mit ihnen nähret und aus der Liebe dienet, wie Gott geboten hat, und doch dahin setzet, wo es die Not fordert, daß ers könne um Gottes willen alle Stunde fahren lassen. Bist du so geschickt, so hast du alles verlassen; also, daß das Herz nur nicht gefangen sei, sondern rein bleibe vom Geiz und Ankleben, Trost und Zuversicht aller Dinge. Und kann wohl ein Reicher geistlich arm heißen, und darf darum sein Gut nicht wegwerfen; ohne wenn er aus Not davon lassen soll, so lässet ers in Gottes Namen; nicht darum, daß er gerne von Weib, Kind, Haus und Hof sei, sondern viel lieber behält, so lang es Gott gibt, und ihm damit dienet, und doch auch bereit, wenn ers ihm wieder nehmen will. So siehest du, was geistlich und vor Gott arm sein, oder geistlich nichts haben und alles verlassen heiße.

Nun siehe auch an die Verheißung, die Christus dazusetzet und spricht: »Denn solcher ist das Himmelreich.« Das ist ja eine große, treffliche, herrliche Verheißung, daß wir sollen dafür, daß wir hier gerne arm sind und zeitlich Gut nicht achten, ein schön, herrlich, groß, ewig Gut im Himmel haben. Und da du hier eine kleine Parteke[11] fahren läßt, der du doch brauchen kannst solange und soviel du des haben kannst, sollst du dagegen eine Krone erlangen, daß du ein Bürger und Herr im Himmel seist. Solches sollte uns ja bewegen, wenn wir wollten Christen sein, und dafür hielten, daß seine Worte wahr wären. Aber es achtet niemand, wer der sei, der es sagt, und viel weniger, was er sagt; lassens an den Ohren vorübergehen, daß sich niemand weiter darum bekümmert, noch zu Herzen fasset.

Er zeiget aber eben mit diesen Worten, daß niemand solches fasset, er sei denn zuvor ein rechter Christ. Denn beide, dies Stück und alle andern, die hernach folgen, sind eitel Früchte des Glaubens, die der Heilige Geist selbst im Herzen schaffen muß. Wo nun der Glaube nicht ist, da wird das Himmelreich auch wohl außen bleiben, auch nicht geistliche Armut, Sanftmut usw. folgen, sondern eitel Scharren und Geizen, Zanken und Rumoren um zeitlich Gut bleiben. Darum ists verloren bei solchen Weltherzen, daß sie nimmermehr lernen noch erfahren, was geistliche Armut sei, auch nicht glauben noch achten, was er vom Himmelreich sagt und verheißet; wiewohl ers doch denselbigen zu Dienst so schicket und ordnet, daß, wer nicht will geistlich arm sein in Gottes Namen, um des Himmelreichs willen, der muß doch arm sein in's Teufels

Namen, und keinen Dank dazu haben. Denn Gott hat die Geizigen so gehängt an ihren Wanst, daß sie ihres ergeizten Guts nimmer satt noch froh werden können. Denn Junker Geiz ist ein solcher fröhlicher Gast, der keinen läßt ruhen, suchet, treibt, und jagt ohn Unterlaß, daß er des lieben Guts keine Stunde genießen muß; wie auch der Prediger Salomon sich wundert und spricht: Ists nicht eine schändliche Plage, daß Gott einem Menschen Geld und Gut, Land und Leute genug gibt, und er doch nicht so viel vermag, daß ers gebrauche? muß immerdar fürchten, sorgen und beben, wie ers behalte und mehre, daß es nicht umkomme noch weniger werde, und ist so gar gefangen, daß er nicht einen Heller fröhlich darf angreifen. Wo aber ein Herz wäre, das sich genügen lassen und zufrieden sein könnte, so hätte es Ruhe und das Himmelreich dazu; da es sonst bei großem Gut, oder ja mit seinem Geiz hier das Fegefeuer und dort das höllische Feuer dazu muß haben, und wie man sagt: Hier mit einem Karren, dort mit einem Rad muß fahren; das ist: hier Jammer und Angst, dort das Herzeleid haben.

Siehe, so schaffets Gott allezeit, daß sein Wort doch muß wahr bleiben, und niemand selig sein noch genug haben, denn die Christen, und die andern, ob sie gleich alles haben, doch nichts desto besser haben, ja, nimmermehr so gut haben, und müssen doch arme Bettler bleiben, dem Herzen nach zu rechnen; ohne daß diese gerne arm sind und an einem unvergänglichen, ewigen Gut, das ist: am Himmelreich hängen und selige Gotteskinder sind, jene aber nach zeitlichem Gut geizen und doch nicht erlangen, was sie wollen, müssen dazu ewig des Teufels Märtyrer sein. Und ist, kurz, kein Unterschied unter einem Bettler vor der Tür, und einem solchen leidigen Wanst, ohne daß jener nichts hat und läßt sich mit einem Stück Brots abweisen, dieser aber, je mehr er hat, je weniger er zu erfüllen ist, wenn er auch gleich aller Welt Geld und Gut auf einem Haufen kriegte.

Darum dienet diese Predigt, wie ich gesagt habe, für die Welt nicht, schaffet auch nichts; denn sie bleibet dabei, daß sie ihres Dinges will gewiß sein, und nicht glauben, sondern vor Augen sehen und in der Hand haben und spricht, es sei besser ein Sperling in der Faust, denn nach einem Kranich in der Luft gaffen. Darum läßt sie Christus auch fahren, will niemand zwingen noch mit den Haaren herzuziehen, sondern gibt seinen treuen Rat, wer ihm will raten lassen, und hält uns die allerteuersten Verheißungen vor. Willst du, so hast du hier Friede und Ruhe im Herzen und dort ewig, was dein Herz begehren soll. Willst du nicht, so fahre immer hin, und habe lieber hier und dort alles Herzeleid und Unglück. Denn wir sehen und erfahren, daß alles daran liegt, wer sich läßt genügen und nicht an zeitlichem Gut klebt; wie mancher ist, wenn er gleich nur einen Bissen Brot hat, kann ihm Gott das Herz füllen, daß er fröhlich und besser zufrieden ist, denn kein Fürst noch König. Summa: er ist ein reicher Herr und Kaiser, darf keine Sorge, Mühe und Herzeleid haben.

Das ist das erste Stück dieser Predigt: Wer hier und dort genug will haben, der denke, daß er nicht so geize und kratze, sondern nehme an und brauche, was Gott gibt, und nähre sich seiner Arbeit im Glauben: so hat er hier das Paradies und das Himmelreich gar, wie S. Paulus auch saget 1. Tim. 4: »Die Gottseligkeit ist zu allen Dingen nütze und hat die Verheißung nicht allein dieses, sondern auch des zukünftigen Lebens.«

Selig sind, die da Leid tragen, denn sie sollen getröstet werden.

Wie er diese Predigt hat angefangen wider der Juden Lehre und Glauben (und zwar nicht allein ihre, sondern der ganzen Welt, wo sie am besten ist, welche allezeit auf dem Wahn bleibt, wenn sie nur hier Gut, Ehre und ihren Mammon habe, so stehe sie wohl, und allein um desselben willen Gott dienet): also fähret er nun fort, und stößt auch um, das sie hielten für das beste, seligste Leben auf Erden: wer es dazu könnte bringen daß er gute, sanfte Tage hätte und kein Ungemach dürfte leiden, von welchen der 73. Psalm sagt: »Sie sind nicht im Unglück wie andre Leute, und werden nicht wie andre Leute geplagt.« Denn das ist das Höchste, das die Menschen begehren, daß sie Freude und Lust haben mögen, und ohne Übelsein. Nun kehrt Christus das Blatt um, setzt stracks das Widerspiel und heißt die selig, die da trauern und Leid tragen; und so fort durchaus sind alle diese Stücke gestellt und gerichtet wider der Welt Sinn und Gedanken, wie sie es gern hätte. Denn sie will nicht Hunger, Kummer, Unehre, Schmach, Unrecht und Gewalt leiden, und die solches können überhoben sein, hält sie für selige Leute.

So will er nun hier sagen, daß ein ander Leben sein müsse,

denn sie suchen und meinen, und sich ein Christ darnach muß richten, daß er traure und Leiden trage in der Welt. Wer das nicht tun will, mag hier wohl gute Tage haben und nach allem seinem Willen leben, aber hernach soll er ewig trauern; wie er Luk. 6 (25) spricht: »Wehe euch, die ihr hier lachet und gutes Muts seid, denn ihr werdet heulen und weinen müssen«; wie es dem reichen Mann ging Luk. 16 (19), der »alle Tage herrlich und in Freuden lebt, und sich schmückt in köstliche Seide und Purpur«, ließ sich dünken, er wäre ein großer Heiliger und vor Gott wohl dran, daß er ihm so viel Gutes gegeben hatte; und ließ gleichwohl dieweil den armen Lazarus täglich vor der Tür liegen voll Schwären, in Hunger und Kummer und großem Elend. Aber was höret er zuletzt für ein Urteil, da er in der Hölle Glut lag? »Gedenk, daß du im Leben hast Gutes empfangen, Lazarus aber Böses; darum wirst du nun gequält, er aber getröstet« usw. Siehe, das ist eben dieser Text: »Selig sind, die da Leid tragen, denn sie sollen getröstet werden«, und wiederum soviel gesagt: Wer hier nichts denn Freude und Lust suchen und haben will, die sollen ewig weinen und heulen.

Fragst du abermal: »Wie soll man denn tun? sollen sie denn alle verdammt sein, die da lachen, singen, springen und sich wohl kleiden, essen und trinken?« Lesen wir doch von Königen und heiligen Leuten, die auch fröhlich gewesen sind und wohl gelebt haben! Und sonderlich ist Paulus ein wunderlicher Heiliger, der haben will, daß wir allezeit fröhlich sein sollen, Phil. 4 (4) und spricht Röm. 12 (15): »Seid fröhlich mit den Fröhlichen«; und wiederum »weinet mit den Weinenden«. Siehe, das lautet ja widereinander: allezeit fröhlich sein, und doch mit andern weinen und trauern. Antwort: Gleichwie ich gesagt habe, daß Reichtum haben ist nicht Sünde noch verboten: also ist auch fröhlich sein, wohl essen und trinken nicht Sünde noch verdammlich; desgleichen auch nicht Ehre und guten Namen haben; und soll doch selig sein, wenn ich solches nicht habe oder lassen kann, und dafür Armut, Elend, Schmach und Verfolgung leide. Also ist es beides da und muß auch beides sein, trauern und fröhlich sein, essen und Hunger leiden, wie Paulus Phil. 4 (11 f.) von sich rühmet: »Ich habe die Kunst gelernt, daß, wo ich bin, ich mir genügen lasse. Ich kann niedrig sein, ich kann hoch fahren; ich bin in allen Dingen und bei allen geschickt zu beidem, satt sein und hungern; zu beidem, übrig haben und Mangel leiden«; item 2. Kor. 6 (8 f.): »Durch Ehre und Schande, durch böse Gerüchte und gute Gerüchte; als die Sterbenden, und siehe, wir leben; als die Traurigen, aber allezeit fröhlich« usw.

Darum ist das die Meinung: Gleichwie der geistlich arm heißt, nicht, der kein Geld noch etwas Eignes hat, sondern, der nicht danach geizt noch seinen Trost und Trotz darauf setzt, als sei es sein Himmelreich: also auch heißt das Leid tragen und trauern, nicht, der äußerlich immer den Kopf hänget, sauer sieht und nimmermehr lacht, sondern, der seinen Trost nicht darauf setzt, daß er hier nur gute Tage habe und im Sause lebe; wie die Welt tut, die nicht weiter trachtet, denn wie sie eitel Freude und Lust hier habe, und sich darin weidet, und nichts achtet noch sorgt, wie es Gott oder den Leuten gehe.

Also haben viel treffliche, große Leute, Könige und andere, so Christen sind gewesen, trauern und Leid müssen tragen, ob sie gleich vor der Welt herrlich gelebt haben, wie David allenthalben im Psalter von seinem Weinen und Leiden klagt. Und auch jetzt könnte ich wohl Exempel anzeigen von großen Leuten, Herren und Fürsten, so über dem lieben Evangelium dies Stück wohl erfahren und gelernt haben; als, jetzt auf dem vergangenen Reichstag zu Augsburg, und sonst, ob sie gleich auch auswendig wohl gelebt und fürstlich in Seide und Gold sich gekleidet und anzusehen gewesen, als die auf eitel Rosen gingen, aber täglich unter eitel giftigen Schlangen müssen sein, und im Herzen gefühlt, solchen unerhörten Hochmut, Trotz und Schmach, so viel böse Tücke und Worte von den schändlichen Papisten, die ihre Lust und Freude davon gehabt, daß sie ihr Herz durchbittert, und so viel an ihnen gewesen, keine fröhliche Stunde gegönnt haben, daß sie alles haben müssen in sich fressen und nicht mehr tun, denn Gott klagen mit Seufzen und Weinen[12]. Solche Leute wissen etwas davon, was da heißt: »Selig sind, die da trauern und leid tragen«; ob mans ihnen gleich nicht ansieht, und mit andern essen und trinken, und zuweilen mußt nicht denken, daß trauern allein heiße weinen und klagen oder heulen wie die Kinder und Weiber; welches ist noch nicht das rechte tiefe Leiden, wenn es übers Herz gekommen ist und zu den Augen herausquillet; sondern das ists, wenn die rechten großen Stöße kommen, die das Herz treffen und stürmen, daß man nicht kann weinen, und niemand darf klagen.

Darum ist Trauern und Leidtragen nicht ein seltsam Kraut bei den Christen, ob es gleich auswendig nicht scheint, auch wenn sie gerne wollten fröhlich sein in Christo, und auch äußerlich soviel sie können. Denn sie müssen täglich sehen und fühlen im Herzen, wenn sie die Welt ansehen, so viel Bosheit, Mutwillen, Verachtung und Lästerung Gottes und seines Worts, dazu so viel Jammer und Unglück, so der Teufel anrichtet, beide, in geistlichem und weltlichem Regiment, daß sie nicht viel fröhliche Gedanken können haben, und ihre geistliche Freude sehr schwach ist. Und wo sie es stets sollten ansehen und nicht zuweilen die Augen wegwerfen[13], könnten sie keinen Augenblick fröhlich sein; ist genug, daß es sonst mehr vorfällt und trifft, denn sie es gerne hätten, daß sie es nicht dürfen weit suchen.

Darum hebe nur an und werde ein Christ, so wirst du wohl lernen, was Trauern und Leidtragen heiße. Kannst du nicht mehr, so nimm ein Weib und setze dich und nähre dich im Glauben, daß du Gottes Wort lieb habest und tust, was dir in deinem Stand befohlen ist; so sollst du bald erfahren, beide, von Nachbarn und in deinem eigen Haus, daß es nicht gehen wird, wie du gerne hättest, und dich überall hindern und hemmen, daß du genug zu leiden kriegst und sehen mußt, das dir im Herzen wird wehe tun. Sonderlich aber die lieben Prediger müssen solches wohl lernen, und täglich damit geübt werden, daß sie allerlei Neid, Haß, Hohn und Spott, Undank, Verachtung und Lästerung dazu müssen in sich fressen, damit ihr Herz und Seele durchstochen und ohn Unterlaß gequält wird.

Die Welt aber will solch Trauern oder Leidtragen nicht haben, darum suchet sie solche Stände und Leben, darin sie gute Tage habe, und von niemand nichts leiden dürfe, wie der Mönche und Pfaffen Stand gewesen ist. Denn sie kann nicht leiden, daß sie in göttlichem Stande andern Leuten dienen sollte mit eitel Sorgen, Mühe und Arbeit, und dazu nichts denn Undank und Verachtung und andre böse Tücke zu Lohn kriegen. Darum, wenn es ihr nicht geht, wie sie will, und einer den andern sauer ansieht, so können sie nichts denn poltern mit Fluchen, mit Donnern, ja, mit der Faust dazu, wollen bald Gut und Ehre, Land und Leute hinansetzen. Aber Gott schickts also, daß sie dennoch nicht müssen so frei hingehen, daß sie kein Leid sehen noch leiden dürften, und

gibt ihnen zu Lohn, weil sie es nicht gerne tun, daß sie es doch leiden müssen, und dasselbe mit Zorn und Ungeduld zwiefältig größer und schwerer machen, und keinen Trost noch gut Gewissen haben können. Die Christen aber haben den Vorteil, daß, ob sie gleich Leid tragen, dennoch sollen getröstet werden und beide, hier und dort, selig sind.
Darum, wer nicht will gar ein Weltkind sein und mit den Christen teilhaben, der laß sich auch in dem Register finden, daß er helfe seufzen und Leid tragen, auf daß er auch getröstet werde, wie diese Verheißung lautet. Daher liest man ein Exempel in dem Propheten Ezechiel 9, wie Gott sechs Männer aussendete mit tödlicher Wehre über die Stadt Jerusalem. Aber einen unter ihnen schickte er mit einem Schreibzeug, der sollte mitten durch die Stadt gehen und allen, die da seufzeten und Leid trügen, ein Zeichen auf die Stirn schreiben, daß es so schändlich zuginge, und sehen mußten, das ihnen durchs Herz ginge; und wer so gezeichnet wurde, der sollte lebendig bleiben, die andern aber alle totgeschlagen werden. Siehe, das ist der Christen Vorteil, daß, ob sie gleich eitel Leid und Jammer in der Welt sehen müssen, es zuletzt dahin kommt, wenn die Welt am sichersten ist und in eitel Freuden fährt, daß sich das Rädlein umkehrt, und plötzlich ein Unglück über sie kommt, darin sie bleiben und verderben muß, sie aber herausgerissen und errettet werden; wie der liebe Lot zu Sodom errettet ward, da sie lange sein Herz gequälet und zermartert hatten (wie S. Petrus sagt), mit ihrem schändlichen Wesen[14]. Darum laß die Welt jetzt lachen und im Sause leben nach ihrer Lust und Mutwillen. Und ob du mußt trauern und Leid tragen und täglich sehen, das dein Herz betrübt, so leide dich und halte dich des Spruchs, daß du dirs lassest wohlgefallen und dich damit tröstest und auch äußerlich dich erquickest und fröhlich machest, soviel du kannst.
Denn die also Leid tragen, die mögen wohl Freude haben und nehmen, wo sie können, daß sie nicht vor Traurigkeit versinken. Denn auch Christus eben diese Worte setzet und den Trost verheißet, daß sie in ihrem Leid nicht verzagen noch des Herzens Freude gar nehmen und verlöschen lassen, sondern solch Trauern mit dem Trost und Labsal mengen; sonst, wo sie nimmer keinen Trost noch Freude hätten, müßten sie verschmachten und verdorren. Denn es vermag kein Mensch

eitel Trauern zu ertragen; denn es saugt Saft und Kraft im Leib aus, wie der weise Mann sagt: »Traurigkeit hat viel Leute ums Leben gebracht«[15]. Item: »Ein trauriger Mut vertrocknet das Mark in Beinen«[16]. Darum soll man solchen nicht allein nachlassen, sondern auch heißen und dazu treiben, daß sie sich zuweilen fröhlich machen, womit sie können, oder ja solch Trauern lindern und ein wenig vergessen.

Darum will Christus nicht, daß allein eitel Trauern und Betrübnis da sein soll, sondern will denen wehren, die gar nicht trauern wollen, und eitel gute Tage und allen ihren Trost hier haben, und seine Christen lehren, wenns ihnen übel gehet und trauern müssen, daß sie wissen, daß solches Gott wohl gefällt und ihnen auch wohl gefallen lassen, nicht fluchen und toben oder verzweifeln, als wolle ihr Gott keine Gnade haben. Wo das ist, da soll das bittre Tränklein mit Honig und Zucker gemenget und gelindert oder gemildert werden, welches ist diese Verheißung, daß ihm solches wohlgefällt, und daß er sie selig spricht, dazu auch hier getröstet, und dort das Leid gar von ihnen soll genommen werden.

Darum laß gehen Welt und alle, die uns Leid tun, in ihres Herrn, des Teufels Namen und uns dies Lied singen und fröhlich sein in Gottes und Christi Namen. Denn es soll ihnen doch nicht hinausgehen, wie sie wollen, sondern, ob sie gleich sich jetzt unsres Unglücks freuen und uns viel zuleid tun, wollen wir dennoch einen guten Mut haben und erleben, daß sie zuletzt heulen und weinen müssen, wenn wir getröstet und fröhlich werden.

Selig sind die Sanftmütigen, denn sie werden das Erdreich besitzen.

Dies Stück folgt fein auf das erste, da er gesagt hat: »Selig sind, die geistlich arm sind usw.« Denn wie er droben das Himmelreich und ewig Gut verheißt, also setzet er hier auch dazu eine Verheißung von diesem zeitlichen Leben und Gütern hier auf Erden.

Wie reimt sichs aber zusammen: arm sein, und das Land besitzen? Ich meine, der Prediger habe vergessen, was er angefangen hat. Denn, soll man das Land und Güter besitzen, so muß man ja nicht arm sein? Es heißet aber hier das Land besitzen: allerlei Güter haben hier auf Erden, nicht, daß ein jeglicher ein ganzes Land solle innehaben; sonst müßte Gott noch mehr Welten schaffen; sondern die Güter, so einem jeglichen Gott beschert, daß er einem Weib Kinder, Vieh, Haus, Hof gibt, und was darein gehört, daß er im Land (wo er wohnt), sitzen und bleiben kann, und seines Guts ein Herr sei, wie die Schrift sonst pflegt zu reden, und Ps. 37 oft steht: »Die des Herrn harren, werden das Land erben«; item: »Seine Gesegneten erben das Land« usw.[17] Darum bringt er hier die Glosse selbst mit, daß geistlich arm sein, davon er zuvor gesagt, nicht heißt ein Bettler sein oder Geld und Gut wegwerfen. Denn er will hier, daß sie im Land wohnen und bleiben sollen, und mit irdischem Gut umgehen; wie wir weiter hören werden.

Was heißt nun sanftmütig sein? Hier mußt du erstlich abermal wissen, daß Christus gar nichts redet von der Obrigkeit und ihrem Amt; denn derselbigen gehört nicht zu, daß sie sanftmütig sei (wie wir auf deutsch Sanftmut nennen); denn sie führt das Schwert, damit sie die Bösen strafen muß, und hat einen Zorn und Rache, die heißt Gottes Zorn und Rache: sondern er sagt allein von einzelnen Personen, wie ein jeglicher für sich leben soll gegen andere, außer dem Amt und Regiment; als Vater und Mutter, wo sie nicht als Vater und Mutter gegen ihre Kinder leben, noch ihr Vater- und Mutteramt treiben, das ist: gegen die, so sie nicht Vater oder Mutter heißen, als Nachbar und andre Leute. Denn ich sonst oft gesagt habe, daß man die zwei weit unterscheiden muß, Amt und Person. Es ist viel ein andrer Mann, der da Hans oder Martin heißt, und, der Kurfürst oder Doktor und Prediger heißt.

Denn hier werden gleich zwei unterschiedliche Personen in einem Menschen. Eine, darin wir geschaffen und geboren sind, nach welcher wir alle untereinander gleich sind, Mann, Weib, Kind, Jung, Alt usw. Aber wenn wir nun geboren sind, so kleidet und schmückt dich Gott zu einer andern Person, macht dich zu einem Kind, mich zum Vater, einen zum Herrn, den andern zum Knecht, diesen zu einem Fürsten, jenen zum Bürger, und so fortan. Das heißt denn eine göttliche Person, als die ein göttlich Amt führt, und in seiner Herrlichkeit geschmückt geht, und nicht schlecht Hans oder Klaus, sondern ein Fürst zu Sachsen oder Vater und Herr heißet. Von dieser redet er hier nichts, sondern läßt sie vor sich gehen in ihrem Amt und Regiment, wie ers geordnet hat;

sondern von der bloßen, einzelnen natürlichen Person, was ein jeglicher für sich selbst, als ein Mensch, gegen den andern tun soll.

Darum, wo wir im Amt und Obrigkeit gehen, da sollen und müssen wir scharf und streng sein, zürnen, strafen usw. Denn hier müssen wir tun, was uns Gott in die Hand gibt und von seinetwegen zu tun heißt. Sonst, was außer dem Amt geht, da lerne ein jeglicher für sich selbst, daß er sanftmütig sei gegen jedermann, das ist: nicht mit Unvernunft, aus Haß oder Rachgier mit dem Nächsten fahre und handle, als die, so man heißt Hans mit dem Kopf hindurch, die nimmer nichts leiden noch weichen wollen, sondern Welt und Berg umreißen und Bäume versetzen, wollen niemand kein Wort verhören[18] noch zugut halten können, und flugs Sack und Seil aufbinden, nichts denken, denn wie sie sich rächen und wieder schlagen wollen. Damit ist der Obrigkeit nicht gewehret zu strafen und Rache zu führen von Gottes wegen, aber auch nicht Raum gegeben, wo ein Richter, Bürgermeister, Herr oder Fürst ein Schalk ist und die zwei Personen ineinander mengt, und über sein Amt greift aus eigenem Mutwillen, oder aus Neid, Haß und Feindschaft (wie gemeiniglich geschieht), unter dem Schein und Deckel des Amts und Rechts; als, wo unsre Nachbarn unter der Obrigkeit Namen wollten etwas wider uns ausrichten, dazu sie sonst nicht kommen könnten.

Und sonderlich redet er abermal mit seinen Juden, wie er hat angefangen, welche stracks auf dem Sinn standen, daß sie meinten, sie dürften von keinem Heiden und Fremden nichts leiden und täten wohl dran, daß sie nur getrost sich rächeten, und führten dazu Sprüche aus Mose, als Deuter. 28 (13): Der Herr wird dich zum Haupt machen und nicht zum Schwanz, und wirst nur oben schweben, und nicht unterliegen usw., das wäre wohl recht. Es heißt aber also, wenn es Gott selbst tut, so ists wohlgetan. Denn es ist viel ein andres, wenn ers heißt und spricht: Ich wills tun, und wenn wirs selbst ohne Befehl tun. Was er sagt, das soll und muß geschehen. Was wir sagen, das geschieht, wenn es kann, oder bleibt wohl gar nach. Darum gilts nicht, daß du es wolltest tun, da ers tun sollte, und nicht harren, bis er dichs heißt, und dennoch dich solcher Verheißung annehmen und darauf trotzen.

Siehe, solche tolle Heiligen straft hier Christus, die da meinen, ein jeglicher sei Herr in der ganzen Welt, und habe

Recht dazu, daß er nichts leide, sondern nur poltern und rumoren, und mit Gewalt fahren, das Ihre zu schützen; und lehrt uns, daß, wer da will das Seine, Gut, Haus und Hof usw. mit Frieden regieren und besitzen, der müsse sanftmütig sein, daß er könne versehen und mit Vernunft fahren und leiden, was er immer leiden kann. Denn es kann nicht fehlen, es wird zuweilen dein Nachbar sich an dir vergreifen und zu viel tun, entweder aus Versehen oder auch aus Mutwillen. Ists Versehen, so machst dus deinethalben nicht gut, daß du nichts willst noch kannst vertragen. Ists aber Mutwillen, so machst du ihn nur ärger, daß du feindlich scharrst und pochst, und er dazu lacht und seine Lust büßt, daß er dich erzürnt und Leid tut, so, daß du doch keinen Frieden kannst haben noch des deinen mit Ruhe brauchen.

Darum wähle der zweier eins, welches du willst: daß du entweder mit Sanftmut und Geduld unter den Leuten lebst und behältst, was du hast, mit Frieden und gutem Gewissen; oder mit Poltern und Rumoren das Deine verlierst und keine Ruhe dazu habst. Denn da steht beschlossen: Die Sanftmütigen sollen das Land besitzen. Und siehe nur selbst die seltsamen Köpfe, die immerdar zanken und hadern um Gut und ander Ding und niemand weichen, sondern alles mit dem Kopf hindurch ausführen wollen, ob sie nicht mehr verhadern und verkriegen, denn sie immer gewinnen möchten, und zuletzt Land und Leute, Haus und Hof verlieren, mit Unfrieden und bösem Gewissen dazu; so spricht auch Gott seinen Segen dazu, der heißt also: »Seid ja nicht sanftmütig, daß ihr das liebe Land ja nicht behaltet noch einen Bissen mit Frieden genießet.« Willst du aber recht fahren und Ruhe haben, so laß deines Nachbarn Mutwillen und Frevel sich selbst dämpfen und verlöschen; sonst kannst du dem Teufel nichts Lieberes, noch dir selbst mehr zu leid tun, denn daß du feindlich zürnst und rumorst. Hast du eine Obrigkeit, so sage es an und laß sie darauf sehen. Denn sie ist darum gesetzt, daß sie es nicht leide, daß man die Unschuldigen gar unterdrücke; so wird Gott auch wohl darüber halten, daß sein Wort und Ordnung bleibe, und du dieser Verheißung nach das Land besitzest. So hast du Frieden und Segen von Gott; ein Nachbar aber Unfrieden samt Gottes Ungnade und Fluch.

Aber diese Predigt gehet niemand ein denn die Christen sind und glauben und wissen, daß sie ihren Schatz haben im

Himmel, der ihnen gewiß ist und nicht kann genommen werden: daher sie auch hier müssen genug haben, ob sie gleich nicht Kasten und Taschen voll roter Gulden haben. Weil du denn das weißt, warum wolltest du dir deine Freude zerrütten und nehmen lassen, ja selbst Unruhe machen, und dich solches trefflichen Segens berauben?

Siehe, so hast du nun drei Stücke mit dreien reichen Verheißungen, daß, wer ein Christ ist, der muß genug haben, beides, zeitlich und ewig, ob er gleich hier muß viel leiden, beides, inwendig im Herzen und auswendig; wiederum die Weltkinder, weil sie keine Armut noch Leid noch Gewalt leiden wollen, weder das Himmelreich noch zeitlich Gut mit Frieden und Ruhe behalten und genießen. Davon magst du weiter lesen Ps. 37, welcher ist die rechte Glosse über dies Stück, und reichlich beschreibt, wie die Sanftmütigen das Land besitzen, und die Gottlosen sollen ausgerottet werden.

Selig sind, die da hungert und dürstet nach der Gerechtigkeit, denn sie sollen satt werden.

Gerechtigkeit muß an diesem Ort nicht heißen die christliche Hauptgerechtigkeit, dadurch die Person fromm und angenehm wird vor Gott. Denn ich habe zuvor gesagt, daß diese acht Stücke nichts andres sind denn eine Lehre von den Früchten und guten Werken eines Christen, vor welchen der Glaube zuvor muß da sein als der Baum und Hauptstück oder Summa seiner Gerechtigkeit und Seligkeit ohn alle Werke und Verdienst, daraus solche Stücke alle wachsen und folgen müssen. Darum verstehe hier die äußerliche Gerechtigkeit vor der Welt, so wir unter uns gegeneinander vorhalten; daß dies kurz und einfältig die Meinung sei von diesen Worten: Das ist ein rechtschaffener seliger Mensch, der immer anhält und mit allen Kräften danach strebt, daß es allenthalben wohl zugehe, und jedermann recht tue, und solches mit Worten und Werken, mit Rat und Tat hilft halten und fördern.

Dies ist nun auch ein köstlich Stück, welches sehr viel guter Werke begreift, aber auch gar seltsam ist. Als, daß wirs in Exempel fassen: wenn ein Prediger will in diesem Stück erfunden werden, der muß so geschickt sein, daß er einen jeglichen in seinem Stande unterweise und helfe, daß er denselbigen recht führe und tue, was dazu gehört; und wo er sieht, daß es mangelt, und nicht recht geht, daß er da sei, warne, strafe und bessere, wie und womit er kann: also, daß ichs, als ein Prediger, nicht mangeln lasse an meinem Amt, noch die andern an ihrem, daß sie meiner Lehre und Predigen folgen, und es also auf beiden Seiten recht zugehe. Wo nun solche Leute sind, die sich darum annehmen und lassens ihnen Ernst sein, daß sie gerne wollten recht tun oder in rechtem Wesen und Werken erfunden werden, die hungert und dürstet nach der Gerechtigkeit. Und wenn es so ginge, so wäre keine Büberei noch Unrecht, sondern eitel Gerechtigkeit und seliges Wesen auf Erden. Denn was ist der Welt Gerechtigkeit andres, denn daß jedermann tue in seinem Stande, was er schuldig ist? welches heißt desselbigen Stands Recht, als Mannsrecht und Frauenrecht, Kindsrecht, Knechts- und Magdrecht im Hause, Bürgerrecht oder Stadtrecht im Lande; welches alles steht darin, daß die, so andern Leuten vorstehen und regieren sollen, solch Amt mit Fleiß, Sorgen und Treuen ausrichten, die andern auch desgleichen schuldigen Dienst und Gehorsam treulich und willig leisten.

Er setzt aber nicht umsonst solche Worte: hungern und dürsten nach der Gerechtigkeit; damit er will anzeigen, daß ein großer Ernst, Begierde und Brunst, dazu ein unablässiger Fleiß dazu gehöre: daß, wo solcher Hunger und Durst nicht ist, da wird nimmer nichts draus. Ursache ist diese: denn es hat zu große und viel Hindernisse, beides, vom Teufel, der sich allenthalben in den Weg legt und sperrt, und von der Welt, als von seinen Kindern, welche so böse ist, daß sie keinen frommen Menschen leiden kann, der gerne für sich recht tun oder andern Leuten dazu helfen wollte; sondern legt ihnen alle Plage an, daß einer die Länge möchte müd und verdrossen darüber werden. Denn es tut wehe, daß man sehen soll, daß es so schändlich zugeht, und dazu für eitel Wohltat nichts denn Undank, Verachtung, Haß und Verfolgung zu Lohn haben. Daher auch viele Leute, die solchen Unwillen nicht haben sehen mögen, zuletzt gar daran verzweifelt, und von den Leuten in die Wüste gelaufen und Mönche daraus geworden sind, also, daß dies Sprichwort je und je wahr gewesen ist: Verzweifeln macht einen Mönch; entweder, daß man sich nicht trauet zu ernähren und um des Bauchs willen ins Kloster läuft, wie der große Haufe getan hat, oder, daß man an der Welt verzweifelt und nicht traut, darin fromm zu bleiben noch den Leuten zu helfen.

Aber das heißt nicht gehungert und gedürstet nach der Gerechtigkeit. Denn wer so will predigen oder regieren, daß er sich läßt müde und ungeduldig machen und in einen Winkel jagen, der wird langsam den Leuten helfen. Es heißt nicht zu Winkel oder in die Wüste kriechen, sondern herauslaufen, wenn du drinnen wärst, und beides, Hände und Füße und deinen ganzen Leib darreichen und alles dransetzen, was du hast und vermagst; und es will einen solchen Menschen haben, der hart gegen hart sei, daß er sich nichts abschrecken noch übertäuben und keinen Undank noch Bosheit der Welt überwinden lasse, sondern immer treibe und anhalte, so viel er aus allen Kräften vermag. Summa: es gehöret dazu ein solcher Hunger und Durst nach der Gerechtigkeit, der da nimmer ablasse noch aufhöre und nicht satt werden könne, nichts andres suche noch denke und alles dagegen verachte, was ihn will hindern, daß er nur Recht fordere und erhalte. Kann er die Welt nicht gar fromm machen, so tue er, was er kann. Ist genug, daß er das Seine getan und ja etlichen geholfen hat, obs gleich nur einer oder zwei wären. Wollen die andern nicht hernach, so laß er sie fahren in Gottes Namen. Man muß um der Bösen willen nicht davonlaufen, sondern so denken: Es ist um ihretwillen nicht angefangen und um ihretwillen auch nicht gelassen; vielleicht können mit der Zeit noch derselben auch etliche herzukommen oder ja ihrer weniger werden und etlichermaßen sich bessern.

Denn hier hast du eine tröstliche, gewisse Verheißung, damit Christus seine Christen lockt und reizt, daß, welche so hungern und dürsten nach der Gerechtigkeit, die sollen gesättigt, das ist: ihres Hungers und Dursts ergötzt werden, daß sie nicht umsonst gearbeitet haben, und dennoch endlich ein Häuflein herzugebracht werde, bei welchen es wohl angelegt sei, und nicht allein hier auf Erden, sondern vielmehr in jenem Leben offenbar werden, da jedermann wird sehen, was solche Leute für Frucht geschafft haben durch ihren Fleiß und stetiges Anhalten, ob es gleich jetzt nicht will gehen, wie sie gerne wollten, und wohl halb daran verzweifeln müssen; als daß ein frommer Prediger so viele Seelen aus des Teufels Rachen gerissen und gen Himmel gebracht, oder ein frommer, treuer Regent vielen Ländern und Leuten geholfen hat, die ihm solches bezeugen und vor aller Welt preisen werden.

Dawider sind nun die falschen Heiligen, die vor großer Heiligkeit die Welt meiden und in die Wüste laufen oder sich in die Winkel verkriechen, auf daß sie solcher Mühe und Unlust, so sie sonst haben müßten, überhoben seien und sich nichts dürfen annehmen, wie es in der Welt gehe; denken nicht einmal dran, daß sie andern Leuten helfen oder raten sollten mit Lehren, Unterweisen, Vermahnen, Strafen und Bessern oder zum wenigsten mit Beten und Seufzen zu Gott. Ja es ekelt ihnen davor und wäre ihnen leid, daß andre Leute fromm wären, auf daß man sie allein für heilig halte, daß, wer da will gen Himmel kommen, muß ihnen ihre guten Werke und Verdienste abkaufen. Summa: sie sind der Gerechtigkeit so voll, daß sie die andern armen Sünder angucken, gleichwie der große heilige Pharisäer, Luk. 18 (9–14), vor großer Trunkenheit heraus guckte, und speite über den armen Zöllner, tat ihm so herzlich sanft, daß er Gott hofierte und dankte, daß er allein fromm, und andre Leute böse wären. Siehe, das sind sie, wider die Christus hier redet, die schändlichen, stolzen, sattsamen Geister, die sich damit kitzeln, und ihre Freude und Lust haben, daß andre Leute nicht fromm sind, dafür sie sich erbarmen, mitleiden und helfen sollten: können nicht mehr, denn jedermann verachten, afterreden, urteilen und verdammen; und muß alles Stank und Unflat sein, ohne was sie selbst tun. Aber, daß sie sollten hingehen und einen armen gebrechlichen Sünder vermahnen oder bessern, davor hüten sie sich, als vor dem Teufel. Darum werden sie auch wiederum müssen hören, wie Christus über sie schreit, Luk. 6 (25): »Weh euch, die ihr satt und voll seid, denn euch wird hungern.« Denn wie die satt müssen werden, so jetzt hungert und dürstet, so müssen jene ewig hungern, die jetzt so voll und satt sind, und doch niemand ihrer genießen kann noch rühmen, daß sie einem Menschen hätten geholfen oder zurechtgebracht. Also hast du kurz die Meinung dieses Stücks, welche (wie gesagt) viel gute Werke, ja alle guten Werke begreift, damit ein jeglicher für sich unter den Leuten recht lebe und allerlei Amt und Stände fördern helfe; davon ich oft anderswo weiter gesagt habe.

Aus Luthers Testament

Luthers zweites Testament – ein erstes hatte er 1537 aufgesetzt – trifft Bestimmungen, die den Lebensunterhalt seiner Frau nach seinem Tod sichern und sie von ihren Kindern und den Behörden möglichst unabhängig machen sollen. Dem geltenden Recht nach war das nicht leicht, da im allgemeinen im Erbrecht die Kinder vorangingen. Auch mußte ein nicht vom Notar aufgesetztes Testament Unterschrift und Siegel von mindestens sieben Zeugen aufweisen. Luther begnügte sich mit den Unterschriften von Melanchthon, Caspar Cruciger und Bugenhagen. Wir bringen nur den Schlußabschnitt des Testaments als Dokument von Luthers Selbstbewußtsein.

Zuletzt bitte ich auch jedermann, weil ich in dieser Verfügung oder Leibgedinge nicht brauche der juristischen Formen und Wörter, dazu ich Ursachen gehabt, man wolle mich lassen sein die Person, die ich doch in der Wahrheit bin, nämlich öffentlich und beide im Himmel und auf Erden, auch in der Hölle bekannt, Ansehen oder Autorität genug hat, der man trauen und glauben mag mehr denn einem Notario. Denn so mir verdammten, armen, unwürdigen, elenden Sünder Gott, der Vater aller Barmherzigkeit, das Evangelium seines lieben Sohnes anvertraut, dazu mich auch treu und wahrhaftig darin gemacht, bisher behalten und gefunden hat, also daß auch viele in der Welt dasselbe durch mich angenommen und mich für einen Lehrer der Wahrheit halten, ungeachtet des Papstes Bann, Kaisers, Könige, Fürsten, ja aller Teufel Zorn, soll man ja viel mehr in diesen geringen Sachen glauben, sonderlich weil hier ist meine Hand(schrift), gar wohl bekannt, der Hoffnung, es solle genug sein, wenn man sagen und beweisen kann: Dies ist D. Martinus Luthers (der Gottes Notarius und Zeuge ist in seinem Evangelium) ernstliche und wohl bedachte Meinung, mit seiner eigenen Hand und Siegel zu beweisen.
Geschehen und gegeben am Tage Epiphanie 1542.

Zettel

Diese schriftlichen Aufzeichnungen in lateinischer Sprache fanden sich nach Luthers Tod (am 18. Februar 1546) auf Luthers Schreibtisch. Luther bezeugt hier noch einmal die Unerschöpflichkeit der Erkenntnisaufgabe des Christen.

Den Vergil in den Bucolica und Georgica kann niemand verstehen, wenn er nicht fünf Jahre Hirt oder Bauer war.[1]
Den Cicero in den Briefen versteht niemand (so meine ich), wenn er nicht 20 Jahre in einem bedeutenden Staatswesen geweilt hat[2].
Die Heiligen Schriften meine niemand genugsam geschmeckt zu haben, wenn er nicht die Gemeinden hundert Jahre mit den Propheten geleitet hat. Denn gewaltig ist das Wunder 1. des Täufers Johannes 2. Christi 3. der Apostel.
Du vergreife dich nicht an dieser göttlichen Äneis, sondern verehre tief ihre Spuren[3].
Wir sind Bettler. Das ist wahr.

Anmerkungen

EINLEITUNG

1 Eine Unterrichtung, wie sich die Christen in Mosen schicken sollen 1524 Weim. Ausg. 16, 384 f.
2 Vorrede u. Vermahnung an die Drucker 1525 Weim. Ausg. 17, II, 3 f.
3 Weim. Ausg. 15, 210–221; hier zit. nach der Ausg. d. Gg. Müller Verlags Bd. 4 S. 91
4 Weim. Ausg. 19, 441 u. 445
5 K. Barth, Eine Schweizer Stimme 1938–45, 1945, S. 341
6 Die drei Symbola od. Bekenntnis des Glaubens Christi 1538 Weim. Ausg. 50, 269
7 Weim. Ausg. 51,257 f.
8 Zit. nach Luth.Mon.hefte 21, 1982, 382 f.
9 Zit. nach Ev.Komm. 15, 1982, 652
10 Ebenda
11 Weim. Ausg. 15, 293–322; Clemen 3,1–46; dazu Leop.v.Caprivi in Luth.Mon.h. 21, 1982, 382–385.
12 O. H. Pesch, in: H. Fr. Geißer u. a. (Hg.) Weder Ketzer noch Heiliger Luthers Bedeutung f. d. ökumen. Dialog Regensb. 1982, 123–174.
13 Weim. Ausg. 7, 294
14 Siehe unsere Auswahl S. 159 und S. 150.

LUTHERS SELBSTZEUGNIS (Weim. Ausg. 54, 179–187; Cl 4, 421 ff.)

1 Johann Meier aus Egg, gen. *Eck*, 1486–1543, Professor der Theologie und Prokanzler der Universität Ingolstadt, bekanntester Gegner Luthers, besonders seit der Leipziger Disputation 1519.
2 Epikureer: Anhänger der Anschauungen des griechischen Philosophen Epikur (geb. 341 v. Chr.); seine Philosophie galt in Luthers Zeit als Inbegriff einer atheistisch-materialistischen Weltanschauung.
3 Aurelius Augustinus, 354–430 n. Chr., Bischof von Hippo in Nordafrika, bedeutendster lateinischer Kirchenvater, auch von Luther als Autorität anerkannt. Der zitierte Ausdruck findet sich in Augustins Bekenntnissen III, 5, 10.
4 Luther hat als Professor für Auslegung der Bibel an der Universität Wittenberg seit 1512 nacheinander den Psalter, den Römer-, Galater- und Hebräerbrief in wissenschaftlichen Vorlesungen behandelt.

Diese Vorlesungen sind uns teils in Luthers eigenen Niederschriften, teils in Nachschriften seiner Hörer erhalten. Sie spiegeln Entstehung und Entwicklung seiner reformatorischen Erkenntnisse wider, wie er sie in der Vorrede berichtet. 1519 wandte er sich erneut der Auslegung der Psalmen zu, die er jetzt zum ersten Mal veröffentlichte. Diese wissenschaftlich-exegetische Arbeit bildet den Hintergrund seiner reformatorischen Schriften von 1519–1521. Sie bricht mit dem Wormser Reichstag (April 1521) und dem Wartburgaufenthalt (seit Mai 1521) ab.

5 Luther erkennt also, daß Gottes Gerechtigkeit nicht, wie die Wissenschaft und Frömmigkeit seiner Zeit es ansah, als fordernde Gerechtigkeit, sondern als schenkende Gerechtigkeit sich offenbart. Als solche tritt sie freilich nur in dem Christuszeugnis des Evangeliums entgegen.

Augustins Schrift De spiritu et littera (vom Geist und vom Buchstaben) spielte gerade in den Jahren, in denen Luthers Grundbegriffe sich festigten, eine bedeutende Rolle für ihn, weil sein Amtsgenosse Karlstadt 1517–1519 Erläuterungen zu diesem Traktat verfaßte, in denen er seinen Bruch mit der scholastisch-mittelalterlichen Philosophie und Theologie vollzog.

BRIEF AN SPALATIN (Cl. 6,1 f.)

1 Pelagianer: Anhänger der Lehre des britischen Mönches Pelagius, eines Zeitgenossen Augustins. Pelagius verfocht Augustin gegenüber die natürliche Kraft des Menschen zum Guten. Julian v. Eclanum: Hauptverfechter der Gedanken des Pelagius nach dessen Tod.

2 Hieronymus (ca. 340–420), gelehrter Mönch und Kirchenvater, Urheber der sog. Vulgata, der lateinischen Bibelübersetzung. Das von Luther bei Hieronymus festgestellte geschichtliche Interesse bei der Bibelauslegung war nicht ein kritisches, sondern ein philologisch-antiquarisches Interesse, dem Luther die Unmittelbarkeit des religiösen und die Verbindlichkeit des dogmatisch-theologischen Verständnisses der Bibel gegenüberstellt.

3 C. Fabricius Luscinus und M. Atilius Regulus, römische Heldengestalten, Musterbeispiele der antiken Ethik.

4 Sorbe: saure Frucht des Sperlingbaumes.

5 Aristoteles: griechischer Philosoph (384–322 v. Chr.), dessen Denken die scholastische Philosophie und Theologie des Mittelalters, vor allem seit Thomas v. Aquin (1225–1274), maßgebend, wenn auch nicht ausschließlich bestimmte. Luthers reformatorische Erkenntnis bildete sich in intensiver, kritischer Auseinandersetzung mit dem überlieferten aristotelischen Denken.

6 Siehe 1. Mose 4, 4.

7 Ein beinahe wörtlich mit Luthers Brief übereinstimmendes Schreiben Spalatins an Erasmus ist erhalten.

8 Nikolaus von Lyra (um 1270–1340) und Faber Stapulensis (etwa 1455–1536): einflußreichste Ausleger der biblischen Schriften vor und neben Luther.

SCHREIBEN AN ALBRECHT VON MAINZ (W. A Br. 1, 110–112)

1 Im Kurfürstentum Sachsen war den Ablaßpredigern des Kardinals der Zutritt verwehrt, um die Anziehungskraft der inländischen Ablässe nicht zu gefährden.

2 Vergleiche Amos 4, 11 und Sacharja 3, 2.

3 Der Ablaß war ursprünglich nur als Erlaß der Kirchenstrafen gedacht, die den Losgesprochenen vom Priester auferlegt worden waren, und hatte mit dem Erlaß von Sünde und Schuld als solcher nichts zu tun. – Canones sind Sätze des mittelalterlichen Kirchenrechts, meist Konzilsbeschlüsse und päpstliche Decrete; sie beziehen sich auf das Dogma oder auf die Disziplin.

SERMON VON DEN GUTEN WERKEN (W. A. 6, 202–276; Cl. 1, 227 ff.)

1 Habitus: Grundbegriff der aristotelisch-thomistischen Philosophie, in die katholische Gnadenlehre übernommen, bedeutet Beschaffenheit, welche zugleich ein Vermögen der Wirksamkeit in sich schließt; von Gott gewirkt oder vom Menschen erworben, ist der Habitus jedenfalls verfügbare Haltung und Eigenschaft des Menschen.

2 Santiago de Compostela, Wallfahrtsort in Spanien.

3 In Augustins Enchiridion ad Laurentium Cap. I, 3.

AN DEN CHRISTLICHEN ADEL ... (W. A. 6, 404–469; Cl. 1, 362 ff.)

1 Siehe Pred. Salom. 3, 7.

2 Begebener: einer, der sich (als Mönch) aus der Welt begeben, ihr entsagt hat.

3 Als Mönch trug Luther Kapuze und Tonsur.

4 Es ist vor allem an die Reformkonzilien des ausgehenden Mittelalters (Konstanz 1414–1418 und Basel 1431–1449) zu denken.

5 Friedrich I. Barbarossa (1152–1190) schloß 1176 nach der Schlacht von Legnano einen wenig vorteilhaften Frieden mit Papst Alexander III. Friedrich II. (1212–1250) wurde mehrmals von den Päpsten gebannt und von Papst Innozenz IV. sogar seines Thrones verlustig erklärt.

6 Papst Julius II. (1503–1513) war mehr Krieger als Geistlicher; daher der von Luther geprägte Beiname. Luther denkt an die mehr

diplomatischen Niederlagen der jüngsten Vergangenheit, an die Kämpfe des 1519 verstorbenen Kaisers Maximilian in Italien, an die von Julius II. gegen Venedig geschlossene Liga von Cambrai 1508 und an den ebenfalls von Julius II. 1512 zustande gebrachten ›Heiligen Bund‹ gegen Frankreich.

7 Romanisten: Anhänger und Verfechter der päpstlichen Vorherrschaft. Das Bild von den drei Mauern geht wohl auf Vergils Aeneis (VI, 549) zurück: dort wird der Tartarus mit drei Mauern umschlossen geschildert.

8 Anspielung auf das V. Laterankonzil 1512–1517.

9 Siehe Josua 6, 20.

10 Komment: phantasievolle Auslegung.

11 Platten: Mönchstonsuren.

12 Siehe Offenbarung Johannis 5, 10.

13 Ehelich: verheiratet.

14 Augustinus, Bischof von Hippo, lateinischer Kirchenvater (354 bis 430); Ambrosius, Bischof von Mailand, lateinischer Kirchenvater (340–397); Cyprian, Bischof von Karthago (ca. 210–258).

15 Character indelebilis: nach katholischer Lehre ein geistliches, unauslöschliches Siegel, das nicht nur dem Sakrament der Priesterweihe, sondern auch der Taufe und der Firmung eignet.

16 Kleriker und Ordensleute unterstanden damals nicht der weltlichen Gerichtsbarkeit.

17 Siehe 2. Petrus 2, 1 und 3.

18 Siehe Römer 13, 1–7.

19 Siehe 1. Petrus 2, 13.

20 So nach dem Decretum Gratiani, Pars I, Distinctio 40, can. 6, einer von dem Mönch Gratian ca. 1150 hergestellten Zusammenfassung des geltenden kirchlichen Rechts.

21 Behelf: Ausflucht.

22 Papst Gregor I. (590–604), Regula Pastoralis II, 6.

23 Des Endchrists Spiel oder sein nächster Vorläufer: Die biblisch-apokalyptische Weissagung vom Antichrist (vgl. 2. Thessal. 2, 1–12; 1. Joh. 4, 1 ff.) sah Luther zunächst vermutungsweise seit 1519, dann allmählich immer deutlicher erfüllt im päpstlichen Herrschaftssystem. Während er in der Schrift an den Adel mit der Identifikation noch zurückhält, spricht er sie noch im gleichen Jahre deutlich und vorbehaltlos aus, nachdem die päpstliche Bannandrohungsbulle eingetroffen und am 10. Dezember vor dem Elstertor in Wittenberg von ihm verbrannt worden war.

24 Siehe Lukas 22, 32.

25 Eben: gemäß.

26 Siehe 1. Mose 21, 12.

27 Siehe 4. Mose 22, 28.

28 Konzil von Nicäa in Kleinasien (325) zur Beilegung des arianischen Streits, in welchem die wahre Gottheit Jesu Christi gegenüber der

rational-mythologischen Auffassung des Presbyters Arius festgehalten wurde. Auch die andern altkirchlichen, allgemeinen Konzilien sind nicht ohne Mitwirkung des (ost)römischen Kaisers zustande gekommen. – Conciliabulum: kleines Konzil, Ausdruck der Geringschätzung.

29 Siehe 2. Korinther 10, 8.

30 Siehe 2. Thessalonicher 2, 9 ff.

31 Siehe 2. Korinther 13, 8.

32 Schloßen: wie Schloßen herabsenden.

VON DER BABYLONISCHEN GEFANGENSCHAFT DER KIRCHE (W. A. 6, 497 bis 573; CL 1, 426 ff.)

1 Siehe Matthäus 26, 26.

2 Vergleiche Epheser 4, 12.

3 Damit greift Luther die beiden Grundbegriffe auf, die für das katholische Sakramentsverständnis wesentlich sind: ›das getane Werk‹ (opus operatum), d. h. der Vollzug an sich als das Wesentliche und Wirksame im Sakrament, und das ›Opfer‹, als welches die Messe grundlegend verstanden wurde.

4 Vergleiche Jakobus 1, 18. – Luther läßt dann einen Überblick über den Gang der Verheißung Gottes im Alten Bund folgen.

5 lat.: impinguatur.

6 Folgt Polemik gegen die bisher geübte Geringachtung der Einsetzungsworte, die in der katholischen Meßliturgie nur geflüstert werden.

7 Vergleiche 2. Mose 23, 15; 34, 20 und 5. Mose 16, 16.

8 Folgt Hinweis auf die zeichenhaften Verheißungen des Alten Bundes.

9 Vergleiche Augustin, Sermo 112, cap. 5: Non ergo, quod videtur, sed quod creditur, pascit.

10 Folgt Kritik an der Verdunklung des Wesens der Messe durch die dogmatischen Spekulationen der Scholastik.

11 Wider dieses Gespenst: nämlich die Verwandlung der Messe in ein menschliches Werk, das bis ins Wirtschaftliche hinein verwertet werden kann.

12 Folgt weitere Begründung für die Unvertretbarkeit des Glaubens wie des Empfangs der Gnade, und Polemik gegen das Unwesen der Meß-Stiftungen, die zur wirtschaftlichen Grundlage des kirchlichen Lebens geworden waren.

13 Unter dem Meßkanon versteht man die Gebete, die sich auf die Konsekration (Wandlung) der Abendmahlselemente beziehen, aber auch die vorhergehenden und nachfolgenden Gebete.

13a Vergleiche Galater 1, 8.

14 Im folgenden befaßt sich Luther kritisch mit den kultischen Elementen der Messe, welche deren Opfercharakter zu beweisen scheinen.

15 Kollekten: Gebete bei der Messe.
16 Konsekrieren: weihen und wandeln.
17 Privatmesse: Messe des einzelnen Priesters, ohne nachfolgende Austeilung des Sakraments an die Gemeinde, auch ohne Anwesenheit von Gemeinde.
18 Folgt Kritik an den ›Votivmessen‹, d. h. an den zugunsten anderer, lebender oder verstorbener Personen gestifteten und gelesenen Messen und an deren wirtschaftlicher Auswertung durch die Kirche.
19 Siehe Markus 14, 17 ff.
20 Das eigene Werk Gottes ist die Seligkeit, das fremde die Verdammnis. Der Ausdruck stammt aus Jesaja 28, 21 (Vulgata) und wurde für Luther frühzeitig zum Schlüssel seiner Gotteserkenntnis.
21 Zitat unbekannter Herkunft.
22 In der Tat fand Luther Gegner genug, unter denen vor allem Heinrich VIII. von England zu nennen wäre mit seiner ›Assertio septem sacramentorum‹ (Behauptung der sieben Sakramente). Luther hat ihm mit großer Schärfe lateinisch und deutsch geantwortet.

VON DER FREIHEIT EINES CHRISTENMENSCHEN (W. A. 7, 20–38; Cl. 2, 11 ff.)

1 Siehe Hosea 13, 9.
2 Tugenden: Kräfte, Vorzüge.
3 Siehe Epheser 5, 30.
4 Mahlschatz: Geschenk als Pfand bei Verlobungen und Eheschließungen.
5 Wirtschaft: Hausstand.
6 Sich auszog: sich ausnahm.
7 Vergleiche 2. Mose 13, 2.
8 Durch welche Figur wird bedeutet: der alttestamentliche Text wird von Luther figürlich, d. h. als Typos, als Vorbild auf Christus gedeutet.
9 Ehrlich: ehrenvoll.
10 D. h. füreinander eintreten.
11 Siehe Psalm 145, 9.
12 Schemen: Spiegelbild.
13 Hingenommen: aufgehoben, aufgelöst.
14 Siehe 1. Korinther 15, 55 ff.
15 Vergleiche Römer 8, 23.
16 Siehe 1. Korinther 9, 27.
17 Bescheidenheit: Verstand.
18 Kasteien: in Zucht nehmen.
19 Zerbrechen die Köpfe: verlieren den Verstand.
20 Luther zieht also den von ihm an sich verneinten katholischen Amtsgedanken zur Veranschaulichung heran.
21 Siehe Matthäus 7, 18.
22 Fromm, hier und weiter: rechtschaffen, gerecht.

23 Siehe Sirach 10, 14.
24 Vergleiche Matthäus 12, 33.
25 Anhang: Klausel, die das rechte oder falsche Verständnis bestimmt.
26 Vergleiche Galater 5,6.
27 Siehe Philipper 2, 1.
28 Philipper 2, 5 ff. Der Unterschied der Übersetzung zu der späteren der Lutherbibel ist zu beachten.
29 Vergleiche Apostelgeschichte 16, 3 und Galater 2, 3.
30 Prälaten sind höhere Geistliche mit Jurisdiktionsgewalt.
31 Beachte die damit gegebene Grenze des Gehorsams!

REDE AUF DEM REICHSTAG ZU WORMS (Vergl. W. A. 7, 814 ff.)

1 Es heißt in der Bannandrohungsbulle vom 15. Juni 1520 einerseits, Luther und seine Anhänger müßten alle Schriften, die die in 41 Sätzen verworfenen Irrtümer enthalten, verbrennen bzw. deren Verbrennung veranlassen (Erl. Ausg. op. lat. var. arg. Vol. 4, S. 293), später jedoch, es müßten auch diejenigen Schriften unterdrückt werden, die diese Irrtümer nicht enthalten (a.a.O. S. 296).
2 Siehe Anmerkung 20, S. 268.
3 Wörtlich: ohne Hörner und Zähne. Luther spielt damit auf bestimmte Formen des sophistischen und scholastischen Trugschlusses an.
4 Nur diese Sätze des berühmten Schlußwortes sind nachweislich gefallen.

EINE TREUE VERMAHNUNG ... (W. A. 8, 676–687; Cl. 2, 299 ff.)

1 Karsthans: bedeutet den mühselig mit dem Karst (Handgerät zum Umpflügen) sich nährenden Bauern. Ein in Südwestdeutschland gebräuchlicher Spottname, der erst durch eine 1521 erschienene Flugschrift gleichen Titels weit verbreitet wurde.
2 Fuchsschwanz: Wedel zum Streicheln; also mildeste Strafform.
3 Vergleiche 5. Mose 28, 23.
4 Siehe 1. Thessal. 2, 16.
5 Luther hatte eine auf Christus gedeutete Stelle, Jesaja 11, 4, zitiert.
6 Elias: vergleiche 1. Kön. 18, 40; Pinehas: vergleiche 4. Mose 25, 7.
7 Herr Omnes: der Pöbel.
8 Hieronymus Emser (1478–1527): eifriger, auch literarisch hervortretender Gegner Luthers.
9 Anspielung auf einen Tumult lutherisch gesinnter Studenten in Erfurt im Juli 1521.
10 Vigilien: nächtliche Gottesdienste vor den Festen.
11 Stationierer: Bettelmönche, die in den Orten, wo keine Klöster waren, Stationen, sog. Terminierhäuser besaßen.

12 Schrei des Todeskampfes Jesu nach Mark. 15, 34. – Exspiravit: er hat ausgeatmet, er ist tot.
13 Vergleiche Römer 14, 1 ff.; 1. Korinther 4, 5 ff.
14 D. h. dich schwer verantworten.
15 So wandelst du schon nicht nach der Liebe.
16 Vergleiche Galater 2, 3 und Apostelgesch. 16, 3.

ZWEI BRIEFE AN FRIEDRICH DEN WEISEN (Cl. 6, 99–103; W. A. Br. 2, 454 ff.)

1 E. Kf. G.: Euer Kurfürstliche Gnaden.
2 Darf: bedarf.
3 Vergleiche Galater 1, 1 ff.
4 Herzog Georg von Sachsen, der albertinische Vetter des ernestinischen Kurfürsten und entschiedene Gegner Luthers.
5 D. h. wenn die Lage in Leipzig (dem Machtbereich Georgs von Sachsen) und Luthers Verantwortung für sie so dringend seine Anwesenheit erforderlich machte.
6 Aufs schierst: schnellstens.
7 D. h. bei der Nachricht von meiner Rückkehr.
8 Es wird nicht ganz deutlich, ob Luther hier Christus oder den Satan meint.
9 Beamter für Straßengeld und Zoll.
10 Vergleiche Apostelgesch. 5, 29.
11 Vergleiche Johannes Kap. 18 und 19.
12 Luther denkt an die Unruhen, die während seiner Abwesenheit von Wittenberg im Zusammenhang mit kultischen Reformen dort entstanden waren.
13 Gemeint sind diejenigen Landesherren, die Maßnahmen gegen die Reformationsbewegung ergreifen.
14 Gottes Wille für die geistliche und weltliche Macht ist nach Luther aus der biblischen Geschichte Israels zu erkennen.
15 Vergleiche Hesekiel 22, 30.
16 Nürnberg: Sitz des Reichsregiments.
17 Benedicite: Tischgebet vor dem Essen.

VON BEIDER GESTALT DES SAKRAMENTS ZU NEHMEN (W. A. 10 II, 11–41; Cl. 2, 311 ff.)

1 Vgl. 1. Kor. 1, 18.
2 Vgl. 1. Joh. 3, 13.
3 Vgl. 2. Tim. 1, 15; 4, 10.
4 Reichsregiment und Herzog Georg von Sachsen. – Herzog Georg der Bärtige (1471–1539), ein tüchtiger, Reformen nicht abgeneigter

Herrscher, der aber seit der Leipziger Disputation von 1519 ein erbitterter Feind Luthers und der Reformation war. Sein Land wurde nach seinem Tode evangelisch.

5 Dessen hatte Herzog Georg sich verschworen.

6 Ich kann die Herkunft des Sprichworts nicht feststellen.

7 1. Joh. 4, 4.

8 Das Mandat des Reichsregiments hatte getadelt, »daß neuerdings etliche Priester ... das hochwürdige Sakrament unzüchtiger Weise jedem, der es nehmen will, in seine laischen Hände reichen«.

9 Gal. 1, 8.

10 Vgl. Dan. 1, 2; 5, 2.

11 Vgl. Gal. 2, 3.

12 Vgl. Ap. Gesch. 16, 3.

13 Vgl. Luthers Schrift De abroganda missa privata 1521 (Weim. Ausg. 8, 411–476).

14 Vgl. Luthers Schrift Von der Beicht, ob die der Papst Macht habe zu gebieten (Weim. Ausg. 8, 138–204).

15 Vgl. 4. Mose 21, 8; 2. M. 25, 18.

16 Vgl. Das Bilderverbot im Dekalog 2. Mose 20, 4f., das Luther allerdings im Anschluß an die Tradition nicht in das erste Hauptstück seines Katechismus aufnahm.

17 Luthers Schrift De Votis monasticis iudicium (Urteil über die Mönchsgelübde) 1521 (Weim. Ausg. 8, 573–669; Clemen-Ausgabe 2, 188–298).

18 Apg. Gesch. 28, 11.

19 Vgl. auch 2. Thessal. 2, 8.

20 Ap. Gesch. 7, 56.

21 Sach. 2, 12.

VORREDEN ZUM NEUEN TESTAMENT (W. A. Deutsche Bibel VII, 3 ff. und 384 ff.

1 Baß: besser.

2 Andern: zweiten.

3 Wie soll des Werk Gott gelüsten: wie soll er an einem solchen Werk Gefallen haben.

4 Wegt: bewegt.

5 Erwegene: vollwichtig, erprobt.

6 Hieronymus, Augustinus, Ambrosius: lateinische Kirchenväter des 4./5. Jahrhunderts; Origenes: griechischer Kirchenvater des 3. Jahrhunderts.

7 Der Jakobusbrief war in der alten Kirche nicht überall gleichmäßig als kanonisch anerkannt; besonders Origenes und Eusebius (Verfasser der ersten Kirchengeschichte und Zeitgenosse Konstantins d. Gr.) haben das apostolische Ansehen des Briefes bestritten.

8 Schließt: darauf schließen läßt.
9 Unordig: ungeordnet.
10 Vergleiche Apostelgesch. 12, 2. Luther stellt also fest, daß der Verfasser des Jakobusbriefes nicht mit dem Apostel Jakobus, dem Bruder des Johannes, identisch sein kann.

RECHT DER GEMEINE (W. A. 11, 408–416; Cl. 2, 395 ff.)

1 Gehet: im Gang, in Übung ist.
2 Gefaßt: versehen, ausgerüstet.
3 Eingetrieben: in die Enge getrieben, eingeschüchtert.
4 Wasserblasen: Luftblasen im Wasser, Nichtse. – Scharren: anspruchsvoll und anmaßend reden.
5 Mit allem ihrem Körper: mit allen zu ihr gehörigen Personen.
6 Fehlet: irrt.
7 Vergleiche 2. Timoth. 2, 2; Titus 1, 5.
8 Im Neuen Testament steht an diesen Stellen Presbyter (Älteste), was Luther mit Priester übersetzt.
9 Angeben: vorschlagen.
10 Die Wahl der Bischöfe erfolgte nach dem Wormser Konkordat des Jahres 1122 durch die Domkapitel.
11 Der Kardinalbischof von Ostia war der Regel nach zugleich der Dekan des Kardinalskollegiums. In dieser Eigenschaft richtete er an den neugewählten Papst die Frage, ob er die Wahl annehmen wolle. Des weiteren hatte er dem neuen Papst, wenn er noch nicht Bischof war, die Bischofsweihe zu erteilen.
12 Luther verweist auf den mittelalterlichen Rechtsbrauch der Laieninvestitur, d. h. der Besetzung kirchlicher Stellen durch Laien. Die Entstehung dieses Rechtsbrauchs ist freilich bedeutend verwickelter, als Luther hier annimmt. Wichtiger noch für das Verständnis von Luthers damals erfolgenden Entscheidungen ist es, sich an Hand dieser Ausführungen klar zu machen, daß er das landesherrliche oder ein sonstiges weltliches Kirchenregiment nicht von vornherein negativ anzusehen brauchte.
13 Terminarien: Almosensammler.

VON WELTLICHER OBRIGKEIT ... (WA 11, 245–281; Cl. 2, 360 ff.)

1 Herzog Johann, der Bruder Friedrichs des Weisen, nach dessen Tod Kurfürst 1525–1532, der Reformation aufrichtig und offenkundig zugetan, aber auch von den Anschauungen der Wiedertäufer nicht ganz unbeeindruckt.
2 Vergleiche dazu Augustins Briefe Nr. 136 und 138.
3 Sophisten: die Scholastiker.

4 Luther hat den Unterschied vor Augen, den die katholische Sittenlehre machte zwischen den Geboten für die Allgemeinheit und den Ratschlägen für die Vollkommenen (Mönche, Heilige); mit Hilfe dieser Unterscheidung wurden die radikalen Weisungen Jesu in der Bergpredigt für den Großteil der Christenheit außer Geltung gesetzt.
5 D.h. der Weihnachtstag 1522.
6 In Bayern, Brandenburg, dem albertinischen Sachsen war Luthers Übersetzung des Neuen Testaments verboten und die Auslieferung der Bücher auf die Ämter angeordnet worden.
7 Durch das Reichsregiment in Nürnberg.
8 Schuppen: Bekleidung des Teufelsdrachens, dann Anhänger des Teufels.
9 D.h. bis es keine Mönche mehr gibt.
10 Sekten: Spaltungen.
11 In der Postille: gemeint ist Luthers Kirchenpostille, deren erste Stücke auf der Wartburg 1521/22 entstanden waren, sowie deren lateinische Vorstufen.
12 Damit: wodurch.
13 Etliche: die Wiedertäufer.
14 Jetzt: bis jetzt.
15 Schoß: Steuern.
16 In dem hier fehlenden Stück setzt sich Luther mit der gesetzlichen Befolgung des Alten Testaments für den Bereich der politischen Ethik auseinander, wie sie von den Spiritualisten gefordert wurde. Luther setzt dem entgegen, das Alte Testament enthalte für den Christen keine praecepta, sondern nur exempla, d. h. nicht Vorschriften, sondern Beispiele.
17 Von solchen »hellen, starken«, d. h. eindeutigen und daher besonders verbindlichen Texten geht Luthers schriftgebundenes Denken immer aus.
18 Also, trotz höchst nüchterner Menschenbeurteilung, grundsätzlich anders als Jakob Burckhardt mit seiner These von der an sich bösen Macht.
19 D.h. erfordern notwendig Beachtung und Nachfolge.
20 Gemein: allgemein.
21 Fürsprecher: Advokaten.
22 Gesinde: die Helfer dieser Berufe.
23 Siehe 1. Petrus 4, 11.
24 Witze: Wissen.
25 Folgen Hinweise auf Psalm 7, 10; Apostelgesch. 1, 24; Jeremia 17, 19.
26 Augustin, Contra litteram Petiliani II, 83, 184 (Migne Patrol. Ser. lat. 43, 315). – Auch später hat Luther diese Grundeinsicht nie preisgegeben, wenn er auch hinsichtlich des öffentlichen Auftretens Andersgläubiger der jeweiligen Obrigkeit das Bestimmungsrecht einräumte, u. U. auch zuungunsten der Anhänger einer evangelischen Predigt.

27 Zum Zweck der Jagd.
28 Beichte: Schuldbekenntnis.
29 Der drohende Untergang des römischen Reichs wurde in der Spätantike dem Christentum zur Last gelegt.
30 Luzifer, griech. Phosphoros, Lichtbringer, Abend- und Morgenstern, bei den Kirchenvätern nach Jes. 14, 12 und Luk. 10, 18 der Fürst der Finsternis. Jes. 14, 12 bezieht sich ursprünglich auf den gestürzten König von Babylon.
31 Fußtritt: Schritt.
32 Geuße und Menge: Hülle und Fülle.
33 Psalm 107, 40: Er schüttet Verachtung auf die Fürsten
34 Urlaub: Erlebnis.
35 Vergleiche 1. Kön. 3, 12.
36 D.h. eine große Seltenheit.
36a Vergleiche 4. Mose 22, 28.
36b Vergleiche Jesaja 14, 12 und Lukas 10, 18.
37 Vergleiche 2. Chronik 19, 6 ff.
38 Bescheiden: maßvoll.

AN DIE RATSHERREN DEUTSCHER STÄDTE (Wa 15, 27–53; Cl. 2, 442 ff.)

1 Vergleiche Jesaja 62, 1.
2 Vergleiche Luk. 10, 16.
3 Siehe Jesaja 40, 7.
4 Büchsen: Waffen.
5 Jahrtage: jährliche Begängnisse zum Gedächtnis und Seelenheil von Verstorbenen.
6 Folgt kritische Schilderung des mittelalterlichen Schulbetriebs.
7 Vergleiche 5. Mose 21, 18–21.
8 Folgen Beispiele.
9 Siehe Matth. 18, 7.
10 Vergleiche 1. Mose 13, 13; 18, 20; Richter 19 und 20 (Gaba: Gibea).
11 Gemein: allgemein, gewöhnlich.
12 Vergleiche Psalm 68, 6.
13 Rülzen und Knebel: Rüpel und Flegel.
14 Künste (artes liberales): Wissenschaften.
15 Fach: Loch, Riß.
16 Zungen: Sprachen; vergleiche Apostelgesch. 2.
17 Luther denkt an die Folgen der Einnahme Konstantinopels durch die Türken 1453.
18 Kemnat: Kammer, Speisekammer.
19 Vergleiche Matth. 14, 20.
20 Kirchenväter des 3./4. Jahrh. n. Chr.
21 Augustin, De doctrina christiana II, 11.
22 Sophisten: Scholastiker. – Mit dem Hinweis auf die mangelnde

Eindeutigkeit der Bibel wurde und wird die Notwendigkeit einer kirchlichen Auslegungsinstanz begründet.

23 Glossen: Auslegungen.

24 Ohmen: messen.

25 Brüder Valdenses, eigentlich die im 12. Jahrhundert von Petrus Valdus begründete und nach ihm benannte, noch heute bestehende Kirchengemeinschaft der Waldenser, die besonderen Wert auf das Bibellesen in ihrer Muttersprache legten. Luther denkt jedoch an die Böhmischen Brüder, mit denen er seit einiger Zeit persönlich und literarisch in Beziehung getreten war.

26 Allen Büschen zu fern gewesen: dem Ziele fernbleiben, vorbeitreffen (aus dem Sprachgebrauch der Jäger und Vogelsteller).

27 Ehelich: verheiratet.

28 In die Mummerei laufen: Mummenschanz treiben.

29 Lecken: mit den Füßen ausschlagen, hüpfen.

30 Deklinations- und Konjugationsübungen.

31 Donatus: römischer Grammatiker des 4. Jahrhunderts. Alexander de Villa Dei, Franziskaner des 13. Jahrh., schrieb ein Lehrgedicht, Doctrinale puerorum, das als Schulbuch noch lange benutzt wurde.

32 Käulchen: Kügelchen; Rammeln: sich balgen.

33 Ausbund: die Besten.

34 Den Reuling uns mit Schaden beißen lassen ewiglich: ewig Gewissensbisse empfinden.

35 Luther hatte in dem hier nicht wiedergegebenen Stück deren etliche aufgezählt.

36 Sentenzen, seit Petrus Lombardus (gest. 1164), Sammlung und Erklärung der geltenden Glaubenssätze. Quästiones: Fragen, philosophische Erörterungen. Sermones: Predigten.

37 Oratores: antike rhetorische Schriftsteller wie Cicero, Quintilian.

38 Grammatica: nicht bloß Unterweisung in den Sprachregeln, sondern auch Nutzbarmachung der Lektüre für das allgemeine Wissen, wie für die Fertigkeit im Ausdruck.

39 Siehe 2. Mose 18, 17.

VORREDE VON 1528 (W. A. 26, 195–202)

1 Vgl. 1. Samuel 7, 16f.

2 Bedürfnis, Mangel.

3 Vgl. 2. Kön. 2, 1ff.

4 Probst: Vorsteher des Domkapitels, dessen Vermögen er zu verwalten hat. Vikar: juristischer Geschäftsführer und Berater des Bischofs. Dechant: der Domdekan, im Rang hinter dem Domprobst, mit der kirchlichen Verwaltung und Gerichtsbarkeit des Kapitels betraut.

5 Offiziale: Gehilfen des Bischofs bei Ausübung seiner kirchlichen Gerichtsbarkeit. Ladezettel: Die Zettel oder Schreiben, durch die die Leute vor das kirchliche Gericht zitiert werden.

6 Tabernen: Kneipen.
7 Es verfiel und unterblieb die Einrichtung der Synoden, die eigentlich zuständig waren.
8 Übrig blieben nur Disziplinarmaßnahmen finanzieller Art, und der Kultus, die göttliche Ordnung (divinus ordo), mit seinen liturgisch-musikalischen Bestandteilen.
9 Endchrist: der Antichrist der Endzeit.
10 Mönchkälber: Die am 8. Dez. 1522 in Walkersdorf bei Freiberg i. S. zur Welt gekommene Mißgeburt eines Kalbes, angeblich mit einer Kutte bekleidet, deutete Luther als Symbol der Verwahrlosung des Mönchtums, nachdem es vorher von seinen Gegnern auf ihn ausgedeutet wurde. Vgl. seine und Melanchthons Schrift »Deutung der zwo greulichen Figuren, Papstesels zu Rom und Mönchkalbs zu Freiberg funden« 1523 (Weim. Ausg. 11, 369–385). Seitdem Mönchskalb: verkommener Mönch.
11 Vgl. 1. Thessal, 2, 9; 2. Kor. 1, 8; Gal. 1, 17ff.
12 Die Wittenberger konnten sich nicht einigen, wer von ihnen die Verantwortung für das Visitationswerk tragen sollte. Vielleicht waren Eifersüchteleien im Spiel. Wichtiger aber ist das Grundsätzliche.
13 Des Gewissens wollen spielen: wir wollten ganz sicher gehen. Bestand und Ordnung der weltlichen Herrschaft war für Luthers Urteil unzweifelhaft nach Gottes Wille. Eine solche Gewißheit hatte er für den Bereich kirchlicher Ordnung nicht.
14 Die hier genannten Personen waren am 13. Febr. 1527 vom Kurfürsten für die Visitation im Kurkreis bestellt, also zwei Adlige, ein Jurist und der Laientheologe Melanchthon.
15 Melanchthons Visitationsartikel, hinter seinem Rücken vorzeitig veröffentlicht, waren in der Gottesdienstordnung ziemlich konservativ. Daher der Spott der Altgläubigen, die Evangelischen »kröchen zurück«.
16 Für die Heranziehung der weltlichen Obrigkeit in Kirchensachen berief sich Luther gerne darauf, daß das erste ökumenische Konzil der alten Kirche in Nicäa (325), das sich mit der Christusauffassung des Arius befassen mußte, von Kaiser Konstantin einberufen und stark beeinflußt worden war. Frühere Synoden waren natürlich rein kirchlich bestimmt.

SENDBRIEF VOM DOLMETSCHEN 1530 (W. A. 30 II, 632–646; Cl. 4, 179 ff.)

1 Lobe.
2 Eselsgeschrei.
3 Wörtlich: Geschlechtsregister. Matth. 1,1.
4 Der Kirchenvater Hieronymus (gest. 420) Schöpfer der Vulgata, der später maßgebend gewordenen lateinischen Bibelübersetzung.

5 Hieronymus Emser (ca. 1478–1527), seit 1518 Luther-Gegner, der 1523 schon dessen Übersetzung des Neuen Testaments kritisiert und später eine eigene Übersetzung veröffentlicht hatte. Bei dieser benutzte er Luthers Übersetzung in der im Text beschriebenen Weise. – Er hat nun seinen Richter: er steht nach seinem 1527 erfolgten Tod vor Gott.

6 Phil. 3, 18.

7 So will ich, so befehle ich's; statt des Grundes gelte der Wille. Juvenal, Satiren 6, 23.

8 Inhaber einer Auslegungsprofessur (lectura in biblia) an der Universität.

9 Vorrede.

10 Einfach.

11 Johannes, Fabri, Sohn eines Schmiedes (faber), Gegner Luthers, als Bischof von Wien gest. 1541. – Johannes Cochlaeus (1479–1552), leidenschaftlicher Gegner Luthers, Verfasser der ersten, bis ins 20. Jahrh. nachwirkenden katholischen Biographie Luthers. Cochlear heißt Löffel.

12 Vgl. 1. Kor. 1, 20.

13 Magister Philipp: Melanchthon (1497–1560) als Kenner des Griechischen; Matthäus Aurogallus, seit 1521 Lehrer des Hebräischen an der Universität Wittenberg.

14 Matth. 12, 34; Luk. 6, 45.

15 Luk. 1, 28.

16 Griechische Sprache.

17 Wörtlich: begnadigt. Die katholische Übersetzung: voll der Gnaden läßt sich sprachlich vom Urtext her rechtfertigen. Luthers Kritik hat auch sachliche Hintergründe: die göttliche Gnade darf nicht dinglich verstanden werden.

18 Dan. 9, 23; 10, 11 und 19.

19 Luther meint die von den Wiedertäufern Hätzer und Denk 1527 in Worms gedruckte Übersetzung der alttestamentlichen Propheten.

20 Deutung, Erklärung.

21 Einfache, gewöhnliche.

22 Luther denkt hier vielleicht an Thomas Müntzer.

23 Als Ketzer verdammt und verbrannt. – Seit 1523 waren mehrfach Anhänger der evangelischen Bewegung auf dem Scheiterhaufen verbrannt worden.

24 Nichts darf zugleich recht und unrecht sein.

25 Ambrosius v. Mailand (339–397), Augustinus (354–430). Auf diese beiden lateinischen Kirchenväter hat sich Luther gerne berufen.

26 Bessernd, unanstößig.

27 Gefahr.

28 Wir haben nur Notizen Luthers zu dieser geplanten Schrift über die Rechtfertigung. – Es folgt noch eine zweite, kürzere Hälfte des Sendbriefs über die Frage, ob die verstorbenen Heiligen um ihre Fürbitte vor Gott anzugehen sind. Wir lassen diesen Teil weg.

PREDIGTEN ÜBER MATTHÄUS 5–7 (W. A. 32, 229 ff.)

1 Während Luther zunächst dem freien Lauf der neuen evangelischen Predigtbewegung nichts in den Weg legte, da sich in ihr ja hauptsächlich seine Lehre verbreitete, sieht er sich jetzt immer mehr veranlaßt, diese freie Bewegung – auch bei den eigenen Anhängern – einzuschränken und an den amtlichen, d. h. von der Obrigkeit bestätigten Verkündigungsauftrag zu binden.
2 Matth. 5, 13.
3 Matth. 5, 15.
4 Herumtreiber, Wanderprediger.
5 Schwätzt.
6 Psalm 144, 12 ff. Luther deutet den Psalm um.
7 Vgl. Hiob Kp. 4 und 5.
8 Verzichten.
9 Vgl. Ps. 39, 13; 119, 19. – Luther setzt bei den Psalmen die überlieferte Verfasserschaft Davids selbstverständlich voraus.
10 Den Leib, den die Würmer fressen.
11 Ein Teilanwesen, ein Gütchen.
12 Luther denkt an die schwierigen Verhandlungen beim Reichstag zu Augsburg 1530.
13 Beiseite sehen; den Blick abwenden.
14 1. Mose 19, 15 und 2. Petr. 2, 7.
15 Sirach 30, 25.
16 Spr. Sal. 17, 22.
18 Anhören, überhören.
19 In seine Gewalt bekommen.

ZETTEL VON 1546 (W. A. 48, 241)

1 Vergilius, Publius Maro, römischer Dichter, 70–19 v. Chr. Werke: Bucolica (zehn Hirtengedichte) und Georgica (Lehrgedicht in vier Büchern über Ackerbau, Baumkultur, Viehzucht, Bienenpflege), in denen er sich an griechische Muster anschloß. Wegen einer Weissagung des künftigen Friedensbringers in der vierten Ekloge und seines Hauptwerkes, der Äneis, galt er als eine Art heidnischer Prophet des christlichen Heilsgeschehens und der christlichen Heilslehre.
2 Cicero, Marcus Tullius, 106–43 v. Chr. Rhetor, Politiker und Popularphilosoph im letzten Jahrhundert der römischen Republik, von dem 864 Briefe überliefert sind.
3 Luther vergleicht die Tiefe der biblischen Heilsgeschichte mit der der Äneis, in der die Schicksale des vom untergehenden Troja bis nach Italien verschlagenen Helden Äneas im Sinne des antiken Götterglaubens geschildert werden. Luther zitiert hier nach Statius, Thebaides Buch XII Vers 816f.: Nec tu divinam Aeneida tenta, Sed longe sequere et vestigia semper adora.

Quellen und Literatur

Die Stücke dieser Auswahl sind in Übersetzung oder Bearbeitung folgenden Ausgaben entnommen worden:
Luthers Werke, hg. von Gg. Buchwald u. a., 3. Aufl. Berlin 1905 ff.;
M. Luthers Briefe, in Auswahl hg. v. Reinh. Buchwald, Lpzg. 1909, 2 Bde;
Martin Luther, Ausgew. Werke, hg. v. H. H. Borcherdt, München u. Lpzg. b. Gg. Müller, 1. Aufl. 1914 ff.
»Von beiderlei Gestalt des Sakraments zu nehmen« wurde von Elsie Steck bearbeitet.

Für das Studium der Werke Luthers im Original ist zu verweisen auf die große, seit 1883 (ursprünglich in Weimar erscheinende) »Weimarer Ausgabe«, in rund 100 Bänden nahezu abgeschlossen;
daneben auf die ausgezeichnete Auswahl-Ausgabe von Originalschriften Luthers in 8 Bänden, hg. von Otto Clemen u. a., im Neudruck bei W. de Gruyter, Berlin;
ähnlich neuerdings: M. Luther, Stud. Ausg., hg. von H. Ulr. Delius u. a. Bd. I, Ev. Verl. Anstalt, Berlin (Ost) 1979. –

Mehrbändige Auswahlausgaben der Schriften Luthers in Übersetzung und Bearbeitung sind erschienen im Chr. Kaiser Verlag, München, bei Vandenhoeck & Ruprecht, Göttingen, in der Reihe der Siebenstern-Taschenbücher und im Insel-Verlag.

Eine Einführung in Luthers Leben und Werk bietet Bernh. Lohse, Martin Luther, C. H. Beck, München 1981;
ähnlich, aber mit dem Hauptakzent auf der theologischen und ökumenischen Problematik, O. H. Pesch, Hinführung zu Luther, Grünewald, Mainz 1982; dort ausführliche Angaben über den Stand der Lutherforschung.
Darüber informiert außerdem regelmäßig das »Lutherjahrbuch«, Organ der internationalen Lutherforschung; im Auftrag der Luther-Gesellschaft hg. von H. Junghans, Dozent an der Karl-Marx-Universität in Lpzg, 49. Jahrg. 1982, bei Vandenhoeck & Ruprecht in Göttingen.
Ferner Rainer Wohlfeil, Das wissenschaftl. Lutherbild der Gegenwart in der BRD und DDR – Ein Vergleich, Niedersächs. Landeszentrale f. polit. Bildung, Hannover 1982.

Aus den Biographien im Zusammenhang des Luther-Jubiläums nennen wir hier nur: M. Brecht, M. L. Sein Weg zur Reformation 1483–1521, Stuttg. 1981;
W. v. Loewenich, M. L. Der Mann u. d. Werk, München 1982;
Heiko A. Oberman, Luther. Mensch zwischen Gott und Teufel, Berlin 1982.
– Zur Reformationsgeschichte: K. Aland, Die Reformation Martin Luthers, Siebenstern, Gütersloh 1982. –
Aus der älteren Literatur: Ricarda Huch, Das Zeitalter der Glaubensspaltung, 1937, jetzt in der Siebenstern-Taschenbuch-Reihe;
Richard Friedenthal, Luther. Sein Leben und seine Zeit 1967 und Neudrucke.
Zur Entwicklung des Luther-Bildes vom 16. bis zum 20. Jh. vgl. neuerdings: Hermann Glaser/Karl Heinz Stahl (Hg.), Luther gestern und heute, Frankfurt am Main 1983 (Fischer Taschenbuch Bd. 3477, 334 Seiten).

Zeittafel

1483 Martin Luther in Eisleben geboren
1501 Universitätsstudium in Erfurt
1502 Gründung der Universität Wittenberg durch Friedrich d. W., Kurfürst von Sachsen
1505 Eintritt Luthers ins Augustinerkloster in Erfurt
1508 Versetzung nach Wittenberg
1512 Doktor der Theologie und Professor der Bibelauslegung
1513–18 Vorlesungen über den Psalter, Römer-, Galater-, Hebräerbrief
1516 Erstausgabe des griechischen Neuen Testaments durch Erasmus
1517 Ablaßstreit
1518 Luther vor Kardinal Cajetan in Augsburg
1519 Tod Kaiser Maximilians I. – Wahl Karls V. – Leipziger Disputation
1520 Die reformatorischen Hauptschriften – Bannandrohungsbulle – Verbrennung der päpstlichen Rechtsbücher und der Bulle
1521 Luther vor dem Reichstag in Worms – Wormser Edikt gegen Luther und die reformatorische Bewegung – Aufenthalt auf der Wartburg – Übersetzung des Neuen Testaments – Adventspostille – Leo X. gestorben – Kultreformen und Unruhen in Wittenberg
1522 Rückkehr von der Wartburg – Papst Hadrian VI., der letzte deutsche und erste Reformpapst
1523 Reichstag zu Nürnberg – Beginn selbständiger Gemeindebildungen
1524 Beginn der Auseinandersetzung mit den sog. Schwärmern (Thomas Müntzer u. a.)
1525 »Wider die himmlischen Propheten« (gegen Karlstadt) – Schriften zum Bauernkrieg – Verheiratung mit Katharina v. Bora – Schrift »Vom unfreien Willen« (gegen Erasmus)
1527 Kursächsische Kirchenvisitation als Beginn des landesherrlichen Kirchenregiments (Luthers Vorrede zum Unterricht der Visitatoren) – Abendmahlsschriften gegen Zwingli
1529 2. Speyerer Reichstag mit dem Protest der evangelischen Minderheit – Entstehung der Katechismen Luthers – Religionsgespräch zu Marburg über die Abendmahlslehre
1530 Reichstag zu Augsburg – Augsburger Bekenntnis – Luther auf der Coburg

1532	Nürnberger Anstand (Waffenstillstand)
1534	Erster Abschluß der Bibelübersetzung
1531–45	Der große Galaterkommentar; die Genesisvorlesung: einflußreichste Spätwerke Luthers
1541	Religionsgespräche zu Hagenau–Worms–Regensburg
1546	Luther stirbt in Eisleben
1546/47	Niederlage der Protestanten im Schmalkaldischen Krieg
1552	Passauer Vertrag
1555	Augsburger Religionsfriede – Abdankung Karls V. – Beginn des konfessionellen Zeitalters.

Bitte umblättern:

auf den nächsten Seiten informieren wir Sie über weitere interessante Fischer Taschenbücher.

Luther

gestern und heute

Texte zu einer deutschen Gestalt

Herausgegeben von Hermann Glaser
und Karl Heinz Stahl
Band 3477

Das vorliegende Studienbuch enthält – klar gegliedert – eine Auswahl bedeutsamer und zeittypischer Texte. Es wird dokumentiert, auf welche Weise Luther in der Vergangenheit interpretiert, benutzt – vereinnahmt worden ist bis in die Gegenwart. Es wird gezeigt, wie sich jede Zeit ihr eigenes Luther-Bild geschaffen hat und daß jede Kritik an dem jeweiligen Luther-Bild zugleich immer auch Zeitkritik ist.

Fischer Taschenbuch Verlag